国家舞台艺术
精品工程
剧作集 ⑨

话剧儿童剧木偶剧卷三

中华人民共和国文化部艺术司 编

文化藝術出版社
Culture and Art Publishing House

精品提名剧目·话剧

平头百姓

编剧　王立信

主要人物表

张明华　男，四十多岁，下岗工人。

李惠琳　女，四十多岁，内退工人，张明华之妻。

张文娟　女，十八九岁，学生，张明华之女。

周迅雷　男，四十多岁，副区长。

侯崇裕　男，二十多岁，工人。

宁大志　男，四十多岁，林场职工。

宁小玉　女，二十多岁，工人，宁大志之女。

徐佩银　男，三十多岁，鞋厂老板。

赵大妈　女，五十多岁，居委会主任。

陈嫂子　女，五十多岁，居民。

孙秘书　男，二十多岁，区政府秘书。

宾馆经理、清洁公司经理、保安及群众若干人。

————话剧《平头百姓》 〉〉〉〉〉

序　幕

　　〔深夜。
　　〔城市近郊的一个公交车站。
　　〔秋风萧瑟，隐约可听见秋虫的鸣叫。
　　〔张明华坐在路牙上，焦急地向远处张望着。
　　〔忽然，张明华似乎发现了什么，忙站起身，向那边张望着。
　　〔李惠琳远远地出现在视线里。
　　〔张明华兴奋地迎上去。

张明华　惠琳！
　　〔李惠琳走了过来。
李惠琳　不是说好不来接的吗？
张明华　反正在家也睡不着，干脆出来接你。
李惠琳　都深更半夜了，冷不冷啊？
张明华　不接你，就冷；接你，就不冷。
李惠琳　（摇摇头，轻轻一声苦笑）你呀！明天一大早你还要送牛奶呢！
张明华　（没有留意她的神色）没事，我能起得来，又不是小青年了，我不会睡懒觉的。末班车快来了。
　　〔李惠琳欲言又止。
张明华　（仍未看出她的神情）你冷不冷啊？来，暖和暖和。（伸手臂把李惠琳揽进了怀里）
　　〔李惠琳仍站在那里，想着什么，没有动。
张明华　哎，如果有人看见我们这样，还以为我们是谈恋爱呢，是不是啊？

〔李惠琳仍不作声。

张明华　（发现了异常，疑惑地）惠琳？怎么啦？

〔李惠琳顿了一下，才轻声地——

李惠琳　明华！有一件事，我还是现在就告诉你吧！

张明华　什么事啊？

李惠琳　（又轻轻一声叹息）明华！从明天开始，你就再也不用每天深更半夜地来接我回家了！

张明华　为什么？

李惠琳　厂里为了减员增效，让我"内退"了！

张明华　（一惊，停顿，长久的停顿）什么理由？

李惠琳　没有理由，女的四十五岁一刀切。还有十几个人跟我一块下来了。

张明华　工资给多少？

李惠琳　四百多。（沉默）厂长一宣布名单，有好多人都哭了。

张明华　你也哭了？

李惠琳　我没哭。（走到一边坐在路牙上，终于忍不住地哭了出来）

〔张明华也走过去挨着她坐下，伸手去为她揩拭眼泪。

〔沉默。夫妻俩什么话也说不出。

张明华　（又勉强笑道）这样也好，你想啊，这么多年了，你每天都要跑这么远的路上班，哪一天好好休息过？就趁这个机会好好休息休息……

李惠琳　（凄切地）可这以后的日子怎么过呀？……你下岗好多年了，每天在外面打零工，也是有今天没有明天的。

张明华　不要紧，过去的日子多苦呀，我们不是也过来了吗？你忘了吗？插队时我们谈恋爱，一碗酱油拌饭，吃得多香啊！结婚的时候，只有家里挤出来的五十块钱，不是过得也很幸福。回到城里，我们连一张大床也没有，挤在小木板床上，一挤就是好多年，不是也过来了吗？现在的日子比那时好多了。

李惠琳　那时候是那时候，可现在的开销有多大！水呀，电呀，煤气呀，哪一样不要花钱？我的内退工资才四百多块，加上你的下岗工资一共才不到七百块钱。

张明华　我不是每天还出去挣一些吗？

李惠琳　可女儿还要上大学呀！……

张明华　（叹了一口气）是啊！这是我最大的一桩心事！（停顿）可千万不能因为我们耽误了她……

李惠琳　（更是伤心地抽泣起来）怎么倒霉的事都让我们碰上了呢！

张明华　（看看她，遂又安慰地）没事！爹妈给了我们两只手，还有一个健康的身体，我就不信活不下去了。我们从头来！

李惠琳　从头来？你我都多大岁数了？

张明华　哎！俗话说，八十岁还学吹打哩！我们才多大？回家去好好地睡一觉，明天总会有办法的。

〔李惠琳无可奈何地点点头。

张明华　这末班车怎么还不来呢？时间早过啦！

李惠琳　（观察站牌）哎？明华，这站牌上好像有张纸条。

张明华　我看看，（就着路灯看）路灯太暗，看不见。惠琳，我抱你上去看。（欲抱李）

李惠琳　（躲闪）去去去，让人家看见像什么样子。

张明华　（拉住不放）哎呀，这么晚谁看得见啊，再说老夫老妻了，怕什么呀！（强行抱起李惠琳看站牌）

李惠琳　（念）"因道路建设，末班车改为十点四十分。"（看表）现在都十一点四十五分了。

张明华　（放下李惠琳，哑然失笑）多少？……还行，还行，不算太晚，幸亏你发现得早，要不然我们还不等到明天天亮？

李惠琳　怎么办？

张明华　潇洒一回，打车回去。

李惠琳　我们的工资加起来才多少？从这打车回去要好几十块哪。走回去吧！

张明华　那我背你回去。

李惠琳　开什么玩笑。

张明华　你忘啦，我们谈恋爱那会儿，有次看电影你崴了脚。是不是我背你走了十几里山路回去的？

李惠琳　那会儿你多大？你才二十来岁。

张明华　嫌我老了？让你看看我老了没有！（突然背起李惠琳就走）

李惠琳　（急）明华，别闹了，你放我下来，放我下来……

张明华　回家了，回家喽！……

〔夫妻俩打闹着下场，笑声在黑夜里回荡，宁静的音乐在夜幕中伸展。

〔远处城市的灯光更加璀璨。

〔灯暗。

第一场

〔大都市的一角。

〔天幕上可见鳞次栉比的高楼大厦，色彩斑斓的玻璃幕墙和大玻璃窗闪烁着耀眼的亮光。

〔舞台上则是一排低矮的平房，中间是张明华家陈设简陋的堂屋。桌子旁边放着一个小推车，车子上有一只煤炉，炉子上是一个大钢精锅，里面是堆得满满的茶叶蛋。

〔张明华踏着一辆破旧的自行车上。

〔赵大妈喊着："张师傅！张师傅！"追了上来。

〔张明华忙跳下车子。

张明华　赵主任！有事啊？

赵大妈　东头王老太家大门的锁坏了，麻烦你抽空去帮她修修？

张明华　哎！我回头就去！

赵大妈　修好了你不要客气，该怎么收钱就怎么收钱。

〔张明华未置可否。

〔赵大妈转身走了。

〔屋里，张明华将车子在墙边停好，大步跨进屋来，又大声地——

张明华　我回来啦！

李惠琳　（高兴地）你回来啦！（忙着接过张明华的背包，又将茶杯递过去）

张明华　（一边喝水，一边笑嘻嘻地）女儿呢？

李惠琳　在房里看书哩！

张明华　（笑笑）嘿！真用功啊！

李惠琳　马上就要高考了，再不用功就来不及了！

张明华　我们女儿在学习上倒是从来不偷懒的！

李惠琳　（笑笑）女儿在你眼里什么都好！

张明华　你不也一样？

李惠琳　卤菜店的营业执照办下来了没有？

张明华　（摇摇头，叹了一口气）没有！

李惠琳　办个事怎么就这样难呢？

张明华　（忙又安慰地）人家有人家的规矩，人家有人家的程序吧！不要紧，店一时开不成，我就还是找些零活做做吧！

李惠琳　（指指小推车）这车怎么推不动了。

张明华　哦！我看看。（蹲下修车，试了两下，闻闻小车上的茶叶蛋，赞叹地）我们家的茶叶蛋可真香啊！我口水都要流出来了。

李惠琳　香！我剥一个给你尝！（说着就要动手去拿茶叶蛋）

张明华　（忙挡住她）我不饿！

李惠琳　吃一个吧，几毛钱的事，别舍不得！

张明华　不要，我真的不吃！（指指房里）你剥两个给女儿吃吧！

李惠琳　这个还用的着你讲啊？刚吃过两个。

张明华　（笑笑，忽然想起地）你今天怎么还没出去？

李惠琳　今天市容说要检查一天卫生，过去摆摊的地方都不给摆了。你说下岗工人不摆摊吃什么？

张明华　检查卫生，跟你卖茶叶蛋有什么妨碍？

李惠琳　就是啊，有的"市容"也太凶了！平时不检查卫生，大马路上摆得乱七八糟他也不管，一到检查卫生，又不管三七二十一，什么摊子都不让摆。

〔张明华摇摇头。

〔李惠琳又推起小车子向外走去。

张明华　你上哪去？

李惠琳　我想再出去看看。

张明华　既然不让摆，就别去了，在家歇一天吧！

李惠琳　不，我再去看看，能卖几个就卖几个吧！

张明华　你当心啊！

李惠琳　知道了。（说着推了车子走出门去）

〔张明华又追到门口，叮嘱地——

张明华　嗳！把摊子往边上摆摆，不行你就回来。

李惠琳　你别烦了。（说着推车下）

〔这时，侯崇裕搬着一台电视机从另一方上。

侯崇裕　张师傅！

张明华　哟！小侯！

侯崇裕　电视机我给你修好了！这机子可把我折腾得够呛。

张明华　啊呀，谢谢，谢谢！快进屋，快进屋！（领侯崇裕进了家门，指指当中的桌子）

李惠琳　放这儿，放这儿！（随手便将桌上的东西清理了一下）

〔侯崇裕随即将电视机放在桌上。

侯崇裕　电插座呢？

张明华　在这儿！

〔侯崇裕便将插头插上，又将电视机打开。

〔荧光屏亮了，画面也出来了，轻快的音乐响了起来。

张明华　（高兴地）行了，行了！你小子挺聪明的，还给你捣鼓亮了。

侯崇裕　这个机子太老了，有十几年了吧？

张明华　有年头了，八几年买的，那会儿还要票哪。

侯崇裕　画面色彩太差了，扔在大街上都没人要。

张明华　没事，没事。我主要是看看新闻联播和纪实类的节目，色彩差一点不要紧。

侯崇裕　啊呀，张师傅！你说你一个平头百姓，忙生活还忙不过来呢，嘿！干嘛呀！

张明华　（笑笑）哎，这你就不对了，越是平头百姓，越是不能稀里糊涂过日子，我就是要看看，上面是怎么说的，这下面又是怎么做的。

〔侯崇裕笑笑，转换了话题。

侯崇裕　哎！张师傅！上回你说的那个叫宁小玉的女孩，她还没有来啊？

张明华　哟！我随嘴说了一句，你倒记得牢嘛！

〔侯崇裕嘻嘻一笑。

张明华　你别急，她爸爸说就这两天要来……

〔这时，门外传来一个男人的喊声："明华！明华！"

〔宁大志领着宁小玉上，在门外又喊——

宁大志　明华！明华！

张明华　（忙迎出门，欣喜地）哟！大志来了！啊呀！小玉！

宁小玉　张叔叔！

张明华　快进屋！快进屋！

〔宁大志和宁小玉走进屋来。

〔宁小玉抬起头，瞄了侯崇裕一眼，又慌忙低下头去。

〔侯崇裕却猛然眼睛一亮。

张明华　（看看他们）噢，我来介绍一下，这就是我跟你说过的，我们老早在青山林场的好朋友宁大志，这是他女儿小玉。这是我们原来厂里的同事侯崇裕，小侯！

宁大志　（客气地）侯师傅！

侯崇裕　（也很有礼貌地）宁师傅！你好！叫我小侯就行了。（又向宁小玉跟前走了两步）你好！

〔宁小玉又只微微抬起头来瞄了他一眼，又慌忙低下了头。

〔侯崇裕想要伸出的手又缩了回来，嘻嘻一笑，后退了一步，垂手站在一边。

张明华　小侯现在和我又在一个单位工作了，（夸张的）在牛奶公司搞销售。

宁大志　你现在去搞销售了？

张明华　就是，每天天不亮，马路上除了清洁工，什么人还没有，我俩就骑着自行车，挨家挨户销售去了！

宁大志　送牛奶呀？

〔众人会意大笑。

张明华　（向房里喊）文娟！快出来呀！出来看看谁来了！

〔张文娟从房里出来。

张文娟　宁伯伯！小侯师傅！

宁小玉　文娟！

张文娟　小玉！不是说你到南边打工去了吗？

宁小玉　我爸不让我跑那么远！

宁大志　（叹息地）她妈妈有病成天在床上躺着，她再跑那么远，我不放心哪！

宁小玉　文娟！你看！（说着拿出一捧花来）

张文娟　（惊喜地）山菊花？

宁小玉　今天我一大早上山给你采的。还有露水呢。

张文娟　谢谢谢谢！

——话剧《平头百姓》 >>>>>

侯崇裕　（忙凑过去）哟！真香！

宁大志　对了，我还给你们带了一包"口琴"来。

〔张文娟和侯崇裕都一愣："一包口琴？"

〔宁大志笑笑，从一只编织袋子里拿出了一些玉米棒子。

张文娟　这不是玉米吗？

宁大志　那个时候，生活可差了，也没什么好吃的，这个玩意就是好东西了，你爸跟你妈呀有时候就一人拿一根玉米棒子，躲到山上去，一边啃，一边谈恋爱。有时找不着他们了，问这两人上哪去了，都说他们是"吹口琴"去了。

〔大家都笑起来。

宁大志　你爸可能吹了，什么叶子到他嘴里，他都能吹出曲来。

张明华　（也笑笑）哎！我是真能吹的呀！甭管玉米叶子，黄豆叶子，柳树叶子，只要是叶子，我都能吹出曲子。

侯崇裕　这也太夸张了吧！

宁大志　是的，是的，那时候流行的像《学习雷锋好榜样》……

张明华　《接过王杰手中枪》……

宁大志　还有《卖花姑娘》什么的，他外号就叫"张大吹"，（对张文娟）你妈呀就是那么让他吹上手的。

张明华　（不好意思地笑笑）哪里，哪里。（他看看手中的玉米棒子）不过大志啊，现在这种嫩玉米跟当年我们啃的老玉米不一样了，现在都叫保健食品了，在市场上卖的还挺贵的。

宁大志　什么贵不贵的！我带来就是让你跟惠琳两个尝尝鲜的！一会儿煮熟了，你们全家一块儿"吹"！

〔大家又笑起来。

张文娟　小玉，到我房里去玩吧？

张明华　哎！小……

〔但张文娟已经拉着宁小玉跑进房里去。

〔侯崇裕的眼睛也不由地转了过去。

841

〔电视机忽然发出一声刺耳的响声。

〔宁大志和张明华吓了一跳。

〔侯崇裕不好意思地慌忙走过去调理。

张明华　大志，我想起来了，你上回跟我说，去年给一个建筑工地干了三个月，后来这工钱要回来没有？

宁大志　（叹了一口气）别提了，去年的工钱非但没要回来，今年又让一个黑中介骗走了几百块！

张明华　（一愣）噢？这些人怎么这么缺德？

宁大志　（苦笑笑）你说他缺德？可他们比你还横呢！好像那赖账、骗钱的不是他们，倒是我们。

张明华　你怎么不早告诉我？

宁大志　哪能告诉你呀？你这个人，没事不惹事，有事不怕事，我可不想让你为了我的事去跟他们啰嗦。

张明华　你呀！

宁大志　不过明华！眼下倒有个机会找上门来了！

张明华　哦，是吗？

宁大志　有个通达鞋厂到我们林场那边招工，我想让我家小玉去试试。

张明华　好，好啊！

〔这时，侯崇裕又将电视机调理好了，随即传来播音员的声音："现在走上台来的是通达鞋厂的老板徐佩银先生……"

侯崇裕　（看看电视上）宁大伯！这就是那个通达鞋厂的徐老板！

宁大志　（忙看电视）哟！通达鞋厂还上了电视嘛！（又忙对房里喊）小玉！快来！快来看！

〔宁小玉从房里跑出来。

宁小玉　看什么？

宁大志　通达鞋厂上电视了。这就是徐老板。

〔小玉忙看电视。

宁大志　（稍顷）边上这是哪个？

张明华　这是我们区的周副区长!

侯崇裕　对!是周副区长在给区里十位利税大户送人身保险哩!

〔播音员的声音:"副区长周迅雷同志代表区委、区政府亲自将一份份人身保险,送到这些堪称利税大户的民营企业家的手上!……"

宁大志　唉!人家这种事,用得着区长来操心吗?

侯崇裕　我们这位周副区长,最喜欢做锦上添花的事,看他"亲自"将一份份人身保险送到那些民营企业家的手上,可他什么时候"亲自"来了解了解我们这些平头百姓的甘苦?

张明华　锦上添花容易,雪里送炭可就难了。

宁大志　(急切地)好啦,我得赶紧带小玉到通达鞋厂去报名了!明华,我们走了!

张明华　哎!别忙走,正好小侯也在这儿,一起吃了饭再走。

侯崇裕　就是就是!

〔说着瞄了宁小玉一眼。

〔宁小玉低头不语。

宁大志　不吃了,走了。

张明华　大志!大家一边吃,一边再说说谈谈嘛!

侯崇裕　就是就是!

〔说着又瞄了宁小玉一眼。

〔宁小玉仍低头不语。

宁大志　明华!你这顿饭,吃不吃无所谓,关键是给小玉找个饭碗!

〔说着就急切地要向外走去。

张明华　那,那就不留你们了。

宁小玉　(又走回房门口)文娟!

〔张文娟从房里出来。

宁大志　文娟!我们走了!

张文娟　爸!我跟小玉说好了,等我高考完了,我再跟他们到林场玩去!

宁大志　对！你们一家都去！（客气的）小侯师傅，你也去啊。
侯崇裕　（忙不迭的）唉，一定去一定去！
宁小玉　张叔叔！我走了！
侯崇裕　走好！
　　　　〔宁小玉没有回他的话，但又抬头瞄了他一眼，便转身跟在宁大志的后面向外走去。
张文娟　我送送你！（说着便追上宁小玉，挽了她的膀子，说笑着走了出去）
　　　　〔侯崇裕也追上两步，但在门口停住了，愣愣地站在那里，目送他们离去。
张明华　（看看他，笑笑）小侯！
侯崇裕　（醒过神来，忙转过身）啊？
张明华　怎么？动心啦？
侯崇裕　（不好意思地）我看蛮好的。
张明华　只要你有这个意思，我下回再探探他们的口气。
侯崇裕　我有意思，有意思，张师傅！我就拜托你啦！
　　　　〔张明华笑笑。扔给他两个玉米。
侯崇裕　张师傅！我走了！改天请你吃饭。（说着带着一种松快的心情，走了出去）
　　　　〔门外忽然传来张文娟急切的喊声："爸爸！爸爸！"
　　　　〔张明华忙转过脸去。
　　　　〔张文娟拉着李惠琳跑了进来，气喘喘地。
张文娟　爸爸！不好了！！
张明华　（大惊）怎么啦？
张文娟　我妈、我妈，她跟"市容"吵起来了！
张明华　啊！
张文娟　"市容"把我们家的车子、炉子、锅子，还有一大锅茶叶蛋都没收了。

———话剧《平头百姓》

李惠琳　（气呼呼地喊着）他们凭什么？凭什么呀？

张明华　惠琳！你先平平气！文娟，你快去找赵主任，问问怎么回事。
　　　　〔张文娟应声下。

李惠琳　（仍气呼呼地）凭什么？他们凭什么？

张明华　我刚才不是跟你说了吗？既然不让摆，今天就别去了！可你偏不听！看看！这不是自己找气受吗？

李惠琳　你，你是不是我老公啊？你不帮我去找他们讲理，反过来一个劲地责怪我？

张明华　我，唉！惠琳！我这不是给你消消气吗？

李惠琳　你这是给我消气啊？你……

张明华　喝口水，你喝口水！（转身倒水）

李惠琳　连个收条都没打，就全收走了。你刚才都没舍得吃一个，不行，我得把我的茶叶蛋都要回来，我得把我的茶叶蛋都要回来。（仰起脖子，喝了一大口水，放下茶杯，猛地向外跑去）

张明华　（忙又拉住她）惠琳！惠琳！你先跟我讲讲清楚，到底怎么回事？

李惠琳　我这个摊位是交了费的，居委会也是同意的。

张明华　是啊！

李惠琳　在那摆摊我从来不乱跑。

张明华　今天也是这样？

李惠琳　连对过汽车站上两个等车的学生要买茶叶蛋，喊我过去，我都守在原地没有敢挪窝。

张明华　你有没有把鸡蛋壳随地乱丢？

李惠琳　没有。

张明华　你有没有把茶叶水随地乱倒？

李惠琳　没有啊！每回我都是把蛋壳收拾得干干净净，把地上打扫得清清爽爽的。

张明华　既然这样，我去找他们！

李惠琳　（倒一愣）你？

845

张明华　你在家歇着，我去找他们问问！（说着就朝外跑去）

李惠琳　（反倒一愣，忙拉住了他）哎！明华！算了算了。

张明华　怕什么？我又不去跟他们吵架。没理，我们认罚。有理，就要讲理！既然你城管说我们妨碍市容，居委会就不该收我们摊位费。既然居委会收了费用，同意我们在这摆摊，城管又凭什么没收我们的摊子？政府之间不一致，不能让我们老百姓受夹板气！

〔他说着就匆匆向外跑去。

李惠琳　明华！明华！（喊着他追了出去）

〔幕落。

第二场

〔灯光复明时，景仍是张家堂屋。

〔幕启时，李惠琳正在编"中国结"。

〔张明华推着自行车和赵大妈上。

赵大妈　张师傅！上趟东头王奶奶家大门的锁坏了，我让你去看看，修好了理当收修理费嘛，你不收她修理费就算了，自己花钱买了一把锁，怎么还不要她钱呢？

张明华　啊呀主任！王奶奶他们家那么困难，我哪好意思收她的钱呢？

赵大妈　唉！她困难，你也不富啊！这是十块钱，给你。

张明华　（忙拦住她）主任！听我说，再穷我总比她强啊！

赵大妈　那，我就替王奶奶谢谢你了！

张明华　不谢，不谢！要说谢，我还得谢您呢！

赵大妈　谢我什么？

张明华　您给惠琳找的那个活啊！

赵大妈　嗨！说起这事，又该是我们谢谢你那一顿"噼里啪啦"的批评了。

张明华　赵主任！我当时讲话可有点冲。

赵大妈　嗳！街坊邻居这么多年，我还不晓得你的脾气吗？累了一天，快回去歇歇吧！

张明华　哎！

　　　　〔赵大妈转身走了。

　　　　〔张明华又将车子架好，捶了捶腰，振作起精神，大步跨进屋来，仍大声地——

张明华　我回来啦！

李惠琳　回来啦？

张明华　女儿呢？

李惠琳　在学校还没回来哩。

　　　　〔张明华走过去欣喜地看着竹竿上的"中国结"。

张明华　还忙着哪？休息会儿吧？

李惠琳　商场催着要货。

张明华　（一边洗脸，一边指着那些"中国结"赞叹地）你看你看，什么事到你手上一学就会，过去我们卖茶叶蛋的时候，我们的茶叶蛋就是煮得比人家的香。

李惠琳　你别提茶叶蛋的事了，一提它我就一肚子气！

张明华　（笑笑）行了，人家不是把东西都还给我们了吗？现在不挺好，赵大妈介绍了这个编"中国结"的活，卖给人家商场，又省心又省事，别说，你还真是越编越快，越编越好了哩！

李惠琳　（撇撇嘴一笑）你老婆呀从来就不笨！

张明华　嗳！何止是不笨？我老婆一向是心灵手巧的！

李惠琳　看你今天这神情，那事办成了？

张明华　（一愣）哪事啊？

李惠琳　看澡堂子的事啊！

张明华　这个？（摇摇头）这事黄了！

李惠琳　怎么又黄了？

张明华　嫌我岁数大了！

李惠琳　不就是看个澡堂子吗？你这个年纪不是正好吗？

张明华　就是啊！可人家就是要三十五岁以下的，他们也不想想，这种活儿年轻人坐得住吗！三百块钱的工资，谁愿意去呀？

李惠琳　唉，报纸上、电视上不是总在批评招工当中的性别歧视、年龄歧视吗？

张明华　权在人家手上，说了有什么用？

李惠琳　（劝慰地）算了，他们不要，就不去呗！

张明华　就是！想想那天夜里我接你下班，你说你内退了，我们两个，一下子就像是天塌下来了！现在不是也过来啦！（笑笑）反正啊，有我老婆这双手，我就不愁没饭吃。

李惠琳　（也笑笑）那当然！（说着拿起张明华刚才洗脸擦手的毛巾）

张明华　哎，告诉你一个好消息！

李惠琳　（忽然看到毛巾上的血迹，不由地一惊）这毛巾上哪来的血呀？

张明华　（也一愣）血？

李惠琳　你的手怎么啦？

张明华　（忙掩饰地）手？没怎么呀！

李惠琳　（一把拉过他的手去，心疼地逼问）你？你做什么工作把手磨成这样？！

张明华　（缩回手去）嗨！你怎么也大惊小怪的？干粗活的人，你还指望这双手伸出来细皮嫩肉的？

〔李惠琳哽咽住了。

张明华　干吗？干吗？啊呀，我正要告诉你一个好消息哩，你这眼泪水一淌，倒叫我不好说了。

〔宁大志上，在门外就喊——

宁大志　什么好消息啊？告诉我吧。

张明华　哟！大志来了！

李惠琳　大志！快进屋坐！

宁大志　（跨进门来）我倒要告诉你们一个好消息！

张明华　哦？什么好消息？

宁大志　小玉到通达鞋厂上班了！

张明华　好啊！

李惠琳　大志，恭喜你啊！这可是个大事儿。

张明华　合同签了吗？

宁大志　签了！

张明华　（点点头）噢！好！

李惠琳　这可不容易，听说现在好多工厂都不肯跟工人签合同！

宁大志　这个鞋厂的老板还真不错，主动和我们签了合同！

张明华　合同是怎么签的？

宁大志　（欲掩饰）这个在小玉身上哩！反正是左一条，右一条的，我也记不清了。

张明华　（没有在意他的神情）大志！你总算了了一桩心事！

宁大志　就是！

张明华　我问你一件事。

宁大志　什么事？

张明华　小玉有没有男朋友呀？

宁大志　没有！

张明华　（笑起来）既然这样，大志，我就要多个事了。

宁大志　嘿！你呀，你不说我也晓得了。

张明华　哦？你晓得了？

宁大志　是不是那个小侯？

张明华　哟！原来你也是这个意思啊？

宁大志　什么呀？是那个小侯已经盯住我家小玉不放了！

张明华　（一拍巴掌）是吗？

宁大志　瞒着我，都跑到林场我家去了。

李惠琳　（也笑起来）这个小侯！可真有本事！

宁大志　哎！你们带个信给他，叫他趁早死了这条心！

张明华　咦！这是什么话？
李惠琳　大志！小侯蛮好的呀！
张明华　是啊，这孩子爹妈死得早，从小就一个人，可懂事了！
宁大志　没说他不好，可你们想想，他都下岗了……
张明华　那你是看不起他啊？
宁大志　不是不是！我们家小玉有个病在床上的妈妈，她挣了钱是要给她妈治病的，我们怎么好拖累人家小侯呢！
张明华　大志，你还不晓得小侯，你家的情况，我是一五一十跟他讲清楚了的，他都不在乎，你还有什么可说的？
宁大志　这个事我反正是不同意！
张明华　大志！
　　　　〔正在这时，侯崇裕和宁小玉走了来。但他们在门外站住了。
侯崇裕　（拉拉宁小玉）走啊！
　　　　〔宁小玉甩开了他的手，站在原地不动。
侯崇裕　（又催促地）进去啊！
　　　　〔屋里的几个人都转过了脸来。
　　　　〔张明华和李惠琳还都迎了出来，热情地——
张明华　啊呀小侯，真是说曹操，曹操就到！
李惠琳　进来！进来！
　　　　〔侯崇裕走了进来。
　　　　〔宁小玉也慢慢地挪动着脚步，挪到了门口，见宁大志没有反应，就又站住了。
侯崇裕　宁大伯！
　　　　〔宁大志仍没有反应。
李惠琳　（忙笑道）啊哟！喊起"宁大伯"来了，以后可不能再喊我"嫂子"了！得跟小玉一起喊我"婶子"啦！
张明华　对对对！我们辈分长了！
　　　　〔宁大志仍板着面孔。

〔侯崇裕听了张明华和李惠琳的插科打诨,竟也没有笑容,他看看宁大志,一脸严肃地。

侯崇裕　大伯!小玉跟通达鞋厂订的那个合同,不对头啊!
宁大志　有什么不对头哇?
〔张明华和李惠琳也一愣。
侯崇裕　(仍严肃地)这里头有陷阱!
宁大志　你?
侯崇裕　(他拿出来了那份合同)你们看这一条!
张明华　(将合同拿过去仔细地看起来,念)"生死伤残与厂方无关,概由工人自己负责"!怪不得鞋厂主动要签合同哩!大志,这里头全是工人要承担的义务,没有厂方一点责任呀!尤其是这一条,你们怎么能同意呢?
宁大志　可不签这个合同,小玉能进得了他那个厂吗?这一条,我心里也犯过嘀咕,可是我想,一个鞋厂,不就是做鞋吗?布鞋呀,皮鞋呀,旅游鞋呀,能有什么生啊死啊,伤啊残啊?
张明华　万一呢?要真有个什么事情,你不是害了小玉,坑了你自己吗?
宁大志　明华,我这是走投无路了!她妈妈看病要钱啊!
〔张明华和李惠琳对视了一眼,没有说话。
侯崇裕　(忽然地)小玉!
〔众皆一惊。
侯崇裕　小玉!走,我跟你到厂里去,找他们老板说说!
张明华　小侯!
宁大志　你站住!
〔侯崇裕站住。
宁大志　我们小玉好不容易找到个饭碗,你想把它砸了?
侯崇裕　大伯!小玉,走!
宁大志　小玉!
〔侯崇裕却已经拉着宁小玉跑走了。

宁大志　（长叹一声）唉！

张明华　大志！到这个鞋厂，全是你的主意吧？小玉她愿意吗？

宁大志　她怎么会愿意呢？她想上学！我说小玉啊，爸爸求你了！

〔张明华和李惠琳无语。

宁大志　嗨！爹妈白给我起了个名字叫"大志"，我现在是人穷志短啊！

〔张明华和李惠琳又都深深地叹了一口气。

宁大志　小玉呀，以后就看她自己的命了！明华，惠琳！我也走了！

张明华　大志！你再坐坐！

李惠琳　吃了饭走！

〔宁大志摇摇头，向外走去，忽然又一阵伤感，转过身来。

宁大志　想当年，我们什么事不是争强好胜啊？嘿！现在我们居然成了"弱势群体"！一听到这几个字，我就觉得窝囊……我窝火！

张明华　大志啊！现在社会都在关注困难群体，这是个好事，最后谁强谁弱，那还不一定哪！全在我们自己。

李惠琳　就是！

宁大志　好了，我走了。

〔说完踉踉跄跄地走了。

〔张明华和李惠琳望着他的背影，都不由地深为叹息。

张明华　总说自己这也难，那也难，再看看人家，还有比我们更难的！

李惠琳　就是啊！不过大志说的恐怕也对，鞋厂，不就是做个鞋吗？能有什么生啊死啊，伤啊残的？

张明华　老板是呆子啊？没有死啊伤的，他为什么还要主动跟你签这种合同？

〔李惠琳不语，稍停，又叹了一口气。

李惠琳　（忽然想起地）哎！你刚才说要告诉我一个好消息的呢？

张明华　（叹了一口气）唉呀！蛮高兴的一件事，大志这一来——

〔李惠琳不语。

张明华　（顿了顿，还是说）我找到一份工作啦！

———话剧《平头百姓》 〉〉〉〉〉

李惠琳　（忍不住高兴地）是吗？

张明华　是小侯帮我介绍的，他也在那儿干，工钱还挺高，今天我就是在那边上了一天班！

李惠琳　什么工作？头一天上班就把手弄成这样！

张明华　正因为是头一天呀，过两天就好啦！前一阵我干的那些活呀，看果园靠的是眼尖，卖蔬菜靠的是嘴勤，送牛奶靠的脚板底子，这双手就变娇气了！你放心……

李惠琳　你呀，别跟我打岔了，你到底找了一份什么工作呀？

张明华　我告诉你，你又要大惊小怪的。

李惠琳　啊呀，你快说吧！

张明华　就是在"成洁"清洗公司当清洗工！

李惠琳　清洗工？清洗什么？

张明华　就是清洗那些大楼的外墙！

李惠琳　什么，你去做那种工作，"蜘蛛人"？

张明华　看看！又大惊小怪了吧！老板说啦，工资按平方算钱，我这种身体，又不怕吃苦，从早到晚……

李惠琳　吊在那么高的半空中，上上下下，荡来荡去的！年轻人干那个，都叫人心里悬悬的，你都五十岁的人了！

张明华　嗳，你说我像个五十岁的人吗？再说，我前一阵在家电公司给人家装过空调，我有高空作业的经验！

李惠琳　别说了！我不能让你去干这个！

张明华　惠琳！你不了解。

李惠琳　不行，我不同意你去干这个工作！你不是说过吗？只要有我这双手，你就不愁没饭吃吗？

张明华　可我是男人，家里的担子应该由我来挑。

李惠琳　那我也不能让你去干这个工作。

张明华　我们女儿还要上大学哩！

　　　　〔李惠琳无语。

张明华　往后，没准有个头疼脑热的，还要打针吃药哩！这不都需要钱吗？你没听人说过？一到了医院里，钱就不是钱了！

〔李惠琳无语。

张明华　（停顿，又打趣的）你别说，其实今天刚被吊篮吊上去的时候，就像你说的一样，挺害怕的，一百多米高，往下一看，街上的人都像个小蚂蚁，风一吹，吊篮晃晃悠悠的，眼睛也不敢睁开，只知道紧紧抓住吊篮，我说"张明华呀，张明华！你是从来都没这么狼狈过啊！"

〔李惠琳掩面抽泣。

张明华　干嘛呀，我这不是好好的回来了吗？你就放心吧，我今天已经试过了，除了因为拉绳子不得法，手被磨破了，别的我都能行！（他说着真的兴奋起来）你是没登上那么高的地方去过，你要是也上去看看，你就知道那是一种什么味道了！

李惠琳　能有什么味道？

张明华　嘿！我也形容不上来！反正啊，从那么高往远处一看，心里什么烦恼都没有了，我当时一边洗，一边心里念叨，我洗一平方，就给咱女儿多挣一块钱，再洗一平方，再挣一块钱，又洗一平方，又是一块钱，我是一点儿都不累呀。

〔李惠琳被他的这一番话吸引了，稍停，才叹了一口气——

李惠琳　你呀！再苦的果子，只要到了你嘴里，都能嚼得香喷喷的！

张明华　那是因为不管多苦的果子，都是你跟我一起嚼的！

〔李惠琳点头不语。

〔张文娟疲倦地上。

张文娟　爸！妈！

张明华　哟！女儿回来了！

〔张文娟没有回答，怏怏地坐下。

李惠琳　文娟啊，你是不是哪儿不舒服啊？

张文娟　爸，妈，今天老师说啦，从现在开始进入最后冲刺阶段，以后就

———话剧《平头百姓》 〉〉〉〉〉

没有星期天了。

李惠琳　真够累的。

张文娟　不过老师也陪我们一起冲刺复习。噢，对了，（犹豫）学校让交钱哪。

李惠琳　怎么又要交钱了？

〔张文娟嚅嚅嘴，不语。

李惠琳　这回要交多少？

张文娟　八百五十块，还有毕业聚餐和照相，每人交一百，一共九百五十块。

李惠琳　这么多？

〔张文娟不开心地瞥了她一眼。

〔李惠琳还要说什么，张明华赶紧将她拉住，对张文娟——

张明华　你放心，该交的钱咱一定都交上！

〔张文娟不开心地进房里去。

李惠琳　（埋怨地）你说得轻巧！"该交的钱"多哩，哪来的钱啊？

张明华　（指指那些"中国结"）你明天去交了这批货，能拿到几个钱吧？我再去找清洗公司的老板商量商量，让他多给我派点活儿，这些钱能挣出来……

〔李惠琳正要说什么，忽听门外有人喊"老张！老张！"便把话噎住了，忙走去招呼——

李惠琳　谁呀？哦！陈嫂！

张明华　（也迎上）陈嫂子！稀客！

陈嫂子　（笑嘻嘻地）老张！小李！我还有事，不进去了，就在这说吧。

〔李惠琳还是拉着陈嫂子进屋坐下了。

陈嫂子　是这么回事，我给你们找了个活，不晓得你们愿不愿干？

李惠琳　你讲，你讲！

陈嫂子　（眉飞色舞地说着）就在我们城外头不远，有一个花园小区，小区里有一座小别墅，漂亮的不得了。住了夫妻两个，男的长年不在家，家里只有这个女的，这女的年纪又轻，才二十来岁，想找两个帮工，这首先为人要老实厚道，最好是五十岁左右的夫妻俩，女的烧菜做饭打扫卫生，男的浇花剪草料理园子，啊呀！工钱给的还高，一个月一千五百块，你们想想，这样的好事到哪里去找啊？

李惠琳　是的是的。

〔张明华认真地听着。

〔张文娟也不知是什么时候站在了自己的房门口。

陈嫂子　不过，我也得把丑话说在前头，这个女的脾气不太好，家里已经用过好几个帮工。不过你们别怕，你俩也都跟我一样，做什么都不怕人家挑剔的。

李惠琳　是啊！是啊！

陈嫂子　一听这个条件，我马上就想到你们夫妻俩！我是小孙子太小，在家走不开，要不然我就跟我家老头去了。怎么样？

李惠琳　陈嫂！真是谢谢你噢！明华？

张明华　好是好，只是，我女儿马上要考大学……

陈嫂子　不要紧哎！这样一来你女儿上大学的费用不就不用愁了！

〔张明华显然也心动了。

张明华　陈嫂！真谢谢你想到我们，还这么大老远地跑了来！

陈嫂子　看你说的！我跟小李也不是一年两年的了！你们要同意，我马上就给人家回话去了！

张明华　那就拜托你了！

陈嫂子　我走了！

李惠琳　哎！吃了饭再走！

陈嫂子　不客气了，我明天就带你们去，可不要被别的什么人抢到前头！（说着就站起身，走到门口，却又站住了，转回来轻声地）不过我告诉你们一声，到了这家人家，有些不相干的话，千万不能讲！

——话剧《平头百姓》 》》》》

〔张明华和李惠琳听了，一愣。

李惠琳　这……陈嫂，什么是不相干的话？

陈嫂子　（仍轻声地）这个女的，是一个老板在这边包的一个……下面的话我不说你们也晓得了吧？

〔张明华和李惠琳都愣住了。

陈嫂子　好，我走了。（说着向外走去）

张明华　（忙喊道）陈嫂！

陈嫂子　（站住）啊？

〔李惠琳像是明白了他要说什么，忙拉了他一把，又对他挤挤眼睛，转对陈嫂。

李惠琳　没事没事！陈嫂，你走好！

〔陈嫂子疑惑地望望他们，然后才走了出去。

〔李惠琳忙将陈嫂子送到门口，连声说："谢谢！谢谢！来玩，来玩！"然后才转回来。

张明华　惠琳！这种人家，我不想去。

李惠琳　可我已经答应陈嫂了！管他呢，我们就当不知道。

张明华　问题是我知道了啊！

李惠琳　人家陈嫂也是一片好心，再说，这不比你做那个大楼清洗工好得多了？

张明华　这可不一样。我情愿跟小侯他们一起干那个活，苦是苦点，可心里舒坦。惠琳！既然我们手头都还有一份活干着。你明天找个理由回了陈嫂吧！

〔这时，张文娟忽然大声喊起来。

张文娟　爸！

〔张明华和李惠琳都一愣。

张文娟　爸！我不知道为什么这个人家你们就不能去！你以为你不去就能说明有多高尚吗？你总是说做人要有原则，这也不行，那也不干，你这样活得不累？窝囊不窝囊啊？

〔张明华被她的这些话惊呆了,他愣愣地望着她,像是看着一个陌生的人。

李惠琳　(气呼呼地)文娟!你怎么跟你爸爸说话呀?

〔张文娟不作声了。

〔稍停,张明华像是才回过神来,他轻轻一笑。

张明华　是啊,你爸爸这一辈子活得是有点累,可我从来没有觉得我活得有什么窝囊的地方!我靠劳动吃饭,又有这么一个家,有这么个老婆,有这么个女儿,我感到活得很自在!

张文娟　爸爸!你听我把话说完,好不好?

〔张明华一愣。

李惠琳　(忙制止地)文娟!你越来越不像话了。

张明华　惠琳!听文娟把话说完。

张文娟　爸爸!你说你靠劳动吃饭,有这么一个家,有这么个老婆,有这么个女儿,你感到活得自在,就什么都行了。可你有没有想过,妈妈,还有我,我们活得自在不自在?

〔张明华无语。

李惠琳　(大声地)文娟!你疯啦?你!……

张文娟　是啊,你自己不要吃好的,不要穿好的,酒也戒了,烟也戒了,可是你有没有想想,妈妈这么多年有没有买过一件新衣裳?有没有用过一点化妆品呢?……

李惠琳　(冲到张文娟的面前)你给我住嘴!……

张明华　(稳住)惠琳!让女儿说!让她说!……

张文娟　爸爸!你知道吗?每当班级里要交钱的时候,我都很紧张,看着别人轻轻松松地掏出钱来的时候,我的头都抬不起来,爸!你能明白我这种感受吗?作为一个爸爸,你不觉得有愧吗?

〔"叭!"一声响。李惠琳一个巴掌打在了张文娟的脸上!

〔张文娟忙捂住了脸,惊讶地望着李惠琳。

〔紧接着一声大哭,转身跑进了房去。

〔李惠琳也木木地站在那里。

〔静场。

〔稍停，张明华走到李惠琳的面前，轻声地——

张明华　惠琳！

李惠琳　我听不得她这种混账话！

〔张明华又走到房门口，对房里说——

张明华　女儿！别哭了！你上大学的事，是我最大的一桩心事！你放心，你要用的钱，我一定会给你！我知道，这些年来，你和你妈妈确实跟着我吃了不少苦，受了不少罪，有些地方我是对不起你们。

李惠琳　明华！

张明华　惠琳！这么多年了，什么人让我敬重，什么人让我看不起，你是知道的呀，要我整天围着我看不起的人转来转去，还要我低三下四地去侍候他们，那是要把我憋出病来的！

李惠琳　明华！

张明华　（摇摇头，叹息地）我就是这么一个人，改不了了。

〔幕落。

第三场

〔清晨。

〔一家宾馆的大门口。

〔孙秘书正在和宾馆的冯经理接待各媒体记者，寒暄着，并不时地向外面张望。

孙秘书　（对冯经理）冯经理，周区长还没到，我们先进去吧。

〔孙秘书与宾馆经理亦下。

〔幕后传来一阵欢快的自行车车铃声。

〔侯崇裕骑着自行车，兴冲冲飞快地上。

〔宁小玉则坐在他车子的后座上，双手扶在他的腰上。

宁小玉　停下！停下！

〔侯崇裕听到命令，慌忙刹住车子。

〔宁小玉从车上跳了下来。

侯崇裕　（也跨下车来，不解地）干吗？

宁小玉　你今天不是就在这家宾馆干活吗？

侯崇裕　时间还早，我送你到厂门口。

宁小玉　（带点撒娇地）不要你送了嘛！

侯崇裕　上车呀！

宁小玉　我自己走嘛！

侯崇裕　（忙拦住她）哎！对了，我带你到宾馆里玩玩。

宁小玉　不去不去！有什么好玩的？

侯崇裕　你进去就晓得了。对了，张师傅也在啊！

宁小玉　我更不想跟你去了！

侯崇裕　（一愣）为什么？

宁小玉　哪个有你的脸皮厚啊？（说着"扑哧"一笑，忙转身就走）

侯崇裕　（忙喊）哎！小玉小玉！（一边喊着，一边就要追上去）

〔谁知赵大妈却从后面跑过来拦住了他。

赵大妈　哎！小侯！小侯！

侯崇裕　赵大妈！我有事！（说着就要去追宁小玉）

赵大妈　（又挡住他）你张师傅呢？我找他也有事啊！

〔张明华提着塑料桶、刷子之类的工具，走过来。

张明华　小侯！

赵大妈　（高兴地）张师傅！张师傅！

侯崇裕　（埋怨地）哎呀！赵大妈！您今天可来得真不是时候！

赵大妈　怎么不是时候？我来得正巧！迟一步就碰不着你们了。

张明华　（奇怪地）小侯！怎么啦？

侯崇裕　没事没事。

张明华　赵主任！你怎么到这儿来了？

赵大妈　我一早就到你家，没想到你已经出来了。

张明华　你找我什么事啊？

赵大妈　西头老杨家的儿子明天要结婚了，他家那个情况你是晓得的，没条件到馆子里订酒席，打算就在家里弄几桌，把两家的亲朋好友弄来热闹热闹，他想请你去做个大厨师傅！

张明华　这还不是一句话吗？老杨他自己怎么不来找我？还让你跑得气喘喘的！

赵大妈　嘿！他给不起你工钱，不好意思当面跟你说。

张明华　啊呀，这个老杨，死要面子活受罪！我又不是靠这个吃饭的，你叫他放心，只要能让他亲家、亲家母开开心心，他脸上有光，就什么都有了！

赵大妈　那太好了！我赶快去通知他！（说着高高兴兴地走了）

侯崇裕　（笑道）哟！张师傅，没看出来你还有这一手！

张明华　你才晓得啊！你要是信得过我，将来你办喜事，我来给你操办！哎！你跟小玉进行得怎么样了？

侯崇裕　（又得意地）进展神速！

张明华　哟！是吗？

侯崇裕　就是她爸爸还没松口，不过，没事，不管他！

张明华　哎！老丈人，泰山大人！你绕得过去吗？

侯崇裕　这你就不懂啦！最关键的还是丈母老太！小玉已经领我到林场她家里拜见过她妈了！

张明华　我听大志说了。你不会是空手去的吧？

侯崇裕　哪能呢！我买了她妈一直想吃的荔枝，十几块钱一斤哪。还有美国提子，更贵！

张明华　哟，花了不少钱啊？

侯崇裕　快一百块了。

张明华　这下你小子可放血了。

侯崇裕　这叫吃小亏赚大便宜！

张明华　啊，你这小子！哎，你怎么称呼她妈？

侯崇裕　不管三七二十一，我进门就大叫，妈！随后就是一个九十度。

张明华　她妈怎么样？

侯崇裕　脸上顿时盛开了一朵菊花！

张明华　你这小子从哪学的！

侯崇裕　嘿嘿！那真是老话说的，丈母娘看女婿，越看越欢喜。

〔他们说笑着欲进大堂。

〔一保安挡住他们。

保　安　哎，你们干什么？

侯崇裕　我们到楼顶上去呀！

保　安　你们怎么能从这儿走？走边门，走边门！

侯崇裕　哎！你什么态度，什么走边门？

保　安　我什么态度啦？走边门！

〔侯崇裕还要与他争执。

〔张明华忙上前拉开他们。

张明华　走走走，走边门就走边门，不就多走两步路。

侯崇裕　狗眼看人低！还不跟我们一样，是给人家打工的吗？

张明华　哎，人家有人家的规矩！

〔侯崇裕仍然很不开心地嘀咕着。

张明华　不要气，不要气，一会儿爬高上低的，千万不能怄气！

〔说着拉了侯崇裕转身向后门方向去了。

〔这时，周迅雷走过来，向大门走去。

〔孙秘书看见周迅雷，忙迎上去。

孙秘书　周区长！

周迅雷　怎么样？电视台的记者来了没有？

孙秘书　来了！电台、报社的也来了。

〔张明华听见回头一看，看见了周迅雷，一愣，稍微犹豫了一下，便对侯崇裕。

张明华　小侯，你们先去，我等一下就来！

〔侯崇裕应声，和另一个工人下。

〔张明华转身又要朝大门走去。

〔大堂经理看见周迅雷，也走了过来。

经　理　周区长！

周迅雷　冯经理！不好意思噢，又来麻烦你们！

经　理　啊呀周区长，看你说的！应该是我谢谢您，通过你们的活动，大大地提高了我们宾馆的知名度！

周迅雷　哦！既然这样，那对我们的收费，就要更加优惠哟！

经　理　好说，好说！

〔张明华忙欲上前。

〔保安看见，便将张明华截住。

保　安　哎，你怎么又走到这里来了？

张明华　我想见见周副区长。

周迅雷　谁找我？

〔孙秘书忙迎上去。

孙秘书　同志，你有什么事啊？

张明华　我想找周副区长反映两条有关保护劳动者合法权益的事情。

孙秘书　你没看见区长正忙着呢吗？这样吧，改天你去区政府吧！

张明华　噢……好！（说着急忙转身走了）

〔周迅雷又要向里走去。

〔通达鞋厂的老板徐佩银匆匆走来。

徐佩银　周区长！周区长！

孙秘书　哟！徐老板，你来了？

徐佩银　周区长，我是来向你请假的。

周迅雷　请假？

徐佩银　实在是不凑巧，我们刚刚接待了一位南方来的大客户，要跟他谈一笔大生意。

周迅雷　生意天天有的谈嘛，今天的会议是布置落实安全生产措施的，很重要，一会儿杨书记还要来讲话，你不能请假。

徐佩银　那……我就听周区长您的！

周迅雷　这就对了嘛！跟人家打个招呼，开完会再赶过去吧！

徐佩银　我晓得，我晓得。周区长，您上次给利税大户送人身保险的活动，影响可是遍及全国啊！我们那位南方来的客户，一见面就对你大加赞赏！

〔周迅雷听了不由得开心一笑。

周迅雷　是吗？

徐佩银　我听说今天这个活动，声势造的又很大？

孙秘书　比上次的还要大呢！

徐佩银　周区长，您真是不得了、不得了啊！

周迅雷　也不是我们自己硬要造什么声势，主要是新闻媒体太敏感，我也不知道他们为什么对我们区里的工作特别感兴趣！

徐佩银　蜜蜂为什么总对花感兴趣？因为那里面有蜜好采啊！

孙秘书　我们周区长做什么事都特别有创造性，有新闻性。

周迅雷　孙秘书，我这个人做事一向喜欢低调，你以后对传媒可不能有求必应，要尽量挡挡驾啊！

徐佩银　哎，周区长，这我可要给您提个意见了。

周迅雷　提意见？请讲。

徐佩银　您这种对传媒挡驾的想法那是错误的，大众传媒是领导干部和我们群众沟通的重要渠道嘛。

孙秘书　徐老板，你是不知道啊！就拿上次那个给你们这些利税大户送人身保险的活动来说吧，事后就有群众来信批评我们周区长，说我们的领导干部只会做锦上添花的事，而没有做雪中送炭的事！

徐佩银　啊！还有这样的人？

周迅雷　他们说的也不是没有道理，我甚至认为很有道理，问题是站在什么角度上。

——话剧《平头百姓》 〉〉〉〉〉

孙秘书　他们甚至要求周区长每个月亲自挤一次公交车，每个月亲自去一次医院排队看病拿药，还有经常到商场购物，还要在每一天都能亲自拨打几个部委办局的监督电话……

徐佩银　啊呀！怎么可以对我们的领导干部提这样过分的要求呢？

孙秘书　如果真的按照他们信上说的一件一件地做，那会出现什么样的局面，大事还要不要抓，还有没有精力去抓？老百姓啊，眼睛里只知道盯着他们的柴、米、油、盐。他们不知道，作为一个领导，那是要抓全局、抓大事情的呀。

徐佩银　都不去抓大事，都把精力放在这些鸡毛蒜皮的小事上，那可就糟了糕了呀！

周迅雷　怎么样，徐老板！不在其位，不知其苦吧？

徐佩银　我对您的甘苦，那是完全理解的！

周迅雷　哦，那以后就希望徐老板多多支持我们的工作。我问你呀，你们厂里有没有按照要求跟工人签订劳动合同？

徐佩银　签了，签了，所有的工人都签了！

周迅雷　你们厂的安全措施落实了没有？

徐佩银　落实了，落实了，全都落实了！

周迅雷　这就很好嘛！徐老板！你把这个情况写个材料。

徐佩银　行！我回去就写。

周迅雷　（对孙秘书）就将徐厂长他们厂里的情况，作为这次会议的成果报给区委，另外，再给各家媒体散发散发！

　　　　〔周迅雷、孙秘书和徐佩银一边说着，一边向大门走去。

　　　　〔随后，张明华和侯崇裕落到了地上。

张明华　小侯！你是不是觉得，今天这药水不对头？下脏下得特别快，清洗后的瓷砖上一点光泽都没有，是吧？

侯崇裕　就是！好像跟我们前一阵用的药水不一样！弄到手上还很疼！

张明华　哎，我听说有的清洗公司为了挣黑心钱，用那种腐蚀性极强的药水。

865

侯崇裕　（观察自己的手和药水）没准儿这药水就是！

张明华　（想起）怪不得今天早上领药水时，我就发现不对头，问那个材料员，他含含糊糊地说是什么新药水，叫氢……氢……

侯崇裕　氢氟酸！

张明华　对！是这名了。你说他们会不会也在干这个？

侯崇裕　昨天晚上我就问过他，他坚决不承认，还说你再胡说八道，我明天就把你开了！

张明华　（一愣）他真这么说？

侯崇裕　我还骗你啊？

张明华　他人呢？

侯崇裕　他还没来，可能一会儿要来。

张明华　不行，这种药水不能再用了。

侯崇裕　能用不能用，等老板来了再说吧。

张明华　（想了想）也好！

侯崇裕　那我们还是干活去吧。

张明华　（犹豫地）还去干活？还去干这个活？

侯崇裕　嗯！

张明华　（欲走又站住）可是，什么墙也经不起这么腐蚀啊！小侯！我看，我们先停工。

侯崇裕　停工？张师傅你不要钱啦？

张明华　我们这是在害人哪！

侯崇裕　又不是我们要干的，一个愿打一个愿挨，这跟我们有什么关系？

张明华　可是，活是我们干的呀！

侯崇裕　您不是多事吗？要有问题那也是老板的问题，跟我们不相干哪，我们靠力气干活。

张明华　明知道错了，就不能再干了。

侯崇裕　反正宾馆不知道，我们干完一走了之不就行了？这一天几十块钱的活上哪儿找去啊？

张明华　可你拿着这些钱，晚上是要做噩梦的呀！

侯崇裕　我觉得您太认真了。

张明华　这不是认真不认真的问题，小侯，我们做人、做事要凭良心。

侯崇裕　那好吧，我去叫他们下来！

张明华　你赶紧去，我马上通知宾馆。

　　　　〔侯崇裕点点头，向另一边下。

　　　　〔张明华则向宾馆大堂走去。

　　　　〔保安看见，忙又过来拦住他。

保　安　哎！你怎么又要进去？

张明华　我找你们经理！

保　安　嘿！我说你这个人，刚才要找周区长，现在又要找我们经理，到底想干什么？

张明华　小兄弟！告诉你，这次是关系你们宾馆外墙墙体安全的大事！你如果不让我去找你们经理，出了问题你是要负责任的！

　　　　〔保安一听这话，愣住了，望望他。

保　安　好吧！你等一下。

　　　　〔然后转身进大堂里去，和经理一同出来。

保　安　经理！就是他！

经　理　（向外面望望）怎么？又是这个人？你干吗还跟他啰嗦？

保　安　他说，他说……

经　理　他说什么？

保　安　他说，这回是有关我们宾馆外墙墙体的安全问题！

经　理　胡扯！好，我去问问他！

　　　　〔他说着走出门来，狠狠地对张明华瞪着两眼看着。

　　　　〔这时，张文娟拎着饭盒上。

经　理　（不高兴地）你，你找我有什么事？

张明华　我找你是想告诉你……

经　理　（打断了他）哦，你是想告诉我，我们这个大楼有安全问题？

张明华　（点点头）是的……

经　理　（奚落地）哦！你是建筑师啰？

张明华　（一愣）这……（气愤地）你怎么可以这样说话？

经　理　我怎么不可以这样说话？我们好好的一座宾馆大楼，你愣说它有严重的安全问题，里面那么多电台、电视台的记者，要传出去我生意还要不要做了，我告诉你，如果你要嫌工钱少我可以跟老板说说，可你要是无中生有，敲诈勒索，那我就对你不客气了！

张明华　请你不要污辱人！

经　理　我污辱你吗？你们这种人，我见得多了，什么事做不出来！走吧，走吧！

张明华　（气愤地吼起来）站住！

〔经理倒一愣。

张明华　什么叫"你们这种人"？我们是什么人？我们是工人！

〔经理见张明华的情状，似乎有点胆怯，但随即又大声地——

经　理　工人，就干你工人的活去！在这闹什么呢？

张明华　我请你听我把话说完！

经　理　好了，好了，我正事还忙不过来，没有工夫跟你这种人胡扯！

〔他说完转身就走。

张明华　你站住！

经　理　（一愣，转回身，惊讶地）你，你要干什么？

张明华　你能不能听我把话说完！

〔这时，忽然有人大声喊道："你给我住嘴！"

〔张明华和宾馆经理都吃惊地转过脸去。

〔清洗公司经理跑到张明华面前，轻声而凶狠地——

清洗公司经理　你给我闭嘴！否则我解雇你！

〔张明华一愣。

清洗公司经理　（又轻声地）张师傅！我们公司待你不薄啊！我正打算给你再涨点工钱。

〔张明华望望清洗公司经理,又望望宾馆经理,摇了摇头。

张明华　不!今天我必须把话说完!

清洗公司经理　你?

张明华　(他转对宾馆经理)我告诉你,我们为你们清洗大楼外墙所用的材料,并不是正常的药水,而是腐蚀性极强的"氢氟酸",它已经使这座大楼的外墙墙体受到了严重的损害!

经　理　(惊呆了)是这样!

清洗公司经理　张明华!你被解雇了!

张明华　对不起,你这样的公司,我还不想干了哩!

清洗公司经理　张明华,你小子敢坏我的事,你等着,你等着,看我怎么收拾你!(气冲冲地下)

〔宾馆经理木木地站在那里。

〔宾馆经理忽然醒过来似地,回身喊道——

经　理　张师傅!我们应该谢谢你……

张明华　不必了!

经　理　不好意思,把你的工作都弄丢了……

张明华　没事没事。

经　理　张师傅,以后有什么困难来找我。

张明华　谢谢。

〔宾馆经理转身进大门。

〔张明华独自一人收拾工具和衣服。

〔张文娟轻轻地喊了一声——

张文娟　爸爸!

〔张明华也惊讶地站住。

张明华　文娟?

张文娟　爸爸!我都看到了!

张明华　哦,看到了……

张文娟　爸爸!(哽咽着说不出话来)吃饭……(递过饭盒)

张明华　（接过饭盒，找了一个角落蹲在地上大口吃起来）还是你妈烧的菜好吃。（狼吞虎咽地吃）今天功课复习得怎么样？嗯？怎么不说话？

张文娟　爸爸！……我错了！……（说不出话，哭出声来）

〔张明华一愣，又埋头吃了起来。

〔悠长的音乐轻轻响起。

〔灯暗。

第四场

〔张明华家堂屋。

〔赵大妈拿着一叠表格上。

〔张明华拿着锯子从外面进来。

赵大妈　张师傅！

张明华　赵主任！

赵大妈　你怎么才回来？我都来过两趟了。

张明华　南头马老太家院子里那棵老槐树，有根树枝子枯死了，让我去帮她锯下来，要不然掉下来砸了人不得了！

赵大妈　噢！谢谢你了。

张明华　赵主任！你找我有事啊？

赵大妈　张师傅！这张表你填一下吧！

张明华　什么表？

赵大妈　区里又给我们下岗工人解决了几个就业的岗位。你很快又可以上班了。

张明华　（高兴地）是吗？赵主任！谢谢您啦！

赵大妈　别说了，我还得把这几张表赶紧给他们送去。（转身走了）

〔张文娟从外面进来。

张文娟　爸爸！

张明华　哟！女儿！你妈呢？怎么还没回来。

张文娟　她还没有下班。

张明华　咦！她不是说今天上早班吗？

张文娟　她，她又找了一份钟点工。

　　　　〔张明华不语。

张文娟　爸爸！……（欲言又止）

张明华　什么？

张文娟　我，我也找了一份工作。

张明华　（一愣）啊？你不上学啦？

张文娟　上学，我是在一家餐馆上夜班，从晚上九点到夜里十二点。

张明华　不行！女儿！我不是跟你说过吗？你上大学的钱我包了！（拿起赵大妈送来的表格）你看！我马上就要有一份工作了！

张文娟　可我觉得，我没有权利要你和妈妈为我上大学付出那么多！

　　　　〔张明华看看她，不语。

张文娟　爸爸！你放心，我知道你对我的希望，我绝不会耽误考大学的，我一定能考上！你就答应吧？

张明华　（点点头）我相信！

　　　　〔张文娟还要说什么，门外响起了宁大志的喊声："明华！明华！"

　　　　〔张明华和张文娟忙向外望去，只见是宁大志跌跌跄跄地走了进来。

张文娟　（忙招呼）宁伯伯！

张明华　（却吃惊地）大志？

宁大志　（又转过身喊）小玉，小玉！

　　　　〔张明华和张文娟这才看见宁小玉手扶着墙，显得无力地站在门外。

张明华　（忙喊）哎，小玉，怎么不进来呀？

张文娟　（高兴地）小玉！

张明华　（一看宁小玉的情状，更加吃惊地）小玉！你怎么脸色蜡黄蜡黄的！病啦？

宁大志　（恨恨地一声）嗨！

〔宁小玉不语，身子一晃，差一点就要倒下似的。

张文娟　（吃惊地）小玉！（慌忙一把扶住她）

张明华　快坐下！

〔张文娟忙扶宁小玉进来，到桌子边的椅子上坐下。

〔但宁小玉似乎坐也坐不住。

张明华　文娟！快扶小玉到你房里躺躺！

宁小玉　不不不！

张文娟　（上去拉她）小玉，走！

宁小玉　文娟！我不能躺在你床上，你也不要碰我。

张文娟　你，怎么啦？

宁小玉　我，我有病。

张明华　有病更要躺下歇歇呀！听话！

张文娟　走吧！

〔宁小玉不再坚持，跟张文娟进房里去了。

张明华　（轻声地）大志！怎么回事？

〔宁大志低头不语。

张明华　（着急地）大志！

宁大志　完了，完了！真懊悔没听你的话！是我害了小玉！

张明华　别说这些了，到底怎么回事？

〔宁大志正要说话，张文娟慌慌张张地跑了出来。

张文娟　爸爸！小玉的鼻子直淌血！

张明华　（一惊）啊！（欲向房里跑去，又转身对张文娟）你到我屋里把药水棉球拿来！（说着向房里跑了去）

〔张文娟急忙跑到另一间房里，拿了药水棉球出来，又慌忙跑进自己房里去了。

〔宁大志却一直只是低头坐在那里唉声叹气。

————话剧《平头百姓》 〉〉〉〉〉

〔房里似乎传来宁小玉轻轻的抽泣声。

〔稍停,张明华从房里出来,轻声地——

张明华　到医院看了没有?

宁大志　去了。

张明华　什么毛病?

宁大志　叫再生障碍……就是血癌……

张明华　啊!

宁大志　厂里已经有好几个女工得这种病了!她们说是跟她们厂使用的化学药品有关,中了什么毒。

张明华　你找厂里了没有?

宁大志　找啦,可老板说,当初合同上讲明了的,生死伤残一概由本人负责!

张明华　啊呀大志!(本来要埋怨他,但又忍住了,什么也没说)

宁大志　(懊恨地猛捶自己的脑袋)唉!我悔不该没有听你的话呀!

张明华　不说这些没用的话了!现在顶要紧的是赶紧想法给孩子治病!

宁大志　那得要多少钱啊!医生说得十几万呢!

张明华　还是要找那个鞋厂!

宁大志　我已经找过了,人家把我赶出来了!工人找老板,是没有道理可讲的。

张明华　总不能就这样认了!

宁大志　认了!认了!不认还能怎么样呢?怪我,怪我!都怪我窝囊啊!我对不起小玉!

张明华　(忙劝慰地)大志!

〔这时,从房里传来宁小玉轻轻的哀叹:"爸——爸!"随即,她从房里走了出来,拉住了宁大志。

〔张文娟也从房里追出来,赶紧搀扶着她。

宁小玉　(仍拉着宁大志)爸爸!我不看病了!

张明华　小玉,不要瞎说,有病总要看的!

873

张文娟　　就是！

宁小玉　　张叔叔，文娟，我不看病了，我晓得，这个病是看不好的！

张明华　　小玉，你还没有去看哩，怎么就说看不好了？

宁小玉　　（摇摇头）爸爸！你不要花这个冤枉钱了，你还是把它留给妈妈治病吧！

　　　　　〔宁大志望着女儿，不语。

宁小玉　　爸爸，你别这样！不怪你的，爸爸！我不怪你的！我从来没有怪过你，啊？你千万别自己折磨自己。

　　　　　〔宁大志摇头，无言。
　　　　　〔张文娟掩面而泣。
　　　　　〔张明华深深地叹了一口气。
　　　　　〔外面突然传来了侯崇裕的喊声："小玉！小玉！"
　　　　　〔随即，侯崇裕冲了进来，扑到宁小玉的身边，急切地——

侯崇裕　　小玉！小玉！你怎么啦？

　　　　　〔宁小玉不语。

侯崇裕　　小玉！小玉！你放心，我挣钱给你治病，我也挣钱养你一辈子！

宁小玉　　（却神情冷漠地）你不要管我！我跟你没有关系……

侯崇裕　　小玉！你说什么？你怎么跟我没有关系，我们不是要结婚的吗？你放心，我一定要挣钱给你治病，我还要挣钱养你一辈子。

　　　　　〔宁小玉不再理他，只转过脸对宁大志。

宁小玉　　爸爸，我们回去吧。回林场去吧！这段日子……这段日子，我就想静静地躺在我自己的家里，躺在妈妈的身边！（说着，忽然全身软软地瘫了下去）

　　　　　〔侯崇裕忙抱住她，急切地——

侯崇裕　　小玉！小玉！……

　　　　　〔宁小玉昏了过去。

众　　　　（急切地）小玉！小玉！……

　　　　　〔灯暗。

————话剧《平头百姓》 >>>>>

〔一阵救护车急切的鸣叫声响过。
〔灯光复明时，李惠琳在忙着切菜。
〔张明华、侯崇裕神色疲惫地进来。

李惠琳　明华！小玉怎样了？
张明华　还在观察室观察哩。
李惠琳　唉！小玉这姑娘，她太年轻了，太厚道了，我这心里真是难受死了！
〔侯崇裕忽然看着李惠琳手上的菜刀发愣。
〔李惠琳见他的神情，也不觉一惊。
〔侯崇裕猛然夺过李惠琳手上的菜刀，大吼一声。
侯崇裕　我去找他们！（说着转身就要走）
张明华　（忙喊）小侯！
李惠琳　（也急忙喊他）小侯！
张明华　小侯！你要上哪去？
侯崇裕　我去找他们算账！
张明华　算什么账？
侯崇裕　叫他们给小玉一个说法！不给小玉一个说法，我就跟他们拼了！
张明华　小侯！你把刀放下！
侯崇裕　你别管！你给我让开。
〔张明华上前一步，用劲一把想把他拉回来，侯崇裕用力过猛，张明华被摔倒在地上，小侯手上的刀也飞了出去，李惠琳赶紧上前捡了起来。
〔侯崇裕倒在地上，伸手喊着——
侯崇裕　把刀给我！把刀给我！我要跟他们同归于尽！
张明华　你跟这种人同归于尽，值得吗？
侯崇裕　（猛地蹲下抱住头哭了起来）你有家，有老婆孩子，你可以咽得下这口气，可我呢？小玉就是我的一切，我的一切啊！
张明华　（艰难地爬起来，把小侯拉起来坐下）小侯啊！你以为我看见小玉这个样子，心里面不难受吗？要依我的脾气，我也恨不得把那老板一刀给剁了，可我们不能这么做呀！你把他杀了，小玉的病就能好吗？这只会把你自己也搭进去！小玉现在最需要的，就是你能在她的身边，给她希望，给她安慰。

〔侯崇裕不语。

张明华　人这一辈子，谁还不会遇到点难事？这远的不说，就拿我来说吧，你总说我整天乐乐呵呵的，不知道什么叫愁，我也是人，怎么就不知道愁啊？特别是刚下岗的时候，我整夜整夜地睡不着，可是还得瞒着你嫂子和文娟，每天早上夹着个饭盒假装去上班，在大街上一荡就是一整天、一荡就是一整天，我的心里就不烦吗？有时候坐在马路牙子上，看着那些急急忙忙去上班的人，心里那个羡慕啊，那滋味没法说了。可晚上回来呢，还要装出一副笑脸，生怕老婆孩子看出来。小侯，你是知道的，论技术，我是全厂数一数二，又能吃苦；论年龄，我才四十多岁，正是能干的时候，你说凭什么就让我下岗啊？我是怎么都想不通啊。后来在外面打工，一年换了十几个工作，天天看人家的脸色，我心里就不苦吗？我就没有自尊心吗？有时候我真是觉得快扛不下去了，可这日子还得要过啊！小侯，你记住，不管碰到什么事，只要你自己不倒下，没有过不去的坎。

〔侯崇裕望望他，不语。

张明华　小侯，我们现在不是常说要相信法律，依法办事吗？鞋厂老板不讲理，我们去找政府跟他讲理，鞋厂老板犯了法，我们到法院去告他！可要都像你这样，一碰到不顺心的事就动刀子，那我们这个社会会成什么样子？小侯啊！听师傅一句话，他犯法了，我们可千万不能犯法啊！

〔侯崇裕不作声。

李惠琳　小侯，听你师傅的话啊！
张明华　我去找那个鞋厂的老板！
侯崇裕　我也去！

张明华　你不要去。(他转对李惠琳)等下你炒好了菜，就跟小侯先吃吧！别等我了。(说着走了出去，推着自行车欲走)

〔李惠琳愣了一下，追了出去。

李惠琳　明华！

张明华　(站住)有事吗？

李惠琳　大志跟小侯都去找了那么多次，都没有用处，你不是当事人，又不是他家的什么人，你去能有用处吗？

张明华　有用没用，我也不敢说，可我不能不去！我们不能看着小玉没人管，不能看着大志走投无路，不能看着小侯被逼得去做犯法的事！对了，你把家里的存款都拿出来，交给大志。

李惠琳　可那是给文娟上大学用的。

张明华　顾不了那么多了，救命要紧，学费以后总会有办法。

李惠琳　好吧。

张明华　我走了。

李惠琳　你去吧！去吧！

张明华　对了，你把我那套西装找出来。

李惠琳　都不能穿了，拿出来干吗？

张明华　明天我有用。(随即跨上自行车走了，自行车铃声渐远)

〔李惠琳转身看了看屋里的侯崇裕，叹了一口气。

〔灯暗。

第五场

〔周迅雷办公室内。

〔周迅雷正坐在办公桌后面接电话。

〔孙秘书进内，轻声地喊："周区长！"

〔周迅雷捂住话筒。

孙秘书　通达鞋厂的徐老板想见你。

周迅雷　（忙说）请进，请进！

〔孙秘书示意徐佩银进来。

〔周迅雷忙从办公桌后面迎过来。

徐佩银　周区长！

周迅雷　徐老板！请坐，请坐！

〔徐佩银坐下。

周迅雷　徐老板！我们已经把你们厂里的情况报到市里去了。

徐佩银　谢谢周区长！

周迅雷　哎，这也是我们的本职工作嘛！

徐佩银　可是，周区长！这两天，我们遇到了一点麻烦。

周迅雷　（仍笑着）是吗？什么麻烦能难倒我们徐厂长？

徐佩银　是这么回事，最近，我们厂里有一两个女工，不知从哪儿染上了一种什么病……

周迅雷　（一愣）哦！

徐佩银　她们硬说是因为在我们厂里使用了什么化学材料，中了什么毒！

周迅雷　哦！徐厂长！我们刚刚把你们作为典型报到市里去了，你可不能在这个时候出我们洋相啊？

徐佩银　周区长！我们冤枉啊！这几个工人的病，跟我们使用的化学材料绝对没有任何关系！

周迅雷　徐老板！你有什么证据证明那几个女工的病，跟你们使用的化学材料没有关系呢？

徐佩银　周区长，您看，我们厂里那么多工人，只有她们几个人得了这种病，其他的人都好好的嘛！

周迅雷　（点点头）嗯！

徐佩银　周区长，您对我们的关心我心里还不清楚吗？您放心，安全问题我是不会让您担心的，更不可能给您脸上抹黑呀。可这几个人就是要跟我无理取闹！其中特别有一个，父亲是一个什么林场的职工，啊呀，可会闹了，自己来闹还不够，这两天又纠集了几个下岗工人，三番五次到我厂里来纠缠，对我进行"车轮大战"！甚至煽动我们厂里那些女工，说要争取什么权利……

周迅雷　哦！

徐佩银　这就严重地影响了我们的正常生产秩序！周区长，今年的利税指标……

周迅雷　不管什么人，不管遇到什么问题，都绝对不准许妨碍正常的生产秩序！如果你确实认定这几个女工的病跟你们厂里没有关系，而她们的家长还是来纠缠不休，甚至煽动下岗工人来闹事，这可不是个小事情了！这样，徐厂长！他们再来闹的话，你就报警！

徐佩银　周区长！有你这句话，我心里就踏实了！

周迅雷　不过，徐老板！我再重申一句，安全生产，人命关天的大事，千万不能马虎大意！

徐佩银　这个，周区长！你放心！

周迅雷　那，就这样了。

徐佩银　谢谢周区长！有政府的帮助，我一定搞好生产，争取今年全区利税第一名。

周迅雷　好，发展是硬道理，我这个当区长的也为这个目标服务。

徐佩银　这样吧！如果这几个下岗工人有什么要求的话，经济上由我来承担！帮助政府解决下岗工人的困难，我们企业也有责任嘛。

周迅雷　你有这个态度很好，不过，我们还是要讲原则！不能容忍，更不能放纵任何要挟、敲诈的行为！你回去以后一定把生产搞上去，利税一分不能少……（两人一边说一边往外走）

〔孙秘书进办公室整理文件。

〔张明华穿了一件不太合身的旧西服，显得有点儿不太自然地走了进来。

孙秘书　哎！同志，你是干什么的？怎么进来的？你找谁？

张明华　同志！我找周副区长。

孙秘书　找周区长？约过没有？

张明华　没，没有。

孙秘书　有介绍信吗？

张明华　没，没有。

孙秘书　有工作证吗？

张明华　今天没带。

孙秘书　你什么都没有，怎么进来的？请走吧！

〔张明华赶紧摆手。

张明华　同志！你听我说，我是一个下岗工人，也是这个区的居民，他是我们的副区长，我们只能在电视上见到他，却总是不能跟他见个面，说个话，你说这合适吗？

〔孙秘书望望他，不由地点了点头。

张明华　再说了，我今天来可不是为自己的事来麻烦他，确实是有一件人命关天的大事！真的。

〔孙秘书仍在犹豫。

张明华　哎，同志！我们见过面哪！

孙秘书　我们见过面？

张明华　你忘了，上次在宾馆门口，你让我过几天到区政府来……

孙秘书　（恍然地）哦，是你呀，那好吧，你等一下，我去通报一声，看看区长有没有时间接待你。

张明华　哎！谢谢！

孙秘书　你到那边等着吧。

〔张明华点头下。

〔周迅雷进办公室。

〔孙秘书递上文件让其签字。

孙秘书　周区长！刚才有个下岗工人要见你！

周迅雷　下岗工人？什么样的人？

孙秘书　看上去五十多岁，不像个无理取闹的。

周迅雷　让他进来吧。

〔孙秘书点头应声出去。

〔周迅雷又回到办公桌后面坐下，在台历上写着什么。

〔孙秘书领着张明华走到门口。

孙秘书　（轻声地）你可以进去。周区长很忙，你抓紧时间，不管什么事情，简明扼要，千万不要啰哩啰嗦，没完没了，只能给你十分钟时间。

〔张明华点点头，跟着孙秘书走了进来。

〔周迅雷仍在台历上写着，没有抬起头来。

孙秘书　周区长，这就是那位下岗工人！

〔周迅雷在台历上写完了，站起来，伸出手，微笑着问。

周迅雷　请问是哪个厂的下岗工人？

张明华　精密机床厂的。

〔电话铃响，秘书接电话，递给周，周接电话，下指示，挂电话。

〔孙秘书出门。

周迅雷　刚才说到哪儿啦？

张明华　（提醒）精密机床厂。

周迅雷　哦！对，那个厂我去过。啊呀，是很好的一个厂啊！历史上曾经辉煌过！唉，没办法，转轨嘛！我们的一些工人，包括一些很优秀的工人，都下了岗，所以，我常说，我们的工人阶级好啊，为了我们的改革，为了我们的经济建设，是做出了牺牲和贡献的。

张明华　（点点头）周副区长在电视里一直这么讲的，大家听了都很感动！

周迅雷　是吗？大道理不讲了，你看看，你今天有什么实际困难要我帮你解决呀？

张明华　我自己倒没有什么困难，虽说工作不稳定，总还是有活干。那天在宾馆门口见到你，想跟你说说，不巧你没空，这之前，我还给你写了几封信……

周迅雷　噢！那些信原来是你写的呀！对了，怎么称呼？

张明华　我姓张，叫张明华。

周迅雷　张师傅！感谢你啊！不过，张师傅，我实话实说，你在信上反映的情况，站在你们的角度，是立马就能办到的，但作为政府来说，就不能不考虑到方方面面，还希望你们能有点耐心。

张明华　周区长！我今天来找你，并不是为了这些事。

周迅雷　哦！那你是？

张明华　我是为了通达鞋厂……

周迅雷　噢！那几个女工的病？

张明华　（一愣）你已经知道了？

周迅雷　刚才他们徐老板来过了！

张明华　哦！他是怎么对你说的？

周迅雷　张师傅！你这种不计较个人得失，乐于帮助别人的精神很好！应该发扬光大！但是，通达鞋厂的事，你就不要管了！

〔张明华一愣。

张明华　为什么？

周迅雷　我问你，你是他们厂里面的人吗？

张明华　（摇摇头）不是。

周迅雷　你知道他们厂里的情况吗？有多少工人？有多少车间？原料从哪里来？产品销往哪里去？

〔张明华无语。

周迅雷　不知道，是不是？就算你是他们厂里的工人，对厂里的情况也不会比他们的厂长更清楚吧？

张明华　这个……

周迅雷　再说我吧，我对他们厂里的事情可能比你要了解得多一些，但是我就不管。为什么呢？因为现在我们政府也要转变职能，只为企业创造良好的经营环境，不能干预企业正常的生产秩序！

张明华　这，我……

周迅雷　张师傅！我再说一遍，你这种精神是很好的！可能你对我们国家的一些政策法规不大了解，既然你来找到了我，我就有责任劝你，千万不要再去干扰人家正常的生产秩序了。我告诉你，对于妨碍正常生产秩序的人和事，政府倒是管得着的了！

张明华　（猛地朝起一站）周副区长！你！

周迅雷　（又按着他的肩膀）张师傅！坐下，坐下！

〔张明华很不高兴，但只得又坐下。

周迅雷　张师傅！你知道不知道，我们国家有个《合同法》？你知道不知道，那些女工都是跟厂里签了合同的！

张明华　我知道啊，可是周副区长！你知道吗？通达鞋厂的这个合同，根本不考虑劳动者的利益，简直就像是一张"卖身契"！

周迅雷　怎么可以这么说呢？

张明华　（一愣，稍停）周副区长！真的！这个合同里，甚至有"生死伤残与厂方无关，概由工人自己负责"这样的条款……

周迅雷　什么？什么？有这样的条款？

张明华　有啊。

周迅雷　（生气地）有这样的条款，那他们为什么还要签呢？他们完全有拒绝签字的自由嘛！怎么就没有一点自我保护的意识嘛！

〔张明华听了这话，一愣，他克制住自己，轻声地——

张明华　周副区长！你这话说得太轻巧了吧？如果什么都要求老百姓有"自我保护"意识，那，那，我说句不中听的话，那，我们要政府干什么呢？要你这个区长又干什么呢？

周迅雷　你！……

张明华　（紧接着）你说"他们完全有拒绝签字的自由"。是的，没有人逼他们签字，可是，大志要不在这个合同上签字，小玉能进那个鞋厂吗？周副区长，难道说，你一点儿也不知道，现在劳动力市场的状况，处于弱势地位的人们，当真有那么多选择的自由，有那么多拒绝的自由吗？

〔周迅雷无语。

张明华　没有啊！周副区长！如果他们拒绝签字，那就等于是拒绝一份很难得到的工作！如果他们拒绝签字，那就是等于拒绝一个月几百块的养家糊口钱啊！现在要找到一份工作有多难？人有了病要吃药，没有病也天天要吃饭，这是一个人起码的生存条件吧？如果他们拒绝签字，也就等于拒绝这些最起码的生存条件！拒绝签字？周副区长，我说句我们老百姓的粗话，你可别不爱听，你这叫：站着说话不腰疼！（越说越激动，说到这里陡然停住了）

〔周迅雷惊愕地望着他，无语。

〔孙秘书不知什么时候进来了。

孙秘书　哎，你怎么这么说话？

〔周迅雷似乎回过神来，勉强地笑笑，忍耐着摇摇头。

周迅雷　张师傅！还有什么话，你统统都说出来！

〔张明华急速地喘着气，不语。

周迅雷　不要冲动，当然了，我们还是就事论事，我问你，你们有什么证据可以证明那个女工的病，确实是人家鞋厂使用化学材料造成的？

张明华　有医院的诊断。

周迅雷　诊断书呢？

张明华　可医院却说，必须有厂方证明，他们才能出具诊断书！

周迅雷　是的，我听说是有这条规定。

张明华　你说这个规定合理吗？

周迅雷　从维护企业的正常生产秩序来说，当然是合理的！

张明华　但对劳动者来说，它却是不合理的！因为这样一来，就是帮助雇主，把雇工维护自己合法权利的道路给堵死了呀！但是周副区长！如果人们的合法权益总是得不到维护的时候，他们就会用非法的手段得到它，这恐怕是你我都不愿意看到的吧！周副区长！

周迅雷　（猛然站起身）张师傅！今天我一直很耐心地听你讲，跟你说，但是，我提醒你，不要因为个人下岗的遭遇，就总是站在党和政府的对立面来说话!

张明华　周副区长!你这话又错了!我虽然是个下岗工人,可我从来都觉得自己是生活在党的怀抱里的。我虽然只是个平头百姓,可我从来都认为政府是我们自己的!所以我才给你写了那些信哪。

〔周迅雷无语。

张明华　现在报纸上、电视上总是报道说我们的领导干部今天"亲自"干了些什么,明天又"亲自"干了些什么,你知道老百姓最希望领导干部"亲自"干什么吗?就是希望他们能"亲自"体验体验老百姓的甘苦!

〔周迅雷无语。

张明华　现在我才真正明白,我的那些信,你根本就没有认真看过,更没有认真地想过。我知道你很忙,你太忙了,你的心里被许许多多事情装得满满当当,可就是没有一点点我们老百姓的位置!(说完转身就走)

〔周迅雷站在那里,一动不动地发愣。

〔孙秘书望望他,稍停,轻声地——

孙秘书　周区长!这个人……

〔周迅雷没有回答。深思着……

〔灯暗。

第六场

〔清晨。

〔张明华家堂屋。

〔电视里面正在播放早新闻。

〔张明华和李惠琳刚才一边听着新闻,一边吃早饭。

〔张明华一边收拾碗筷,一边对妻子——

张明华　都吃早饭了,文娟怎么还没起来呀?丫头,起床了!

李惠琳　还等你？一大早就去学校了。

张明华　去那么早干什么？

李惠琳　咦，今天学校不是宣布保送重点大学的名单吗？你怎么忘了？

张明华　对了对了，我真给忘了，全忘了！哎，想跟你商量一件事。

李惠琳　什么事？

张明华　晚上回来再说吧！

李惠琳　你这不是存心叫我一整天都心神不宁吗？

张明华　（顿了顿，又笑笑）我是想跟你商量……（欲言又止）

李惠琳　啊呀！说吧！

张明华　我想，把我们这房子卖了！

李惠琳　（惊讶地）你说什么？把房子卖了？

张明华　你别急呀，这房子是我爸爸留给我的，我哪里舍得卖掉它？可我们女儿就要上大学了！我咨询了一下，我们这房子能卖个十二三万，其中十万，分两份，一份给女儿上大学，另外一份，我想跟小侯他们合伙，也搞一个清洗公司！

李惠琳　什么？你也想搞什么公司？上次卤菜店不就没办下来。

张明华　现在各级政府不是一再强调要关心困难群众，关心弱势群体，鼓励下岗工人自主创业吗？

李惠琳　可你这么大岁数了……

张明华　我跟小侯他们在一起，他们年纪轻，有志气，也有能力！他们主外，我主内，也就是坐坐办公室，搞搞管理。

李惠琳　那，房子卖了，我们住哪里呀？

张明华　你别急呀！我算好了。另外还有两三万，我们找个偏一点的地方，租一套小一点的房子，每月二三百块钱，够我们租好多年的！到那时候女儿大学毕业了，日子肯定要好过多了，我们再换一处大一点、好一点的房子，我们两个就一起安度晚年吧！

李惠琳　你看着定吧。（说着就拿了碗筷进厨房去，旋即又拿来了拖把欲拖地）

张明华　你还忙什么？上班要迟到了。

李惠琳　我今天是下午班。

张明华　噢，那我先走了。

李惠琳　哎！上班高峰，骑车当心，不要——

张明华　（学着妻子的口气）不要管闲事！

李惠琳　有事情人家会打110找警察的！

张明华　晓得来！（说着走出门去。随即又转身喊："惠琳！"）

〔李惠琳走出来。

张明华　忘了告诉你，昨天快递公司给我配了个BP机。（说着从包里拿出BP机）

李惠琳　干吗用？

张明华　好随时呼我啊。女儿今天不是要有消息了吗？等她回来有了好消息马上呼我，我的号码你记一下。

李惠琳　我去拿张纸。

张明华　别去拿纸了，就写你手上吧。

李惠琳　哎，好！（伸出手去）

张明华　（一边讲，一边在李惠琳手上写着）6258403呼1983，巧吧，正好是女儿出生的年份。我特地挑的。

李惠琳　哎，这个号码好记。

张明华　好了，我走了。

〔李惠琳点点头。

张明华　女儿今天有好消息别忘了呼我！（说着跨上车子走了）

〔李惠琳望着她的背影，又追上两步，挥手喊着。

李惠琳　明华，早点回来！我等你吃饭！

〔幕后传来张明华的应声："哎！有好消息别忘了呼我。"还传来"丁零零！丁零零！"一长串自行车的铃声。

〔李惠琳仍站在那里，向远处望着。

〔赵大妈端着一只碗，喊着："惠琳，惠琳啊！"走了来。

李惠琳　（迎出来）哟！赵大妈！有事啊？

赵大妈　没事没事。昨天我家老头子下乡去，采了些野菜回来，我炒好送点过来给你们尝个新鲜。

李惠琳　啊哟！谢谢！谢谢！

赵大妈　你找个东西倒下来，空碗我带走。

李惠琳　好的！（一边将菜倒下，一边与赵大妈说着话）

赵大妈　张师傅在快递公司干得怎么样？

李惠琳　干得蛮好的！

赵大妈　快递公司？干什么的？

李惠琳　就是给人家送送信、送送文件什么的。（说着又将碗里面装满了）

李惠琳　赵大妈！碗给你！

赵大妈　（一看碗里满满的）啊呀，你这是干什么？

李惠琳　不作兴还空碗的！这是我自己泡的酸豇豆，包你比市场上买的好吃！

赵大妈　啊呀！谢谢了！谢谢了！

〔这时，宁大志和周迅雷上。

宁大志　惠琳！你看谁来了。

李惠琳　大志？

赵大妈　周副区长，您怎么来啦。

周迅雷　赵主任！

宁大志　明华呢？

李惠琳　他上班了，刚走，快快——屋里坐。周副区长，我们家明华是个直脾气，嘴上也没个把门儿的，您别在意啊！

周迅雷　不，不，要是没有张师傅的话。我们恐怕就要犯错误了。

李惠琳　来！大志你也过来坐。小玉的病怎么样了。

宁大志　好多了，我来是告诉明华一件事！

李惠琳　看你一脸的喜兴劲，肯定是个好事啊！

宁大志　你说对了，我家小玉的事解决了！法院判了！

李惠琳　怎么判的？

宁大志　鞋厂老板负全责！

李惠琳　该！

宁大志　要是不打这个官司我还真不知道，我们跟鞋厂签的合同上那"生死伤残概由劳动者自己负责"的所谓"生死协议"是无效条款！

李惠琳　无效条款？谁说的？

周迅雷　《劳动法》！而且，《劳动法》上还说了，以后，在劳动合同上，都必须写明这个工作有哪些职业病危害！还有，小玉她们的病到底跟鞋厂使用的化学材料有没有关系，以后就不是要小玉她们拿出证据，而是要厂里拿证据，这叫举证倒置！

李惠琳　啊呀！这以后还真得学点法！

宁大志　是啊！这次还得谢谢区领导，是他们帮我们找了法律援助中心，打赢了这场官司啊。等明华晚上回来，我要跟他好好的喝两盅。明华为这事可没少操心啊！

李惠琳　哎！

〔张文娟从门外兴冲冲地上。

张文娟　妈妈！宁伯伯！爸爸呢？

李惠琳　他上班去了呀！

张文娟　啊呀！他在哪儿上班啊？

李惠琳　我哪儿知道，他给快递公司干活，不是得满南京城的跑啊！什么事这么急？

张文娟　啊呀！妈妈！

李惠琳　到底什么事啊？

张文娟　学校决定保送我上南大了！

李惠琳　（高兴地）是吗？啊呀我的乖女儿！大志，赶紧去把小玉和小侯找来，今天正好周区长在这，等明华回来我们好好热闹热闹。文娟，快给你爸打呼机。

张文娟　我爸有呼机啦？

李惠琳　快递公司给他配的。
张文娟　太好了！妈，快把号码给我！
〔突然，侯崇裕满头大汗，直喘粗气地跑了来。
侯崇裕　不、不好了！不好了！
〔众皆大惊。
李惠琳　小侯！怎么啦？
侯崇裕　出事了！出事了！张师傅出事了！
李惠琳　（着急地）到底出了什么事，你快说呀！
侯崇裕　他为了抓两个拦路打劫的歹徒，被歹徒刺死了！
李惠琳　（一声尖叫）啊！（随即向后倒下去）
张文娟　（也猛然一声尖叫）妈！
〔灯暗。

尾　声

〔莽莽锺山，巍然耸立。广阔的玄武湖，水平如镜。长长的盆景园，点缀在湖边——好一派壮美秀丽的风光！
〔幕启时，舞台台唇边放满了鲜花。
〔一个年轻人正在讲述着。

年轻人　那个中年妇女正在走路，那两个家伙一把抢过她的小包，骑着车子就跑，那个中年妇女一边拼命地喊抓强盗！抓强盗！一边追……
中年人　那两个坏人骑着车哪，怎么追得上？
一妇女　就是啊！
年轻人　就在这时候，这个人骑着车子追了上来，一边追一边喊：抓强盗！抓强盗！他骑得飞快，一下就追上了那两个坏人，然后他从自行车上纵身一跳，一下就把坏人那辆自行车扑倒了，他跳下车就抓住了一个歹徒，哪知道另一个歹徒爬起来对着他的头上、颈

　　　　　上、背上，连刺了六七刀，当时他身上的那个血呀！可这个人死也不松手！直到大家赶到，可他已经……

一老人　　好人啊……

　　　　　〔在他的讲述声中，人们默默地向张明华致意，逐渐散去。
　　　　　〔宾馆的经理和保安也来献上了鲜花。
　　　　　〔宁大志、宁小玉、侯崇裕前来献花。

侯崇裕　　张师傅，你放心吧，医院说小玉的病有希望！

宁大志　　明华！好兄弟！你走好啊！

　　　　　〔李惠琳和张文娟、周迅雷和孙秘书、赵大妈、陈嫂，慢慢地走来。他们同样将鲜花放在湖边。

周迅雷　　（动情地）张师傅！我们有过一次谈话，现在我多想再和你谈谈！（稍停，他又激动地）你很普通，也很平凡，但做人，你顶天立地！张师傅，我会永远记住你的……

　　　　　〔音乐声。
　　　　　〔周迅雷和孙秘书、赵大妈和陈嫂，默默离去。

李惠琳　　明华！我和女儿来了……

张文娟　　爸爸！我来了……

李惠琳　　明华！……怎么这些事都被你碰上了呢？你为什么没有拐弯走开呢？……听人说，你抓住那个歹徒，死都不肯松手。……你为什么不松手呢？……我不是说过吗？不要管闲事，不要管闲事！你吃的亏还少吗？……你总说，该管的事就得管，可你只是个平头百姓啊！你管那么多事干嘛？……（哭泣）……可我知道，你这么做是对的，对的……（哭得说不下去）

张文娟　　妈，别哭，从小到大我没见爸爸发过愁，他不喜欢我们掉眼泪。爸爸是对的，我佩服他……（走到台前）爸爸，真遗憾，您没有听到我的好消息……（走向舞台一侧的公用电话亭，拨电话，用尽全身力气，忍住泪水，一字一句说出）……你好，请呼1983，……留言：爸爸，学校保送我上南大了。……注意身体，早点回

家，我和妈妈在家等……着……您！……（挂电话，已泣不成声）

〔音乐声渐强。遥远的天边，BP机的"嘀嘀"声轻盈地响着，逐渐响彻整个剧场。

〔金黄的落叶缤纷而下，越落越多，金灿灿铺满了整个舞台。

〔音乐声强烈而激动。

〔幕落。

〔剧终。

精品提名剧目·话剧

秋天的二人转

编剧　杨利民

时间

现代或过去不久的事情。

地点

中国北方某城市边缘。

人物

老锁、二平、马老大、傻冬子、郑清、小丫、刘嫂、小来子、警察、斗九、群众演员

〔场景：东北某城市边缘。一条热闹的娱乐小街的背后，一个演二人转、地方戏小剧场的后院儿。左侧是一小废品收购站，收购站的小房子实际是一辆废弃的中巴车，车门处搭了个小棚子，显得豪华而不值钱，杂乱而欢乐，还带有几分忧伤。所有的用具如电话、小桌、灯罩、高档电器，实际上都是舞台上沐浴过灯光后退役的小道具。右侧是小剧场的后门，门两旁堆着塑料花篮和敲破的锣鼓之类的东西，中间有一棵白杨树显得挺拔而秀美。树下是一大块空地，有临时做饭的炊具和桌凳儿。这块空地也经常用作排练或走走台什么的。

〔幕启。五十多岁的老锁是个很讲究的男人。他收废品从不乱堆乱放，他把废纸板捆扎得方方正正，玻璃瓶子也按规格打成十个一组，易拉罐踏扁后装进尼龙丝袋子，废铜烂铁也都码得整整齐齐。老锁干活戴白手套，服装穿得也利索。脸上和手上有烧伤留下的疤痕。他就住在小废品收购站那辆废弃的中巴里，车门处接了一个小亭子，利用演戏用过的道具装饰得很漂亮，也很艺术。老锁多才多艺，利用废旧物做的灯罩、烟灰盒、墙上挂的铁皮画、小工艺品之类的东西。门旁挂着二胡、唢呐，吹拉弹唱、写写画画，他都能鼓捣两下子。很少有人知道他从哪里来，只知道他很快乐、很守信用，有时很忧伤，脾气又很犟。他喜欢喝几盅酒，然后换上讲究一点的衣服去看二人转，尤其是新来的角儿；他从来都堂堂正正买票，走前门。

————话剧《秋天的二人转》 》》》》》

第一幕

一

〔秋日下午。

〔全景。

〔老锁把一个个易拉罐用脚踩扁，然后装进袋子。踏扁易拉罐发出的"啪啪"声，对老锁来说或许是最美妙的。

〔敦厚老实的刘嫂在忙乎着做饭。

〔斗九骑着倒骑驴三轮车来送豆腐。

斗　九　豆——腐——！热乎乎的豆腐来啦！

刘　嫂　放那儿吧。（数零钱）

斗　九　今天的豆腐，（学广告词）水水的，嫩嫩的，可以在脸上弹钢琴。（他在刘嫂的屁股上弹了两下）

刘　嫂　（打开斗九的手）去你的！怎么学的没大没小的，真愁人。

斗　九　刘嫂，昨晚我好像在火车站看见你了，还拿个包，等谁呢？

刘　嫂　我去接个亲戚……

斗　九　钱给多了……

〔老锁上。

斗　九　（拎两卷干豆腐）老锁哥，给你捎俩鸡汤豆腐卷，下酒。

老　锁　我去给你拿零钱。

斗　九　老哥，你跟我还扯这个！咱吃不起生猛海鲜，弄两个鸡汤豆腐卷下酒，照样滋润！这是老哥你教我的。

老　锁　一个小本生意。

斗　九　那也叫豆腐房！给老哥弄个下酒菜，够用。

刘　嫂　（远远地喊一句）斗九，发财了吧！

斗　九　等着吧！我要把豆腐房发展成豆制品深加工联合体——大托拉斯！率先进入小康。

刘　嫂　这小子，挺社会呀！

斗　九　那是！走啦。豆腐——（下）

老　锁　走啦！（转身回屋端出饭菜）

　　　　〔两个二人转学员哼着小调上。

群众女　你今天唱得挺好啊……

群众男　哎，什么味这么香？刘嫂做啥吃的呢？

刘　嫂　酸菜粉条氽白肉，快去取饭盒去。

　　　　〔群众下。

刘　嫂　老锁大哥，我发现你有两大爱好。

老　锁　是吗？说说我听听。

刘　嫂　第一喜欢喝一口……

老　锁　那第二呢？

刘　嫂　喜欢娘们儿。

老　锁　照你这么说，我就是一个酒色之徒了。

刘　嫂　也不能这么说，你就是喜欢二人转里的娘们儿。

老　锁　那不错。（又"吱"地捆一口）我是宁舍一顿饭，不舍二人转。哎，听说今天又来一个角儿，唱功说功都不错。

刘　嫂　对，去年我跟着班子在肇源看她演过。不光唱得好，疙瘩口说得也脆，荤的素的都有。那小娘们儿三十多岁，长得像大姑娘似的，细皮嫩肉，一掐直冒浆。

老　锁　你这女人，也学会忽悠了。

刘　嫂　真的！见了你就知道了。可她命不好，台上陪着观众笑，台下没人自个儿哭。

老　锁　咋的呢？

——话剧《秋天的二人转》 〉〉〉〉〉

刘　嫂　他丈夫呗，原来跟她是搭档，唱二人转红遍东三省，后来演了一部烂眼子电视剧，火了，现在在北京漂着呢，跟一个十九岁的小妞租了套房子，过上了……嗜，男人和女人就那么回事儿！啥山盟海誓、恩爱夫妻，转来转去都是扯稀乎烂。（回身给老锁取根大葱）

老　锁　（感叹地）人世之间男和女，千古绝唱二人转。

刘　嫂　哟，老锁大哥是真人不露相，还挺文化呢！

〔小来子推一收废品车，看样子挺沉，上场，与刘嫂碰在一起。

小来子　你瞎呀你！

刘　嫂　你怎么说话呢！

小来子　爷们儿，给我称称。

老　锁　放那儿吧，明儿个再说。

小来子　我，我等着急用钱！求你了，爷们儿！

老　锁　都啥呀？

小来子　就那些玩意儿呗！

〔老锁走到废品车前，打开袋子看了看，有砸碎的下水道盖子、新剪断的电缆线。

老　锁　这砸碎的下水道盖子和剪断的电缆线我不收。

〔刘嫂"哎"地咳了一声。

小来子　（急了）别的，爷们儿呀！人家马老大开废品收购站的时候，除了原子弹不收，人家啥都收！

老　锁　谁收找谁去。那下水道盖子值几个钱，还用你去偷，半夜没人我自己不会去拿呀！（小来子递烟，老锁拒绝）缺德！知道吗？还有那个电缆线，整的用户老停电，上次二人转演半截腰，"咔嚓"就停电了，最后点着蜡才演完的。

刘　嫂　可不是呗！

小来子　你，你是先进啊？啊！你你……

老　锁　别管我先进落后，犯法的事我不干。

〔老锁把小来子的废品装进袋子。

小来子　（不知说啥好）哎呀，行，行行！死个钉的！

老　锁　（平淡地）推走吧，找点正事干。

小来子　（哭笑不得）正事儿？这世界哪他妈有正事儿？全都是认认真真地扯王八犊子！（推车下）

〔几个二人转学员唱唱咧咧，有的耍着扇子、手绢，有的哼着流行歌曲、拎着饭盒打饭。

刘　嫂　吃饭了！

〔郑清端着大茶缸子从小剧场后门出来，他朝老锁的小亭子走去。一群众上场。

群　众　舅，刚才他们演的真好，我也想学……

郑　清　那你就好好学，小王你带带我这外甥女。刘嫂，饭做好了吗？

刘　嫂　好了……

郑　清　老锁大哥，以后听二人转，你要是再买票入场，我就找人把你哄出去。咱哥俩谁跟谁呀。想当年我上省艺校若不是你……

老　锁　你要再提那点破事儿，我就拿鸡爪子把你嘴堵上。

〔傻冬子与一女演员上。

女演员　冬子哥！

傻冬子　走。

女演员　冬子哥，你看人家也不是故意的。

傻冬子　走，掉个手绢看你那个磨叽劲儿。

女演员　冬子哥。

傻冬子　走！

女演员　哎呀！（下）

〔刘嫂与打饭的演丑的傻冬子开玩笑。

傻冬子　刘嫂，还吃粉条子啊？

刘　嫂　哎呀妈呀，那你想吃啥呀？哎，傻冬子，你跟我叫妈，我给你吃烧鸡。

傻冬子　妈……（刘嫂一愣）

刘　嫂　哎！

傻冬子　（装傻）妈，我不吃烧鸡，我要吃咂。

刘　嫂　（一阵羞涩）啊！哎呀妈呀，郑老板你看他……

〔众哄笑。

傻冬子　妈，我就是要吃咂……

〔傻冬子撵着刘嫂要剥她的上衣，刘嫂吓得直跑，场上哄笑成一团。

〔二平领着十三岁的女儿小丫上场，她手里拎着皮箱，里面有演二人转的行头，小丫背着个双肩书包，看来她正在上学。

〔打闹的傻冬子与二平正碰面，打闹戛然而止。一切静场。

二　平　我找你们郑老板。

傻冬子　不好意思呀……（下）

郑　清　老锁大哥，新来的角儿到了！我去接待一下。

老　锁　忙你的。

〔老锁也朝二平看着。

郑　清　你好，路上辛苦了？

二　平　郑老板，你好！小丫过来，叫郑大大。

小　丫　郑大大好！

郑　清　你好，你好，你们吃饭了吗？

二　平　吃了！郑老板，我……

郑　清　你的事我知道了，来，二平坐下说。

〔郑清将二平引至老锁的小桌前，老锁咳一声，郑清知趣地忙将二平引至住处。

郑　清　二平啊，你跟小丫就住在这儿。刘嫂，给二平沏茶。

刘　嫂　嗯哪。（反身朝着老锁，指指二平，小声地）老锁，老锁，二平……

〔二平与郑清坐在白杨树下的小凳上。

〔小丫好奇地朝老锁的小废品收购站走去。

二　平　（呵斥地）小丫，（与老锁对视定格）别什么人都搭咕，瞎跑！

小　丫　知道了！

〔小丫给老锁行礼，老锁回身进屋给小丫拿了个玩具，但不热情，淡淡地给她。

二　平　郑老板，那个老家伙是什么人，怎么在小剧场的后院儿？

郑　清　这个小剧场是仓库改的，人家原来就在这儿。

二　平　他的脸……

郑　清　他是搞废品收购的。

二　平　我看你该把它收购过来，这多别扭哇。

〔小丫围着老锁好奇地看着。

郑　清　咱不说这个。你最近好吗？

二　平　不好。

郑　清　离了？

二　平　离了，十几年的夫妻……（突然神经质地）妈的，这世界的男人都是王八蛋！没钱时吃啥都香，等有钱了，出名了，哎，又嫌我炒菜放酱油了。

郑　清　你还唱吗？

二　平　唱啥，没有搭档。

郑　清　我给你配个搭档，你今晚能出场吗？

二　平　那咋不能，都是现成的套路，走一遍顺顺就行了。

〔小丫突然高兴地大叫："真好玩！"。

二　平　小丫，回来！

小　丫　妈！我在这儿玩一会儿。

二　平　听话，回来！

〔老锁用废品给小丫做卡通玩具。

郑　清　哎二平，你今晚就唱你最拿手的《蓝桥》，我给你配个搭档，保你一炮打红。

———话剧《秋天的二人转》 〉〉〉〉〉

二　平　行!

郑　清　冬子!傻冬子!

〔傻冬子应声跑上。

〔二平走到老锁的小亭子前,冷冷地瞅了一眼,拉起小丫就走。并把老锁给小丫的玩具摔在地上。

〔老锁心痛地拾起玩具,送回屋里。

二　平　你知道他是什么人?乱搭咕!

小　丫　妈,我好像见过这个人。

二　平　胡说!

郑　清　来来来,认识一下,这是二平,这是冬子,观众都叫他傻冬子,挺有台缘的。

傻冬子　唉呀妈呀!是二平呀,我说咋长得这么漂亮呢,二平,你是我崇拜的偶像。我能跟你搭档,那是我三生有幸!(打自己的脸)哎,怎么不知疼呢?(装哭)这幸福来得太突然了……

二　平　(笑了)行了冬子,别闹了,今天就上,也够紧的。有些现挂的口儿也得搭上才行。

傻冬子　二平,你没问题。

郑　清　(放下大茶缸子)二平,要不先歇歇?

二　平　不用,干咱们这行的吃得了辛苦。

〔郑清口念锣鼓点,吹响唢呐。

〔二平与傻冬子走圆场亮相。

〔老锁、刘嫂还有学员远远地偷看。

傻冬子　(丑)上娘们儿,

二　平　(旦)来了。

傻冬子　(丑)你们看这小娘们儿长得多漂亮,多水灵,多……

二　平　(旦)姑娘嘛,少女。

傻冬子　(丑)小样,还姑娘嘛,少女?孩子奶够吃吗?

二　平　(旦,打丑一记耳光,这在二人转称打哏)姑娘没结婚,哪儿来

903

的孩子。

傻冬子 （丑）噢，姑娘，没结婚。没结婚就没孩子，这我可不信。

二　平 （旦）咋的？

傻冬子 （丑）我们家老母猪也没结婚，一窝下六个。

二　平 （旦，又是一记耳光）你傻呀？你们家老母猪登记结婚呀！哎呀，冬子，是不是太狠了？

郑　清 二平，打得再狠点，那观众才能叫好呢。

傻冬子 没事儿，我皮厚。接着走。

二　平 （旦）开个玩笑，唱个小冒，不说不笑不热闹。

傻冬子 （丑）下面来点真的，我就和这个小娘们唱段二人转最精彩的片断——

二人合 井台相会！

〔光的变化，老锁极有兴趣地看着表演，打着板儿。

〔一学员吹起嘹亮的唢呐。

〔头板【胡胡腔】。（唱）

二　平 （旦）金童玉女降临凡，

傻冬子 （丑）生在蓝河两岸边。

二　平 （旦）河东生下魏学士，

傻冬子 （丑）河西生下蓝瑞莲。

〔快板【胡胡腔】【打枣】（唱）

二　平 （旦）公子高山把书念，

傻冬子 （丑）佳人房中绣牡丹。

二　平 （旦）念书念到寒时节，

傻冬子 （丑）公子回乡把坟填。

魏公子迈步往前看，

眼前来到了蓝河湾。

公子迈步往前走，

见一个女子站在井台边，

———话剧《秋天的二人转》 >>>>>

　　　　只见她，上穿红，下穿绿，

　　　　绿色罗裙当扇煽，

　　　　弯眉杏眼樱桃口，

　　　　口内又把银牙含，

　　　　含情不露多姣女，

　　　　女中魁元似天仙。

　　　　……

　　（根据老艺人栾继承口述整理）

　　〔老锁听傻了，也看傻了。

老　锁　（忘情地大吼一声）好！！！

　　　　〔场上的人全都被这吼声惊呆了。

　　　　〔静场。切光。

二

　　〔夜晚十点钟。

　　〔景同前，只是一弯新月挂在天空。

　　〔小剧场内传来阵阵叫好声。二平和傻冬子的演出一炮打红，几次返场谢幕观众都不满足。

　　〔马老大让小来子抱着一大捆红玫瑰，如同抱着一捆柴火一样，站在小剧场的后门等候着，他正在打手机。马老大平头大脑袋，穿西服不伸袖，嘴里叼着烟。也许是烟熏的，他的一只眼微闭着，如果着急，语言不跟趟，他就用手说话或打人。

马老大　二平还没上车呢，我车一到你就给我上菜！

小来子　大哥，二平一炮打红，老爷们儿都疯了，不让她下场。咋整？

马老大　啊……啊……啊等。我，我长这么大，就，就喜欢听二人转！贼，贼过瘾，哎衣儿呀儿哟啊。二平，真性，性……

小来子　姓赵。

马老大　性感！

小来子　性感！性感！

〔小丫背着书包可怜巴巴地在等妈妈二平。

〔刘嫂穿着平时的衣服,但手里却拎了个小包,很神秘的样子,像是要出去。

〔这时,二平从小剧场后门出来,她很疲惫甚至有些烦躁,郑清紧跟着追出来。

郑　清　（哀求地）二平,有没有小冒再来一段。

二　平　没了!有的也没练,上去不是出丑嘛!

小　丫　妈——

二　平　你再等会儿。

傻冬子　（从小剧场后门出来）我再上去给观众说个小冒。

马老大　哎,我说我说……

小来子　我们大哥——

郑　清　老大,您先等等。哎,刘嫂,你别走,我找你有事。二平,那你怎么也得再谢一次幕吧。

刘　嫂　不行,我得去接站……

〔郑清拉二平返回小剧场。场外飘进"茶蛋,茶蛋,五香茶蛋……"的叫卖声。

〔老锁穿戴整齐地从左侧上场,他嘴里哼着二人转小调很是满足地看完演出归来。

老　锁　（唱）佳人房中巧打扮呐,

　　　　　　忽听门外咳嗽一声……

〔马老大跟在他身后,见他忘词猛在背后打了老锁一下。

马老大　（接唱）依儿呀儿哟啊……

〔小丫朝老锁看着。

小来子　这个老灯,还唱上了!

马老大　咋咋咋,咋说话呢,以后你你你……（抡起大巴掌给小来子一记耳光）客气点。

小来子　前几天,我上他这儿……

————话剧《秋天的二人转》 〉〉〉〉〉

马老大　你，你你记住，这是我尊重的老、老哥。你知道不？
小来子　知道，知道……
　　　　〔二平从小剧场后门出来，她打开头饰，脱掉彩服，长出一口气。场内的声浪也随之消失。
马老大　（马老大、小来子忙迎上）九九九九百九九九十九朵玫啊玫瑰。
二　平　谢谢。
马老大　小意思。
　　　　〔小丫迎二平。
小　丫　妈……
二　平　哎！（二人转身欲下）
小来子　平姐，今晚我大哥请你吃饭。
　　　　〔郑清从小剧场后门出来。
　　　　〔老锁从屋子里出来。
二　平　对不起，我太累了。还有，我得陪女儿回宿舍写作业。
马老大　咋咋的，不不不给面子？
郑　清　老大，改天吧，我请。让二平好好陪你喝几杯。
马老大　郑老板，我，我要说句话，你还还想在这儿混。
郑　清　（为难）二平，这这……
小来子　我们老大你们也知道，在这一片，他一跺脚，四处乱颤，还没人不给他面子的。这么说，想打折你的左腿，就不是右腿，要打瞎你的左眼，就不是右眼，错了管换。
　　　　〔老锁突然重重地咳了一声。
马老大　我是那样人吗？
　　　　〔僵住，静场。
　　　　〔老锁放下茶杯，慢慢走过来。
老　锁　老大，人家累了，又有孩子……
二　平　（无奈地）算了，我还是去吧……

小来子　爽！我大哥出手大方，绝对。

郑　清　那好，那好，我给你们安排一下。刘嫂，你帮二平照顾一下小丫。

刘　嫂　不行啊，我得去火车站接亲戚。

小　丫　妈，我跟这个大爷在一起。

〔二平看着老锁……

老　锁　别跟我在一起，你妈不放心！

〔老锁转身进屋，关上了门。

马老大　你说他不放心？这个世界就没有放心的人了！

小　丫　妈，我就在大爷的小亭子写，挺好。

郑　清　一会儿我送小丫去宿舍。

二　平　丫，妈会早点回来。……大哥走吧。

马老大　（笑了）车车车就在院外，请。

〔马老大、小来子、二平、刘嫂先后下场。

〔郑清走到小亭子前，长叹一声。

郑　清　老哥，难哪！当年，我从省艺校编剧班毕业，就想当个剧作家，结果戏剧不景气，我就钻到二人转里了。这黑土文化，我是越研究越有意思，你说怎么这么多北方人着迷呢，它能打败电视剧。可一碰到像马老大这种人，我就没辙了，你说这现在……

〔小丫撕扯着玫瑰花。

小　丫　让你九百九十九朵玫瑰……

老　锁　哎，别扎手，别听小来子瞎吹，谁也没有杀人许可证！这社会有法律，作得紧，死得快。老老实实自由自在地活着，比啥都强。

郑　清　老哥，我到票房那儿看看，安排一下明天的日场，老哥，一会儿你送小丫回去吧……（下）

老　锁　你忙吧！（板着脸，将手藏起来）看什么看，好好写作业！

小　丫　（顽皮地笑着）告诉你个秘密，在我妈演出的时候，我早就写完了。

——话剧《秋天的二人转》 >>>>>

老　锁　小骗子,我送你回宿舍。

小　丫　我不走!

老　锁　为啥?

小　丫　我要调查你。坦白从宽,抗拒从严!

老　锁　回去睡觉,明天还得上学。

小　丫　你要是老实交待,我就给你唱二人转小冒。

老　锁　(像孩子似的)真的?你也会唱二人转。

小　丫　当然了,从小就跟爸、妈到处走,听都听会了。

老　锁　那好,说话算话。你想知道啥,我都告诉你,可你不能跟外人说。

小　丫　行!拉钩!

老　锁　拉什么钩啊?你就问吧!

小　丫　你的脸是咋的了?

　　　　〔老锁沉默不语。

小　丫　是不是在松源县看二人转,戏园子电线短路起火烧的?……

老　锁　(生气地)小孩牙子瞎打听,走走!

小　丫　你为什么总戴着手套?摘下来让我看看你的手!

　　　　〔小丫去摘老锁的手套,二人纠缠起来。

　　　　〔老锁甩开小丫的手……老锁与小丫远远地相互站着。

小　丫　我好像认识你……

　　　　〔趁着小丫不注意,老锁将她推进屋里,然后拿过凳子横坐在门外,慢慢地思索着什么……

　　　　〔切光。

三

　　　　〔深夜。

　　　　〔景同前。

　　　　〔黑暗的小院里传来狂乱的脚步声。二平慌张地跑上,急敲老锁临时居住的旧中巴车门。

二　　平　　老哥，快开门！求求你，就说我一直跟你在一起喝茶啊。

老　　锁　　（打开灯，走出）谁呀？

〔紧接着警察上来，扭住二平的手。

老　　锁　　放开她。

警　　察　　老锁师傅，是我。

老　　锁　　（仔细打量）噢，是警察大刘啊！慌慌张张的，没看出来。大刘，她是二人转剧班新来的演员，今晚我还看了她的演出。

警　　察　　老锁师傅，我不会认错，她刚才在红蜡烛夜总会的包房里吃摇头丸，那属于毒品。

二　　平　　（哆嗦着）警察，我演完出，整夜都跟这位老哥在一起，真的！

警　　察　　别以为我是傻瓜，你与马老大一起喝酒，吃摇头丸，群魔乱舞，还脱衣服，糟糕透了！走吧！

二　　平　　老哥，老哥……

老　　锁　　大刘，要是我证明她跟我在一起呢？

警　　察　　老锁师傅，我非常尊重你。可你不应该拿法律和自己开玩笑，你不是这种人。走吧！

老　　锁　　如果一个人有苦说不出，只是为了逢场作戏，误食了摇头丸，我想是可以原谅一次的。

二　　平　　我再也不吃了，我真的不知道！（二平重复着这两句）

警　　察　　（诡秘地笑了一下）好吧——既然你决定保护这个女人，我也没办法。（下）

老　　锁　　再见。

〔静场。

二　　平　　我恨死那个警察了，真想吐他一脸唾沫！

老　　锁　　他不是没抓你吗？走吧，你安全了。

二　　平　　那是因为你吗，警察没那么容易骗，你够厉害的。

老　　锁　　你不该吃那东西，上瘾了，你还能上台唱二人转吗？那么多人喜欢你……

二　　平　　有水吗？我口渴。他们在啤酒里给我下了嗨药，我的心发慌，人像飘起来一样，我想跳，我想唱，我想飞……今晚我想要男人，老家伙，你别离开！……

老　　锁　　我给你倒杯水去。（返身进屋）看来药劲儿还没过去。

二　　平　　（环视小亭子，偷窥老锁居住的旧中巴车内）这个老家伙有点意思，挺男人的……唉，人要孤独了，连他妈鬼的邀请都会去！

老　　锁　　（端杯糖水出来）喝吧，喝完会舒服一点。

二　　平　　你这儿收拾得挺干净，挺讲究，不像一般收废品的，到处脏啦巴唧的，……你总是一个人吗？你没老婆？你从哪儿来……

老　　锁　　喝完快回去吧！

二　　平　　（耍酒疯）不嘛，让我在你这儿呆一会儿吧，你去睡你的觉，我一会儿清醒了就走。跟啥事都没发生一样，我不会给你惹麻烦。

〔二平渐睡，老锁忙叫她。

二　　平　　哎呀，我不会偷你东西的！

老　　锁　　看什么好你就拿，没必要偷。

二　　平　　你挺爽啊！（拽老锁坐下）

老　　锁　　你陪马老大，他对你好吗？

二　　平　　他出手很大方，说要娶我，给我买房子。……男人说这话，比放屁还容易。

老　　锁　　他能做到……

〔起身拿杯要走，二平抢过又摔回。

老　　锁　　我再给你倒一杯！

二　　平　　行，行！你不是个小心眼儿的人，够意思！……我真有点喜欢你了。

老　　锁　　……你不该拿一个满脸伤疤的老家伙开玩笑。

〔停顿。

〔二平站起，走近老锁，认真地看了一下老锁那脸上烧伤后留下的疤痕。

二　　平　　（真诚地）……咋说呢？……在几分钟以前我还想跟你开个玩笑。

老　　锁　你长得很美，很漂亮……我不配呀！

二　　平　你不像没有教养的人，怎么干这个？

老　　锁　我想，你不应该对什么都大惊小怪。

二　　平　你以前干什么？

老　　锁　你听说过知识青年上山下乡吗？

二　　平　（大笑起来）知识青年？天哪！……你是知识青年？——就是人家说的——傻瓜青年？

老　　锁　很可笑吗？每个人都有过年轻的时候……你以为知识青年……

二　　平　不，不不。……文化大革命后期我6岁，在我印象中，知青都是穿着黄棉袄、黄棉裤，肥肥大大的，挺有意思的……你下乡在什么地方？

老　　锁　松源县古恰乡……

二　　平　咱们还是老乡呢！

老　　锁　（站起身）你该回去了，女儿在等你。

二　　平　能让我看看你用中巴车改的小屋子吗？（耍赖）

老　　锁　想看就看吧。

　　　　　〔二平拉开了旧中巴的门，这门可以夸张地开大一点，让观众透过门窗看到里面的情景。

二　　平　（惊讶地）天哪！你可真会活呀！这里装饰得像个小艺术宫。嘀！还有电热水器，浴缸，太好了！

老　　锁　人总得过日子。

二　　平　能让我在这儿洗个澡吗？我真想好好洗个澡，痛痛快快地闷一觉儿，我太累了。……哎呀，你咋不说话？求你了，（撒娇地）老哥，你不是个小气人，洗完我保证把它擦洗干净。

老　　锁　随你便吧。

　　　　　〔二平亲了老锁一下。

老　　锁　你可以去里面脱衣服，把灯扭暗。（自语）洗个澡，兴许能清醒一点？

——话剧《秋天的二人转》 >>>>>

二　平　嗯哪！

〔透过旧中巴的门窗，观众可以看到二平在脱衣服。

〔老锁很得意，他不是个对美无动于衷的人，甚至有点色眯眯的样子。

老　锁　等等，给我从冰箱里拿瓶啤酒。

二　平　（歪着头，披散着头发，探出半个身子）给你！

老　锁　（二平刚转身回去，他又喊）等等，冰箱上有花生米，递给我。

二　平　（又探出半个身子，端一盘花生米）给你！还要啥一块儿说。……要不，你进来吧？

老　锁　不不不……

〔老锁"啪"地一声启开啤酒，就着花生米喝起来。

〔音乐起，随后升起一片朦胧的雾气，一个美丽的女人形体在雾中显得格外生动、诱人。

二　平　（散开头发，哼唱起二人转）

　　　　　一呀更里呀月牙没出来，

　　　　　貂蝉美女走下楼台，

　　　　　双膝跪在那地上尘埃。

〔男声合唱混入：

　　　　　烧烧香，拜拜月，

　　　　　为的是我们恩恩爱爱。

（此曲用【大将五更】）

〔老锁被这迷人的声音震撼，他喝着啤酒，吃着花生米，用一双欣赏美的目光朝窗内的二平望着。甚至下意识地朝她举举杯，大有举杯邀明月，对影成三人的感觉。

〔音乐继续。

〔灯光渐渐暗去。

第二幕

一

〔上午。

〔景同前。

〔老锁戴着白手套在规整收来的废品。

〔刘嫂坐在白杨树下择菜,斗九骑车送豆腐。

刘　嫂　今天咋没喊?

斗　九　我这是最后一次给你送豆腐了。

刘　嫂　咋的?

斗　九　我租了个铺面,搞豆制品深加工,把挣的钱全投进去了。

刘　嫂　这是好事儿,咋还阴着个脸儿?

斗　九　舍不得离开你呗!

刘　嫂　别拿我几十岁的人开心。

斗　九　(停一下)……你昨天又去火车站了?

刘　嫂　你认错人了!

斗　九　(痛苦地)听说你背个包,去火车站溜溜达达地等谁呢?……别去了!别糟踏自己了!

刘　嫂　(眼里充满泪水)……不用你管!

斗　九　……嫁给我吧。

刘　嫂　我比你大三岁。

斗　九　女大三,抱金砖。

刘　嫂　……我有丈夫。

斗　九　(火了)那也叫男人!那是个赌徒,自己还不上赌债,就让自己的老婆……

刘　嫂　(流泪)你走吧!走吧……

〔老锁上,斗九拎着鸡汤豆腐卷,掩饰着。

斗　九　老哥，给你捎几个鸡汤豆腐卷下酒。……以后想吃就得到店里拿了，我得忙一阵子。

老　锁　忙吧。办店是好事，总不能一辈子走街串巷卖豆腐，刘嫂，你说呢？

斗　九　是啊，走大街串小巷，裤裆里面磨铮亮。难哪……可办店又怎样，风险大呀！

老　锁　人活着，总是带点希望、盼头。孩子小时盼长大，今天遭灾盼明年，光棍盼女人，做买卖盼发财。唉，活着就是个过法，想干啥就去干。

斗　九　老哥，听你说话，心里就是个透亮！

　　〔斗九下，刘嫂目送着他。

　　〔老锁用小铁锤砸着收来的废铜。

　　〔二平穿着很艳丽，手上戴着钻石戒指上，她好奇地走到老锁身前。

二　平　（好奇地）砸啥呢？

老　锁　把废铜上带铁的部分砸掉。

二　平　费那事干啥？一块儿卖不是增加分量吗？

老　锁　这话说的，铜是铜价，铁是铁价。铜分黄铜紫铜，在废品里最贵，咱不能拿废铁冒充铜讨个好价钱。

二　平　谁能分得那么清啊？

老　锁　用吸铁石一试就知道了。你看，这个锁头是铜的，可锁鼻子是铁的，这就得把它砸下来，不能混到大堆里去骗人。

二　平　你还挺讲究，挺认真。

老　锁　那是，人嘛。我送出去的废品，大收购站不查，不过秤，说多少是多少，说啥就是啥，这就是诚信。可话又说回来，人家背后能不称吗？能不看看你送来的铜里掺没掺着烂铁吗？可他看了，跟我说的一样，这就是信任。

二　平　哟！你们这行还这么多说道。

老　锁　（生气地）当然。有的骗子，把铜里灌上水泥，还有的调包，他给你看的是铁，收回来是一袋子大砖头。
〔二平在称废品的秤上称体重。
刘　嫂　二平，胖了没有啊？
二　平　还那样。你总是一个人吗？
老　锁　一个人有什么不好的？……闷了，看看你们二人转。到晚上，弄俩鸡爪子喝二两，挺好。
二　平　你挣得多吗？
老　锁　多少是多，多少是少？够花就行呗！夏天热的时候，我下午就不干了，就让小卖店送两瓶冰镇的啤酒，才多花两毛钱……我这人就是图个快乐。……你们演二人转不是有段说口吗？说，人活三万六千天，时光一去不复返。穿到身上的才是衣，吃到嘴里的才是饭。人生苦短，今晚脱下的衣服，不知明晨还能穿不能穿。纵有房子千万间，死后不过一口棺。
二　平　你活得明白。那天夜里，我在你的小屋里洗澡，睡得可真香啦，好长时间没睡那么舒坦的觉了！
老　锁　……你说你喜欢我……（苦笑）我知道，你是药吃多了，拿我这个老家伙开心，那是个误会。
二　平　也许吧。……不过……
老　锁　昨天晚上，你演出结束又跟马老大出去了？
二　平　这关你啥事？
老　锁　他还给你买了钻石戒指？
二　平　（抬起手）你的眼神还不错。
老　锁　对，光闪闪的，不少钱吧？
二　平　这算什么？他还答应给我买套房子，给我买台小车，一部分存款……
老　锁　把你承包下来，像租一间房子，一个铺面，一台大卡车？
〔老锁和二平尖刻地对视着。

――― 话剧《秋天的二人转》 >>>>>

二　平　你眼红了？是吗？

老　锁　我不是眼红，是想哭……女人呐女人！有奶便是娘！

二　平　没奶了，还当什么娘啊。（发火地）别这样看我！女人变坏是因为男人！女人发疯也是因为男人！……马老大怎么了，他很仗义！他跟一个女孩同居了几个月，玩腻了，就说，你走吧，回县城去！那女孩哭了，他说，别哭，眼下我手头没现金，明天我找个司机，把那台东风大卡车开你家去，找个男人好好过日子，以后别干这个了。……你不信？

老　锁　我信。那是他。他当年进局子，出局子，半夜敲我窗户，说，有面吗，给来一碗。……可他不安全。

二　平　谁安全？我的结发丈夫安全？他扔下我们娘俩，像扔两只臭袜子一样，连头也不回……你安全？你是谁？你有父母兄弟姐妹吗？住在个破汽车里，像个流浪汉，说不定哪天就没影了！

老　锁　是啊……我喜欢听你唱二人转……远远地看着，这不犯法吧？

二　平　……我有什么值得你喜欢的？

老　锁　喜欢就是喜欢，没什么值不值得，又不是做买卖。

〔二平的手机突然响起。

〔傻冬子从小剧场后门出来，他耷拉着脑袋像是有心事。

二　平　（接手机，脸立刻变）喂……你个王八犊子，你还知道打个电话呀？女儿？……没人管，让人贩子拐跑了！演了一部破电视剧，把你美的，没那点玩意儿坠着，你能上天！见面，见什么面？见面我就整死你！你就跟那个比你女儿大不了几岁的小骚货过吧！我永远也不会让你见到女儿！滚！

〔静场。

老　锁　你的丈夫？

二　平　什么丈夫！离了！臭狗屎。

老　锁　何必生那么大的气。

〔郑清从舞台左侧急上。傻冬子从剧场里出。

傻冬子　都融化在蓝天里吧！……

〔一群众演员缠住傻冬子。

郑　清　又怎么了冬子？

傻冬子　撕情书呢。

郑　清　二平！傻冬子！来来，咱们商量商量。昨天晚场效果不好，这经典段子从头唱到尾，哼哼呀呀的，没人愿意听。现在这观众，连耐心地听完一段故事的勇气都没有了，你说就是吃枪子也得老子推上膛不是？这可倒好，三分钟不见彩儿，不让他们笑，就给你起堂、鼓包、走人。（见傻冬子不动）咋啦，一个个蔫头耷拉脑的？

傻冬子　（长叹，叫板，唱）唉！我是——

　　　　感情遭挫折，

　　　　事业没着落。

　　　　日子不幸福，

　　　　生活受折磨。

二　平　冬子，咋啦？让人给煮了？

傻冬子　别提了，上火。……昨晚来采访的电视台女主持人，是我过去的女朋友、对象。

郑　清
二　平　是吗？

傻冬子　我们两人从十三岁起就在艺校地方戏班学习，那是两小无猜、青梅竹马，爱得死去活来。我撕那些就是她给我写的情书。可后来她跟一个大经理傍上了，走后门进了电视台。然后，她提出和我分手……我咋说也不行……前几天我看到报纸上炒作她，介绍履历，说是学声乐的，海南大学毕业，操，她去过海南吗？昨晚她来采访，我以为是来看我，老远把手伸了过去，结果她像不认识我似的，整得我贼尴尬。平姐，你说，不是夫妻，就不能当朋友同学啦？啊？我要走，我要远走天涯。走出这个冷漠的世界，走到天边外……

二　平　行了，你能走哪去？你还能走出人间啊？

傻冬子　女人啊女人，除了我妈，没一个好东西。

二　平　你们男人是好东西？一有钱有名，就换女人！

郑　清　行了！我不是好东西。

傻冬子　那是！

郑　清　排戏！来来，把《蓝桥》里那段最精彩的走一遍。下午这场不演全本，就唱蓝瑞莲劝魏公子不要沾染酒、色、财、气这一段，前面你们用说口过渡一下。来来，走一遍。

〔郑清用嘴念叨锣鼓点，二平、傻冬子走圆场，亮相。

傻冬子　（丑）春眠不觉晓，

　　　　　　　处处性骚扰。

　　　　　　　一夜风流情，

　　　　　　　少女变大嫂。

二　平　（旦，一个耳光）说啥呢？

郑　清　停！以后不要再用这种说口了。咱们就是要饭，饿死也不能糟践经典，拿诗仙诗圣的伟大作品开玩笑。懂吗？哪怕骂自己爹娘，也不能玷污伟大的中华文明。记住了，我郑清无论堕落到何种地步，也算是学文的，半个剧作家。

二　平　（冲郑清一笑）好的，好的。

〔郑清又口念锣鼓点，二平与傻冬子走场亮相。

〔警察带一身西装的小来子找老锁，不知要了解什么案子。

傻冬子　来了。

二　平　来了。

傻冬子　在座的老少爷们、叔叔大爷、婶子大娘、大姑大姨、大哥大姐、托儿所的阿姨阿姨夫们你们好！我给你们行礼了。

二　平　行了，劲使大了。

傻冬子　今天给各位唱一段《蓝桥》中最精彩的——

二　平　哪一段？

傻冬子　就是蓝瑞莲劝公子魏奎元不要沾染酒、色、财、气。这词写得精彩，绝了。不像现在这歌词儿：（唱）天上有个太阳——废话，不是太阳还是你家灯泡子？（唱）水中有个月亮——那不是月亮还是你们家炉钩子？（唱）我不知道，我不知道，不知道——你不知道你还唱啥呢？

二　平　人家三个不知道，就挣十几万。你啥都知道，挣俩踢不倒的小钱！（踢傻冬子）闲言少叙。

傻冬子　书归正扒拉。

二　平　什么呀？那叫书归正传。

傻冬子　不扒拉能转吗？

二　平　傻冬子　借个调，唱起来呀——

〔郑清啷当韵，二平唱起来。

〔警察与小来子、老锁的谈话停下来，回头看着。

二　平　（唱）自古来儿女情长英雄气短，

　　　　　　　听我把"酒色财气"对你言：

　　　　（【三节板】）

　　　　　　　自古来杜康造酒刘伶醉，

　　　　　　　一杯酒醉倒刘伶整三年。

　　　　　　　李太白醉酒写诗赋百首，

　　　　　　　醉生梦死他命丧黄泉。

　　　　　　　这本是好酒之人头一个字。

　　　　　　　听我把好色之人对你言：

　　　　　　　殷纣王为好色万民受难，

　　　　　　　才引起神斗神来仙斗仙。

　　　　　　　八百八十年纣朝灭，为好色失去江山，你看有多冤呐！

〔老锁听得入了迷，警察几次欲向老锁询问，都被他挡回。

二　平　（唱【呜嗨嗨】）

————话剧《秋天的二人转》 〉〉〉〉〉

叫公子别发烦,

听我把"财气"二字对你言:

石崇老贼把财好,

诓哄黎民多少钱。

善恶到头终有报,

一把天火全烧完。

这本是好财第三个字。

听我把好气之人对你言:

周瑜不忍三口气,

孔明吊孝到灵前。

棺材头上击三掌,

小周瑜一命丧黄泉。

这便是"酒色财气"四个字。

公子你有何话讲有何话谈?

〔老锁自言自语地接着哼唱起来,看来他对这段词是烂熟的。

老　锁　(接唱)你休拿"酒色财气"来比我,

听我把"四喜四害"对你言:

世上无酒(合)不成宴,

世上无色(合)人不全,

世上无财难分穷和富,

世上无气咋立当官。

酒色财气(合)人人爱,

不可不求也不可(合)强贪。

(根据刘世德、王希安老艺人口述整理)

傻冬子　老哥你真行,再来一个……

二　平　(跳出角色)这段是不是太长了?

郑　清　慢板听味,快板听字儿,这段最精彩,不长。

小来子　(走过去)什么酒色财气?现代人吃喝嫖赌抽,坑蒙拐骗偷!今日有酒今日醉，明日没酒再掂对，横批——喝死拉倒。

警　　察　（拿记录本）小来子！说完了，要不你接着说，我这儿还没完事呢，知道吗！老锁师傅，你说说……

老　　锁　（哼着二人转）……我说什么？

警　　察　关于马老大的事儿……

老　　锁　……马老大的事儿，怎么跟你说呢？刚才二人转里不是唱了吗？酒色财气世人皆爱。不过，人得学会节制……

小来子　你可别说了，你就是一个老色鬼！

警　　察　（严厉地）闭嘴！你说啥呢？你的问题还没交待完呢……

〔二平在整理衣物，小丫放学回来。

小　　丫　妈！

二　　平　你怎么现在就回来啦？

小　　丫　下午没课。

二　　平　写作业去！

小　　丫　妈！你过来，我让你认个人！走哇！

二　　平　什么人呀？

小　　丫　你过来呀——

〔小丫强把二平拽到老锁面前。

小　　丫　妈，我小时候看你演二人转，后来场子里着火，我差点被烧死，是一个人把我抱出来的，咱们找了他好多年。我告诉你，就是他，老锁大爷，我认出来了。

〔为了掩饰，老锁忙推秤下。

二　　平　净瞎扯！

小　　丫　真的！我要是骗你，我是小狗，真的！

二　　平　你怎么敢肯定？

〔在场的人都呆愣着。

小　　丫　（拉着老锁的手）……当时他怕我烧着脸，就用一只手捂着我的脸蛋儿，我记得很清楚，他的右手缺一个手指头。

———— 话剧《秋天的二人转》 >>>>>

老　锁　（若无其事地）小孩子说话你们也信？没有的事儿！

〔小丫顺势摘下老锁总是戴着的白手套。

小　丫　就是这个手指头，妈，你看……

二　平　天哪！这是真的？……老锁呀，老锁……那年，松源县二人转小剧场着火，人们疯了似的往外跑，我女儿在观众席里哭喊着……一个男人从大火中把她抱出来……他连名字也没留，我们找了他好多年。……老锁，你是我女儿的救命恩人？真有这么巧的事儿？

警　察　老锁师傅，你真是无名英雄！

老　锁　（发火地）我不是英雄！……当时我也往外逃，可混乱中我把我的手提包丢了，就拼命地跑回去找手提包……

二　平　为一个手提包？

〔停顿。

老　锁　……那手提包里，有我和母亲唯一的一张照片，我总是带在身边……可当时，我听到一个小女孩在尖叫着喊妈妈……她钻在座椅下面……你们说，一个是孩子，一个是手提包，你选择啥？只要叫个人，都得去抱孩子，那是一条小生命。除非他不是人，是畜牲！

警　察　（感动地）老锁……你确实是英雄，最真实的英雄！

众　人　对！是英雄！

老　锁　我说了，（更火地）我不是英雄！我是赶上了！干了一件人该干的事儿！！……以后谁也别提它！（进中巴车，将门关死）

〔停顿。

〔二平吃惊地望着眼前这位其貌不扬的男人。

〔众人散去，只有郑清看着坐在凳子上的二平和小丫。

二　平　（感动地自语着）老锁这男人，真让人……

郑　清　感动？！是不是？我跟你说吧，天底下就找不到多少这样的好人！有些事儿老锁不让我跟别人说……

923

二　平　我不会乱说的。

郑　清　当年，我们哥俩一块下乡插队，他干得是最出色的，可他把上学的机会让给了我，把返城的名额分给了几个兄弟。他说，自己父母去世早，老哥一个无牵无挂，在农村一呆就是十几年，穷得连个女人都没混上……他在县城小剧场救孩子，被烧成重伤，这本是英雄，可因为他手上脸上有残疾，到哪个单位人家都不录用他。最后到处漂流，开了这么个小收购站……（抹一把鼻子）唉，人哪……

〔二平咬着嘴唇……

〔郑清转身下。

〔二平母女二人抱头痛哭。

〔灯光渐暗。

二

〔夜晚。皓月当空。

〔景同前。

〔傻冬子与女演员过场。

〔小丫在小废品收购站的小亭子里写作业，或许怕蚊虫袭扰，老锁为她点上一支蚊香。

小　丫　我的作业写完了。

老　锁　念给我听听。

小　丫　……我想有一个固定的家，放学后喊一声：爸爸，妈妈，我回来了！可是我没有……从我童年记事的时候起，我就不停地更换学校，不停地路过乡村城镇，不停地走在路上……

〔老锁停住手里的活儿……

小　丫　你在听吗？

老　锁　我在听……

小　丫　那你说，什么是家？

老　锁　（想了想）……我想，家应该是存放心的地方。

——话剧《秋天的二人转》 〉〉〉〉〉

小　丫　存放心的地方？

老　锁　嗯，把你的心存放在那里，不受伤害。

小　丫　那你有家吗？

老　锁　你说呢？

小　丫　有家的男人该有个女人。

老　锁　你说的没错。过去，在东北流浪的男人，只有娶了媳妇，才能称得上门户，也就是家。

小　丫　等我长大了，就嫁给你。

老　锁　（笑了）胡说八道！

小　丫　要不，我给你介绍一个女朋友。

老　锁　谁呀？

小　丫　我妈。

老　锁　（大笑起来）老天啊，现在的孩子……

小　丫　（学大人样）……年龄不成问题，你的素质很好，真诚、善良、富有同情心，我母亲也认为你这个人挺有意思，这事儿就交给我吧，怎么样啊？

老　锁　什么怎么样？

小　丫　我妈呀！不过，你要主动一些，我妈是个没主意的人。

　　　　〔停顿。

　　　　〔二平从小剧场的后门出来，她显然是刚卸了妆，拎着化妆包出来。

二　平　累死我了。一天三场，真叫人受不了。

老　锁　喝杯水吧。

小　丫　糖水！

二　平　老哥，我真不知怎么感谢你。

老　锁　感谢什么？

二　平　你救了我女儿……

老　锁　我说了，不许再提这事儿！我不是为了感谢才那样做，是碰上了。

二　平　我请你出去吃饭吧？

小　丫　去吧，去吧……

老　锁　太晚了。要是你想吃东西，我冰箱里有，我去拿。（下）

小　丫　糖水，真甜啊！啊——明月，清风，美酒，佳人……

二　平　（摸小丫额头）你没吃药啊，发烧了？

小　丫　我快乐！妈，你说咱们要是一家多好！

二　平　去你的！瞎说。

小　丫　……我不喜欢你跟那个马叔，什么马老大，穿西服不伸袖，腆个肚子，好像站在板凳上他就是巨人了，拿着无知当个性。屁，不就是有几个臭钱吗！

二　平　大人的事，你少管！……那马叔叔有什么不好的？给我们租了房子，花了那么多钱。

小　丫　我不喜欢那房子！

二　平　为什么？

小　丫　……进你们屋还要敲门，那是什么地方？那不是家，他只知道和你……

二　平　住嘴！

　　　　〔停顿。

　　　　〔老锁端着一个托盘儿，上面有热牛奶、面包、火腿肠，还有红葡萄酒和三个杯子。

老　锁　来喽，吃点东西。

小　丫　哇，面包，火腿！

　　　　〔二平和女儿小丫相互对视了一下。

老　锁　今晚的月光真不错。咱们举杯邀明月！

　　　　〔二平欲举杯，突然手机的铃声响起。

二　平　（接手机）……喂，……不行，我正排练呢。……和谁在一起？和我的几个同行……半小时？我不愿意受人命令。好了，我挂

———话剧《秋天的二人转》 〉〉〉〉〉

了。

小　丫　妈，你撒谎！

二　平　撒什么谎了？

老　锁　你要是跟他说和我在一起，有什么不好吗？

二　平　我怕给你添麻烦。

老　锁　我没怕过什么人！

二　平　来吧，借你的酒，我敬你一杯。

〔二平的手机又响了。

小　丫　真烦人！

二　平　（接手机）……我说了，我累了，不去了。……什么？有急事？……明天再说，好吗？……（随手关掉手机）我把手机关了，不管他！来，敬你一杯！

〔三人开始吃东西，喝酒。

老　锁　尝尝我做的辣酱、小菜。

二　平　你挺会生活的，小日子过得有滋有味，你总是这样吗？

老　锁　差不多。我一个人生活很多年，从不吃方便面，也不对付。我把每一顿饭都当成最后的晚餐。人活一世，草木一秋，啥事都要看开些，……小丫，你要喝饮料，冰箱里有。

小　丫　好的。（进小屋）

二　平　你真心地稀罕过一个女人吗？

老　锁　我不敢……

二　平　为啥？

老　锁　真心地喜欢，那会出人命的……

〔停顿。

〔刹车声。马老大拎着皮箱风风火火地急上。

马老大　整的挺有情调啊。

二　平　……人家饿了，吃点东西。

马老大　你关机，还转全球呼。挺牛呀！（老锁招呼马老大坐下，马老大没理睬）走吧！跟我走！

〔停顿。

老　　锁　老大，你该学会尊重女人！

马老大　……老哥，我马老大一直尊重你，可你别不知深浅。给点脸就上鼻子，让进屋你就上炕！

二　　平　你说什么呢？

马老大　我们男爷们儿的事，你别管。老哥，今天，你都跟警察说什么了？我要是栽进去，你也别想好！老哥，别怪我翻脸不认人！灭了你，那就是没商量的事儿。……不错，我当年就是偷下水道盖子起家的。你总想用一碗热面条换回我的灵魂，这情我领！可今天，我真他妈得意二平……搂着她，舒坦。（亲一下二平）

〔小丫站在门口。

二　　平　你别胡说！

马老大　（掏出钥匙）我给二平新买了一套房子，这是钥匙。（把皮箱放在小桌上打开，里面是崭新的百元大钞）看吧，这是现金，你保管！

二　　平　行了！臭显摆啥呀？……我跟你走还不行吗？小丫，早点回去睡觉。

〔二平拿上钥匙，合上皮箱，跟马老大下场。

〔停顿良久。

〔小丫偷偷地瞅着坐在小凳上的老锁。

小　　丫　……你不高兴啦？

老　　锁　我送你回宿舍。

小　　丫　（坐下）我想陪你坐一会儿，行吗？

〔老锁与小丫这一老一少，就这么静静地坐着。外面响起茶蛋的叫卖声"茶蛋，五香茶蛋……茶蛋，五香茶蛋……"过了一会儿。

小　　丫　我给你唱几句二人转吧。

〔老锁回头看小丫一眼……

小　丫　就唱杨八姐向大宋皇帝要彩礼一段儿。（童声二人转，文武嗨嗨结合唱）

　　　　　　我要你一两星星二两月，

　　　　　　三两轻风四两白云，

　　　　　　五两炭烟六两气，

　　　　　　七两火苗八两琴音，

　　　　　　雪花晒干要九两，

　　　　　　冰流子烧炭我要它十斤。

〔停顿。

老　锁　怎么不唱了？

小　丫　我看你伤心了……这杨八姐也是，你不嫁就不嫁呗，干吗折磨人？这哪儿是要彩礼，这不是难为人吗……

老　锁　你唱得真好，跟你妈一样。

小　丫　我想让你开心……妈妈甩下你走了，她把你的快乐也带走了……（打了个哈欠）

老　锁　你困了，我送你回去睡觉。来，我背你。

小　丫　不用……

〔小丫走到一半，书包落地，睡着了。

〔老锁背起小丫朝小剧场后门走去。

〔灯光渐暗。

三

〔几天后，下午。

〔夕阳中全景。

〔老锁依然在整理他的废品，刘嫂在做晚饭，傻冬子在练说口，几个二人转学员在练习舞手绢。

傻冬子　（用滑稽的声调练说口）别吵吵，别吵吵，谁要吵吵听不着。哎，哎，别吵吵，别吵吵，谁要吵吵听不着……

〔二平一直坐在小剧场后门的台阶上,她的眼睛紧紧盯着老锁的一举一动,现出一丝愧疚。

〔斗九拎着两瓶好酒和生日蛋糕上场,他穿的西服显得极不协调,但依然是个小老板的形象。

斗　九　你挺好的?……

刘　嫂　还行。……当小老板了,咋不高兴呢?是不是生意不好?

斗　九　生意挺好的。钱也没少挣,(拉了一下领带)可就是心里憋得慌。

刘　嫂　咋的?

斗　九　现在开店了,用不着走街串巷地喊豆腐了。

刘　嫂　那不挺好嘛!

斗　九　好是好,但总觉得缺点啥。像以前我到你这儿来,老远地喊一声——豆腐!那多痛快。

刘　嫂　(笑着)……拎这么好的酒,还有生日蛋糕,这是……

斗　九　老锁大哥过生日,晚上我们聚聚。我走了……

〔二平听到老锁过生日,她站了起来。

〔老锁接手机。

老　锁　……一卡车纸壳箱?全送过来了,没问题,我都要,你送过来吧。

〔斗九将礼品放桌上。

老　锁　这是干啥?

斗　九　今天是你的生日。

老　锁　别扯这个。

斗　九　……傍黑我过来,弄几个下酒菜,祝老哥健康长寿。我到个体协会开个会!(朝刘嫂)我到个体协会开个会!(对众人显摆)我开会去!

老　锁　郑老板,晚上过来喝酒!

〔郑清端大茶缸子找傻冬子商量什么事儿。

郑　清　(对练功学员)都走吧!冬子,有事找我?

傻冬子　（迷茫地）我想走，到外面闯闯，要么出名，要么去死……走出黑土地……走出大荒野……

郑　清　回头再说。咱们先商量演出的事儿。

〔郑清拉傻冬子坐在小剧场台阶上。

〔二平悄悄走到老锁的小亭子坐下，老锁依然在干活。

二　平　（轻轻地）生我气了？

〔老锁沉默不语。

二　平　不理我了……

〔老锁停住手……

二　平　（真诚地）你这人挺托底，我对你……

老　锁　小丫还没放学？

二　平　她说学校有活动，晚一些回来。……今天是你的生日，你喜欢什么礼物？

老　锁　……女人。

二　平　女人？

老　锁　……我五十岁了，在我生日这一天，我要为我自己献上一份礼物——女人。……我希望今晚你能陪我，哪怕就这一次。

二　平　（小声地）我会的。今晚没有演出，我哪儿也不去，好好跟你呆在一起。陪你过生日，陪你喝酒，陪你过夜……给你唱二人转。

老　锁　（嘴唇颤抖，激动不已，傻笑着）……你说的是真的，咱们说定了，那我去准备饭菜……（老锁返回不敢相信地）真的？

二　平　嗯哪！

郑　清　（老远地喊）二平，你过来！

二　平　（走到白杨树下）啥事儿？（对傻冬子）你不走了……

傻冬子　别拿我开心了。

郑　清　我刚才跟傻冬子商量了，咱们总唱老段子，观众也不上座儿，能不能整点小品、流行歌曲、口技、乐器什么的。我看到别的戏楼啥都演，咱们老装正统也不行啊！

傻冬子　二平，有个小品不知你知道不？

二　平　啥小品？

傻冬子　《傻子和坏女人》，这是东三省著名二人转笑星魏三先生创作的，那叫一绝！你演过吗？

二　平　我演过。可这个小品主要是丑角的活儿，不知你行不行？

傻冬子　我比不了魏三先生，但我是光屁股撵狼——胆大不嫌碜。

郑　清　这个小品我熟，但脏口太多，要去掉。你们抓紧排练一遍，明天就上这个小品。

傻冬子　好，我找点代替的道具扮上。二平，你先上场，多逗一会儿。（下）

〔二平看手上的表，又看看老锁。

二　平　郑老板，我晚上有事儿。

郑　清　我知道。老锁过生日，我也参加。这才四点多钟，来得及。先走一遍。

〔二平扮小姐相，带着放荡野性表演。

〔老锁坐在小亭子里择菜，二平看他一眼。

二　平　走一走，看一看，闲着没事转一转，眼前来到火车站。我是脚后跟长痦子——点背。三陪小姐下岗，这份小钱不好挣了。哪位大哥要是相中我了，只管吱一声，东北老妹大方，抗处，不抠。走两步，绕两圈，寻找我的目标。（唱《真的好想你》）

　　　　　　真的好想你，

　　　　　　我在夜里呼唤黎明。

　　　　　　………

傻冬子　（斜背个破兜子，头发像钻灶坑烧的，歪歪斜斜地上场）不好意思。

二　平　哎呀妈呀！这头一个碰上的是个傻子，真丧气。

傻冬子　（丑）嘿嘿。（傻笑）你，你说谁傻？

二　平　说你傻，咋的？

傻冬子　我傻，我比你活得潇洒。

——话剧《秋天的二人转》 〉〉〉〉〉

二　平　还比我潇洒？

傻冬子　坐车不买票。

二　平　啊。

傻冬子　困了就睡觉。

二　平　是吗？

傻冬子　公安局不管，法院也不抓；渴了喝汽水，饿了造麻花。嘻，你有我牛啊！

二　平　你说你爹妈咋把你研究成这样呢？站都站不稳，还到处潇洒。

傻冬子　我长这样，你怨，怨我呀……

二　平　那还怨我啊？

傻冬子　我管我妈叫姑，我跟我爸叫舅，他俩是姑表亲，不响应政府号召，瞎扯四五六，净往一块凑，就图自己好受，把我造的原材料不够。

二　平　近亲结婚，把孩子毁了，怪可怜的。傻子，你找我干啥？

傻冬子　今天是我的生日，我想找个小妹妹陪陪我。

二　平　陪你？

傻冬子　我要向你求爱。（掏出一枝玫瑰花）我给你献花，我还要给你献上一首意大利爱情歌曲。

二　平　那你唱吧！

〔傻冬子唱一些谁也听不懂的外文……

二　平　你唱的啥呀？

傻冬子　我自己也不知道是啥词，我自己瞎编的。

二　平　你也没找个镜子照照，看看你长得这德行。就你这副尊容，我要是陪你一回，还不得老做噩梦啊。

傻冬子　哎，哎，你也拿我太不当回事儿了吧？

二　平　你以为你是谁呀？

傻冬子　哎，哎，你说这话你也太伤我自尊了。

二　平　哟，你还有自尊呀！

傻冬子　我不活了，死去，上吊。

二　平　死去吧！

傻冬子　我刚要上吊，一回头，看你这熊样的还活着呢，我死啥呀！

二　平　（推搡）去你的。

〔在傻冬子和二平排练小品的过程中，郑清、刘嫂都笑得不行了。尤其刘嫂笑的声音更是怪异。然而只有老锁没有笑，他甚至很愤怒。

傻冬子　（突然停下）干啥呀，老锁大哥，我都累这样了，你咋不笑呢？

老　锁　（愤怒地将一个盘子摔在地上）我笑？我笑什么？我想哭！你们拿一个傻子，一个残废人开玩笑，你以为我看不出来呀？对，我也傻，我也想过生日，想找女人，可我不愿意别人拿我开玩笑！

郑　清　老哥！这不是演戏嘛！怎么扯到你身上去了？

傻冬子　对，这是演戏，你别往心里去。

二　平　像个孩子似的，发这么大的火！好了好了，都帮他张罗过生日，把酒菜都摆上，今晚我啥也不干，专门陪你！行了吧，啊？别生气了！

〔大家帮老锁张罗生日，老锁消气了。

〔二平的手机突然响了，她从包里拿出手机接听。

二　平　……喂，什么急事儿，我正在排练。……晚上？不行……有一个朋友过生日。……什么？出什么事儿了？公安局来查？……好吧，我马上过去一下。

二　平　郑老板，我有急事得出去一下。

郑　清　好吧。快点回来。

傻冬子　我这是卖孩子买猴，就是个白玩呀！人家一个电话，走了。

二　平　啥意思？冬子……

傻冬子　没啥意思。我不是傻吗？逗着玩呗。

〔老锁拿酒菜上。

二　平　（朝老锁的小亭子走去）哟，都准备好了？

〔老锁憨笑了一下……

二　平　我有点急事出去一下,(老锁愣了)一会儿就回来。

老　锁　啊,去吧,去吧!

〔停顿。

〔二平下。

老　锁　(喊着)斗九咋还没来呢?

郑　清　他说开什么会?

刘　嫂　对了,我得买东西都给忘了,老锁大哥生日快乐!大家快乐!

(反身回去拿包)

老　锁　刘嫂,喝一杯再走!

刘　嫂　我不行,一杯就上头。

〔斗九上,正遇刘嫂碰面。

斗　九　我刚开完会,还让我发言了呢……

〔刘嫂下。

〔斗九、郑清、傻冬子来到老锁的小亭子前的方桌旁。

斗　九　我紧赶慢赶的,非让我发言,给我整三篇纸,造我一脑门子汗……

老　锁　斗九就等你了,坐,都坐。冬子,把酒都满上,给二平也倒上。

傻冬子　好嘞!

斗　九　老哥,你说句话!

老　锁　……我没啥说的。在我生日这天,我总是想起我的老娘。

郑　清　……老哥,你是个好人!

老　锁　都举着杯呢……

郑　清　咱们几个都站起来,敬老哥一杯:祝你生日快乐!

斗　九　健康长寿!

傻冬子　寿比南山!

〔几个人一饮而尽。

斗　九　郑老板,听说你在花园小区买了套房子。

郑　清　对。戏楼的生意不错！二人转挺火。斗九，你也是小老板了，怎么样？

斗　九　你说现在国家的政策好了，把人惯的，都不愿意吃肉，反倒愿意吃豆腐——说胆固醇低、维生素高。我生意不错，年底想买台车，冬子，到时我拉你兜风去啊。

傻冬子　来，祝老锁师傅长寿！干。

〔大家又干了几杯。

〔天渐渐黑下来。远处传来娱乐街嘈杂的音乐声。

傻冬子　我今天喝猛了点儿。……其实，我整天逗大家笑，可我一肚子苦水。当着老锁师傅的面，我说心里话，我想出去闯闯。

斗　九　去哪啊？

傻冬子　去北京，混个脸熟，成个腕呀星的，女孩围一帮，签个字呀什么的。像现在，连女朋友都躲着我。

郑　清　冬子，你要到北京漂着我不拦你，可二人转的根在黑土地上。

〔停顿。老锁有点走神。

傻冬子　老锁大哥，二平不说来陪你过生日吗？

郑　清　我给她打个电话吧。

老　锁　……不用。

郑　清　她说出去一下，也该回来了。

傻冬子　……女人啊女人……你的名字叫女人！

斗　九　我打，手机号多少告诉我。

老　锁　不用，我给她打。

〔老锁拨通手机，里面传出让观众听得见的放大声音："您所拨打的电话，已转至全球呼，所发信息成功。"

〔停顿。

傻冬子　妈的，刚才还在这儿，一会儿变全球呼了。

老　锁　……喝酒。

傻冬子　老锁师傅，你别为一个娘们伤心。

郑　清　要不就别答应！这人……

斗　九　人家不是跟着有钱人走的吗？

老　锁　别这么说她！喝酒！

〔停顿。

斗　九　我心里实在堵得慌，能不能让我喊一声。

郑　清　喊什么？

斗　九　喊一声豆腐。

郑　清　啥？

老　锁　喊吧，喊！

斗　九　（大喊）豆——腐——！！！

〔刘嫂慌慌张张地扶着小丫上场，她用白手绢捂着小丫的头，血顺着小丫的脸颊流下来。

刘　嫂　不好了！不好了！

老　锁　（吃惊地）这是怎么了？

刘　嫂　小丫放学，掉下水道里了，把头给摔破了。

老　锁　快上医院啊！

〔老锁立即背上小丫跑下。

〔灯暗。

第三幕

一

〔几天以后的上午。

〔景同前。

〔老锁的小废品收购站静悄悄的，显得格外冷清，偶尔有几片落叶飘下。刘嫂在削土豆皮准备做饭，二学员在约秤，二平从小剧场后门出来，她朝老锁的小亭子看了一会儿，便朝刘嫂走去。

刘　嫂　你们约完了把秤给推回去……

二　平　这几天都没见老锁,他去哪儿了?出门了……

刘　嫂　没有。

二　平　那因为啥?

刘　嫂　病了。

二　平　病了?……什么病?

刘　嫂　不知道。他好几天不出屋了,我敲了几次门他都不开,他兴许是病了……老锁这人哪,像永远长不大的孩子,一点防备别人骗他的心眼都没有,就像一汪透明的水。……有一次他收废纸壳箱,在里面发现了好几万块钱,丢钱的人没着急,倒把他急得够呛!又声明,又登报,又找派出所,最后一对老夫妻来感谢他,他躲起来了……这人……

〔二平快速走到老锁的小屋前使劲敲门。

二　平　老锁,你怎么了?把门开开让我进去!我有话对你说,开门呀!……老锁,我知道你在屋里!

〔小屋内没有声音,二平仍在敲门。

二　平　……那天你过生日,我没赶回来,是因为有特殊事情,真的!……我失约,骗了你,我错了,我向你道歉……

〔小屋内仍静悄悄。

二　平　(哭了)你这样对我,我真受不了……开门呀!让我进去只跟你说一句话,见一面……开门哪!不然,我就喝农药自杀……(踢门撒野)你他妈别装了!我二平从没向人道过歉,杀人不过头点地,你他妈装什么?!……

〔小屋里还是没动静。

二　平　(又缓和地)老锁,老锁,你就把门开开让我进去吧,要不你就出来……我再也不失约了,再也不会拿你不当回事了。……我只想对你好,让你快乐,比任何时候都快乐!……别因为我使你变成这样。……我不是个好女人,可我的心不坏!……我知道你在乎我……老锁,求求你别对我这样。……老锁,你不是爱听我唱二人转吗？我给你唱，我给你唱你就出来啊……

〔小屋的门没开，二平瘫坐在小亭子里的凳子上。

二　平　（含着泪）（坐场诗）

　　　　一只孤雁往南飞，

　　　　一阵凄凉一阵悲，

　　　　雁飞南北知寒暑，

　　　　二哥赶考永未回。

　　　〔唱【甩腔】。

　　　　王二姐独坐北楼，

　　　　泪眼汪汪……

　　　　思念起二哥想断我肝肠。

　　　〔屋里传来"啪"的一声。

二　平　老锁，老锁你怎么了……老锁我数到三，你要再不开门，我就走了……一……二……三……你他妈真犟！我再也不理你了！……（二平最后望了一眼小屋，含泪下场）

　　　〔长时间的停顿。刘嫂上，手里拿着包。

　　　〔斗九蓬头垢面，衣冠不整地上场。

刘　嫂　哎呀妈呀，你这是怎么了？

斗　九　……破产了。

刘　嫂　（一惊，包掉到地上）咋整的？说呀！

斗　九　我有个朋友，说能低价买进优质大豆，我就把所有的钱都给他了，没想到这小子拿钱跑了！

刘　嫂　你报没报案？

斗　九　报了！

刘　嫂　抓没抓着啊？

斗　九　上哪抓去呀？要是让我逮着他，我非把他做成干豆腐！

刘　嫂　哎，你太实在了！就是卖豆腐的命儿。

　　　〔刘嫂转身拿钱，斗九推让。

刘　嫂　（从腰里掏出存折和身份证）斗九，我这有个存折，这是身份证，上面有三千元，拿去用吧！

斗　九　不，不，你的钱，我不能用……

刘　嫂　拿着用吧，斗九，斗九！别趴下，咱再从头来！

斗　九　本来政府有小额贷款，可我急等钱用，我正寻思找老锁哥说说……

刘　嫂　可别找他了，他现在正闹心呢。（拾起包）

斗　九　是不是因为二平？

刘　嫂　（将包藏到背后）那还用说。

〔斗九发现刘嫂的包，二人争抢着，斗九翻出两件又脏又旧的衣服还有垫肩、手套……

刘　嫂　（慌忙抢夺着）这是我上火车站干活换的衣服，你给我！（将包抢过）

斗　九　工作服？我……（泪下）我错怪你了……原来你不是去火车站化妆找男人，是去火车站换衣服干活……这不是女人干的活呀！

〔刘嫂大哭。

斗　九　……咱们成个家吧。有了你，我心里踏实。

刘　嫂　……我有丈夫，可又跟没有一样！他不是男人！前些日子，我托人给他找了个烧锅炉的临时工作，他干了两天，说太累，一天要推五吨煤，才挣十五元钱……也不跟领导打招呼就跑了，偷着去赌，赌输了就喝酒，打我们娘俩！没办法我就得去火车站、货场、道线，找点别人不愿意干的活……（大哭）

〔斗九猛地将刘嫂抱住。

斗　九　我再也不让你去火车站干那么苦的活了！……

刘　嫂　一见到你，我就觉得有盼头。

〔小屋的门开了，老锁走出来，见到二人咳嗽一声，二人分开。

斗　九　来，称称……

老　锁　称完把秤给我推回去。

———话剧《秋天的二人转》 〉〉〉〉〉

刘　嫂　哎……

〔二人偷笑。

〔切光。

二

〔几天后，夜晚。

〔全景。

〔老锁在整理废品，小丫无精打采地背着双肩挎包走上。

老　锁　小丫，你怎么了？总是没精神？

小　丫　……从我掉下水道里摔了一回，总是头痛、头晕，有时还恶心……

老　锁　你妈妈没领你去医院检查检查吗？

小　丫　去了一次，医生给看了一下，说没什么大事，开了点头痛药，吃了好一点，可吃完还是那样……

老　锁　来，坐这儿。最近学习别太累了，过些时候就会好的。我给你拿饮料去。

〔老锁进小屋拿果汁。

〔二平悄悄地躲在树后面看着。

〔小丫拿出作业本欲写作业。

小　丫　（感到眼花）……老锁大爷，我怎么看什么东西都模糊不清。

老　锁　（放下果汁）咱今天不学了，休息休息，你喝饮料，大爷给你表演个绝活。

小　丫　（兴奋地）绝活儿？

老　锁　你看着。

〔老锁四下看了一圈，觉得周围没人，他便从废品堆里抽出一根硬塑料管儿，然后把它围成了个大圆环，很像曾流行过的呼啦圈儿。

小　丫　（拍手）我知道你要表演什么。

老　锁　嘘，小点声。我这么大岁数玩这个，叫人看了笑话。我是专门表演给你看的。来点音乐。

〔小丫随手打开录音机。

〔伴着音乐，老锁扭着腰和屁股，转起了呼啦圈。他样子虽然有点滑稽可笑，但他转得确实有点水平，嘴里还轻轻地念着节奏。

老　锁　好玩吧？

小　丫　好玩！

老　锁　我小时候，玩这种圈儿，是用个铁钩子在地下滚，这样……

〔老锁又把圆环在地上滚了一大圈儿，他碰上了树后的二平。

二　平　（笑了）你像个大孩子……

老　锁　（羞涩地）你怎么也不吱一声。

二　平　看看你呗！

〔二平的手机响了。

老　锁　还是看看你手机吧。

〔二平看也没看便把手机关掉。

二　平　不用看，管他是谁呢！

小　丫　妈，我头还是有点晕。

二　平　是吗？那走吧，回家早点睡吧。

小　丫　好吧。

老　锁　丫，拿着，慢点走，早点休息，慢点……

〔小丫下。

〔老锁回到了自己的小屋前，二平也跟了过来。

〔停顿。

二　平　你生我气了是吗？你不想见我，恨我？

老　锁　我一个老家伙，也不招人稀罕，没事还总发火，我这是喝酱油耍酒疯，"咸"的吗？

二　平　这些天我想了很多。

老　锁　你该带小丫去看看病。

二　平　我带她去了，还开了药。

老　　锁　（生气地）那也叫看病！浮皮潦草地开了几片止痛药，你这个当妈的根本不负责任！

二　　平　别冲我发火，好像你是她爹。

老　　锁　……你该带小丫到大医院，做做脑电图，做做 CT，全面检查一遍！她那么小，那么可爱，万一要是留下后遗症，你哭都来不及了！（突然愤怒地）妈的！我恨死那些偷下水道盖子的人了，那值几个钱，这纯粹是缺德！

二　　平　我明天就带小丫去检查。

老　　锁　一天也不能再耽误了！

二　　平　嗯哪！

〔停顿。

二　　平　今晚……挺凉啊……

老　　锁　已经是秋天了。

二　　平　今晚的月亮真圆哪。

老　　锁　快过八月十五了。

二　　平　你不能找件衣服给我披上吗？

老　　锁　啊，有……

〔老锁拿一件外衣给二平披上，二平顺势抓住老锁的手。

二　　平　老锁，我想跟你过……

老　　锁　别再取笑我了，让我平静地过日子。

二　　平　真的，我想嫁给你。

老　　锁　你又心血来潮，一时冲动。

二　　平　不，这次我是冷静的。

老　　锁　……我已经不小了，比你大十五岁。

二　　平　岁数大的男人知道心疼女人。

老　　锁　我长的丑，脸上还有伤疤。

二　　平　（动情地）……跟你在一起让人心里踏实、有底。唉，人这辈子图啥呢？

老　　锁　……你跟马老大在一起，住着他的房子，拿着他的钱……

二　　平　我害怕，心里总发毛……他身边有好几个女人，最小的才19岁，整天弄一帮女人在屋里打麻将，让我给她们做饭……他打手机，我只要晚接一会儿，他就破口大骂……

老　　锁　我早就跟你说过，他不安全。

二　　平　还有一件事儿，更让我提心吊胆。

老　　锁　什么事儿？

二　　平　他有一个箱子，锁得紧紧的，让我替他保管。还说，就是掉脑袋也不能往外说。……我想，里面是什么呢？是钱？不至于呀……是枪、毒品，我真不敢再往下想。

老　　锁　你马上给马老大送回去，不然万一要是出了事儿，你就是同伙啊。

二　　平　行！我明天就给他送回去。

老　　锁　哎……越快越好！

二　　平　……我想离开他，跟你过。……将来好好唱二人转，到老了，就跟你一起开废品收购站……你要是喜欢听，我就给你哼哼几句……

　　　　　〔马老大与小来子急上。

马老大　你他妈为啥关机？

二　　平　我不想接任何人的电话！

马老大　谁他妈惯的！你住着我的房子，花着我的钱……我马老大把你包了，懂吗？你，你就是我马老大的小二，二、二奶！……你随时都得听我的！

　　　　　〔马老大的吵骂声，惊动了一些人，傻冬子、郑清、刘嫂都相继出来。

二　　平　（不示弱的）我是人，没卖给你！我有我的自由。

马老大　自由？太奢侈了吧？你跟我马老大玩这个，是不是不想活了吧？还自由？我看是皮子发紧！欠揍！

——话剧《秋天的二人转》

二　平　少给我来这一套！我是唱二人转的，啥人没见过！不行我把一切都还给你。

马老大　（露出杀气）你跟我玩这个，还他妈没有人敢跟我这么说话呢！

郑　清　（劝慰）老大，别生气，有话好好说。

马老大　你滚鸡巴蛋！

郑　清　二平她，今晚唱二人转累了……

马老大　以后，不许她再唱二人转。要唱，在家唱，单独一个人唱给我听！依儿呀儿哟！

郑　清　马老大，你不能这么干哪。

众　　　就是！你也太不像话了！

马老大　咋的？小来子！

小来子　咋的，哥？

马老大　你明天找几个人把场子给我砸了。就当帮公安局扫黄了。

〔老锁一直坐在小亭子里没动。

小来子　我安排！

马老大　（扭住二平的胳膊）走，跟我走！

二　平　你放开我！咱俩的事，咱俩去解决。

〔马老大"啪啪"地打了二平两个大嘴巴子。

〔二平反身给了马老大两大巴子，把马老大打愣了。

傻冬子　好！

马老大　嘿，嘿，嘿，嘿……（想更加动粗）

〔傻冬子欲上前阻拦，小来子举起椅子威胁着他们。

〔场上顿时紧张起来。

老　锁　马富贵，你想怎么样？

马老大　爷们，忍不住了？好，我把话挑明了吧，我今天就是冲你来的。

老　锁　好啊。

马老大　我知道你跟二平有一腿。……你，你个老黄瓜种，这么大的岁数还扯这个。别给点脸，就往鼻子上爬。

945

老　　锁　好吧，今天晚上我就当着大家的面，告诉你——我喜欢二平！

马老大　……爷们，这些年你没少帮我，这情我领。女人，我不在乎，你喜欢，拿走。可是今天我把话说透了吧，是你卖了我，是你让我蹲大狱，吃枪子儿！……公安局，正在调查我，是你出面打的证、证言！

〔在场的人一愣。

老　　锁　证言？

马老大　有这事吗？

〔老锁看一眼小来子，小来子有点慌乱。

老　　锁　好吧。今晚，我当着大家的面，为法律打一份证言。马福贵，你听清楚了！

马老大　我听着！

老　　锁　前年秋天，你纠集一伙人，将铁西区38个下水道盖子盗走，造成过路行人，两位重伤。去年一开春，你切断南区电缆线，造成27家企业停产。去年年底，你用三台大卡车抢劫建筑工地的材料库，侵吞大量物资，价值20多万元。今年你承包工程，一名外包工从脚手架上掉下来摔死，你谎称此人失踪。后来你就贿赂官员，开始贷款，你亲口对我说，从拿到钱那天起，你就不想还……马富贵，我一直劝你不做恶人，希望你见好就收，走上正道。

马老大　（浑身气得发抖）你，你你你，……

老　　锁　马富贵，你够枪毙两次的！可我念你童年的苦难，到处流浪，没有双亲……

马老大　你别说了！

老　　锁　好，我不说了。你想怎么样吧？

马老大　我想杀了你。

〔小来子将刀递给马老大。

马老大　用这个，我是欺负你！（将刀插在桌上）都给我闪开点，别溅身

　　　　　上血。

　　　　　〔老锁站着一动不动。

　　　　　〔马老大冲上去一拳将老锁打倒。

　　　　　〔老锁从地上爬起来，站直，又被马老大踢倒。

　　　　　〔老锁又从地上爬起来，仍旧站立着。

　　　　　〔马老大凶残地拳脚相加痛打老锁，但老锁依然顽强地爬起挺立着。

二　平　（扑上去护住）马老大！你再敢碰他一手指头，我就拿刘嫂的菜刀劈了你！

　　　　　〔老锁将二平推到身后，直逼马老大。

老　锁　我没事儿，来呀！来呀！！

　　　　　〔马老大望着依然站立的老锁，他害怕了，他感到这是一个永远也打不倒的人，一个即使打倒他的肉体也打不倒他的灵魂的人。

马老大　（突然跪在老锁面前）老哥，老哥你要不揭发，我就能活命，我求你了。

老　锁　晚了！

　　　　　〔警察带着一位小警察急上。

警　察　马富贵，（亮出批捕证）你被逮捕了。还有你小来子！

小来子　我，我检举马老大有功，你们还……

马老大　原来都是你呀，王八蛋！我出来要有一口气，我先整死你！

警　察　带走！

马老大　能让我说句话吗？

　　　　　〔马老大走到二平面前，看着她。

马老大　二平，你要嫁，嫁给老锁哥，我马老大给你买钻戒！至少，十，十克拉。

警　察　走！

　　　　　〔警察将马老大、小来子带下。

　　　　　〔众人围上，将老锁艰难地扶回自己的小亭子间，坐下。

二　平　你们都走吧……没事了，没事了，都走吧……

〔老锁向众人摆摆手，示意没事，众人散去，下场。

〔二平走过去，俯身在老锁的双膝下，大哭起来。

二　平　老锁！

老　锁　二平！二平……

二　平　啊……啊……啊……（大哭）

〔灯光渐渐地暗去。

三

〔第二天下午，临近黄昏。

〔大全景。

〔秋日的斜阳恬静而安详，偶尔有几片树叶飘落，刘嫂坐在杨树下细心地织着一副毛手套，边哼唱着二人转小调，她的眼神里多了几分柔情。一对唱二人转的夫妻上，与刘嫂道别，二人下。

〔警察上。

警　察　刘嫂，二平还没回来？

刘　嫂　她带孩子看病去了。

警　察　（停了一下）……小丫的病怎么样了？

刘　嫂　可能挺重。唉，那么小的孩子，将来可咋整呀。

警　察　（欲下又转身）刘嫂，我得郑重地跟你说件事儿。

刘　嫂　啥事儿，你这么严肃。

警　察　啥时候吃你的喜糖啊？

刘　嫂　（有些慌乱）哎呀妈呀，啥喜糖啊？

警　察　斗九他是真心喜欢你……珍惜吧。

〔斗九又像从前那样推着倒骑驴豆腐车喊着："豆——腐——来了！哎大刘，来块豆腐。"

警　察　不了，谢谢。（下）

刘　嫂　来了，斗九！

斗　九　哎你说我吧，天生就是卖豆腐的命！这几天生意贼好！不到天黑

——话剧《秋天的二人转》 〉〉〉〉〉

就卖完了。……欠你的那些钱,过些日子,就能还上了。

刘　嫂　先别着急还了,就放你那儿攒着吧。

斗　九　为啥?

刘　嫂　我正在办离婚,他基本上同意了,就是孩子归我。

斗　九　那好,好,太好了,我省事了,啥也没干白捡了个大儿子了。

刘　嫂　去你的。(拿过织好的毛手套)斗九,天要凉了……我给你织副毛手套,来试试看合不合适。

斗　九　这咋还缺俩手指头呢?

刘　嫂　留着给你数钱呗。

斗　九　你真好。老锁哥呢?

刘　嫂　在他屋睡下了,你别去打扰他。斗九……

斗　九　啥事啊?

刘　嫂　你真的不嫌弃我吗?

斗　九　不,你的心好。

　　　　〔刘嫂两眼流出大颗的泪滴。

　　　　〔傻冬子心事重重地从左侧上。

傻冬子　……这咋哭了,煽情呢?

刘　嫂　……煽什么情?冬子这两天你脸色不咋好,你咋的了?

傻冬子　……我今天,是最后一场演出了。我要走了……

斗　九　这回又去哪儿?

傻冬子　去北京。演艺圈里叫北漂儿,我争取上今年的春节晚会和全国人民混个脸熟,将来出场费咱也开个大价码。像现在这样,没房子没车,哪个女人肯嫁给我。

斗　九　兄弟你不是跟我说,在超市里好几个漂亮的女售货员都盯着你吗?

傻冬子　人家那是怕我偷东西。

　　　　〔几个人大笑起来。

斗　九　老弟,这出去闯闯可以,万一要是混不下去了,还回咱这来唱二人转，这儿的观众喜欢你。

刘　　嫂　对，冬子，这儿的观众可喜欢你了……

〔斗九的一句话把傻冬子说哭了。

傻冬子　……（说口）别吵吵，别吵吵，谁要吵吵听不着。……二人转好啊，它是咱黑土地上的宝！它大喜大悲、大哭大笑、大俗大雅、大吵大闹、大起大落，就像咱东北的大炖菜，吃着可口、赶劲！……我在艺校上课的时候，一个老先生说，二人转的永久魅力就是男人跟女人。它野，放浪，粗俗，土得掉渣，可这世间说来说去不就是男人跟女人这点事儿吗？（停了一下）我舍不下二人转，可我还是要出去闯荡闯荡，二人转艺人，就是北方的吉卜赛人……

斗　　九　（莫名其妙地大吼一声）豆——腐——！！

〔老锁从小屋里出来。

斗　　九　哎，老哥，把你给吵醒了。我给你拿鸡汤豆腐卷儿了。

刘　　嫂　老锁大哥，二平娘俩回来了，咋样二平？

〔二平领着消瘦病态的小丫上场，老锁赶紧迎上去。

老　　锁　二平，医生怎么说？

斗　　九　小丫，到叔叔这来。（把小丫带到一边）

二　　平　这次做了全面检查，化验、拍片，最后医生确诊为——脑外伤引起脑积水，说如果不及时动手术，孩子可能会全身瘫痪……

刘　　嫂　天哪！这可咋整？

老　　锁　一天也不能再耽误了！

二　　平　医生要求马上住院动手术，可这种手术最少要六七万元哪，这还不算，他们不能保证手术完全成功。说如果手术过程中碰到脑神经的任何部位都有可能造成孩子失明、聋哑……

傻冬子　最好能到北京、上海的大医院，找名医手术。

刘　　嫂　那得多少钱啊！……

〔几个人七嘴八舌地议论着，二平绝望地站在那里。

——话剧《秋天的二人转》》》》》》

〔郑清从小剧场的后门急出。

郑　清　哎呀，二平、冬子，今天晚上，省里抢救民间艺术领导小组要来看二人转，一位专家点名让演解放前的一个段子《下关东》。二平、冬子，听说你们俩都演过这个段子？

傻冬子　郑老板，我明天就走了……

郑　清　你那事儿演完了再说，咱们不是有合同吗！二平，我记得你在县艺术团演过这个段子……

老　锁　小丫，病得很重。

郑　清　（圆滑地）哎呀，我怎把这茬给忘了，二平，小丫的病咋样？

二　平　还能咋样？

郑　清　丫呢？丫啊，好些没有？

斗　九　好些，好些，你就知道挣钱！好什么好啊？

郑　清　斗九，你怎么能这么说话呢？我租这小剧场，一年七八万，不挣钱我喝西北风啊？再说你问问这些演员，我哪天要是不给他们钱，他们会给我唱吗？

老　锁　郑老板，我想求你点事。

郑　清　啥事儿，老哥你看……

老　锁　回头咱俩单独谈吧。二平，抓紧时间排练吧，孩子交给我。

郑　清　抓点紧，冬子。前边的说口，一定要干净，别给文化厅领导留下不好的印象。排戏！

〔郑清用嘴打锣鼓点，傻冬子圆场亮相。

〔老锁将小丫带到小亭子里，他坐下来，将小丫拉到自己身边。

傻冬子　老少爷们儿，今天你们都别走。这些年你们没少帮助我傻冬子，今天我跟二平唱一回经典小段《下关东》，也算报答诸位！

〔在场的人都找到合适的位置站坐不一。

傻冬子　上娘们！

二　平　（无精打采地）来了。

傻冬子　咋的，娘们让人煮了？

二　　平　去你的。

傻冬子　二人转得欢势点，浪起来，你得抖（de）擞！

二　　平　咋抖擞啊？

傻冬子　得这样——（抽风似地）一呀更里呀，月牙没出来呀啊……

二　　平　哎，二人转不抖擞，真没人看。

傻冬子　可有的工作就不能抖擞。

二　　平　啥工作？

傻冬子　比如饭馆跑堂的。

二　　平　跑堂的咋不能抖擞？那不一定。

傻冬子　咱俩表演一个，我去抖擞跑堂的。

二　　平　我去顾客，啊，伙计，来碗狗肉汤！

傻冬子　（像刚才那样抖擞上）狗肉汤来了！（边唱边抖擞）一呀更里呀，月牙没出来呀啊……（没到跟前抖擞一地）

二　　平　是不能抖擞！

傻冬子　还有的工作不能抖擞。

二　　平　干啥的？

傻冬子　比方说医院里的大夫，大夫要抖擞更不行了。咱试试，我当抖擞大夫。

二　　平　我当患者，大夫难受。

傻冬子　来患者了？（唱《月牙五更》的调）啊，发烧了是不是？

二　　平　往哪摸哪？

傻冬子　这不是抖擞吗，抖擞大夫吗？发烧打一针，（唱）给你消消毒。（效仿医生用棉球擦对方屁股的动作）哎呀，好几天没洗澡了？

二　　平　去你的！

傻冬子　大夫打一针像唱二人转那么抖擞打，（退几步，拿药针边唱边抖擞）一呀更里呀，月牙没出来呀啊……（像抽疯似的朝屁股扎针）扑——针头歪折了。我都抖擞成这样了。不给点掌声？

〔大家含泪笑出声来，鼓掌。

——————话剧《秋天的二人转》〉〉〉〉〉

傻冬子　二平闲话少说，唱个经典小段《下关东》。

二　平　这是旧中国来东北逃荒流浪人的心酸。

傻冬子　对。大东北是片流民的土地，上至王公贵族，下至市井小民、大清国流放的囚徒，鲁豫晋皖跑马占荒的汉子，都经历了《下关东》的苦难。

傻冬子　丈夫要走了，嘱咐妻子几句，贤妻啊……

　　　　〔唢呐和板胡声响起。

　　　　〔【胡胡腔】。（唱）

傻冬子　（丑）丈夫我先嘱咐贤妻几句，

　　　　　　　我走后敬双亲礼孝当先。

　　　　　　　拉扯好孩子他成人长大，

　　　　　　　帮助你是把手好挣吃穿。

　　　　　　　门户儿交与你谨慎看管，

　　　　　　　前前后后里里外外你执掌家园。（甩）贤妻呀……

　　　　〔二平、傻冬子和在场的人都入了戏，眼里充满了泪水。

　　　　〔【呜嗨嗨】（唱）

二　平　（旦）为妻我闻此言——两眼落泪，

　　　　　　　尊了声丈夫啊——且要听言。

　　　　　　　老的老小的小——少柴无米……

　　　　（根据老艺人朱云口述整理）

　　　　〔二平唱不下去了。

刘　嫂　咋不唱了呢二平，你唱得好好的难过啥呀！

　　　　〔停顿。在场的人缄默不语，泪流满面。

　　　　〔警察带着小警察急上。

警　察　二平，二平你得跟我们走了。

二　平　为啥呀？我咋的了……钱和房子，我已经都交给马老大了，我已经和他没有关系了！

警　察　你涉嫌窝赃。你为马老大保存的密码箱里存有三公斤摇头丸，那属于毒品。

二　平　可我一点也不知道啊！今天我就想送回去，可孩子的事……

老　锁　大刘……

警　察　老锁师傅，这次和上次不一样，我相信她，可这没用。法律重事实，重证据，也会公正审判的。请相信法律。走吧，你被依法传讯了。

小　丫　妈，妈……（哭）

〔警察欲带走二平，二平走了几步停下。

二　平　能让我跟老锁说句话吗？

〔警察默许……

〔老锁搂着小丫，将她的脸按在自己的怀里。

二　平　（泣不成声地）老锁，孩子的事就拜托你了……对不起，给你添麻烦了……小时候，有个瞎子给我算命，说我这辈子在最危难的时候，能碰上好人……要是你不嫌弃，就等我回来……我知道该怎么做……老锁，等着我……

小　丫　妈、妈、妈！……

〔迅速暗转。

〔深夜。秋空透明，星星闪烁，但月亮还没出来。

〔老锁在收拾东西，他把多年积攒的钱和贵重物品放进一个提包里。还有一张写好的字据放在小桌上。

〔郑清拿一个鼓鼓的档案袋上场。

郑　清　老哥，小丫呢？

老　锁　在小里屋呢，我让她多睡一会儿。

郑　清　老哥，这是六万元现金。大家伙还想再给你凑一些……

老　锁　算了，我走得急，老郑啊，这是我出卖小废品收购站的字据，后边附有我的清单，包括这片空地，还有这台中巴车，反正这一切全是你的了。……这些废品，能处理个一万两万的。如果，要是还不够，将来我会还……

———话剧《秋天的二人转》

郑　清　……老哥，你想好了吗？

〔老锁将钱袋装进提包……

郑　清　她有父母，他们该管孩子！……小丫将来还不知什么结果，万一要粘到手上，你这辈子就得倾家荡产，花多少钱也填不满这个窟窿，你想过吗？

老　锁　我不傻，想过了……

郑　清　你想当活雷锋？

老　锁　（打断郑清的话）我不想当活雷锋，但我也不想当见死不救的小人！……

郑　清　……老哥，听警察大刘说，二平的事不大，过几天就能出来。

老　锁　孩子的事儿，一天都不能等了！

〔小丫从小屋出来。

小　丫　郑大爷好！

老　锁　丫啊，你怎么起来了？咱们去北京的特快，来得及。

郑　清　怎么？老哥你要去北京？

老　锁　北京、上海，就是走遍天涯海角，我也要把小丫的病治好！

郑　清　好吧，随你的便。老哥，这个地方我给你留着。（郑清反身走到小丫面前，亲吻一下小丫，下）

小　丫　郑大爷再见！老锁大爷，我的病能治好吗？

老　锁　能，一定能！

小　丫　……我长这么大都没去过北京，能到北京看看，我就是死了，都不难过……

〔老锁抱住小丫。

老　锁　不许这么说话！咱爷俩永远带着希望活着，好吗？

小　丫　好，我听话。

老　锁　这才是好孩子，走！……

〔老锁弯腰背起小丫，另只手拎起提包。

〔这一刹那间响起了东北二人转苍劲有力的唢呐声。

〔紧接一切场景都向两侧移开。老锁背着小丫朝舞台深处走去,越走越远。

〔悠扬的二人转《月牙五更》唱起:

　　一呀更里呀月牙没出来呀,

　　貂蝉美女走下了楼台呀,

　　烧烧香,拜拜月,

　　为的是我们恩恩和爱爱。

　　……

〔剧终。

精品提名剧目·话剧

望天吼

（根据周振天长篇小说《玉碎》改编）

编剧　卫　中　钟　海　周振天

时间

老年赵德宝回忆上个世纪 30 年代的事儿。

地点

天津。

人物

赵如圭　天津"恒雅斋"玉器店掌柜的。
赵德宝　赵如圭养子，今年 80 来岁，当年 20 来岁，"恒雅斋"的伙计。
娃娃哥　泥胎。
赵怀玉　赵如圭的二女儿。
赵洗玉　赵如圭的三女儿。
赵叠玉　赵如圭的大女儿。
陆雄飞　赵叠玉的丈夫，码头管事，青帮头目。
郭大器　刺客，东北军军人。
李穿石　赵洗玉的未婚夫，天津市政府日语翻译，后为汉奸。
佐　藤　原日本关东军特务，驻天津军队负责特务事务的军官。
金一戈　东北军团长。
刘宝勋　跟随溥仪到天津的太监。
溥　仪　前清末代皇帝。
高二爷、日本警长、王警长、日本士兵、东北军士兵、便衣队、学生、记者等

————话剧《望天吼》 >>>>>

序

〔现在，晚上。

〔一个赵德宝和娃娃哥共处的时空。

〔暗处。

赵德宝　哎呀，有谁能知道一个孤老头子，半夜里睡不着觉他心里想的是嘛？

〔光起。

赵德宝　没人知道！哦对了，你知道，娃娃大哥，别人不知道你知道！咱俩玩儿了六十多年了，来吧，玩玩吧！

〔赵德宝掀开蒙娃娃哥的红布，和他玩起"双簧"，赵德宝躲在娃娃哥身后说了起来。

　　　　我是娃娃哥，
　　　　本是泥塑的，
　　　　三岔河口娘娘宫，
　　　　才是咱娘家。
　　　　别看我个小，
　　　　管的事挺大，
　　　　添丁增口人兴旺，
　　　　那得咱说话。
　　　　要想生儿子？
　　　　把俺拴回家，
　　　　烧香上供把俺伺候着，

　　　　　　儿子闺女管保叫你生他一大叠。
　　　　　　如今可倒好，
　　　　　　如今可倒好……
赵德宝　（爆发地）我不跟你玩了！（从娃娃哥身后站起来）六十年多了，今天我要与你有个了断！这些日子我老梦见老掌柜，他是要招我做伴去了……我无家无业、无儿无女，我唯一放心不下的就是我走了你可怎么办？把你送回去，送回娘娘宫？还是把你砸巴了，粉身碎骨？反正今天咱俩得有个了断！
　　　　〔赵如圭走上。
赵如圭　（将娃娃哥的红布盖上）德宝，要了断还没到时候啊！（走下）
赵德宝　（起身寻找）掌柜的，你来啦！
　　　　〔收光，时空转换。
　　　　〔锣声响，起三弦四胡演奏的《天津时调》前奏。

——

　　　　〔舞台现出旧时天津"鬼市"。
　　　　〔黑暗中四个赴刑场的彪形大汉在囚车内唱着《天津时调》上。
　　　　　　三更天呀，鬼龇牙，只当是遛个早，
　　　　　　地当鼓，镲当锤啊，敢把那个鬼门敲。
　　　　　　敢把鬼门敲！
　　　　　　断头酒哎，就咸菜（众人：得台台台）也要混个饱啊，
　　　　　　叫一声刽子手（你）下手要利索！
　　　　　　哎嗨呀哈哎嗨依儿呦。
　　　　　　哈哈哈哈！
　　　　〔场上各色人等围观看热闹并随声附和。
刽子手　开刀问斩！
众　人　（齐喊）好——刀！咦——

———话剧《望天吼》 》》》》

〔囚犯等人下。弦师下。

赵如圭　（叫）德宝，听见了吗，这是嘛？这是天津卫的时调。

赵德宝　时调？

赵如圭　天津卫的爷们上法场，都要吼上一嗓子，屠刀刷——砍下来，那脑袋嗖——飞出去，那句好刀的"刀"字就停在半空中！

赵德宝　掌柜的，您说得我汗毛都乍起来了！哎，杀人不是用枪吗？

赵如圭　这些红差们，花不起枪子儿钱，好刀！

赵德宝　哎呦，掌柜的，这是嘛地界啊？

赵如圭　这就是鬼市！嘛叫鬼市，三更天鬼龇牙，黑人黑货黑花活。正所谓风高放火天，月黑杀人夜哟。

赵德宝　哎呦！（德宝不小心碰到地上的残疾乞丐，吓一跳）

残疾人　干嘛啦干嘛啦干嘛啦！你妈的留点神，这儿有人！（举起手里乞讨的碗）

赵如圭　带铜子儿了吗？（示意德宝给钱）

赵德宝　带了。

〔赵德宝忙掏出仨铜子儿给残疾乞丐。

赵德宝　吓死我了！（吃惊地）掌柜的，这没店也看不见摆摊的，怎么做买卖啊？

赵如圭　是这样的，买家把这钱褡子往左肩上这么一搭，右手托起下巴颏儿，找个显眼的地界一站，两眼一眨摸，嚯，这卖家还真不少啊！

〔走过来众人及卖主甲。

卖主甲　（打招呼）爷！

赵如圭　爷……您啦手里拿的是嘛呀？

卖主甲　龙头拐，宫里的玩意儿。

〔赵如圭摸了摸递给德宝。

赵德宝　（拿过，掂掂分量）够轻的！

卖主甲　废话，电线杆子沉，你拿得动吗？

〔围上来几个人，哄笑。

赵如圭　（为赵德宝解围）爷们，那褒贬可是买主啊。

卖主甲　（越发得意）一看他就是个雏，您是行家。知道这是怎么来的吗？当年李莲英派人从南洋运来整根的金丝楠木给老佛爷做过一根龙头拐，老佛爷不用，当然了，那么大岁数老娘们提了不动那木头疙瘩！

众　人　哈哈，哈哈！

卖主甲　李莲英麻爪了，又立马派人从云南原始森林里边找了一根上百年的老藤，做了一根龙头拐，就是这根。

小乞丐　真的！

卖主甲　今儿个二位来着了，干巴巴的我都不拿给他看这个。知道这是干嘛用的吗？

赵如圭　爷们，我告诉你这是干嘛用的，传说慈禧老佛爷喜欢养巴儿狗，小狗不听话，可又舍不得打，怎么办呢，大太监李莲英就给弄了一根……

赵德宝　这是打狗用的。

小乞丐　打狗棍子！

众　人　哈哈哈哈……嗵！

卖主甲　懂的嘛你们，不懂！（拿起拐杖就走）

〔围观者哄笑着离去。

赵德宝　哎，掌柜的，这人怎么说散就都散了？

赵如圭　不走干嘛，在这儿现眼啊。

赵德宝　打狗棍愣充龙头拐！

赵如圭　嘘……

〔走过来一个打着灯笼的卖主——化了装的刘宝勋将一物件举到赵如圭面前，见赵如圭不理，转身走。

〔赵如圭轻咳一声。

刘宝勋　（转身回来）您想抓点儿什么呀？

赵如圭　想讨一个上等的玉件。

———话剧《望天吼》 >>>>>

刘宝勋　这上等的玉件咱有哇，价可高啊！

赵如圭　价高货出头，先瞜瞜。

刘宝勋　（拿货）瞜瞜就瞜瞜呗！

赵如圭　（看看，不动声色）多少钱？

刘宝勋　袁大头十万不嫌多，五万不嫌少。

赵如圭　呵呵呵呵……您留着自己玩儿吧。（欲走）

刘宝勋　（追着）哎哎，别走啊，我一瞧您就是个买主，给个价？

赵如圭　（在袖里拉手比划着）这个整。

刘宝勋　八千！

赵如圭　卖不卖吧？

刘宝勋　好家伙，您这一矬，这价呼啦就下来了。

赵如圭　我可带着银票呢。

刘宝勋　（无可奈何地）要不是我们主子急等着用钱，我还真舍不得出手啊……这么着吧，您再给添两块胶皮（车）钱。

赵如圭　德宝，拿银票。再添两块现大洋。

刘宝勋　您痛快，下回有东西还卖您，回头见了您啦。（下）

赵如圭　回头见。

赵德宝　掌柜的，嘛玩意儿这么贵？咱别拿买人参的钱买了香菜根吧？

赵如圭　德宝，这卖家可不是个一般的主儿呀。

赵德宝　您怎么知道？

赵如圭　你没闻见这位身上有股子特别的味儿？

赵德宝　嘛味？

赵如圭　走，回家我再告诉你！

赵德宝　（追着说）掌柜的，嘛味？嘛味……

〔二人下，时调《盼情郎》起。

〔舞台一角，三个听曲的和卖艺人。

〔唱：一更更几里，月影儿照花台。

才郎定下计，他说今夜晚上来。

　　　　　叫丫环打上四两酒儿，
　　　　　四呀个的那个菜碟儿啊，
　　　　　摆也就摆上来呀。
　　　　　一碟子咸白菜，一碟子熬海带。
　　　　　一碟子炒虾仁，一碟子摊黄菜。
　　　　　两双竹筷对着面儿的摆呀，
　　　　　单等着我的那个才郎来呀，
　　　　　好把酒儿来筛。
　　　〔在唱的过程中收光，换景。

二

〔恒雅斋。
〔光起。
〔赵叠玉腆着大肚子，一脸幸福地说着儿歌。
赵叠玉　小老鼠，上灯台，偷油喝，下不来。
　　　〔陆雄飞上。
陆雄飞　德宝，德宝！哎，这德宝干嘛去了？（端起茶壶喝水）
赵叠玉　德宝跟咱爸一大早就去鬼市了。别喝凉水……小老鼠，上灯台，偷油喝，下不来。
陆雄飞　你跟谁叨咕呢？
赵叠玉　（指指肚子）雄飞，雄飞快来，他在里头踹我呢。
陆雄飞　我听听。（贴着她肚子听）真是的，像敲鼓……宝贝，这是你娘的细皮嫩肉肚，不是牛皮大鼓。
赵叠玉　雄飞，咱爸说了，要是生个儿子，就叫开岁。
陆雄飞　开岁，嘛意思？我昨晚一宿没开和……干脆叫开和吧。
赵叠玉　你又打牌去了！
陆雄飞　唉，码头生意不好……老爷子没提，要是生了儿子，就让他继承恒雅斋……哎，干嘛拿白眼仁看我呀，我陆雄飞的儿子可有一半是赵家血脉呀。

〔赵洗玉、李穿石上。

赵洗玉　大姐，大姐夫。

赵叠玉　洗玉。

陆雄飞　（问赵洗玉）老姨，这小白脸是谁呀？

赵洗玉　他是我的初中同学。

李穿石　鄙人李穿石。

陆雄飞　（抱拳）李先生，幸会！

李穿石　大姐夫请多关照！

〔陆雄飞翻了个白眼。

赵洗玉　哦，他刚从日本留学回来，在市政府当日文翻译。

陆雄飞　我说呢，整个一个假洋鬼子！

〔赵洗玉瞪他一眼，示意穿石与她下。

赵叠玉　别胡说，他来咱家好几次了，老爷子也见了。

〔赵洗玉、李穿石下。

陆雄飞　（戒备地）老爷子说嘛了？

赵叠玉　说了句古词，觚不觚，觚哉觚哉。

陆雄飞　觚不觚，觚哉觚哉？

〔赵怀玉上。

陆雄飞　二姨，你有学问，觚不觚，觚哉觚哉是嘛意思？

赵怀玉　这是孔夫子说的话，觚是酒器，春秋改革，有人把传统的酒器改了样子，孔夫子看着不顺眼，就问这还是觚吗？

陆雄飞　闹半天是看着不顺眼啊，哈哈哈！

赵怀玉　看谁不顺眼？

〔赵叠玉指指赵洗玉、李穿石下场的方向。

〔赵如圭喜气洋洋地上，赵德宝随上。

赵如圭　（喊着上）叠玉！哈哈哈……

赵叠玉　哎！爸！
陆雄飞　老爷子回来了！
赵如圭　怀玉！
赵怀玉　哎！爸！
赵如圭　洗玉！
　　　　〔赵洗玉、李穿石跑上。
赵洗玉　哎！爸！
赵叠玉　瞧咱爹得意的，就好像得了个大儿子。
　　　　〔赵德宝端过来茶几，赵如圭打开布包，露出望天吼。几个人的目光被吸引了过去。
赵如圭　哈哈哈……德宝！宝贝们，我给你们看看，这是嘛，这可是正儿八经的皇宫宝物，国宝！
众　人　国宝？
赵如圭　我苦心寻觅了几十年，想弄件像样的镇店之宝，天遂人愿啊！这玉件能让四海的藏宝人翘首相望，啧啧称奇，古玩界同仁，无不垂涎，想开眼吗？那北京琉璃厂的人他得往咱家跑！
赵洗玉　爸，您买这件宝贝，花了多少钱？
赵德宝　你们猜猜。
赵洗玉　一千块？
赵怀玉　一千五？
陆雄飞　我看看，三千？
赵德宝　八千！
赵叠玉　八千？！爸，这八千块钱能买座小洋楼了！您不是疯了吗！
赵洗玉　爸，这到底是什么宝贝呀，这么值钱？
赵如圭　它叫望天吼！
众　人　望天吼？
赵如圭　北京天安门，华表顶上蹲着的就是它，记住了，它叫望天吼！你们瞅瞅，它似龙似马，似虎似豹，前爪用力抓着一个大火球，肩膀上披着冒火的飘带，挺硬的犄角分两岔，露出利牙的嘴张得挺大。它昂头挺胸，虎目圆睁，富贵不淫，威武不屈，它精精神神的往那一站就是咱华夏江山的守护神兽啊！不给你们看喽！（下）

陆雄飞　老爷子，这咱可得放好了。（跟下）

赵叠玉　嗨，你们说呀，咱爸呀可真神了，黑灯瞎火的，东西在手里一过，就知道是件国宝。

赵德宝　不光是手摸，还得用鼻子闻呢。

赵怀玉　去你的，头回听说买玉器还用鼻子。

赵德宝　掌柜的说，卖玉的那人往跟前一站，他一下就闻出眼前这人是个太监，他手里的东西一准是宫里出来的真货。

赵洗玉　太监身上有什么味？

赵德宝　一股子尿臊味儿。

赵洗玉　倒霉德宝，真恶心。

赵德宝　真的，太监没了下边那家伙，尿尿沥沥拉拉的不利索，身上有股子尿臊味。

赵叠玉　赵德宝，越说越没正经的了，当着没出嫁的妹妹乱讲，还有点当哥哥的样儿没有！

赵怀玉　姐，让大家闻闻，他赵德宝身上是嘛味？

赵德宝　我又不是太监，我没味……

〔姐仨和他逗着，赵德宝笑着被按在地上，滚成一团。

〔暗转。

〔喜歌声隐约进入。

三

〔光起。

〔喜歌声和着音乐渐大。

〔时调起："一斗金，二斗银，赵家喜添胖外孙，添盆的贵人走红运，麒麟送子驾祥云，八方庆贺迎喜神，宾客们都是富贵人……"

宾客A　长命百岁，荣华富贵。

宾客B　吉人天相，福禄双全。

宾客C　三阳开泰，岁岁平安。

赵德宝　掌柜的，贵客们都到了！

陆雄飞　（端着铜盆高兴地上场）二姨！三姨！

赵洗玉　（拉着李穿石跑过来）大姐夫，我大姐呢？

陆雄飞　你大姐在后边弄孩子呢！

赵洗玉　瞧你美的嘴都闭不上了！

陆雄飞　那当然，今儿我儿子洗三，这铜盆我得把它摆好啰！

赵德宝　（吆喝）英租界工部局华董高二爷大驾光临！

〔高二爷走上。

陆雄飞　二爷！

赵洗玉　爸，来客人啦！

高二爷　雄飞啊，添人进口给你道喜！

陆雄飞　谢二爷。

赵如圭　高二爷！

高二爷　（英语）赵老板，恭喜啊！

赵如圭　（拱手相迎）二爷您还是跟我说CHINA语吧！

高二爷　给你道喜！听说手底下有件宝贝，什么时候让我睽睽？

赵如圭　您了看第一眼啊！

高二爷　罢了！这是谁呀？

赵如圭　三儿，这是三儿啊！

赵洗玉　高二爷！

高二爷　三姑娘！真是女大十八变越变越好看！今儿二爷高兴，得给双份，这是贱内人给的袁大头。

赵如圭　哎呦，谢谢嫂夫人！

——话剧《望天吼》

陆雄飞　谢老太太！

高二爷　二爷再给孩子撂点英镑，哈哈哈……

〔高二爷将现大洋与英镑扔进盆里。赵如圭和陆雄飞连连称谢。

俩仆人　谢高二爷！

赵如圭　哎呦，谢谢，谢谢，高二爷，楼上请！

赵德宝　（吆喝）日租界静园刘总管大驾光临！

陆雄飞　老爷子，老爷子，刘宝勋是个不男不女的太监呀，他来干吗？

赵如圭　我请来的，溥仪身边的大总管，咱恒雅斋还要靠人支撑门面呢，不请他来还成。

〔得宝搀扶刘宝勋上。

刘宝勋　哎哟，赵老板。

赵如圭　刘总管！

刘宝勋　今个儿咱家可是代表我们主子来的。

赵如圭　谢皇上！

刘宝勋　您太客气了，赵老板，给您道喜了！

赵如圭　谢了。

陆雄飞　同喜！同喜！

刘宝勋　同喜？哎呦傻老爷们，什么都能同喜，就这生儿子的事儿我们可不敢同喜了，找乐嘛！

〔众人一阵笑声。

刘宝勋　（走向铜盆）对了，我给大胖孙子添喜啊，（扔钱）添人进口，吉祥如意……得了，齐活！

赵如圭　让您破费了，您请楼上坐。

俩仆人　谢刘总管！

陆雄飞　谢了，楼上请。

刘宝勋　太客气了，他这是宠我，回头把我宠坏了，咱爷们自己人何必这么客气……

〔赵如圭、陆雄飞陪刘宝勋上楼。

赵洗玉　德宝哥，干嘛呢？

赵德宝　哎哟，齐活，刘总管，哈哈……

赵洗玉　大姐让我问你，我二姐怎么一直没见着呀？她又到哪儿去了？

赵德宝　二小姐一早就去南开学校了，说今儿赶不回来了。

赵洗玉　洗三这么大的事，她当二姨的怎么能不在呢？你快去把她叫回来。

〔传来汽车声。

陆雄飞　（喊）德宝，快去看看又来客人啦。（迎下）

赵德宝　我先去招呼客人，待会儿再说。（跑下）

〔德宝复又匆匆奔上来。

赵德宝　掌柜的！掌柜的！外边来了个日本人……

〔赵如圭上。

赵如圭　德宝，慌什么？

赵德宝　掌柜的！外边来了个日本人……

赵如圭　日本人？我没请什么日本人呀？哪儿来的日本人？

赵德宝　说是日本驻屯军司令官的副官，叫佐藤……

赵如圭　还是个当官的？

赵洗玉　爸，您别着急，不是还有穿石吗？

李穿石　伯父，在政府里我常跟日本人打交道，您放心。

赵如圭　哎，那好，小子待会儿你多支应着点！

陆雄飞　（兴冲冲跑上）老爷子，日本驻屯军的佐藤先生来了，这可是贵客呀！

〔赵如圭忙拉住欲奔出去的陆雄飞。

赵如圭　雄飞，我不记得我给日本人发帖子了呀？

陆雄飞　老爷子，这都嘛时候了，人家已经到门口了呀。

〔说话间，佐藤已经走了上来。

佐　藤　（说着一口流利的中国话）陆兄！感谢你请鄙人来贵府做客。

陆雄飞　您这是说哪的话，您能来，那是蓬荜生辉啊，请！

李穿石　（上前递名片，用日语打招呼）你好！欢迎欢迎！佐藤先生，初次见面请多关照！我姓李……

佐　藤　（看看名片，点头）李——穿——石，李桑，滴水石穿……

李穿石　佐藤先生对中国文化很有研究，请多多指教。

陆雄飞　佐藤先生，我给您介绍，这是我的岳父。

赵如圭　佐藤先生……

佐　藤　（拱手）喔，这就是天津卫大名鼎鼎的恒雅斋老板，赵如圭先生？久仰！

赵如圭　（拱手）不敢当。

佐　藤　久仰！

赵如圭　不敢当。

佐　藤　久仰！

赵如圭　（勉强地）不敢当！

佐　藤　赵老板，祝贺您双喜临门！

赵如圭　双喜？这——

佐　藤　得了大胖外孙，另外还得了一件稀世奇宝望天吼！

陆雄飞　是是是……

赵如圭　哎哟，这您也知道了？

〔佐藤笑了笑，用日语眉飞色舞地说了句吉祥话。

李穿石　佐藤先生说的是：祝小孩子寿比富士山！

赵如圭　谢谢！

〔佐藤狂笑着往水盆里扔了钱。

陆雄飞　（兴奋地）佐藤先生，实在是不敢当呀，今儿我儿子洗三，还叫您这样破费，实在是过意不去。

佐　藤　你的小孩就是我的小孩，日中亲善嘛。

陆雄飞　对，对……中日亲善，中日亲善。您楼上请。

〔佐藤走了几步，转身再次礼貌地朝赵如圭鞠躬，然后上楼。陆雄飞、李穿石殷勤地陪着上楼。

赵如圭　德宝，看看佐藤往盆里放了几块大洋？

赵德宝　掌柜的，佐藤放的是金锭子，足有二三两呢，您瞧。

〔赵德宝递过金锭子，赵如圭打量着。

赵如圭　记住，一会儿他走的时候，把那件白玉观音拿给他，日本人也信佛的。

赵德宝　掌柜的，那观音可是宋朝的物件呀，要值好几个金锭子呢。

赵如圭　我知道，日本人的人情是欠不得的，送一还十，面子一定要给足了。

赵德宝　知道了。

〔郭大器走上，他偷偷地将手枪上膛后掖进怀里，戒备地朝屋子里边打量。

〔赵德宝迎上前。

赵德宝　这位爷，您里边请……

〔郭大器不理德宝，朝里边打量。

赵德宝　先生，您找谁呀？

郭大器　刚才进去的那个日本人，是不是佐藤？

赵德宝　您是谁呀？

郭大器　（低声但又不容拒绝的）你就告诉我，到底是不是佐藤？

〔赵如圭走过来。

赵如圭　德宝，来了客人怎么不往里边请呀？

赵德宝　掌柜的，他不像是来"洗三"的。

赵如圭　你先去吧。（拱手）这位爷，请问您尊姓大名？

郭大器　我就是想来问一下，刚才进去的那个是不是日本人佐藤？

赵如圭　（警觉地）您认识佐藤先生？

郭大器　老先生可能还不知道佐藤是干啥的吧？

赵如圭　噢……这不知道……

〔幕后传来汽车喇叭声。

赵德宝　东北军金一戈团长到！

〔郭大器拉低帽檐躲闪下。

〔穿着军装的金一戈迈着武夫的步子走上,马弁跟随其后。

赵如圭　（一身冷汗）三儿,雄飞,金团来了！哎呀金团长,您可来了……

〔洗玉、雄飞急上。

陆雄飞　金团长大驾光临！

金一戈　（一抖披风）哈哈,这洗三整的还挺热闹！哈哈,老赵头,您抱了胖外孙,俺老金要过来讨杯喜酒喝了,开席吧！

赵如圭　马上开！

赵德宝　金团长……（指着铜盆示意）

〔金团长往盆里扔下一把现大洋。

金一戈　（粗着嗓门儿）哦……哈,大胖小子,长命百岁,升官发财！哈哈哈……

赵如圭　借您吉言,金团长破费了。

俩仆人　谢金团长！

金一戈　赵老板,咱们是啥关系,说这话不是见外了嘛,我瞅瞅去！

陆雄飞　请！

赵如圭　瞅瞅去！

〔金一戈看到楼上佐藤,沉下脸,转身返回。

赵如圭　怎么了金团长……

金一戈　赵老板,您怎么把那个佐藤请来了？

赵如圭　（尴尬的）嗨,兄弟,他是不请自来的。

金一戈　好,我告辞！

赵如圭　（赶紧拦住他）哎,金团长,您可怎么也得把酒喝了再走呀。

金一戈　（讽刺地）赵老板,您今天这儿有要紧的客人,我就不凑热闹了。弟兄们,撤！

赵如圭　（拦住金一戈,央求地）金团长,您留步,留步。我知道,您不愿意跟那个日本人打照面儿,可他是不请自来的呀,我也不好把他请出去呀……

金一戈　（忿忿指着佐藤）知道那个佐藤是什么人吗？他是关东军的特务！

赵如圭　兄弟，咱不管他是什么物，他已经进了门，总不能把人家赶出去呀……（情急地）洗玉，洗玉，快请金团长上楼，要是慢待了金团长，我可饶不了你！

赵洗玉　金团长，您请上楼。

〔众人将金一戈强请上楼。

〔赵如圭着急地把陆雄飞招呼过来。

赵如圭　雄飞，你跟我说实话，那个佐藤是不是你招来的？

陆雄飞　老爷子，今儿我儿子洗三，这点事儿我还不能做主吗？

赵如圭　雄飞，这点道理还不明白吗？现如今一提日本人，天津卫的老少爷们都是红着眼咬牙根呀，咱躲还躲不及呢，你倒往家里招！

陆雄飞　老爷子，人家已经进门了，总不能再把人家轰出去吧？您可得琢磨琢磨，得罪了日本人，恒雅斋的买卖您还做不做了？

赵如圭　日本人不能得罪，东北军就能得罪吗？眼下管着天津卫的就是东北军，市长兼公安局长就是张少帅的兄弟张学铭！你不是不知道啊……

陆雄飞　老爷子，您老嘛意思吧？

赵如圭　（气恼的）我把话撂这儿，往后这日本人少往家里招！

陆雄飞　（变了脸色）哎，老爷子，听您这话的意思，这地方没我陆雄飞的份儿？不错，我是你们赵家倒插门的女婿，可我进你们赵家前前后后也没有白吃干饭吧？前年南市那帮杂巴地几十号人到这儿闹砸，不是我陆雄飞在这儿顶着，您这恒雅斋早就碎八瓣了！您要是嫌我在家里给您添堵，明我立马就搬出去，往后这家里再有什么麻烦，我不管了行不行！（下）

〔陆雄飞一番话噎得赵如圭说不出话来。

赵如圭　这孩子，糊涂没脑子！

赵德宝　（上）掌柜的，客人都到齐了。

赵如圭　（努力从刚才的情绪中扭转过来）噢……通知后厨马上开席。哎，德宝，快把娃娃大哥请出来，快去。

〔赵德宝站在原地发呆。

赵如圭　（欲走回身）怎么了？快去啊！

赵德宝　（吞吞吐吐）掌柜的，那个……娃娃哥送洗娃娃铺，还没……接回来呢。

赵如圭　（发火）嘿?！德宝啊德宝，你这脑子整天都想什么了你？洗三这么大的事娃娃哥怎么能不在！你这不是让天津卫的老少爷们笑话我赵如圭不懂规矩吗！

赵德宝　要不我现在去把他接回来。

赵如圭　来得及吗？（甩身下台）

〔赵德宝呆立在那里。

〔楼上，酒杯摔碎声，众人惊叫声，二楼灯亮。

金一戈　（咆哮着）妈了个巴子，小日本关东军没一个好东西！三年前在关外皇姑屯，活活把我们张大帅炸死了。当时我就在那火车上，差一点也丢了性命……血海深仇，不共戴天啊！你们说我能跟关东军的特务在一个桌子上喝酒吗！

赵洗玉　金团长别生气……

金一戈　去！

李穿石　金团长，昨天孙副市长还在登瀛楼设宴款待日本驻屯军司令，您就不能和佐藤先生共饮一杯，交个朋友？

金一戈　让我跟小日本交朋友？

李穿石　如今这世道，多个朋友多条道，多个仇人多堵墙嘛……

金一戈　没门！

佐　藤　（突然笑起来）哈哈，早听说东北军有位屡战屡败的金团长，今日一见，果然是个有勇无谋的一介武夫啊！

金一戈　（怒不可遏）小鬼子，你他娘的敢骂人！（拔枪）

〔金一戈的马弁和日本卫兵同时闯进来，双方剑拔弩张举起枪。

〔众宾客惊叫着。

〔佐藤微笑着与怒气冲冲的金一戈对视着。

陆雄飞　金团长，今儿我儿子洗三这大喜的日子，您在我这儿动枪，太不给我面子了！

金一戈　我是冲小日本，没你的事。

陆雄飞　怎么没我事儿？今儿您二位想比试是吧，那好，我奉陪！（捋袖子露出手臂）当年我陆雄飞码头站脚抽过死签，滚钉板跳油锅我都见过。今天这条胳膊您二位把它拿去，我要是吭一声，我是你们俩揍的！

佐　藤　陆兄，大大的武士道！佩服，佩服！（冲金一戈）支那猪！

金一戈　你个狗娘养的！

赵如圭　（举杯急上，强忍悲愤）诸位呀！天津卫有头有脸的老少爷们，今天都是来捧我恒雅斋的，我赵如圭感激不尽，我敬大家一杯，先干为敬了……（一饮而尽）

〔切光。

〔三弦起。

四

〔起光。

赵德宝　（边给娃娃哥整理衣服，边自言自语）咱老掌柜的也太把你当回事了，洗三洗出祸来都怨我没把你接回来。哎，当年掌柜的老伴儿不生养，就去娘娘宫把你给拴回来，宝贝似的伺候着，盼望你能显灵投胎，带旺人气儿。嘿，你还别说，掌柜的连儿着得了仨闺女。这活人逢年长岁，您了娃娃哥也要年年长个，怎么个长法？得把你送到"洗娃娃铺"砸碎了重新活泥儿，再塑一个大点的。

〔舞台一角情景再现——洗娃娃师傅上，解开红布包，露出一尺多高的娃娃哥举起木棍将它打碎。

赵德宝　你呀，也就是个泥娃娃，不知道我伺候你这么多年……

娃娃哥　赵德宝！赵德宝！

赵德宝　（起身凑近看）是你在说话？

娃娃哥　你把我伺候好了，没亏儿吃。

赵德宝　哎呦，娃娃哥呦，你能说话呀！

娃娃哥　娘娘说了，凡人的事要看在眼里记在心上，不能瞎说。

赵德宝　娃娃大哥，这些年你可是看得见呐，一日三餐，我都给你摆上碗筷，供上食物，四季更换衣裳，冬穿棉，夏穿纱，春秋穿上小马甲。

娃娃哥　你不懂规矩！

赵德宝　怎么呢？

娃娃哥　你都一把胡子成了老太爷，我还是二十来岁的模样。你也得给我重新活泥，粘上胡子，让人叫我娃娃爷。

赵德宝　哎呀我的娃娃爷，时代不同了，我上哪给你找洗娃娃铺去？

娃娃哥　呵呵呵呵……

赵德宝　嘿嘿，再说了，把你砸巴碎了，我可担待不起呀。

〔传来敲门声。

赵德宝　谁呀？

〔时空转换。

〔刘宝勋内：我！

赵德宝　你是谁呀？

〔刘宝勋内：姓刘。

赵德宝　姓刘？

〔刘宝勋内：你个小猴崽子，快开门！

〔刘宝勋上。

赵德宝　刘大总管，是您来了……我没听出来。

刘宝勋　你们掌柜的呢？

赵德宝　睡了。
刘宝勋　睡了，快去叫起来啊，有急事！快快快！
赵德宝　什么事这么急啊，我给您叫。
刘宝勋　他们掌柜的睡了，叫去了。

〔赵如圭穿着睡衣上。

赵如圭　德宝，干吗了？
赵德宝　掌柜的，来人了！
赵如圭　（热情的）哟，刘总管，您这是？
刘宝勋　赵老板，你瞧谁来了？
赵如圭　（疑惑）这不是……
刘宝勋　（附在耳边）是皇上！
赵如圭　刘总管，这深更半夜的皇上到我这儿干吗来了？（慌忙穿上大褂）
刘宝勋　唉，昨儿皇上的老师陈师傅去静园，说是要商量什么事，中间我进去送茶，皇上突然问起望天吼来，我说那年不是让奴才拿到鬼市上卖了吗，您猜怎么着，皇上冲我发了好一顿脾气，说我不应该把望天吼给卖了，这年头奴才难当啊。

〔溥仪戴着墨镜上。四周打量，德宝在旁边伺候着。

赵如圭　刘总管，这么说皇上今儿是冲望天吼来的？
刘宝勋　啊，不不不，您别害怕，皇上只是御览御览，没别的意思。
赵如圭　哦。
刘宝勋　你不会舍不得拿出来吧？
赵如圭　哪能呢，您来了，皇上来了，我还舍不得拿出来？我恒雅斋还得靠您支撑着门面呢！德宝，赶紧去把望天吼请出来！
刘宝勋　（感慨）赵老板，幸亏我在鬼市上遇到你啊，要不皇上想看望天吼，我上哪儿哭去，您说是吧？
赵如圭　小民赵如圭给皇上请安！（欲拜）
溥　仪　（制止）民国了，不兴这个了。
赵如圭　是是是！

溥　仪　（仔细打量椅子）这把椅子是宫里的吧？

赵如圭　没错，庚子年在一个俄罗斯大兵手里收来的。

〔溥仪坐下愣神。

刘宝勋　哎呦主子，您往这黄花梨雕龙圈椅上这么一坐，奴才就想起养心殿那会儿……

溥　仪　你少烦我……

刘宝勋　嚓！

〔溥仪不由自主地把玩着手里的玉器挂件。

溥　仪　听他们说玩玉您是个行家？

赵如圭　行家不敢当，只不过我做这方面的买卖，不得不尽心琢磨着。

溥　仪　你既是懂玉的，就说说这玉里边有什么讲究吧？

赵如圭　回皇上的话，这要说到玉得从儒门孔教说起，孔夫子把玉比做君子之德，他称玉有十一种德，就是仁、知、礼、义、信、忠、乐……

溥　仪　（举起手里的玉玦）你瞧这块呢？

赵如圭　哎呀，可惜啊！

溥　仪　什么？

赵如圭　皇上您这块玦，它补整过……

溥　仪　（明知故问地）是吗？

赵如圭　您敲打敲打它的玉音儿。

〔溥仪敲打。

赵如圭　不清脆吧？

溥　仪　（对赵刮目相看）噢？

刘宝勋　主子，奴才说得没错吧！（对赵如圭）赵老板我可真服您了！这块玉玦确实补整过的，那年淑妃和主子拌嘴，主子一生气，就把玉玦啪的一下给……

溥　仪　嗯！（制止住刘宝勋，把玩着玉玦）那你说，这还算是好东西吗？

赵如圭　哟，皇上，这是玉玦中的精品呀！起码也是春秋战国的物件了。

溥　　仪　（得意地）当年楚霸王给刘邦摆设鸿门宴，杀不杀刘邦犹豫不定，范增他着急呀，一个劲地举起身上的佩玦提醒楚霸王对刘邦赶快下手，说不定这就是那块佩玦。刘宝勋！

刘宝勋　奴才在！

溥　　仪　你知道我这会儿带这玩意是什么意思吗？

刘宝勋　啊，嘿，嘿，主子想的都是国家社稷的大事儿，当奴才的怎敢乱猜呀。

溥　　仪　想必你也是不知道的，（又对赵如圭）你替我开导开导他。

赵如圭　我……说不好……

溥　　仪　说不好我也不怪你，说吧。

赵如圭　那，我就献丑了……这玦嘛，一是决断之意，一是断绝之意，我想皇上这时带着它，想必是您心中一定有个大主意，只是决心还没有下定？

〔溥仪起身，赞赏地看着赵如圭。

溥　　仪　想不到你一个卖玉的，竟然能猜出我心里有个大主意，（溥仪落座）那不用说您也肯定知道，我今天上你恒雅斋干什么来了？

〔刘宝勋向赵如圭使眼色。

赵如圭　皇上，您是想看看您那件古董玉器在我这儿受没受委屈。

〔走向端着盘子的赵德宝，动作麻利地掀开绸子布，露出润泽剔透的望天吼。溥仪一下子被吸引过去。

刘宝勋　请皇上御览。

赵如圭　（赵如圭呈上望天吼）请。

溥　　仪　（急切地拿起）望天吼，你还是那么精精神神的老样子，看到你就想起我阿玛，那年他老人家牵着我的手，站在金水桥，指着华表上的你说，"貔貅之士，鸣橄前驱"，我知道阿玛的意思，是想让我长大了做个有为之君，复兴大清……可我生不逢时啊，我三岁入宫当皇帝，我六岁退位，我十八岁被赶出紫禁城，辗转到天津卫做寓公！

———话剧《望天吼》 >>>>>

刘宝勋　是啊，那个做过湖北督军的张彪还算有孝心，把我们主子接到他的张园去住，可张彪一死，他的儿子三天两头找上门来催着我们要房租。这小子，他忘了万贯家财是谁给的了！

溥　仪　国民政府把优待我的每月八百块都卡了，我上哪弄这些钱去？过日子过的是钱啊！都骂我卖祖宗的古玩字画，我也舍不得，可不卖你们拿什么活啊……阿玛，您儿子怎么就这么倒霉啊！（嘤嘤而泣）

刘宝勋　主子，您别难过，您可得保重您的龙身啊。

溥　仪　都是你们这帮奴才不争气，不争气！

刘宝勋　奴才该死！您消消气啊，消消气。

溥　仪　我也想通了，与其在破静园子里囚着，不如走出去活出个人样来！

刘宝勋　啊……

溥　仪　（决断似的）掌柜的，这东西你把它保存好，有朝一日我要用重金把它买回来。

赵如圭　皇上，我听懂了，您就放心吧，您没有把它当成是一块玉，我也不敢把它看成是一块玉啊！

〔幕后汽车刹车声。脚步声。溥仪慌乱，众人反应。

赵如圭　哎，德宝，看看怎么回事啊？

赵德宝　（跑下复又上）掌柜的，外面来了好些日本人！

溥　仪　我走到哪儿，他们就苍蝇似地跟到哪儿……

〔佐藤带俩日本便衣匆匆上。

赵如圭　佐藤先生。

佐　藤　赵老板。（打量赵如圭，看到刘宝勋慌乱作揖）

刘宝勋　（慌乱作揖）哦……您这是……

佐　藤　（用日语）你在哪里？

溥　仪　佐藤先生，您干什么来了？

佐　藤　陛下！您不怕华界的刺客了？昨天我跟您分手的时候我还一再叮

嘱您，如果您离开静园一定要跟我打招呼，可是您……

溥　仪　噢，一时疏忽了。

佐　藤　疏忽不得啊，陛下！如今您的安全已经不是您个人的问题了，它事关整个东亚的前途啊。您明白吗?!（突然用日语怒吼道）您明白吗?!

溥　仪　（吓了一跳）好吧，我下次注意就是了。我下次注意就是了！

佐　藤　谢谢陛下！请问陛下这么晚了您今天到这里来干什么？

溥　仪　今天我是来看看赵老板的古董玉器……

佐　藤　（看到望天吼强行拿过来看）嗯？啊哈哈！这个玉雕很精彩啊！真是美轮美奂，绝妙之极啊！这上面还刻着篆字铭文……（念）永泰二年……朔方节度，如果我没有记错的话，永泰二年是唐朝吧，我记对了吗？赵老板？

赵如圭　（不得不应酬着）佐藤先生您好记性，永泰是我们唐代宗的年号。

佐　藤　哈哈哈哈！我在中国古书上看到过记载，永泰二年朔方节度使郭子仪立有战功，皇帝把公主许配给他的儿子，另外还赐给他一件玉制的望天吼，啊？这是当年皇帝赏赐给郭子仪的望天吼？

赵如圭　（抢回望天吼）佐藤先生，这是我和德宝从鬼市上买的，是真是假我还真没弄明白。

佐　藤　可悲！可悲！这么珍贵的东西，竟然流落到鬼市那种地方去了，要是在我们日本，肯定会把它放在皇宫寺庙里供奉起来。陛下，如果再不采取措施，任其混乱下去，我看将来要看真正的中国文化，就要到我们日本去了……赵老板，请你开个价，这个望天吼我买下了。

赵如圭　佐藤先生，这望天吼是我恒雅斋的镇店之宝，多少钱我不卖！

佐　藤　刚才你还说不知是真是假，怎么这就变成镇店之宝了？（话中有话）赵老板既然不肯出手，那么你可要把它保存好啊！

赵如圭　谢了，谢了。

〔赵如圭与赵德宝赶紧收拾起望天吼。二人下。

——话剧《望天吼》 〉〉〉〉〉

佐　藤　（悄声对溥仪）陛下，关东军司令部来了密电，满洲一切安排就绪，就等陛下登基加冕了，陛下您还犹豫什么呀？

溥　仪　佐藤先生，我身上的这块玉玦你喜欢吧？我送给你啦！

佐　藤　玉玦？当年范增三举玉玦的典故……（领悟地）这么说陛下您做决断了？（看到溥仪肯定的神情，兴奋地）陛下，这份大礼我代表关东军，不，我代表大日本天皇收下了！

〔聚光赵德宝、赵如圭。

赵德宝　掌柜的，佐藤又看上咱家的望天吼了。

赵如圭　恐怕不仅仅是望天吼吧，你没见溥仪把身上的玉玦都给了佐藤了？溥仪要是跟日本人串通一气，天津卫不就乱了吗？你看吧，天津卫非出大乱子不可！

〔收光。

五

〔外景。

〔警笛声响。四胡、三弦、时调起。

〔光起。

〔卖唱女唱靠山调【秋景】：

　　天凉了，

　　寒虫叫得声音发了颓。

　　也有那三梆子、蛐蛐、油葫芦、嘟喽喽。

　　梆梆梆，

　　对对成双那草坑（儿）里偎。

　　虽然它有翅，不能够腾飞，

　　哎嗨呦——

　　严霜儿一场，

　　把它的命追。

〔怀玉与学生们贴标语,便衣跟踪。

〔各色市民们过场。

〔一瞎老太贫病交加倒卧在台上,一青年汉子看了一眼匆匆而过。

赵德宝　哎呀,二小姐怀玉她不听掌柜的劝告,你说你到日本租界去贴什么标语呢,那时候日本租界警察局你进去了就别想活着出来,掌柜的着急上火呀,花钱找英租界华人董事高二爷去活动,日本租界警察局总算答应放人了,地点是高二爷找的,就在英国租界利顺德大饭店。

〔收光。

六

〔汽笛声声。爵士乐起。

〔光起。

〔利顺德饭店大厅。

〔陆雄飞上,赵叠玉、赵洗玉搀扶着赵如圭走上。

赵如圭　是这儿?

陆雄飞　是这儿!

〔高二爷上。

高二爷　赵老板,你们都来啦!

赵如圭　(忙迎上)来啦,来啦,高二爷!

高二爷　呵呵呵呵,赵老板,把心搁在肚子里。这是什么地方?利顺德,英租界!这儿的上上下下我都安排好了,你就放心吧。

赵如圭　二爷,让您受累了,可是这日本人真会放我二闺女吗?

高二爷　只要二小姐认个错,给个台阶,他小日本就得放人。

赵如圭　让您费心了!回头我好好谢谢你!

高二爷　那就远了!(高二爷拱手走去)

陆雄飞　(对赵如圭表功地)老爷子,怀玉一会儿就放出来了,您交给我

———话剧《望天吼》

的事我都办了，不过我欠佐藤一份人情！

赵叠玉　行了，行了，咱爸知道，这回救怀玉出来，你立功了。

赵洗玉　还有我们穿石，佐藤那儿他都去了好几次了！

赵叠玉　爸，洗玉说了，只要能把怀玉救出来，她就嫁给李穿石。

赵如圭　回家说去，回家说去！

〔郭大器走上，挤在人群中。

〔赵德宝疑惑地打量郭大器。

赵德宝　劳驾让让，您是……

郭大器　小兄弟，咱俩见过？

〔郭大器忙混入人群，走下。赵德宝追过来。

赵德宝　掌柜的，您瞅那个人，洗三那天他在咱家门口找佐藤。

赵如圭　（打量郭大器）嗯，是他。他怎么也在这儿呢？

〔这时，龟田警长押着赵怀玉和三个女学生走来。

龟　田　（日语）快走！

赵如圭　怀玉！

赵怀玉　爸！

〔龟田警长呵斥住赵如圭和赵怀玉。

〔李穿石跟着佐藤上。

陆雄飞　佐藤先生。

佐　藤　陆桑。

〔佐藤意味深长地打量着怀玉。

赵如圭　佐藤先生。

佐　藤　赵老板。（日语）开始吧！

〔龟田警长用日本话呜里哇啦地讲了一通。

佐　藤　李桑！（落座）

李穿石　咳！诸位，龟田警长说，这几个中国学生受赤化宣传的影响，跑到大日本国租界里边贴煽动反日的传单，严重地违反了日租界的法律，本应严肃惩处，但是为了体现日本天皇的仁爱之心和日本政府对中国国民一贯的善意，又念其初犯，所以在她们作出公开道歉之后即可释放。

赵如圭　谢谢，谢谢。

佐　藤　（日语）开始吧。

龟　田　嗨！

〔龟田拿出准备好的"道歉书"递给怀玉。

龟　田　（用日语）念！

〔赵怀玉打量着手里那张道歉书，她实在是不愿念那狗屁忏悔词儿。

〔龟田警长凶恶地盯视着。

佐　藤　（沉下脸问陆雄飞、李穿石）你们不是说她会认真道歉吗？

赵如圭　是是是。

〔佐藤落座，饭店侍者送上饮品。

陆雄飞　（对赵怀玉）我的姑奶奶，快念呀！

〔赵怀玉盯着那张纸，紧咬着嘴唇，还是不吭声。

赵如圭　怀玉，你可是快念呀！

李穿石　（劝说）二小姐，这不是你任性的地方。

〔赵怀玉欲张嘴但是又没有吭声。

陆雄飞　（压着声音吼道）我的祖奶奶，你还想不想回家了？

赵德宝　（暗暗提醒）二小姐，好汉不吃眼前亏呀，先出去再说嘛。

赵如圭　怀玉，今天你是不是想让你爸爸跪在你的跟前，你才念那张纸呀？

赵怀玉　（看着掌柜的两条腿真的往下打弯）爸……

陆雄飞　老爷子……

〔赵叠玉、赵洗玉扶起赵如圭。

〔赵怀玉委屈地举起那张纸，声音里带着颤儿念起来。

〔佐藤落座得意地喝着洋酒。

赵怀玉　本人受赤化宣传影响，对大日本国存有不应当的……误解……擅

　　　　自闯入日本国租界，进行丑化日本政府宣传，严重违犯了租界法律，经劝导，已深刻认识自己的罪错……（猛不丁地丢开道歉书，大起嗓门喊起来）我们有什么罪？爸！天津卫哪一块地界不是中国人的？！凭什么外国人要霸占着？还横行霸道欺负咱们中国人！大家凭良心说，是中国人有罪还是霸占中国地界的日本人有罪？

众　　人　日本人有罪！

赵如圭　（痛切的）傻孩子，你是不想活了呀！

佐　藤　（命令手下）把人的，带回去！

龟　田　是！（过去将怀玉按住）

　　　〔赵如圭气得一劲儿跺脚。
　　　〔佐藤推开陆雄飞往外走，这时，戴着面罩的郭大器冲出来，一手勒住佐藤的脖子，一只手举手枪顶着佐藤的太阳穴。

郭大器　（大吼）佐藤，爷爷是要你偿命来的！

　　　〔顿时现场就炸了锅，人们喊叫着躲藏。
　　　〔龟田警长突然一把将赵怀玉搂在怀里，拿手枪顶着她的太阳穴。

龟　田　（吼叫）你的，要是开枪，我的，就开枪！

赵如圭　佐藤先生。

郭大器　诸位不用慌，冤有头，债有主，我今天是冲佐藤这王八蛋来的！

　　　〔赵如圭疯了似的扑过去。

赵如圭　别！别！您千万别开枪！您要开枪我女儿就没命啦！

　　　〔陆雄飞还有点临危不乱的胆气，他冲着两边的人一拱手。

陆雄飞　各位，有话好好说！有话好好说！这位好汉，我是海河码头的陆雄飞，有嘛话就冲我说，千万千万别开枪！

　　　〔李穿石也壮着胆子站出来。

李穿石　我是市政府的李穿石，有话好说，有话好说……

郭大器　（吼着）没什么好说的！今天我就是要佐藤王八蛋脑袋来的！

　　　〔说着他手指就要搂手枪的扳机。

〔警长拿手枪的手也动了动。

郭大器　（吼叫）这王八蛋在东北杀了多少人，你们知道吗！光我们家就四条人命呀！

赵如圭　好汉，您要是一开枪，我们全家也活不成了呀！

〔面对老老小小的央求，郭大器拿枪的手微微地哆嗦，刚才那股子杀人的狠劲儿有点犹疑了。

郭大器　狗日的！拿个大姑娘当人质，你们这些小鬼子是人揍的吗！

龟　田　（日语）混蛋！

〔众人惊慌，这时，高二爷带着英国巡捕出面了。

高二爷　诸位，知道这是什么地方吗？啊？这是英租界，谁胆敢在英租界开枪，英国警察就有权逮捕他！谁要是想把事闹大了，吃不了兜着走！哼！

佐　藤　（用日语对警长大喊）把人放了！

龟　田　是！

〔龟田终于放开了怀玉，用枪逼着郭大器。

〔郭大器猛地将佐藤推开，飞身跳窗而去。

〔龟田扶住佐藤，众人惊愕地仰望着高高的窗户，看着郭大器逃去。

〔赵德宝、赵叠玉、赵洗玉赶忙将赵怀玉拉到身边，匆匆逃离。

赵德宝　（旁白）那汉子果真说话算话，日本人放了怀玉，他真的也就放了佐藤，然后当着众人的面一个鹞子翻身，嗖……越出窗外，转瞬间就无踪无影了。掌柜的生怕再惹麻烦，再也不让二小姐去南开学校，并让我形影不离地照顾她。

〔收光，舞台一角起光。时调起：

　　　天津卫，海河长，
　　　大沽口闯进来一帮外国狼。
　　　割土地，拆城墙，
　　　沿着海河盖洋房。

中国地，洋人抢，

修完了教堂又圈跑马场。

英法联军属列强，

日本国虽小最猖狂。

意大利的炮，德意志的枪，

美利坚的大兵，沙俄的钢刀，

美丽的海河血染的疆场！

〔收光。

七

〔起光。

〔恒雅斋客厅。

〔赵怀玉坐在椅子上画像，德宝端着一杯水走上。

赵德宝　二小姐，水。你画的是谁啊？

赵怀玉　英雄，一个大英雄。

赵德宝　刺客，就是那个东北小子。你还别说，画的还挺像，小眼八叉的。

赵怀玉　你才小眼八叉的呢！

赵德宝　大眼，大眼，眼大无神，小眼聚光。满眼都是凶光……

赵怀玉　那是仇恨的火焰！

赵德宝　这鼻子、嘴，你是怎么画的，在利顺德的时候他可是用黑布遮住了的！

赵怀玉　那是我的艺术想象。

赵德宝　他的鼻子是塌的、嘴唇厚厚的，不是你画的这样啊。

赵怀玉　你胡说。

赵德宝　我见过他，你画的像天使似的！

赵怀玉　他就是天使，天上派来的天使，他救了我的命，还长了咱中国人的志气。德宝哥，我求你一件事，行吗？

赵德宝　你说吧。

赵怀玉　你得先答应我。

赵德宝　好，我答应你。

赵怀玉　真的？咱俩拉勾……

赵德宝　又来了。

〔俩人拉钩。

赵德宝　拉钩上吊，一百年不许变……说吧，什么事？

赵怀玉　你不是见过这个人吗，你帮我上街找找他……

赵德宝　嘛玩意儿，我找他？我那是找死！

赵怀玉　我们不是天天说，受人滴水之恩，当以涌泉相报吗，他可是我的救命恩人啊，他受伤没有，他现在藏在哪儿，安全不安全，我惦记着他。德宝哥，你帮我找到他，把他领到家来，我要好好的感谢他，我要当面对他说，我崇拜他！

赵德宝　行了小姑奶奶，他是刺客，全天津卫在通缉他，你还崇拜他，还想往家里领，你不要命了！

赵怀玉　赵德宝，我鄙视你！

赵德宝　你鄙视我，你鄙视我我也不去。我不去！

赵怀玉　（深情吟诵）在苍茫的大海上，狂风卷集着乌云，在乌云和大海之间，海燕像黑色的闪电，在高傲地飞翔。

赵德宝　海燕？

赵怀玉　（继续地）蠢笨的企鹅，胆怯地把肥胖的身体躲藏在崖岸底下，只有那高傲的海燕，勇敢地、自由自在的在泛起白沫的大海上飞翔……（下）

赵德宝　病得不轻！

娃娃哥　你叨叨嘛了？

赵德宝　娃娃大哥，二小姐管我叫企鹅？

娃娃哥　你真像个老企鹅。

赵德宝　企鹅挺好的吧？

娃娃哥　当年二小姐经常偷看赤俄文学，她朗诵的是诗，《海燕之歌》，诗里的海燕是革命者，企鹅是胆小鬼。

赵德宝　这是谁说的？

娃娃哥　俄罗斯大文豪——高尔基。

赵德宝　高尔基，我不知道，我知道肯德基。

〔收光。

〔起光。

〔陆雄飞带着几分酒意，哼着小曲上。

陆雄飞　一碟子咸白菜，一碟子熬海带，一碟子罗卜皮，一碟子摊黄菜……

赵叠玉　回来了。

陆雄飞　来来，亲一个！

赵叠玉　又喝酒了！

陆雄飞　儿子呢？

赵叠玉　刚睡着……

陆雄飞　抱出来跟爸爸乐呵乐呵。

赵叠玉　嘛事儿，这么乐呵？

陆雄飞　（掏出钱来放在叠玉手里）您了上眼！这回你爷们可挣钱了！

赵叠玉　雄飞呀，你哪儿弄来这么多钱啊？

陆雄飞　我原以为关外一闹事儿，码头上肯定没嘛事了，没想到啊，日本船比以前来的更多啦！佐藤也够意思，把装卸日本船的活儿都交给我了，这卸一条船就是两千块现大洋，十，十条船呢？那就是两万块呀！

赵叠玉　雄飞，现在外边都喊着抵制日货，打倒东洋鬼子呢，你这时候还跟日本人做生意，不合适吧？

陆雄飞　那跟咱有嘛关系，咱不就为赚钱吗，别的事咱也不掺和。

赵叠玉　你忘了咱爸跟你说的，少跟日本人打交道。

陆雄飞　得得得，咱爸就是落片树叶都怕砸破头……

〔赵如圭上。

赵如圭　哼！

陆雄飞　老爷子！

赵叠玉　爸。

赵如圭　雄飞，你可老没回家呀，你不惦记我没关系，那小开岁可是你亲儿子！

陆雄飞　码头上人手不够，我四处招人呢。

赵叠玉　你招那么多人干吗？

陆雄飞　嗨，佐藤不是找我借给一百多人吗？

赵如圭　（警觉地）佐藤找你借人干什么呀？

陆雄飞　就是那回在利顺德救二姨，人家张嘴啦，他说要在日租界盖大楼，当时咱也不好驳面就借给他了。

赵如圭　不对啊，扛大个的怎么能玩瓦刀呢？

陆雄飞　嗨，管他呢，反正他又不白用，说好了按人头每人每天给我一块现大洋，挺合适的。

赵如圭　雄飞啊，你可别光盯着钱，跟日本人打交道可得小心，谁知道他葫芦里卖的什么药？

赵叠玉　就是，咱爸说的对！

陆雄飞　得，得，得，码头上的活儿等着我呢，我赶紧走。（下）

〔迎面遇上回来的李穿石和赵洗玉。

赵洗玉　大姐夫。

陆雄飞　呦，来啦。

李穿石　大姐夫，您最近挺火啊。听佐藤先生说，他给您揽了不少赚钱的活儿？

陆雄飞　你也不含糊啊，吐沫粘家雀儿，就把我们老姨给粘住了。

李穿石　大姐夫，您是赵家的大姐夫，我得跟您学。

陆雄飞　甭得瑟！你跟我比？你还毛嫩……

〔陆雄飞还要说，被赵叠玉拦住。

赵叠玉　哎呀，快忙你的去吧。穿石来啦，快坐啊。

赵洗玉　（赶紧调换紧张的气氛）爸，这是穿石特地给您买的，起士林西式蛋糕。

赵如圭　（对赵叠玉）西式蛋糕？还能有桂顺斋的小八件好吃？

赵洗玉　（娇嗔地）爸！

赵叠玉　爸，瞧您说的，这也是洗玉和穿石的一点心意嘛！穿石你坐啊。（接过蛋糕下）

赵如圭　好吃，好吃！

〔走进中国警察王警长。

王警长　赵老板。

赵如圭　哎哟，王警长！德宝，王警长来了，快看茶！

王警长　赵老板。呵呵……

赵如圭　快请坐。老没见了，您够忙啊？

王警长　忙，忙！忙！整天忙着抓刺客，上面说了就是挖地三尺也得把那个刺客逮着。

赵如圭　逮着没有？

王警长　逮着啦！一逮就是一大帮，可是那刺客长得嘛模样谁也没见过呀。

赵如圭　是啊，当时他是蒙着脸的……

王警长　对了，咱说正事，日本租界警察局叫我通知您老还有德宝一声，明天一早，您们爷俩去一趟日本租界警察局。

赵如圭　（一惊）我们爷俩到日本租界警察局干什么？

王警长　他们最近不是抓了一批嫌疑犯嘛，请您去指认。

赵如圭　哎，王警长，可是我们……

王警长　您是当事人，不找您老找谁呀，哎对吧？赵老板，其实我也纳闷，你说说，这日本租界出的事儿，碍咱中国地嘛事了，偏要全天津卫一块儿忙乎，这叫嘛事啊！我可通知完您了啊。（下）

赵如圭　王警长，王警长……可是您老……您留步……

王警长　回头见。

赵德宝　掌柜的，日本租界警察局咱可不能去，前两天海河上漂着的好些死尸，我听说就是从日本租界警察局扔出来的！

李穿石　德宝，这话听谁说的，你小心让日本人听见啊！

赵德宝　这谁不知道，全天津卫的人都知道！

李穿石　知道也不许说。爸……既然日本人已经把话说出来了，咱们好歹总得应付应付他吧。

赵如圭　怎么应付？进了日本警察局，我冲谁一点头，他就得掉脑袋！我要是总摇头，说不定我就会掉脑袋……

赵德宝　就是啊！

李穿石　爸，其实我有个破财免灾的主意。

赵洗玉　有什么好办法你就赶快说吧！

李穿石　佐藤自从看了您的望天吼，就念念不忘啊，您要是把望天吼送给他，他还会为难咱吗？

赵德宝　凭嘛？凭嘛佐藤喜欢什么我们就得给他什么？

李穿石　德宝，我这可都是为了你们着想，是爸的命值钱，还是望天吼值钱？

赵如圭　（冷冷地望了望李穿石，停顿片刻，突然大声喊道）德宝！

赵德宝　哎。

赵如圭　把望天吼准备好，明天跟我去日租界警察局！

赵德宝　掌柜的，您、您真舍得？

赵如圭　我知道什么该舍什么不该舍，能不能闯过这鬼门关，就在此一"舍"了……

〔收光。

八

〔在日本能乐声中起光。

〔日租界警察局。

〔赵如圭和赵德宝坐在榻榻米凳子上，一穿和服的日本女子伺候着茶道。

赵德宝　（恐惧地四下打量）掌柜的，我听这日本音乐够瘆人的。

赵如圭　十八层地狱，这是第一层。

〔传来日本警长拷打人的嚎叫声，被打人的惨叫声。

赵德宝　掌柜的，我想尿尿……

赵如圭　不行，憋着！

〔佐藤穿和服走上来，李穿石在一边充当翻译。

赵如圭　佐藤先生！

佐　藤　（日语）欢迎您，请坐！

李穿石　（翻译）欢迎您，请坐！

赵如圭　谢谢。

佐　藤　赵老板，我听说你们二位亲眼见过那位企图刺杀我的刺客，今天我请你们来，是想请你们帮助我在这些嫌疑犯中间替我……请坐！

赵如圭　谢谢！（落座）

佐　藤　找出那个刺客。（日语）请坐！

〔赵德宝落座。

佐　藤　（日语）开始吧。

李穿石　（日语）嗨！开始！

〔二楼高平台上光起，现出日本宪兵和四名跪在地上的疑犯。

佐　藤　（威胁的口气）一定要看仔细，如果让那个刺客从你眼睛底下溜过去，那就不太美妙了。

赵如圭　是的，是的。

〔龟田警长拎着一个戴着手铐脚镣的中国人，赵如圭看后摇头。

〔龟田警长拎着另一个戴着手铐脚镣的中国人，赵如圭看后又摇头。

〔第三个人被拎起来，赵如圭还是摇头。德宝躲到如圭身后。佐藤起身。

〔当郭大器被拎起时，赵如圭和赵德宝交流，赵德宝惊慌，佐藤观察到，赵如圭忙暗示德宝稳住。

〔赵如圭打量着郭大器摇摇头。

赵如圭　不是！

〔佐藤在一边紧紧盯着赵如圭和德宝的神情。

佐　藤　（恐吓地拽过德宝喊）赵德宝，他就在这里？你说对不对？说！

〔德宝吓得哭出声来。

赵如圭　（将面前的大器推开）佐藤先生，他还是个孩子，他哪见过这阵势，您这一吓唬他，他万一要看走了眼，真的罪犯不就逍遥法外了吗……

佐　藤　赵老板，虽然您的女儿在利顺德没有把那篇悔罪书念完，但我还是尊重您作为父亲的情感，我没有再继续追究她的罪过，是吧？我相信如果企图杀害我的罪犯站在你的面前，您不会用谎言回报我的，对吧？

赵如圭　佐藤先生，中国人做事讲究的就是对得起天地良心，我赵如圭从来就不会干对不起天地良心的事儿。这里面，确实没有您要找的那个人。

〔佐藤用日本话对李穿石说了日语：今天要是认不出刺客，就别回去了！李穿石忙点头，走到赵如圭面前。

李穿石　嗨！爸，咱们都是中国人，谁也不愿意把个中国人弄出来叫日本人给杀了，可那个人是危险分子啊爸！你可不能一时心软害了自己害了全家呀！佐藤说了，今天要是认不出刺客，您就甭回去了……

赵如圭　干什么？坐牢啊？

赵德宝　掌柜的！

佐　藤　不！赵老板，我只是请你帮我们一起找到那个罪犯，一直到找到为止!

赵如圭　（惊愕中猛然想起，慌忙从德宝手里拿过望天吼，打开递上前）佐藤先生，您看二女儿的事我还没来得及谢您哪，今儿我特地把你喜欢的望天吼带来了！

佐　藤　（喜出望外地看望天吼，欲拿又止）咦，耶！中国有句古话，君子不掠人之美，您是自愿送给我的吗？

赵如圭　佐藤先生，您的大恩大德，我当涌泉相报，您要是真的喜欢，您就收下吧！

佐　藤　（欣喜地接过望天吼，然后用日语命令道）统统杀掉，一个不留！

日本侍女　哈依！

〔佐藤扬长而去，侍女跟下。

〔赵如圭正在纳闷，突然枪声响起，疑犯们统统被杀掉了。

郭大器　狗日的！佐藤！（死去）

〔日本能乐再次响起。

〔赵如圭心如刀绞，赵德宝伤心地哭泣。

〔赵如圭慢慢走向台中，跪倒在地哭喊：天理难容啊！

〔收光。

九

〔起光。

〔赵德宝抹着眼泪抽泣。

娃娃哥　这么多年，我还头一回看你哭！

赵德宝　我土都埋了半截子了，二小姐一走就是六十年没有音讯，今生今世我怕是没有机会了。

娃娃哥　聚散人生，一切都是缘分。

赵德宝　都怪我，癞蛤蟆想吃天鹅肉，我压根就不该想着要娶她！

娃娃哥　也许她现在跟你一样，呆在一个地方思念你哪。

赵德宝　思念？"把她的影子加点盐，腌起来，风干；老的时候，下酒喝……"

娃娃哥　呵，你也会写诗？

赵德宝　收音机里的一个高中生写他失恋了……他才几天啊，我都失恋六十年了……

〔一声霹雳，暴雨如注。

〔昏暗的恒雅斋客厅。

〔赵如圭自内："德宝！德宝！"

赵德宝　（赶紧四处察看）掌柜的！

〔赵如圭自内："德宝！这雨下的邪乎啊，赶紧把窗户都关紧了。"

赵德宝　知道了。

〔大病初愈的赵如圭上。

赵德宝　（端着一碗汤药）掌柜的，药煎好了，您就热喝了吧。

赵如圭　家里没个闺女就是不行啊。怀玉回来过吗？

赵德宝　还没有。

赵如圭　这仨闺女啊，大闺女搬出去另过了，三闺女也嫁人出阁了，……最让我不放心的就是二闺女，这个怀玉啊，她呀她是不撞南墙不回头啊。

赵德宝　掌柜的，您先把药喝了吧，回头我去找找。

赵如圭　德宝啊，这些年我可是把你当亲儿子养，原本我想，年前就把你和怀玉的事操办了，我老了，将来恒雅斋的生意全指望你们了。都说乱世为民，平安是福，我就是担心这个家不得平安哪！

赵如圭　（喝药）头两天雄飞回来过吧？

赵德宝　是。

赵如圭　怎么没来见我？

赵德宝　您睡着呢，没敢打扰您。

〔赵如圭起身欲走，又回过身来。

赵如圭　李穿石自打警察局之后他怎么就不登我的门了呢？（边说边走下）

赵德宝　说的是呢……

〔少顷，怀玉拎着箱子上。

赵德宝　（转身发现）怀玉——

赵怀玉　嘘——

赵德宝　怀玉，这些天你去哪儿了……

〔德宝欲接怀玉的提箱，反被怀玉拉到一边。

赵怀玉　德宝哥，我是来辞行的，现在天津已经摆不下一张小小的书桌了，我们商量好了大家一起走。

赵德宝　你们？

赵怀玉　对，我们志同道合的一些青年学生。

赵德宝　不行，你们志同道合了，我怎么办？

赵怀玉　德宝哥，在日本警察局你亲眼见了，我们中国人不能就这么白白的死了，这个仇早晚是要报的。

赵德宝　你不能走！爹说你得跟我在一起，我一辈子……都会好好地照顾你的……

赵怀玉　德宝哥，你听我说，爹因为日本警察局的事大病不起，我不能再伤他老人家的心了，是不是？

赵德宝　所以，你不能走。

赵怀玉　所以，我走的事情不能告诉爹！

赵德宝　（伤感地）这个家……怎么就留不住你呢？

赵怀玉　（看着德宝，良久）德宝哥，你帮我给爹带个话，他老人家把女儿养大，女儿爱他，爱这个家，爱这家里有一个最疼她的德宝哥……所以我继续呆在家里只能给你们带来麻烦。我出去了，哪怕就是一只飞蛾扑奔一线光亮，也是我自己从心往外愿意的……（强抑眼泪）

赵德宝　（无奈地）爹刚才还说，你是不撞南墙不回头……（抹泪）

赵怀玉　（拉过德宝一只手）德宝哥，德宝哥，咱俩拉钩，德宝哥！你要答应我好好地照顾爹啊……

〔怀玉与德宝小声拉钩，依依惜别，怀玉拎箱下。

赵德宝　怀玉……（哭泣着下）

〔赵如圭自屋内走出，德宝迎上。

赵如圭　……走吧，走吧，走吧，走了也好啊！怀玉，我的好闺女！你可别把自己当什么飞蛾，你在爹心里是只大雁，别忘了天暖和了飞回来，啊……

赵德宝　掌柜的，您小心点。（追着赵如圭走下）

〔收光。

十

〔阵阵码头汽笛声起，起光。

〔海河码头。

〔陆雄飞正指挥着苦力们搬运着箱子。

陆雄飞　快点，抓点紧，小心脚底下。

〔陆雄飞拦住一苦力，打量苦力搬运的箱子。

陆雄飞　（吩咐手下）哎，老胡，把这几个箱子，都给我搬到恒雅斋仓库。

手　下　大哥，这可是日本人的货，他们要是发现少了怎么办？

陆雄飞　这些都是东北军严查禁运的货，日本人就是发现少了也不敢吱声。这叫嘛？搂草打兔子，搬！

手　下　瞧好吧。

陆雄飞　小心点！

〔手下指挥苦力，将箱子搬下。李穿石上。

李穿石　大姐夫。

陆雄飞　（出现在铁梯上）嘀，李大翻译，你怎么找到这儿来啦？

李穿石　我有要紧的事儿找您商量……

陆雄飞　有嘛事儿，还用跟我商量吗？你现在是佐藤身边的红人了。

李穿石　是佐藤先生叫我来找你。

陆雄飞	佐藤？有嘛事儿快说吧，没看我这儿正忙着呢……
李穿石	我知道，这几天您这码头上生意旺得很，想必您一定知道这些生意都是谁关照的吧？
陆雄飞	那是，这我心里有数。
李穿石	有数就好。佐藤先生说了，还想再跟您借一百人。
陆雄飞	嘛玩儿，再借一百人？哎，我说他借这么多人干吗用啊？
李穿石	你知道你们从船上卸下来的这些箱子里边都装的什么吗？
陆雄飞	机器呀！
李穿石	一家人不说两家话，都是枪支弹药！
陆雄飞	嘛玩意儿，枪支弹药？可那货单上明明写的是机器零件吗？
李穿石	要不这么写，能瞒过东北军的耳目吗？
陆雄飞	我说这几天东北军查得这么紧呢，不行，我得回家一趟！
李穿石	哎你回家干什么？
陆雄飞	你不知道，这几天东北军查得一紧呢，我就把几箱子货搁在恒雅斋了，我怕出事，我得回去看看！
李穿石	你就先别管箱子了，枪支弹药运来了，可就是缺少拿枪的人……佐藤先生不就想起您来了。
陆雄飞	佐藤这……这不就是等于向我借兵吗！
李穿石	大姐夫聪明，一点就透！
陆雄飞	打谁呢？
李穿石	日本人总不能打日本人吧。
陆雄飞	打东北军！
李穿石	嗨，你管他跟谁打呢，你只管借人给他不就完了。
陆雄飞	这事儿有点大，有点大。你得容我好好想想再说。（转身上楼）
	〔突然楼梯上下都被便衣堵住去路。
陆雄飞	呦呵，这是干吗？想绑架呀？
李穿石	大姐夫，这件事还请是佐藤先生亲自跟您面谈，走一趟吧！
陆雄飞	（鄙视地冲李穿石）我操！

〔阵阵码头汽笛声起。

〔收光。

十一

〔远处，汽笛声声。

〔起光。

〔恒雅斋二楼。

〔赵如圭独自对娃娃哥叨念着。

赵如圭　小子，你这仨妹子像小鸟一样都飞走了，这家里头……唉，你爹我也不容易啊！你说咱这恒雅斋从一个不起眼的小古玩店到如今这响当当的大买卖，是你爹几十年的心血啊！如今世道做买卖难，做人更难啦！这兵荒马乱的年月，你能不能跟爹一辈子这都难说啊……我盘算好了，把你和咱家这些古董玉器装箱，我要给你们找个安全的地界，别怕受委屈，啊。

〔赵德宝上。

赵德宝　掌柜的，您叫我？

赵如圭　德宝，你记住喽，甭管你往后有多难，只要你活着，你都得好好照应这娃娃哥。别看它是块泥巴，可在我眼里，它比满屋子的古董玉器都值钱，记住了？

赵德宝　（疑惑地）记住了，我在，娃娃哥在！

赵如圭　好小子，来，咱给它们装箱。

赵德宝　掌柜的，这箱子不是咱定做的，是大姐夫昨天存进仓库里的，说是刚从船上卸下来的货。

赵如圭　船上的货该运哪儿运哪儿，怎么拉家里来了呢？

赵德宝　大姐夫说，这都是很要紧的货，对谁也不能说的。

赵如圭　打开，看看箱子里装的都是什么东西？

〔赵德宝使劲撬开一个木箱。

赵德宝　（大叫）掌柜的，您瞧这是什么玩意儿？

赵如圭　炸弹！

赵德宝　（又打开一只箱子）炸弹！

〔突然远处传来枪声，而且越来越密集。

赵如圭　德宝！哪打枪啊？

赵德宝　好像是日租界那边。

赵如圭　要出事了，要出事了！德宝，快点做准备吧，要不然就来不及了！

〔切光。

〔远处传来枪声。

〔突然传来尖利的汽车刹车声。有人拼命敲门。

赵德宝　好像有人敲门？

赵如圭　德宝，快看看谁敲门啊？

刘宝勋　赵老板，快开门！快开门！

赵德宝　是刘总管。

赵如圭　他跑来干什么？（示意德宝）开门。

刘宝勋　（跌跌撞撞地闯进来）赵老板！

赵如圭　您这深更半夜慌慌张张的干什么？

刘宝勋　赵老板！东北军在后边追我，您快把我藏起来！

赵如圭　东北军好么恙的追你干吗呀？

刘宝勋　哎！一句半句话说不清楚呀……（四处乱撞）赵老板，您可得保我呀！

〔一群东北军在金团长带领下闯进来。

金一戈　弟兄们！

众士兵　有！

金一戈　把前门后门都守住了，谁要是放跑了人，军法从事！

众士兵　是！

赵德宝　金团长。

金一戈　闪开！（一把将德宝推开）
赵如圭　老金哪，您这又是枪又是炮的是怎么档子事儿呀？
金一戈　门外那辆车上的人是不是进您这儿了？
赵如圭　门外有车？
金一戈　我就问你他是不是进这里了？
赵如圭　这……你说的到底是谁呀？
金一戈　我告诉你，赵老板，这可是天大的事呀！闹不好有人要掉脑袋的！你怎么还吞吞吐吐的？
赵如圭　我这是来了个人……
金一戈　是不是那个溥仪？
赵如圭　不是溥仪，（指）是个太监……
金一戈　太监？叫他出来！
　　　　〔赵如圭推着刘宝勋出来。
赵如圭　刘总管，误会了，金团长自己人！
金一戈　你是谁？
刘宝勋　（摆起了架子）你问我呀？咱家是大清国皇上身边的……
金一戈　呸！什么年月了，还大清国呢！我问你，溥仪呢？
刘宝勋　主子去哪儿，我当奴才的怎么知道？
金一戈　你蒙谁呀？我可告诉你，那辆车从日租界一开出来，我们就跟着了！
刘宝勋　哦，那汽车是我开出来的，奴才开主子的车也犯法吗？
金一戈　（故意地）我看这太监是个滑头，来人呀，捆了！
两士兵　是！
　　　　〔两士兵上前捆住刘宝勋。
刘宝勋　别，别，赵老板，我刘宝勋可是个老实人呀，您也说句公道话呀。
赵如圭　我说老金哪，你怎么动起真格的来了，他确实是个老实人……
金一戈　老实人你就得说老实话，说，溥仪去哪儿了？

刘宝勋　他……

金一戈　她娘的，拉出去！

〔几个士兵立刻上前拉刘宝勋往外走。

刘宝勋　（跪下）别！别！我实在不能说呀！

金一戈　（气得乱转）他妈的！

赵如圭　刘总管，命都快没了，你说了又怕嘛的哪。

刘宝勋　我要是说了，日本人也饶不了我呀……

金一戈　这么说，你是铁着心要帮日本人了？啊？这样的汉奸还留着他干什么？拉出去崩了！

刘宝勋　我说，我说还不成吗，我说还不成吗……我们主子没坐这辆汽车，是藏在那辆破车后厢里，打后门出的静园……

金一戈　他去哪儿了？

刘宝勋　他……去了海河码头……

金一戈　去码头干什么？

刘宝勋　日本人安排的船停在那……

金一戈　妈的！我们叫日本人给耍了！你开这辆车是调虎离山呀！

刘宝勋　老总，这都是日本人安排的，我当奴才的只不过是听吆喝呀！

金一戈　王八犊子，我明白了，日本人组织便衣队暴乱，就是为了转移视线，好把溥仪弄到满洲去！弟兄们把他给我押到团部，其余的人，跟我去码头追溥仪！（带人急下）

士　兵　（押着刘宝勋）走！

刘宝勋　我可是老实人，说的都是实话，你们可不能杀我呀……

〔一场纷乱之后场上只剩下赵如圭和赵德宝。

赵如圭　德宝，赶紧带着你娃娃哥去英租界投奔你高二爷！

赵德宝　（不解地）掌柜的，您也躲一躲吧！

赵如圭　我得守着"恒雅斋"，你快走，再晚就来不及了！

赵德宝　（跪下）掌柜的！

赵如圭　（听着外边越来越激烈的枪声，焦急地）我的好儿子，你倒是走啊！

赵德宝　（意识到不祥）爹！

〔切光。

〔警笛起。

〔光起。

〔赵如圭站在二楼上。

〔这时舞台两侧突然亮起汽车大灯样的光束。

〔佐藤、李穿石等带领全副武装的便衣队站在台上。

〔陆雄飞被五花大绑押上。

佐　藤　哈哈哈！赵老板，我们真是很有缘分啊，又见面了。

赵如圭　是啊，您又是不请自来啊！

佐　藤　这次我可不是来贺喜的。

赵如圭　佐藤，你有什么话跟我说，把雄飞放了？

陆雄飞　爹！我不该把那些箱子搬回家呀，好汉做事好汉当，佐藤！你他妈的要是人揍的，咱俩挑块地方一对一单挑！

佐　藤　（恼羞成怒，日语）拉出去枪毙！

〔日本警长和日本兵凶恶地拉起陆雄飞下去。

陆雄飞　（喊叫）佐藤，我陆雄飞变成鬼也饶不了你，我操你八辈祖宗……

〔幕后两声枪声。

赵如圭　（痛切地）雄飞！

〔日本警长回到台上。

佐　藤　（一伸手李穿石递过来望天吼）赵老板，你这望天吼到底是真还是假！

〔赵如圭微笑。

李穿石　你倒是说话呀！这望天吼到底是真的还是假的！

〔佐藤将那假的望天吼狠狠地摔在地上。

李穿石　赵如圭，你敢拿假造的望天吼欺骗佐藤先生，你的胆子也忒大了。说！那真望天吼你藏哪儿了？

赵如圭　我赵如圭一辈子没看走眼过一件古董玉器，也没看错过一个人，怎么就瞎了眼，没看出来你李穿石这个小白脸是条狼呢？

李穿石　老家伙，你找死呀！你！

佐　　藤　（摆了摆手）赵老板，你不够朋友，原本我是很尊敬你的，可你竟然敢拿这样一个赝品来欺骗我，你们中国人的玉德哪里去了？

赵如圭　哈哈哈哈……佐藤先生，我和你压根就不是朋友，我原本就不该跟你讲什么玉德。（拿起一件玉器）我赵如圭一生好玉，我视玉如命！因为这些玉啊，它温润高贵的习性千年不坏，万年不烂，所以才成为中华民族之瑰宝。佐藤，你哪里配讲什么玉德呀，你们就认一个字——抢！我怎能看着这些心爱的玉落入你们这些小日本的手里啊！（愤怒、悲怆的）这是战国的玉璧，给你！

〔一声清脆的响声，粉碎了。

〔佐藤、李穿石惊呆了。

赵如圭　这是汉朝的玉鼎啊，给你！

佐　　藤　（气急败坏的）不许摔！

赵如圭　这是乾隆爷用过的玉洗呀，给你！

〔连连响起玉碎的脆响。

佐　　藤　打死他！

李穿石　是……（抖颤着手举枪对准赵如圭）

赵如圭　佐藤先生，中国人讲的玉德，你这辈子算是弄不明白啦！哈哈哈哈……

〔枪响了，中弹的赵如圭拉响了炸弹。

〔定格。灯光变化，巨大的爆炸声，舞台上一片火红。

尾　声

〔起光。

〔老年赵德宝唏嘘着。

赵德宝　掌柜的，生当为人杰，死亦为鬼雄，说的就是您啊！

赵如圭　（从硝烟中走出）六十年前的这通炸，真是痛快淋漓啊！

赵德宝　（自言自语）您倒是痛快了，却让我伤心了一辈子，它就像一根针扎在心里头，拔不出来呀！

赵如圭　德宝，我来帮你拔。

赵德宝　这干吗？

赵如圭　有这么少兴的娃娃爷吗？

赵德宝　给它长点个？

赵如圭　长点个！

赵德宝　再换身新衣裳？

赵如圭　换身新衣裳！

赵德宝　再长两撇胡子？

赵如圭　哈哈哈！

　　　　〔赵德宝举起木棒欲打不忍又止，赵如圭鼓励地点点头，德宝打碎娃娃哥。发现娃娃哥碎片中有一个布包，他打开，惊喜地看见了那个望天吼。

赵德宝　望天吼……望天吼……掌柜的，望天吼在这儿呀！

赵如圭　（扶正娃娃哥的头）小子，呵呵！德宝，咱恒雅斋那么多的稀罕珍宝，我为什么单单把望天吼藏起来呢？

赵德宝　为什么？

赵如圭　其实呀，我就是喜欢它这个名字，望、天、吼！德宝，你说这望天吼真要是吼起来该是个什么动静呢？

赵德宝　它既然叫望天吼，就一定是可着嗓门喊呗！

赵如圭　怎么个吼法儿呢？

赵德宝　那一定是惊天动地，震耳欲聋……

赵如圭　小子那你给我吼一声叫我听听。

赵德宝　我？啊……（德宝扯着嗓子冲半空喊了一声）

赵如圭　（笑）哈哈哈哈……你小子这不是吼，这叫嚎。

赵德宝　（不服地）那您说应该怎么个吼法？

赵如圭　德宝，大象无形，大音希声啊！

　　　〔主题歌起：

　　　　　　望海楼，大沽口，看沧海横流；

　　　　　　千古恨，几时休，问往来渔舟。

　　　　　　玉石碎，心不死，听望天一吼；

　　　　　　天悠悠，地悠悠，唯（有）丹心长留！

　　　〔剧终。

精品提名剧目·话剧

沧海争流
——施琅与郑成功的对话

编剧　周长赋

时间

清顺治七年（公元 1650 年）至康熙二十二年（公元 1683 年），但本剧实际上是老年施琅一夜间的回忆，所以时间长短仿佛因人物的心理而设。

地点

闽、粤、台沿海及南京诸地。

人物

老施琅　这是六十三岁时的施琅，时为清水师提督。

施　琅　这是老施琅回忆中出现中年时的自己，先为郑成功部下左先锋镇镇将，后投清，历任清总兵等职。

郑成功　明延平王（史载他于清顺治十年封王，但为了方便，本剧一开始就如此称呼），又称国姓、赐姓。

董　氏　（董酉姑）郑成功夫人（史载她死于康熙二十一年六月，本剧让她的寿命延长一年）。

苏　茂　郑将，先为施琅所部副将，后升左先锋镇镇将。

苏　滢　苏茂女，后为郑成功义女。

苏小滢　苏滢女。

黄　廷　郑军右先锋镇镇将。

施　显　施琅弟，郑军镇将。

施大宣　施琅、施显父，铁匠出身。

施世骠　施琅子。

郑芝莞　郑成功族叔。

曾　德　施琅家丁。

郑克爽　郑成功孙。

家丁、清将甲、清将乙，以及郑明将士、清将士、侍女、汉族和高山族百姓若干

———话剧《沧海争流》 >>>>>

序

〔清康熙二十二年，秋夜。台湾郑成功神庙内外。
〔风声、涛声在天地间回响，隐约还有雷声杂于其中。
〔黑暗里，许多火把飞窜而上。
〔火把来自清将甲、乙和一队清兵。他们正架着一个十七八岁，头上已经剃发的郑明官员疾行。被架者是郑克爽，他已经昏过去。
〔队伍奔入庙内，全台灯亮。只见庙内烟雾缭绕，神灯明灭，有几幅幔帘在风中不断翻舞。神坛前已站着一位白发飘萧、身着清服的老将军。这是老施琅。他六十多岁，一手持剑，一手携壶，显然已喝得半醉。

清将甲　启禀施将军，郑成功的孙子郑克爽已经押来。
清将乙　雷声也响了，动手吧！
众清兵　（纷纷地）动手吧……
〔老施琅手一挥，台上一寂，众将士押郑克爽唯唯退下。
老施琅　（看众人退下后，以剑戟指神龛咬牙切齿地）郑成功，你看到没有，今夜我誓报深仇大恨，你有胆量就显灵出来见我，（大叫）显灵出来见我吧！
〔声音在回响，随之又一阵琴声飘来，郑成功已来到他的背后。这个郑成功究竟是施琅的幻觉，或者果真是郑成功显圣，无从得知——实际上也无究问之必要。只见他依然穿着明延平王官服，还是三十九岁模样。

郑成功　施琅将军别来无恙。

老施琅　（下意识一凛）藩主……

郑成功　你已经白发苍苍。

老施琅　（咬牙切齿地）你还那么年轻。

郑成功　因为本藩早已死去。

老施琅　你死了，死了就能逃避我的惩罚吗？我终于攻取了台湾，现在我要杀你的孙子郑克爽，我要烧掉你的这座神庙！

郑成功　但是你的手在发抖。你正在看到：上天往往会做出捉弄人的把戏，你我冤家对头，却都在台湾这块地上立功成名。

老施琅　（不服地）但是我取得最后胜利。你完了，你已经全完了！

〔老施琅挥剑直取郑成功，郑成功前后飘忽，老琅施屡刺不中。

郑成功　你怎么能杀死我的灵魂呢？你听——

〔内琴声响起。

老施琅　（听琴）多熟悉的琴声！

郑成功　是苏滢小姐的琴声。

老施琅　"只有天在上……"（那只握住酒壶的手不觉一松，酒壶落在地上）

郑成功　这歌乐会令你我回想过去，歌乐会传达上天的心声。

老施琅　上天会谴责你！

郑成功　会谅解我！

老施琅　会羞辱你！

郑成功　会称道我！

老施琅　（大叫）不——

〔老施琅想压住郑成功的声音，用力把手一划，仿佛想把郑成功永远从自己身边抹去。

〔郑成功轻轻一笑，隐去。

老施琅　（紧接，激昂地控诉般）上天会教我杀你的孙子，毁你的神庙！这琴声在诉说我的悲愤，三十二年的悲愤。三十二年岁月漫漫，当初我曾是你手下第一大将。上天作证,当初我施琅曾有功于你——有功于你郑成功啊!

〔幕内女子和琴而歌:

  举头红日近,

  回首白云低

  ……

〔歌声中,老施琅喘着粗气,激动地回忆着。

〔灯渐暗,隐约有欢笑声传来……

一

〔欢笑声和着琴声在响着。

〔灯渐亮,这是三十三年前——清顺治七年(公元1650年)秋日,厦门日光岩操水台上下。

〔台中央,郑成功与施琅对坐饮酒,俩人谈笑风生。这时的郑成功二十七岁,但显得老成,因此与序幕时的三十九岁没有太大的外貌差别。施琅年三十,两人都一样威武,只是郑氏多了些儒将之风,施氏多了些剽悍之气。稍远处一个女子背着我们在凭案抚琴,琴声正由她而来。

郑成功　(举杯)昨夜本藩采用施将军的计谋,谈笑间袭取厦门,从今以后我军有了真正的立足之地。本藩自从有了施将军,真是如虎添翼。

施　琅　过奖过奖,琅随藩主以来,藩主委我以左先锋镇重任,言必听,计必从,琅遇藩主,真是如鱼得水。

郑成功　(大笑)好一个如鱼得水。来,施将军饮。

施　琅　藩主同饮。

郑成功　自从清兵入侵中原,通令天下剃发,说什么"留发不留头"。

施　琅　发肤身体受之父母,焉能任意变改?

郑成功　因此本藩今日要亲为将军束发整冠，一者抚慰将军头上之伤；二者寄本藩之厚望：但愿你我结生死之情于此恢复大明宏业之中啊！

施　琅　（更加眉飞色舞地）藩主厚爱，琅再谢了！

郑成功　（对弹琴者高声地）苏小姐歌唱助兴。

苏　滢　（甜甜地）遵命！

〔这位叫苏滢的应着，起身一揖，这时我们才看清她的面貌——她是一位清纯秀丽的少女。

郑成功　（手一扬）为施将军束发！

〔内传呼："束发！"

〔苏滢坐下重新拨了几声，随即弹唱起来：

　　举头红日近，
　　回首白云低。
　　只有天在上，
　　而无山与齐
　　……

〔歌声回响在山海之间，歌声中一轮红日从海面冉冉升起，郑成功亲手为施琅梳发、束发；操水台下，打着仁、义、礼、智、信五旗的军队绕行而过。那金黄的日光给世界抹上满目绚烂，天地仿佛也为之倾倒。

〔董酉姑、郑芝莞也走上前来。董氏近三十岁，平常情况下她在郑成功身旁言行小心，却又不得不以贵夫人的矜持掩饰。郑芝莞约五十岁。两人以不同心情看着。歌毕。

施　琅　再谢藩主。

董　氏　（笑着说）好好好，臣主束发情深，今日这厦门日光岩上的日光也特别明亮。还有，苏小姐的弹唱，也越来越妙了。

苏　滢　夫人过奖了，其实还是"只有天在上"的诗好，藩主爷可喜欢这首诗呢。

董　氏　（低声却自豪地）我家老爷出自名士钱谦益门下，而且他……（目光碰到郑成功威严的神色，迟疑一下，掉头对芝莞）叔父你说。

郑芝莞　我当然要说，藩主乃旷世奇材，也许……（故意看一下施琅）有的人还不知道，藩主当年诞生在日本的时候，岛上曾有万火齐明呢！

施　琅　（脱口而出）无独有偶，末将临诞生之际，家母也曾有神授宝光之梦，而且末将本人也曾梦为北斗第七星呢。（说罢，得意地昂首而笑）

郑芝莞　（一直对施琅没有好颜色，这时故意地）施将军是北斗第七星，那藩主又是什么？

施　琅　（一顿）这……

〔众人听到这里一怔，之后都把目光投向郑成功，郑成功轻轻放下手中酒杯，而施琅还在笑着。

董　氏　（赶忙解围地）哦，我家老爷当然是北斗第一、二星了。

〔众人释然而笑。这时内传来"藩主"的喊声，随即右先锋镇镇将黄廷匆匆上。

黄　廷　右先锋镇镇将黄廷见过藩主，请藩主接旨！

〔郑成功赶忙跪下，众效之。

黄　廷　（展开圣旨读着）"今清兵进攻广东、广西，孤家移驾南宁。情势危急，特命郑卿速即率兵，南下勤王！"

〔郑成功等重新站起。

众　人　（纷纷议论）南下勤王……

黄　廷　奉藩主之命，末将往广东面见永历皇上，想不到就……

郑成功　（一叹之后）本藩曾沐大明赐国姓隆恩，隆武帝殉难后，难得又有永历这一新君。今新君命下，岂可知难而退？（随即对众人）芝莞叔率兵留守厦门；施、黄两将传令各营：出师南征广东！

众　人　遵命！

〔众人拱手应诺。郑成功扫视过去,与施琅目光相遇。施的脸上正露着迟疑。

〔灯暗。隐约有风雨之声。

二

〔风雨声急——上一场时间数月后,已是次年春日,广东天星所城外山丘。

〔灯亮,一队郑明军士在发炮攻城。风雨声中夹着一阵阵冲杀之声。不时有受伤的军士过场。

〔施琅慢步上,痛惜地看着受伤的军士,这时内传来施显的喊声:"哥!"

〔施显和苏茂大步上。

施　显　哥,小弟已经带来本镇人马,让我冲上去,把天星所尽快拿下!

施　琅　慢!你没看到雨这么大,将士伤亡惨重?况且即使攻下天星所也无济于事,整个南征勤王都是不明智的决策啊!我军舍水从陆,以己之短击敌之长,这是兵家大忌。(一叹)藩主他怎么会做出如此糊涂的举措!

施　显　那怎么办?

施　琅　我要下令暂停攻城,我要去劝藩主。

苏　茂　(拦住)不行!因为将军攻不下天星所,藩主正在火头上,现在你反去劝他,这不是大螃蟹往盐堆里爬——自己找腌吗?

施　琅　放肆!国姓爷与我如同手足,怎么会有麻烦呢?(对众军士)撤!

〔施琅率众军士下。

施　显　刚才你苏茂出口无状,枉为我哥的部将。

苏　茂　岂敢。正因为你哥对我苏某有栽培之恩,我才不能不说实话。将军应该知道,藩主从来看重自己的权威。

施　显　(沉吟片刻)只是我哥的脾气……

苏　茂　现在劝他已不可能，你我还是收拾人马，把天星所攻下，也算帮你哥立下一功。

施　显　好吧！

〔两人下。

〔一队军士拥郑成功上，黄廷紧随其后。

郑成功　（环视之后，诧异地）人呢？怎么不见这里的左先锋镇兵马？（问黄廷）北面战事如何？

黄　廷　本部人马已烧断浮桥，绝了敌人后路。现在只等正面左先锋镇进攻得手。

郑成功　（仰头一看）雨都停了，还攻不下小小天星所，（踱了几步，更加着急地）这施琅怎么啦？往常他可是所向披靡啊！

黄　廷　眼下全军将士都盯着他。他一举一动都牵动全军，（环顾之后又道）他会不会擅自撤去这里的兵马？

郑成功　（轻轻摇头）不，他……也许在另出奇兵。（突然眼盯着对方）你最近为什么与他不和？

黄　廷　施琅、施显兄弟双双身为镇将，跋扈凌人，各镇俱受下风，而藩主又一味偏袒他俩。

郑成功　（沉吟良久，然后道）人无完人，施将军追随本藩以来能征善战，其功劳自在你等之上。

黄　廷　但是他……他的一个家丁都敢冲到我的军营撒野。（禁不住落泪）

郑成功　（看在眼里，上前轻拍对方肩膀）本藩知道将军委屈。（一叹之后）战场上流血，本藩的心也在流血。为了尽量减少伤亡，本藩希望全军将士同心协力。（朝内一看）施将军来了，你去吧，没有本藩命令，不得撤退。

黄　廷　是！（下）

〔施琅上。

施　琅　藩主。

郑成功　来报捷了？

施　琅　（支吾）这……连日春雨，清兵又凭险顽抗，我方损失惨重，攻城实在是难上之难。

郑成功　我不信，凭施将军之智勇，何患天星所至坚至牢？本藩所虑者，不因为力而因为心。

施　琅　心？施某与藩主可是生死同心。

郑成功　本藩想问你对这次南征的心意。

施　琅　（迎上去）琅昨夜做了一个梦。

郑成功　又做梦了？（揶揄地）这次梦的是北斗几星？

施　琅　不，是坏梦。我梦见咱们出征队伍抬着长长一行棺材，而厦门本营又受到清兵重重包围……

〔郑成功脸色刷白。

施　琅　（仍顺着自己的思路说着）琅以为这个梦大不吉利，故此禀报藩主，求藩主三思。

郑成功　（沉吟良久，冷笑道）本藩还听说有人早已在军中传言，说我军不宜舍水从陆，南下远征。

施　琅　琅想这也是实情，用兵当扬长避短，不打无胜机之战。四年来，琅随藩主，好不容易才拉起这支队伍。

郑成功　（一叹之后）本藩岂不知道爱惜队伍，正因为爱惜队伍，我才高扬信义大旗。眼下皇上有旨调兵，只要苟利国家，你我即使越山逾海，也当趋赴。岂能顾及生死祸福？

施　琅　（摇头）藩主明知不可为而为，只怕祸将不远。

郑成功　你想怎样？

施　琅　劝藩主还师厦门。

郑成功　因此，这里不见你的兵马？

施　琅　将在外主命有所不受，为了减少伤亡，琅已下令停止攻城。

〔场上一静，郑成功强压住愤怒，双手背剪，慢慢地左右徘徊着。良久之后，内传来一阵欢呼声，那欢呼声越来越大，随即苏茂大步上。

苏　茂　禀藩主、施将军，末将已经率兵攻破天星所正面城门，眼下诸镇兵马一同杀入城中，克城只在片时之间。

郑成功　（不信般）你说什么？

苏　茂　天星所攻克了。

郑成功　（大喜）天星所攻克了？（仰天大笑之后，轻拍着苏茂肩膀）好个苏茂，你今天立了一功。

苏　茂　托藩主洪福。（掉头向施琅低声邀功地）也给你争气了。

施　琅　你……

郑成功　施将军！

施　琅　（一醒）藩主……

郑成功　你不是说南征不利吗？

施　琅　（支吾）这……

郑成功　好了，你既然擅自撤兵，想回厦门，本藩现在就答应你。

施　琅　（想解释）藩主，琅……

郑成功　（手一摆，打断对方话头）还有，从今天开始，你不再当左先锋镇将，这职务由你的副将苏茂将军暂时充任。

苏　茂　（吃了一惊，口瞪目呆，许久后扑腾跪地）藩主，不行，这不行……

郑成功　嗯？（威严地）这是本藩的命令。

苏　茂　（掉头，想解释）施将军，我……

施　琅　（拉开苏茂，然后对郑成功）藩主保重，琅遵命回厦门去了。

〔施琅一揖，然后默默离去。

〔郑成功听施琅脚步声远去，才回头目送着他。

苏　茂　藩主，你让我当镇将我能不感激？只是我这个空贝壳怎么替得了大船？施将军乃有才有功之将……

郑成功　本藩知道，但他消极杀敌，擅自撤兵，今日若不罚他，我如何统领三军？

苏　茂　这……

〔灯收，苏茂隐去，光环照在郑成功身上。

郑成功　（仰天一叹）这个姓施的铁匠儿子，纵然知兵善战，毕竟脱不了武夫心胸。失却忠义大旗，焉有闽、粤沿海的存在；抛弃大义宗旨，本藩兴师何为？

〔老施琅冲入光环。

老施琅　这是空谈，是书生的空谈！因为你不听我的劝告，军队付出代价，付出失败的代价。

郑成功　不，我没有失败。

老施琅　你失败了！这早是我预料中事。记得吗：不久清泉州总兵马得功乘虚进攻厦门，你的堂叔郑芝莞不战而逃，厦门很快陷落。

郑成功　厦门是陷落了。

老施琅　而亏我作为被遣闲员，收复了厦门。

郑成功　你是建立了收复奇功。

老施琅　我建立了奇功，（仰天大笑）现在我要看看你如何报我！

〔灯暗，内一声高呼："藩主到！"

三

〔近一月后，厦门郑成功王府门外。

〔内声："迎接藩主！"

〔董氏和苏滢领一行侍女从府内走出，一群军士也从附近走来，大家列队以迎。

〔有鼓乐之声，施琅迎郑成功上。郑成功身后跟着苏茂。

众　人　迎接藩主。（施礼）

郑成功　好了，好了，厦门一度陷落，令诸位受惊一场。（对苏茂）苏将军，厦门沦陷，你一直在念叨着你的女儿，现在苏小姐好好站在你的面前，还不亲热一番？

苏　茂　（还迟疑地）藩主！

苏　滢　爹！

苏　茂　孩儿！

〔苏茂、苏滢父女相拥在一起。众人哈哈大笑。

郑成功　（收起笑脸，正色地）芝莞老贼呢？

施　琅　（一直神采飞扬，这时朗声地）他早被末将拘拿，正在等候藩主发落呢。

郑成功　（手一扬）押上！

〔两军士推郑芝莞上，郑芝莞略对郑成功一揖，然后傲然站着。

施　琅　郑芝莞还不跪下！

郑芝莞　（一笑）我是藩主的堂叔，叔父就不必跪侄儿吧。

董　氏　你……

郑成功　（冷笑一声）你因何弃城逃跑？

郑芝莞　逃跑之念，来自去年，藩主为了取得厦门，竟然听取姓施的教唆，采用卑劣手段，杀死侄儿郑联，这怎么不令郑姓人心寒？

郑成功　（越听越怒）住口！

众　人　（纷纷地）一派胡言……

郑芝莞　让我说完，现在我担心藩主又采用姓施的主意，杀害芝莞。

郑成功　（仰天大笑，然后脸一沉）说得好。（对军士）把他杀了！

军　士　遵命！

郑芝莞　（大叫）藩主，藩主……

〔军士推郑芝莞下，郑芝莞长长的叫声戛然而断。一军士复上。

一军士　禀藩主爷，已经斩了郑芝莞。

郑成功　（一直徘徊，听禀报后站住，对众人朗声道）将士们刚刚看到：本藩以法治军，若有消极杀敌、临阵逃跑等违我法令者，即使是我的堂叔，也绝不容情，诸位以为如何呢？

军　士　（振臂齐呼）藩主英明，藩主英明……

郑成功　（手一摆）好了！（对军士和侍女）你们退下！

〔军士、侍女及仪仗退下。

董　氏　（对郑成功小心地）老爷，那天芝莞吓破了胆，弃城逃跑，厦门城陷落，施将军只率领数十人杀败清廷大军，最后又把马得功赶出厦门。

苏　滢　是啊，要不是施将军，不但财物损失更加惨重，而且连我等生命都有危险。

苏　茂　藩主理当让施将军恢复旧职。

众　人　（纷纷地）应当，应当……

〔施琅又露出得意神色，郑成功看在眼里。

苏　茂　（捧上印绶）末将今把这左先锋镇大印交还藩主，让施将军……

郑成功　（按住）慢！本藩还想知道施将军此时想什么。

施　琅　（略怔，之后傲然地）该不会再问南征吧，南征已经有了结果。

郑成功　（看在眼里）你以为南征失利？对，近看南征无功而返，但远看收获甚大——远看用兵还有一个更大战场，（闪着光彩的目光渐渐从众人头顶滑向远方）正因为这次南征，我军忠义之名远播东南数省……

施　琅　（吃惊，刻薄地）这是诗，我不明白，我真不明白！

郑成功　（被刺般怔住，良久之后）既然你还不明白，本藩现在就不宜给你恢复旧职。否则郑芝莞泉下有知，岂不呼叫冤枉？

众　人　（出乎意外，吃惊地）藩主……

郑成功　当然施将军收复厦门，功不可没，本藩赏你花纹银一千两，加衔二级，命你重新招募兵马。

〔众人皆怔住。郑成功说着，偷眼察看施琅的反应。施琅浑身微微颤抖着。苏家父女赶忙悄悄商量一阵。

苏　茂　（回身走近施琅）藩主赏罚已过，施将军还不赶快谢过藩主？

施　琅　（狠狠瞪苏茂一眼）哼！（对郑成功故作平静地）谢藩主，只是厦门曾经失守，清虏生逃而去，琅有什么功劳？那花纹银等奖赏琅也不敢接受。

郑成功　哪里哪里，功而不赏，罪将何施？

———话剧《沧海争流》 >>>>>

施　琅　藩主真想赏我，我有一个请求。

郑成功　说啊！

施　琅　让琅削发为僧，皈依空门。

郑成功　（大笑）哈哈，你怎么会生出这个念头？（上前轻拍着施琅的肩膀）募兵之后，我再授你前锋镇之职。还有，查问台湾海面的风潮气候，以备来日东征，去吧。

施　琅　（昂首强制住委屈的伤痛，差不多就要流出眼泪，为了掩饰，侧脸对郑成功）谢过！（然后大步离去）

苏　茂　（叫）施将军！（追下）

　　　　〔郑成功看着施琅离去。

董　氏　我真有点不理解刚才的赏罚。

郑成功　有什么不理解？他恢复厦门有功，但收复厦门事关一城，反对南征事关大义，前者为小，后者为大。

董　氏　只是……总觉得处罚严了一些。

郑成功　（一笑）真妇人之见。你们有没有想到：当今大明朝只剩几片残土，我郑某独力撑闽固海，不时还有芝莞之流怯战，甚至叛逃投敌。如此情势，倘若法令不严，我军焉能存在？况且我应该压一压他的傲气，这为了我，更为了他。

　　　　〔郑成功正说着，这时内传来呼叫声："救命啊……"随即，曾德一拐一拐地，由另一家丁扶上。

曾　德　（趴在地上磕头）藩主爷、夫人，救小的一条狗命！

董　氏　（低声对郑成功）他姓曾名德，曾经伺候过太夫人，今在施琅府中当差。

郑成功　（问）怎么回事？

曾　德　施将军怪小的与黄廷的军士争吵……

家　丁　为这事施将军还曾替他出过头呢，现在反说他违反法令，说要把他活活打死。

郑成功　（轻轻一笑）施将军在拿家丁出气。（问苏茂）你看呢？

苏　茂　施将军受罚一时想不通，别让他越陷越深。
郑成功　好吧，让曾德到本藩府内当差。（对家丁）你帮他收拾一下。
〔郑成功说罢兀自走进府门，董氏随下。
苏　茂　（拉女儿问）这次爹没说错吧？
苏　滢　（故意瞪一下眼）关键要走运！（下）
苏　茂　你看你看，这女儿都变成她妈了……
〔灯暗，只闻脚步声。

四

〔日光岩下路上。曾德和那位家丁边走边谈。
家　丁　够不够朋友？我刚才可是帮了你的大忙呢！
曾　德　是帮了大忙，我今天算逃出虎口，捡回一条命了。
家　丁　不但捡回一条命，还升做藩主的亲随，与我平起平坐了。这才叫作因祸得福呢。
曾　德　是因祸得福。
〔两人大笑，正准备离去，施琅手提一壶酒，带着醉意走来，挡在两人面前。那家丁看情势不妙，掉头溜去。曾德正想跟下，施显已扶着父亲施大宣赶来。施显拦住曾德。
施　显　你好大胆，竟敢擅自逃跑。
曾　德　受罚不过，只好逃跑，央求藩主收留。
施大宣　你是我儿子手下一个家丁，我不信国姓爷未与我儿子招呼，就肯收留你这个畜生。
曾　德　不，他收了，确实收了我。
施　琅　确实收了？
曾　德　（缓过神来，有些得意地）太老爷、二位老爷也许不知道，小的曾经伺候过藩主母亲——那个长期在日本呆过的太夫人。你听，小的还学会几句日本话呢，（叨唠几句不像的日语）因此藩主爷看在被清兵害死的母亲份上，也得半眼看顾小的。

施　琅　（有些火，但仍然平静地）如果我不照顾你呢？

曾　德　这……小的现在是藩主的亲随了。

施　琅　（大怒）我兄弟俩是藩主的大将，而且你难道不知道，有罪必罚，这是藩主定下的法令？

曾　德　（恐惧地）你们想怎样？

施　琅　抓你回营。

施　显　对，抓你回营！

施大宣　（手中拐杖一拦）慢！打狗看主人，得给国姓爷留个面子，你兄弟俩总不能对风撒尿。

施　琅　爹不知道，儿正在保护藩主的面子，藩主他不是法令森严吗？

施　显　对，这个家丁有过怎么不能严惩？我哥有功还受罚——还被削去官职呢。

施　琅　（勾起隐痛，愤然地）有人以为我不当镇将会伤心，我才不伤心呢，我只为军国担心，为大家共同的功业担心。说什么用兵还有更大战场，我也看到一个更大战场：在那里明室气微，清廷方兴未艾，面对艰难时局，藩主还这样盲目用兵，这样亏待手下大将，能令我等心服口服？

施　显　是啊，（拉施琅、施大宣一边嘀咕）那天日光岩上束发的时候，藩主命苏滢弹唱"而无山与齐"的歌，有人说那首诗的含意是一山不容二虎呢。

施大宣　（担心地）不容二虎？

施　显　（对施琅）哥，咱兄弟俩治不了别人，难道治不了这个小家丁曾德？

施　琅　抓他回营，然后禀明藩主。

〔曾德一直在旁发抖，这时军士上前把他捆住，曾德极力挣扎。

曾　德　（大叫）救人啊，藩主爷，救人啊……

〔家丁手持令箭复上。

家　　丁　（喊）手下留情！

施　　显　（一愣）你……好快。

家　　丁　当差的人首先要手脚麻利，请将军放了曾德。

施　　琅　（一瞥，不屑地）凭你……

家　　丁　不，凭命令。

施　　琅　谁的命令？

家　　丁　当然是藩主的命令。

施　　琅　（大笑）我不信。

家　　丁　应该相信。你看，这是藩主的令牌。（亮出令牌）

施　　琅　（看看令牌，怔住，浑身颤抖着）藩主下了命令，（低声呻吟般）天啊，他不是法令森严吗？他为什么对我从严而对家丁如此纵容？

曾　　德　（看在眼里）老爷刚刚失去官职，千万别再得罪藩主爷。

家　　丁　还是让小的替你放了曾德吧！（说着上前解曾德的绑索）

　　〔施琅脸色苍白，这时那家丁和曾德双双走上前对施琅一揖，然后就要离去。

施　　显　（看不过，对施琅）哥……

施　　琅　（倾壶饮下酒后，低声而有力地）拦住他们！

施大宣　拦住他们！

　　〔施显上前拦住两人。

家　　丁　（冲施琅）你……想怎样？

曾　　德　难道敢违抗藩主命令？

施　　琅　（大笑，然后脸色一沉）法令乃藩主所定，非我施某敢私，犯法者岂能让他逃跑？如果让藩主自徇其法，这军国岂不乱套？

曾　　德　（大惊）你想杀人？

施　　琅　对，我要亲手杀死我的亲兵！

施　　显
施大宣　（一同叫着）杀死他……

〔施琅霍地拔剑出鞘，老施琅冲进回忆的画面。

老施琅　（拦住）慢，你这个年轻气盛的家伙，你有没有顾及后果？

施　琅　是啊，小不忍则乱大谋……（似乎冲老施琅）但是你看到没有？你正受到羞辱。

老施琅　（喃喃地）我受到羞辱，我已经忍无可忍。

施　琅
老施琅　（齐声地）我忍无可忍！

〔施琅一剑刺死曾德，随即割下自己的头发，并把它扔给家丁。

施　琅　（对家丁）你把这束头发交给藩主，说施某自己削发为僧，（大笑）我削发当和尚了！

〔施琅扬长而去，施显、施大宣随下。
〔老施琅被抛弃般呆在一旁。

家　丁　（看施琅等走远，旋身扑在曾德尸体上，大叫）曾德兄弟……

〔良久之后，郑成功率黄廷、苏茂上。家丁把断发交给郑成功。

郑成功　（静静地看着断发和曾德的尸体片刻，然后仰起头来喃喃地）姓施的，你自己看看，自己看看。

老施琅　（冷冷一笑）我这是让你难受，让你清醒！

郑成功　你割断了头发——割断了我曾经亲自为你整束的头发……（又怔怔地看着手中头发，浑身僵直）

〔这时从远处飘来苏滢的歌声：

　　只有天在上，
　　而无山与齐……

郑成功　（脸上渐渐露出痛苦神色，许久之后，对苏茂、黄廷两将）把施琅父子三人拿下！

黄　廷
苏　茂　（相对迟疑）这……

郑成功　还不动手？

黄　廷
苏　茂　（一揖）遵命！

〔黄廷、苏茂退去。灯收在郑成功和老施琅身上。

老施琅　（突然醒回般大叫）混蛋！（冲向郑成功）你怎么能关我一家？我不过杀了一个家丁，割了一束头发。

郑成功　但是你刺伤了本藩的心。你在向本藩的处罚挑战。

老施琅　（迎上去）对，我在挑战，因为你对我的处罚是在掩盖南征的失败，是不敢承认我的高明。（冷冷地）抓了我一家三人，你以为得意，以为煞了我的威风？不，你错了，这不是我的耻辱，而是你的难堪。你有没有看到三军侧目？你把我关在船上，好，我就呆在船上，让三军看看你这样待我，这样待我。

〔老施琅隐去。郑成功仰天长叹。灯暗。

五

〔数日后，夜。兵船及其附近的码头。

〔一轮明月高悬海上，兵船上的桅杆在海天间轻轻摇晃。风不大，时高时低的潮声令月夜显得深沉而寂静。

〔苏茂在码头上默然坐着，两眼失神地看着对面海上的船只。

〔许久之后，苏滢上。她轻步走近父亲。

苏　滢　（观察之后，故意地）尽情欣赏这海上明月，爹果然走运了。

苏　茂　（止住）嘘！（低声怪着）你帮不了爹，还尽拿爹开心。

苏　滢　（抿嘴一笑，随后问）他关在哪里？

苏　茂　（一指）那儿，对面船上，三天了……

苏　滢　还想救他？

苏　茂　（点头）藩主执法严厉，一怒之下连他的叔父郑芝莞都杀了……该让施将军避一避。

苏　滢　施将军还不是自惹麻烦？

苏　茂　但是他太重要了。这五年来，因为藩主和施将军齐心协力，这支队伍像海水涨潮一样，不断壮大，得珍惜这个势头啊！

苏　滢　（还是故意地）爹很勇敢啊。

苏　茂　不是勇敢，是没办法，你没看到爹最近背运，烧白开水都会糊呢！

苏　滢　爹不是升为镇将了？人家都求之不得呢。

苏　茂　不该得的就不能得，（摘下帽在手中甩动着）这官帽爹扔都扔不出去呢。你没听到军中在议论爹对施将军忘恩负义？

苏　滢　（这时才轻轻地点了点头）其实我在逗爹呢，这些天我也一直在为爹操心。（环顾之后，更低声地）今夜董夫人准备私下探望施将军，女儿可以混到船上。

苏　茂　那好啊！（迅速从身上掏出一书）这样你就可以帮爹，把这封密信送到对面船上。

苏　滢　只是即使能上船，怎么把这封密信交到施将军手上？

苏　茂　（思忖片刻后）不难，爹可以伪造藩主手令，然后用手令把密信封上，守卫还敢阻拦？走！

〔两人刚走了几步，又不约而同站住。

苏　滢　爹！

苏　茂　孩儿！

〔两人慢慢地走近。

苏　茂　（爱怜地）你娘去世后，爹与你相依为命……

苏　滢　（眼湿了）孩儿没事，孩儿担心的是爹的安危。你等等。（说着双手合十，向月亮虔诚一拜，神秘地告诉苏茂）孩儿求月娘保佑爹走运。

苏　茂　孩儿也走运！

〔父女击掌。一阵脚步声传来。

苏　滢　（发觉）有人来了。

〔父女迅速离开码头，内报声："有人探望施将军！"

〔董氏由两侍女陪着上船，苏滢潜上。侍女手里各提着一篮酒菜。施琅戴铐迎上来。他这时像一只被逮住的猛兽，怒气冲冲，不停

　　　　地走动着。苏滢见机下。

施　琅　不见，谁都不见！（又准备退去）

侍女甲　（拦住施琅）慢！将军对藩主有气，对我家夫人也有气？

侍女乙　我家夫人好心好意来看您，还特地带来酒菜，你连这个面子都不给？

施　琅　（怒火稍息，但仍语带讥诮地）琅是阶下之囚，何劳夫人探望？

董　氏　将军言重了，依本夫人看来，将军仍然是我军第一功臣。且不论其他，就凭你收复厦门，救下我等性命，今夜本夫人就当杯酒相报。

施　琅　（又火了）我收复厦门，但是我得到的却是这样下场。

董　氏　也许我家老爷有法令过分严厉的地方，但是施将军难道没有过失？你擅自撤兵，杀死曾德，还割下头发。

施　琅　（一怔，不能不反思着）我……我是割下头发……

董　氏　（按住自己的激动，尽量动情地）本夫人同情将军受了委屈，但更关心你与我家老爷的情谊。将军难道忘了去年束发的情景？

施　琅　（勾起回忆）当时施某献计袭取厦门，藩主欣喜之下，与我对坐饮酒，互吐衷肠……

董　氏　弦歌之中，我家老爷亲手为将军束发。

施　琅　那时日光岩上日光特别明亮，天地也为我倾倒。

董　氏　你两人还立下誓言——

施　琅　愿结生死之情，于复明宏业之中……

董　氏　本夫人相信命，命早把你两人连在一起。为了你二人的共同功业，为了你二人的臣主情谊天长地久，本夫人敬将军这一杯薄酒。（递酒）

施　琅　（准备接酒，突然看到镣铐，又仰天一叹）当年日光已逝，今夜只留冷月。我不明白：藩主既然为我束发，为什么又这样待我，连英明的藩主都昏了头脑，这大明朝难道真的气数已尽！

　　　　〔这话一出，说者听者都吃了一惊。

施　琅　（赶忙自我否定，动情而喃喃地）不，我怎甘舍弃熟悉的营寨，舍弃与藩主的五年情谊？

董　氏　（舒一口气后）我家老爷把你一家三人关了，只因为一时有气，你也得让他出口气啊！眼下他在等待你的悔过，你迟早将无罪回营。本夫人今日所以前来探望，就是想劝将军——（觉得不满意）不，我求将军千万忍耐。

施　琅　（气平了许多，但仍不依不饶地）夫人既然有此好意，为什么不去规劝你的丈夫——藩主他呢？

董　氏　（肯定地）不行！他从来不许我干预军国大事。（一顿之后，感慨地）作为藩主的妻子，现在我处在一个怪异的梦中。我的眼睛看到五颜六色，而我的手脚却不能动弹。今夜我斗胆从梦中挣扎出来——我瞒着我家老爷私自前来探望。因为我知道事关重大。谁知道将军也不肯领情，甚至不肯饮下我的酒呢……（遥望海上明月，伤感地）今夜的明月啊！（说着，眼泪早已流了下来，一侧首就要离去）

施　琅　（看在眼里，唤住）慢！也许你的话是对的，我应该等待，看来这杯酒我不能不喝。（说罢，主动上来，取那壶酒一饮而尽）

董　氏　（看施琅饮酒之后，破涕为笑）将军饮下这壶酒，看来本夫人今夜不虚此行……（朝左右一看）久留不便，将军保重，告辞了。
　　〔董氏和侍女下。随即守卫小校率二军士上。

小　校　施将军，刚才有人送来藩主手令，说是交给你的。（递过一书）

施　琅　（接书，拆开发现）这里面另有密信！（一看）"速逃，有人接应。"（想）这是苏茂的手迹，他在想办法救我。他为什么要救我，难道我已身处险境？

小　校　（问）书中说什么？

施　琅　（对付着）藩主说明日我将无罪释放。（私下继续想着）有人说"而无山与齐"的歌含有"一山不容二虎"的意思，回想藩主近日所为，恰恰是不容于我啊。还有，刚才董夫人怎么会莫名其妙来看我呢？莫非她也是来探看虚实？而我刚才说了什么？我说了许多对藩主不敬的话……（越想越怕）糟了，我的处境果然十分危险，因此苏茂想救我。既然郑氏不容于我，我为什么还呆在这里？

小　校　（一直观察施琅，想）明天就要放他，他何必愁眉苦脸瞎想呢！（对施琅）将军现在应该高兴才对。

施　琅　是啊，老夫现在很想上岸散散心。请你行个方便……

小　校　（迟疑）这……

施　琅　（故意一怒）刚才董夫人还亲自前来看我，我马上将官复原职，你难道不怕我将来报复？

小　校　（赶忙恭敬地）是是，小的将来还希望将军抬举呢。（对军士）走，咱们陪施将军上岸一趟。

军士们　是。

〔施琅由小校和军士们监护下。

〔灯暗。内隐约有兵器交击声，随即传出呼叫："施琅逃走，施琅逃走啦！"

六

〔景同上场。郑成功上。

郑成功　（慢慢走来，口里喃喃自语）他逃走了，他怎么能逃走呢？如果没人帮助，如何能逃得出去？我真担心他在军中另立山头，真担心他对恢复大业怀有异心！（仰望海上明月，感慨地）明月啊，你高悬沧海之上听不尽四海风涛的吟啸，看不尽古今潮汐的涨落，今夜应该只有你解得我的孤寂。你看我正处在两难之中：事态发展，若不重罚施琅，军心难免动摇；若重罚施琅，我将背负伤恩恶名——近日已经有人在说我伤恩。而面对当今情势，作为藩主，我不负恶名谁负恶名……除非今夜施琅迷途知返，除非军

————话剧《沧海争流》 〉〉〉〉〉

中不生变故。呵，今夜的明月……

〔这时黄廷和众将士陆续上。董氏、苏茂和苏滢也跟在后面。

一　　将　　禀藩主，追捕不及，施琅已乘快船逃往晋江安平。

郑成功　　（一怔）难道他真的想投降清廷？（对黄廷）怎么逃的？

黄　　廷　　有人伪造藩主手令，让施琅离开船只，随后施琅把守卫击落水中，逃跑而去。

郑成功　　（又一怔，想）有人救他？他的不轨之行果然在军中已有根基！（对黄廷）谁人矫令放他？

黄　　廷　　不知道，但是施琅逃走之前，有人前往探望。

郑成功　　（轻声地）谁？

黄　　廷　　（迟疑）这……（抬头环视，看到董氏，赶忙低下头去）不知道。

郑成功　　（大怒）大胆！你想包庇罪犯，欺慢本藩？

黄　　廷　　（早已跪下，恐慌地）那人是……（说着仍迟疑地眼望着董氏）

董　　氏　　（慢慢走上前来，小心地）施琅逃走之前，妾身曾瞒着老爷，前去探看。

郑成功　　（大笑）如此看来，是夫人你矫令放走施琅。

董　　氏　　（一惊）不，我只是劝他不要继续激怒老爷，我没有放施琅，真的，没有放走施琅。

郑成功　　（脸色一沉）好个董酉姑，我真想不到你有如此胆量！你未经本藩许可，私见有罪之将，已具备放走施琅的重大嫌疑。（对军士一喝）来人！

众军士　　在！

郑成功　　把董酉姑押入监牢，等候审理！

董　　氏　　老爷……

众　　人　　藩主，董夫人乃藩国之母……

郑成功　　本藩夫人犯法，罪加一等。况且，谁敢肯定她没有放走施琅？

黄廷等　　（面面相觑）这……

郑成功　　（对军士）还不押下！

1035

〔军士正准备推董氏下，苏滢突然上前拦住。

苏　滢　慢！（对郑成功）我敢肯定，夫人没有放走施琅。

郑成功　哦！证据何在？

苏　滢　（迟疑）这……

郑成功　说！

苏　滢　（对苏茂）爹……

〔苏茂一直沉吟不语，木然而立，这时听到女儿的叫声，才醒回般。

苏　茂　女儿……

郑成功　（看在眼里）苏将军！

苏　茂　（神经质地跪下）藩主！

郑成功　本藩早觉得你父女两人近日神态失常。（审视两人）我想你父女已经做出对不起本藩之事？

苏　茂　（浑身发抖着，支吾）这……

郑成功　其实谁都休想瞒过本藩，想得到宽恕，除非从实交待。

苏　滢　藩主，是我……是我不该放了施琅将军！

苏　茂　（大叫）不，这事与我女儿无关，与夫人无关，是我伪造手令放走施琅。

苏　滢　不，是我准备好船只，让他逃走。

苏　茂
苏　滢　（争着说）是我，是我……

〔正说着，一军士匆匆上。

军　士　禀藩主，施琅旧部十多个将士叛逃，投降清廷！

〔众人吃了一惊，郑成功慢慢坐下，从怀里拿出那束头发，默默地看着。

〔台上一片死寂，良久之后——

郑成功　（低声而坚定地）把施琅父亲、弟弟和苏茂拉出去杀了！

众　人　（不相信般）藩主？

——话剧《沧海争流》

郑成功　（大声吼叫）把三人杀了！

众　人　（纷纷地喊叫）藩主啊……

〔灯变。众隐去。三个持刀的军士分别押施大宣、施显和苏茂前行，老施琅与苏滢在后面边追边叫着。郑成功背立于高处。

〔老施琅、苏滢分别大叫："爹爹，贤弟……爹爹……"施大宣、施显、苏茂极力扭头，分别大叫："孩儿，哥哥……孩儿……"

郑成功　（忍痛把手一挥，喊）斩！

〔三个军士刚把刀高高举起，天地失色……众隐去。同时仿佛有一股股红色的血从上天的暗处流出，注向人间。

〔台上只留下老施琅和郑成功，两人俱各一怔，然后不约而同跪下。

老施琅　（恸哭）爹爹，贤弟……（许久之后）姓郑的你知道吗，那一天我虽然逃跑，但我还在犹豫，我当时尚未归顺清廷。

郑成功　（一叹之后）但是你已经造成严重后果。

老施琅　（扬起头，又悲又恨地）你杀了我的父弟，我与你不共戴天，不共戴天！（喘息片刻，下意识摸一下头发，压低声音）我剃发归顺了清廷。

郑成功　不，你不能剃发！你我说过发肤受之父母……

老施琅　但是你杀了我的父弟，我要借清廷大刀向你复仇！

郑成功　这是托词，你心里明白。

老施琅　我明白你的残忍。郑成功，你不能容我，我能够容你吗？能够放过你吗？我要让你害怕，要与你战斗，一辈子与你战斗，直至战胜你，消灭你，消灭你的一切一切……

郑成功　（冷冷一笑）消灭我谈何容易，你还记得顺治十六年的那个秋夜吗？那是一个曾经让你痛哭的秋夜。

老施琅　不，那是一个上天惩罚你的秋夜……

〔潮声如泣……

〔灯暗。

七

〔潮声阵阵。

〔灯亮，这是福建同安施琅军中帐房和南京城下郑成功帐房。

〔有淡淡的夜雾。一切是那么清晰而又扑朔迷离。这段历史在老施琅的回忆中浓缩在一起——郑成功、施琅两人仿佛在一个帐内，只有那两副并列的几案表明他们天各一方。

〔这时的施琅已经剃发，身着清廷将服。两人如对唱般——

施　琅　（沮丧地）混蛋，这雾气太重了，为什么秋夜会有雾气，为什么这倒霉的雾气一直充斥我的帐房？现在我身在福建一隅，我的心却在长江口上——

郑成功　（踌躇满志地）我在长江边，听今夜江上潮声，分外亲切。因为故地重临，感慨系之；因为此番北伐不是南征，当年南征无功而返。而现在我军已围城多日，南京已是我囊中之物。

施　琅　郑成功挥师北伐，大军已攻破镇江和瓜洲，兵临南京城下。南京能否守住不但关系大清朝的安危，而且关系我的复仇大计啊！

郑成功　谁说大明气数已尽，我敢力挽狂澜。一旦南京城破，迎圣驾西来，大明中兴有日。（有缕缕雾气飘来，更加兴奋地）哟，今夜这长江的雾气也闻风降附，纷纷涌进我的帐房。

施　琅　（与郑成功最后一句一齐说）哎，今夜这闽海的潮声也特别急促，阵阵窜进我的帐房！

〔郑成功隐去。施世骠上，他是施琅之子，约十八九岁，一副清军低级将领打扮。

施世骠　爹！

施　琅　（着急地）打听到新的消息？

施世骠　郑军势如破竹。现在江南数十个郡县闻风归附，郑军早把南京城围得水泄不通，城破只在旦夕之间。现在连北京也人心惶惶，皇

———— 话剧《沧海争流》

上甚至想撤出北京，回驾东北盛京。

施　琅　（怔住，口里喃喃地）大势已去……

施世骠　七月十二日郑军将官一身缟素，向明孝陵方向跪拜，同时临江誓师。这是郑成功当时所赋的诗篇，曾经广加散发。（递上一纸）

施　琅　（接纸念）"缟素临江誓灭胡，雄师十万气吞吴。试看天堑投鞭渡，不信中原不姓朱。"（念罢，倏然昏倒）

施世骠　（赶忙扶住）爹……

〔施琅久久才透过气来，父子两人抱头痛哭。

施　琅　（揩泪，怆然地）莫非大明气数未尽，否则江南有精兵数十万，有战船千只，怎么抵挡不了郑成功的军队？

施世骠　郑军锐不可当，孩儿弄不明白，皇上为什么不肯重用爹爹呢？

施　琅　（勾起隐痛）八年了，我还只是清军中一个总兵，一个无足轻重的总兵，我在郑成功属下可是第一大将。（冲施世骠）孩儿，你知道吗，爹爹当时是郑军第一大将，他郑成功曾经视我如股肱，言听计从啊！

施世骠　孩儿知道，但是郑氏杀了我的爷爷和叔父。

施　琅　（又咬牙切齿地）因此我与郑成功势不两立！（随即昂首痛哭）皇上，英明的皇上，你为什么不重用施某，为什么不下旨让施某提一旅之师，抗击郑军？臣可以解南京之围，安皇上之心。当时我在郑明军中，可是所向无敌啊！（又嚎啕大哭）

施世骠　（安慰地）爹已经几天没睡，千万不要过分伤心。

施　琅　为父怎么能睡呢？天丧施某，能不痛心疾首？你去吧，替为父继续探听新的消息。

施世骠　（流泪领首）孩儿遵命。（退下）

〔施琅踉跄走近几案坐下，抱头恸哭不止。
〔潮声又响，郑成功复上。

郑成功　（似乎听到什么）是什么声音？是哭声？是清兵的哭声？不，应该是施琅的哭声，（高兴地）是施琅的哭声！

〔黄廷已经入帐片时，这时唤道——

黄　　廷　藩主，你在跟谁说话？

郑成功　（一醒）我刚才似乎听到施琅的哭声。

黄　　廷　（一笑）怎么可能呢？你在南京，他在福建。

郑成功　（也笑，然后道）但是本藩相信他会哭。他投降清廷，今夜蜗居在闽海一角，听到这南京危急的消息能不悲恨交加？（惋惜地）他是一位多好的将领，他为什么要与我作对，为什么要离开本藩？

黄　　廷　但是他不该投降清廷。

郑成功　（又愤然地）他投降了清廷，但是无损我的恢复大业，除了我郑某，谁能赏识他，谁能容忍他的骄纵和狂妄？离开了我，他将无法施展才干。

黄　　廷　一旦明室中兴，他还将身败名裂。藩主，将士们现在关心的是攻城的战事。

郑成功　围城将近一个月了。（突然想起，问）本藩设仁、义、礼、智、信五营，今夜何营在先？

黄　　廷　已拨"智"营在先。将士们以为大军久屯城下，时间一久，敌房增援，只怕失却良机，因此再次请求攻城。

郑成功　（淡淡一笑）他们不知道，南京守将早已暗暗派人前来求降。

黄　　廷　听说那人来称：清朝有制，城池过三十日失守，不连累将官的妻子儿女。

郑成功　因此他们请求本藩宽限三十日，然后开门迎降。今夜正是最后期限。

黄　　廷　（着急地叫道）不，这是缓兵之计！

郑成功　（手一摆，打断黄廷的话）我军北伐以来，战必胜，攻必克。他们怎敢缓我之兵？今南京已成孤城，取它何难？只是一时攻城血战，势必造成大量兵民伤亡。（无限感慨地）本藩兴师，岂为了收拾一城一池？本藩志在收拾大明山河。当时大明瓦解，也因人心有失。今恢复之初，本藩当以攻心为上，当令金陵人心悦服，从而使天下都知道我郑某誓行仁义之师。况且十多年前本藩曾来这南京国子监读书，南京是本藩的故地啊！

〔黄廷目瞪口呆。

郑成功　（对黄廷）去吧，传令"智"营后撤，让"仁"、"义"二营上前，催促城内清兵尽快投降。

黄　廷　遵命！（下）

〔郑成功一个手势，两侍女送上酒菜。

〔这边施琅又大哭一声，把手中那张书狠狠扔在地上。郑成功似乎就在原地把书捡了起来。

郑成功　（看书）是本藩的诗，什么时候把它掉在地上？

〔郑成功于案前坐下，侍女为其把盏。这时金鼓声动。

郑成功　（一边饮酒，一边看书吟唱）"试看天堑投鞭渡，不信中原不姓朱。"（随即大笑不止）

〔施琅好像闻声，几乎跳了起来。

施　琅　不好，我听到郑氏的笑声，还有金鼓之声，完了，郑军正在攻城——不，也许早已攻破城池，郑成功正站在城楼上昂首大笑。（似乎看到地）那冲在前头的是右先锋镇黄廷，（冷冷一笑）怎么会是黄廷？应该是左先锋施琅！（激动地）是施琅！这南京一下，就该先定江南，然后挥师北上，直逼北京，直逼北京……（金鼓又动，似乎又闻其声，痛苦地）多熟悉的鼓声，我本来闻鼓而一马当先。（又哭泣不止）

〔施世骠匆匆又上。

施世骠　（欣喜地）爹，有最新战况。

施　琅　还不报来。

施世骠　郑军围南京多日，至今没有攻城。

施　琅　（不相信般）再说一遍。

施世骠　郑军没有攻城。

施　琅　（淡淡地）为什么？

施世骠　据说郑成功不想造成城内百姓伤亡，而且他听信我守城将官所传的一句话：我朝有制，守城三十日后投降，眷属不被株连。

〔父子两人大笑，随后抱头痛哭——这是乐极之哭。许久之后——

施　琅　（狂喜地自问自答，并且越说越快）这个书生，他怎么会相信这句话，这是缓兵之计。为什么没人劝他？郑贼滥施权威，谁敢直言？是啊，除了我施某，谁敢真正劝他？谁敢真正直言？但是正因为我的直言，竟然祸从天降，（又悲怆地）竟然祸从天降！

施世骠　（提醒地）爹，你现在应该高兴才对。

施　琅　（破涕为笑）是啊，为父应该高兴，摆酒来！

施世骠　（不解地）现在？

施　琅　对，郑贼将功亏一篑，必败无疑，今夜咱父子能不提前庆功？

施世骠　说不定南京我军现在已开始反攻。（朝内喊）摆酒！

〔两清兵上，朝案上摆着酒菜。施琅父子坐下大笑饮酒。

郑成功　（对侍女）我似乎听到施琅的笑声。他为什么在笑呢？你们听——

〔郑成功继续聆听。

〔金鼓声又起，有些不整。随即炮声隆隆。

施　琅　（对施世骠）为父似乎听到我军炮声。

施世骠　炮声？

侍　女　（叫道）不好，炮声隆隆，金鼓声乱！

〔郑成功脸色大变，一手把酒菜连案掀掉，两侍女各尖叫一声，与此同时，黄廷匆匆上。

黄　廷　禀藩主：清兵已经冲出城来与援敌汇合，左先锋镇官兵已全军战殁。

郑成功　传令：顶住敌兵！

黄　廷　遵命！（急下）

郑成功　（口里喃喃地）天不佑我，（大叫）天不佑大明！（欲昏倒）

二侍女　老爷……（双双扶住郑成功）

郑成功　（良久之后，缓过气来，对侍女）备马！

二侍女　（迟疑地）老爷……

郑成功　（不耐烦地）我要亲临阵前！

〔二侍女下。郑成功环顾无人，恸哭有声。

〔施琅离座聆听，与郑成功似乎已背靠着背。

施　琅　郑成功，我终于听到你的哭声。

郑成功　施将军，如果你在军中，也许……

施　琅　我会像南征一样，将在外主命有所不受，我敢擅自出兵攻城。

郑成功　也许南京城早已攻破。（说着从怀里掏出那张书一看，摇头吟诵）"试看天堑投鞭渡"？（狠地一扔）

施　琅　（从地上重新捡起书念着）"不信中原不姓朱"，（冷笑）你有此雄心壮志，为什么容不得我施某，（大叫）为什么容不得我施某？（狠地把书撕个粉碎）

郑成功　（痛苦地）但是你……你只知道打仗，不明白本藩的用心。（冲着施琅）你不明白！（匆匆下）

施　琅　（似乎追着郑成功）你不明白！你今日即使攻下南京，也改变不了天意。况且你盲目用兵，你想到没有：当年南征无望，你不惜牺牲，今日，北伐可成，你反而不忍伤亡。你因此前功尽弃。你今日失败，将来还有更大失败。（大笑）有更大失败！

〔一直坐在案前的施世骠早已喝得大醉。这时摇晃晃走上前来。

施世骠　爹，我高兴……喝多了。

施　琅　（又笑又骂地）畜牲，你不能醉，为父要你笔墨伺候，（越来越激昂地）我要立即上书皇上，建议挥师南下，乘胜追击郑贼；我要上书皇上，建议封锁闽海，切断郑军供给，置其于绝境；我要上书皇上……

施世骠　（还是含糊地）孩儿……喝多了……（说着，早已如烂泥般醉倒地上）

施　琅　畜牲！（大笑不止）

〔灯渐暗。

八

〔二年后——清顺治十八年初夏某日。

〔福建某海边山地。

〔郑成功和董氏在祭墓。

郑成功　（从董氏手中接过香火，扫视坟墓后低声地）施老先生，苏茂、施显二位将军，两年前北伐失利，今日我准备率师东讨台湾，出师之前，特地前来祭奠你们。

董　氏　这也算与你们告别呢！（说着，眼泪早已流了下来）

〔俩人对墓跪拜。之后郑成功拉董氏手一同坐下。

郑成功　（环视后亲切问）你知道我此时想什么？

董　氏　当年隆武皇帝赐给老爷国姓。

郑成功　（点头后）还有呢？

董　氏　当年教导你坚守忠义的老师钱谦益和家父，都先后投降清廷，家母也为清兵所辱而自杀身亡……

郑成功　那一天我在孔庙前焚烧儒衣，立下匡复宏愿……

董　氏　但是今日一旦东去台湾，这复明之路……

郑成功　因此我也曾寝食不安。但是南京一战，苍天已露玄机，我郑某能不因时制变？眼下施琅屡屡向清廷出谋献策，想置我军于死地……

董　氏　（轻轻点头）如今东讨台湾，一旦向荷夷讨回国土，也不失为一大义举。

郑成功　（重新站起来，对坟墓）本藩今日所以到此祭奠，也想告诉三位：

施琅走了，本藩却迎来更多施琅，有更多施琅追随本藩东讨台湾！

〔黄廷复上。

黄　廷　禀藩主：获悉藩主亲祭亡灵，将士感动不已。现在三军振奋且风候已到，只等藩主令下。还有，据报施琅正率兵向这边赶来。

郑成功　（冷冷一笑）又是他。（把手轻轻一挥）出征！

黄　廷　（高呼）出征！

〔内军士"出征"的呼声高高响起，一队郑明军士上，擂动大鼓，鼓声在天地间回荡。

〔鼓声中，一队队郑明军队手持刀枪和藤牌经过。

〔郑成功身后竖起一面"郑"字大旗，队伍拥着郑成功、董氏、黄廷等浩浩荡荡向海边开去。

〔海边礼炮三响。

〔施琅、施世骠率一队清兵上，两清兵抬着一只竹箩。大家一同听着礼炮，朝海边张望。

施世骠　礼炮三响，郑成功军队扬帆东征。看，还有数百只战船呢。

施　琅　（不禁叹息）队伍浩大，军容齐整。他真是愈战愈败、愈败愈勇，大丈夫当如此也！

施世骠　（诧异地）郑成功才经过北伐重挫，怎么又能组织东征？

施　琅　（也不解地）是啊，为什么还有这么多将士追随他呢？

施世骠　（这时发现墓前祭品）爹，这里已经有祭品和香火。

施　琅　（看后）莫非苏小姐来过？（对军士）郑军进攻荷夷，我军暂退三里。

众清兵　是！

〔众军士下。这时琴声响起，施琅父子正寻听着，苏滢已经抱琴走上。她已二十六七岁年纪，岁月的磨难，使她增添了成熟和冷峻。

施　琅　（发现，惊喜地）苏小姐！

苏　滢　施将军！

〔苏滢伏在施琅肩上哭泣。施琅也禁不住悲泪盈眶。良久之后——

施　琅　（轻轻推开苏滢，动情地）十年前多蒙你父女舍命相救。只是由此连累你父女——你父亲也与我父弟一起，惨遭郑氏杀害……

苏　滢　小女无力，只好把复仇希望寄托在将军身上，将军应该尽快报仇！

施世骠　阿姐放心，今日我爹已经奉命挖掘了他的祖坟。（指篓）这篓中正装着郑成功祖宗骸骨。今日我们要用它来祭奠咱两家冤魂。

施　琅　这只是我等进陈的《靖海五策》中的一条。其中更有让福建沿海"迁界"等围剿良策。你难道不知道，郑军今在闽粤已很难立足。（顿了片刻，问）你刚才来祭墓了？

苏　滢　是郑成功来过。

施　琅　（冷笑几声）他也来祭墓？

施世骠　这说明他心里正在恐惧和不安。

苏　滢　（突然地）我想走了。

施　琅　（拦住）不，你难道还想呆在郑成功身边？他迟早会把你杀害。

施世骠　他收你为义女，是假情假义。

施　琅　留下来吧，从今以后，我是你的义父，我才是你的义父。

苏　滢　（喃喃地）留下来，让我也投降清廷，我为什么要投降清廷？（冲施琅）你为什么要投降清廷？

施　琅　我已经说过，我要复仇。

苏　滢　不，你是感到失望。

施　琅　我是感到失望。既然郑氏不让我出人头地，我正好顺应时势，建立更大功业，大丈夫在世，岂不为建功立业？

苏　滢　我不关心你们的功业，我只想问你：郑氏要我弹唱那个"而无山与齐"的歌乐，究竟有没有其他含义？

施　琅　有，其意在"一山不容二虎"。

苏　滢　（轻轻摇头）只是……

施　琅　只是什么？他不容我，不容你父亲的小过——记住：他杀了你的父亲。

苏　滢　（沉吟良久，喃喃地）他是杀了我的父亲。施将军和贤弟后会有期，（对墓）爹爹，孩儿去了。（随即掉头朝海边奔去）

施　琅　（叫）苏小姐！

施世骠　阿姐！

〔两人目送苏滢远去。

施　琅　孩儿，你看今日郑氏东征台湾能成功吗？

施世骠　难，荷兰人有坚船利炮。

施　琅　（摇头）不，为父预感他会取得成功。一旦攻下台湾，他将为我中国收回疆土。

施世骠　这样他将名标青史，功垂宇内。

施　琅　（突然不安地）他建立奇功，而我对他苦苦追逼，我还挖了他的祖坟，我成了什么？（抱住施世骠痛心地）孩儿，你说为父成了什么？

施世骠　（扶住施琅，不以为然地）爹顾虑太多了。郑氏即使收复台湾，也成了瓮中之鳖。况且大清入主中国，于今渐成定势。凭爹爹一身韬略，将来领兵攻取台湾，为大清朝完成一统天下大业者，除了爹爹，谁能担此重担？

施　琅　（舒一口气，重新挺起腰杆）孩儿说得对。我要战而胜之，取而代之。郑成功，你有胆量好好等着，等着我与你做一番较量，一番彻底的较量。让世人看看：你我之间谁是真正的英雄——

〔老施琅也冲上。

施　琅
老施琅　（一同叫）是我，不是你！

〔灯暗。

九

〔风声。涛声。

〔近一年后——清康熙元年五月初八。

〔台湾海边某崖上操水台——这几乎与厦门的日光岩操水台相同。台下是一片沙滩，可通向操水台和大海。

〔红日西斜，沧海涌血。

〔灯亮，董氏正站在沙滩上，默默地看着大海。

〔苏滢抱琴上，想悄悄溜过。

董　氏　（并未回头，却早已觉察，唤一声）苏小姐。
苏　滢　（只好站住）夫人好兴致。
董　氏　（还是痴痴地看着大海，喃喃地）今日是五月初八，端午刚过，这日光映照的大海，天知道是流着热火，还是流着碧血？

〔苏滢又想离去。

董　氏　（又唤住）慢！我还担心你的弹唱。
苏　滢　（淡淡地）是义父要小女上将台为他弹唱。
董　氏　我说过，老爷身体日渐不佳，别再弹唱"而无山与齐"的歌乐。
苏　滢　（针锋相对地）我说过：是义父特地盼咐。
董　氏　（几乎央求地）你不能唱，你千万不能唱，否则会毁了他！
苏　滢　（一怔，随后又狠狠地）藩主命令，谁敢不遵？
董　氏　（尽量克制自己，温和地）我不忘记，当年是你冒险为我解围。后来，你父亲……（顿了片刻之后）我知道，因此你也恨我。
苏　滢　（眼里闪动着泪花，但马上掩饰）不，这事情小女已经忘记了。
董　氏　（轻轻摇头）不，我知道你并没有忘记，否则，你为什么老弹唱那个曲子，（激动地）你知道吗，老爷每听到那个曲子，脸上就露出痛苦的神色！
苏　滢　（故意争辩）不，那是他平生最喜欢的诗。

董　氏　（又温和地）他不杀你，而且已经认你为义女。

苏　滢　（不无动情地）他待我胜似亲生的女儿，胜如同胞妹妹。

董　氏　（妒忌地）甚至胜过与我的亲近。他说你是一首诗，他平生就喜爱诗。

苏　滢　（怪笑着）因此我要报答他，我要不断为他弹唱。（朝内一看）藩主已经登上将台，他已经开始点兵，我得去了。（下）

〔号角声起，在海天间低回。

董　氏　（听罢一叹）今天连这号角的声音，也与往日不同啊！（下）

〔号角声中，黄廷率一队军士分别打着仁、义、礼、信、智五个旗号，在将台下绕行。

〔郑成功由两个军士半扶着走上将台，另两军士扛着一坛酒随在后面。今日郑成功冠带特别齐整。他俯视着行走的队伍，显得十分激动。

郑成功　（兀自吟道）"田横尚有三千客，茹苦间关不忍离"……

〔黄廷率队伍迤逦而下。苏滢抱琴上了将台。

苏　滢　爹爹又吟诗了？

郑成功　（微微领首，然后环视着）你看，眼前多像十多年前厦门日光岩上的情景：海阔天空，云霞与鸥鹭齐飞。

苏　滢　当时也是饮酒听着我的琴歌。

郑成功　（脱口而出）听歌束发……（一怔之后，伤感地）今天已少了一人，他就是施琅。（顿了片刻，含笑道）弹吧，你今日应该尽情弹唱，本藩今日要尽情饮酒，（大笑）要尽情饮酒！

〔郑成功手一招，军士进酒。同时苏滢慢慢坐下，调好琴弦，弹唱起来：

　　举头红日近，
　　回首白云低。
　　……

〔苏滢一边弹唱，一边察看郑成功的反应。这时郑成功一抬手，令苏滢顿住。

郑成功　（举杯在手）好一个"举头红日近"，但是对面斜阳西挂，那耀眼的红日已经越来越远。近日恶讯频频传来：先是我的父弟在京中惨遭清廷杀害；接着永历皇上逃入缅甸生死不明……真是家难国难不断啊！（举杯狂饮）

〔苏滢继续弹唱：

只有天在上，

而无山与齐

……

〔歌声在反复，郑成功越听越感伤。苏滢看在眼里，十分得意，这时郑成功又一阵狂饮，咳嗽不止。苏滢忍不住停止弹唱。

郑成功　（故意问）怎么啦？

苏　滢　也许……也许小女不该弹唱，藩主也不要继续饮酒。

〔郑成功大笑之后，一挥手，令身边伺候的军士退去。

郑成功　（对苏滢轻描淡写地）我知道你想害我。

苏　滢　（一惊，但马上辩解）不可能！

郑成功　（大笑）怎么不可能？（步步紧逼）我知道你刚才脸色苍白，双手发抖；我知道你曾经潜往墓地，与我的仇敌施琅相见；我知道你一直想用——（故意顿了片刻，然后轻声地）琴声杀我。

苏　滢　（跌在座上，手中琴落地，吃惊地）天啊！（良久之后又掉头冲郑成功咬牙切齿地）对，我要为父报仇！

郑成功　（略一怔，淡淡地）都知道了，孩子。

苏　滢　（冷笑一声）知道了？为什么不除掉我？

郑成功　（轻轻摇头）杀你易如反掌。但是我不能杀你。施琅还有二子在我手中，我连他们都不杀，怎么会杀你一个弱女子？况且你知道，我待你亲切有加。

苏　滢　（又冷冷地）你在后悔！

郑成功　（轻轻摇头）不知道，本藩现在只为你父亲惋惜，为施琅惋惜。

	他是一代名将，而且从来不肯服输。来日攻台湾，必定是他，而我那不肖子孙，岂是他的对手？本藩多么希望他能继承我的基业啊！（眼里早已涌动泪花）
苏　滢	（也哭着，但是仍狠狠地）但是你已经铸成大错。
郑成功	（仰起头来，顺着自己的思路说着）本藩只担心他改不了狭隘和偏见。去年他还挖了我的祖墓。（愤慨地）生者结怨，死者何仇？
苏　滢	那是因为你杀了他的父弟，杀了我的爹爹。你不该一山不容二虎。
郑成功	这话从何说起？
苏　滢	从"而无山与齐"的诗中说起，因此你现在听歌伤心。
郑成功	（一震）天啊，这句话今天我才听到，臣主的隔阂是如此之深。（对苏滢）对，我确实看重权威，但我能不看重权威吗？况且我的权威与实现宏愿紧密相连——本藩所以喜爱这首诗，更因为它表达了站高望远的情怀，它让我联想起伸张大义的宏愿。大义即我心中之天，至高无上之天。（一顿之后）你难道不知道，本藩曾历经家父投清……
苏　滢	不久你母亲更为清兵所辱而自杀身亡，因此你曾在孔庙焚烧儒衣……
郑成功	世人有亡国之痛，而我郑某有天下亡忠义之痛啊！因此本藩岂容他人对大义有任何怀疑？遗憾的是，本藩枕戈泣血，十有七年，而今却落得个忠孝两亏、宏愿没能实现的结果。（更加痛苦而慢慢地）天乎，天乎，本藩能不听歌而倍加伤心？（眼里又闪动泪花，不住地咳嗽）
苏　滢	（吃惊而关切地）藩主……
郑成功	（意犹未尽地）若在太平之世，我或是一个以文采扬名的文士。但是乱世令我成为一名南征北战的将军。现在回想起来，我岂不知道大明气数已尽？但是天降大任于我，我岂能有负苍天？（又不停地咳嗽）
苏　滢	（早已跪下，泪水横流）爹，我明白了，你别说了，别说下去了！

郑成功　（从怀里掏出一个小包）这包里装的是本藩保存十年之物，你有朝一日见到施将军，烦劳把这包交给他，就说世间总有什么难以割断，否则为什么他离开了我，我还把这包中之物一直珍藏呢？

苏　滢　（接小包沉思）把它久久珍藏？

郑成功　（轻轻点头）现在你该走了，本藩一旦归天，夫人和众将决不会放过你。

苏　滢　（膝行而上，抱住郑成功双腿）爹爹！

郑成功　（轻拍着苏滢肩膀）好吧，你最后弹唱一曲，把它献给为父未竟之业。为父要与未竟之业同歌同舞、同哭同哀！

〔苏滢轻轻点头，然后重新坐下，含泪弹唱，那曲调变成悲壮高昂：

……

只有天在上，

而无山与齐。

〔曲中，郑成功拔剑而起，随歌翩翩起舞。苏滢的琴声越来越激越，倏然一声断弦之响，与此同时，郑成功扑腾倒地。

苏　滢　（惊叫）藩主！（对内喊）来人啊！

〔董氏、黄廷及伺候军士急上，见状围住郑成功。

众　人　（喊）藩主！

〔郑成功慢慢睁开眼睛。

黄　廷　（对董氏）苏滢有杀害藩主之嫌。

董　氏　（冲苏滢）你……（看苏滢指头）你五指出血，蛇蝎之心！

苏　滢　血！（捧着自己那只带血而颤抖的手看着，然后走近郑成功）我……

郑成功　（拉过苏滢那只带血的手看着）好个……知音。（对董氏等）放她……不得杀！

董氏等　（纷纷地）藩主……

苏　滢　（又跪下）藩主……

郑成功　（对苏滢挥了挥手）还不……快走！

苏　滢　　谢藩主！（说罢又对董氏等一拜，然后大步离开）
　　　　　〔郑成功挣扎地站起来，目送苏滢离去。
郑成功　　（向前方张望）苏小姐去了，去了，我怎么看不到呢？我只听到琴声。不，听到风声、浪声，我看到无边的大海，无边的波涛滚滚的大海……海上有无数战船，是施琅所率的战船攻上来了。天啊，他已经白发飘萧，还亲擂战鼓，（一笑）这个铁匠的儿子，还像当年抡着铁锤一样擂着……战鼓！（颓然倒下）
董氏等　　（恸哭）藩主、老爷……
　　　　　〔将台下三军将士齐上。
众将士　　（一同跪地高呼）藩主……
　　　　　〔仁、义、礼、信、智五旗在迎风飘扬。
　　　　　〔远处飘来苏滢的歌声：
　　　　　　　　只有天在上……
　　　　　〔那歌声伴着风声、潮声，在海天间回响，灯渐暗，众隐去。
　　　　　〔一束光照着老施琅。
老施琅　　你死得壮烈，但是你还是死了，死了！（扬起双手大笑，突然那扬起的双手又顿在半空，痛苦地）你死了，却把声名留在世上，嘲弄着我，羞辱着我；你死了，却把我孤零零一人留在世上。多残忍啊，你把我留在世上！（痛哭有声）你为什么这么早死去，你才三十九岁。（随即愤怒地）你死了，是在逃避与我直接较量。但是躲得了吗？你赖以成名的台湾还在，你的子孙还在。天不负我，你死后二十二年，我终于被当今皇上授予东征大权，以水师提督率兵攻取台湾。你看到没有：你以八个月时间才令荷兰人俯首称臣，而我攻取澎湖之后，挥手之间，就教你的子孙剃发投降。（得意地）现在我轻轻一抹，就可以抹去你的一切！
　　　　　〔灯收，又响起来涛声、风声……

十

〔风声。涛声。

〔地点同序幕——郑成功神庙内外。

〔董氏冲进神庙大门,后面跟着黄廷等一些郑军将士和百姓。董氏和黄廷都已白发满头。清将甲、乙率军士押着郑克爽迎上。

董　氏　我的孙儿!

郑克爽　奶奶!

〔董氏和郑克爽想扑到一块儿,清兵把两人拦住。

董　氏　求你们千万别杀我的子孙,别毁我夫君神庙。要杀,就杀我吧……

众　人　(纷纷地)杀我吧……

清将乙　不,施将军有令:董老夫人曾经有赠酒之恩,可予留情;对黄廷等将士也不能滥杀。

清将甲　只有郑克爽等绝不能放过。

郑克爽　(浑身发抖)你们……你们说过的话怎么不算数?你们答应我投降以后,不杀岛上一人。

黄　廷　你们难道不怕失信而引起兵民哗变?你们不能这样!

众　人　(纷纷地)不能这样……

清将乙　该怎样施将军说了算,(对清兵)把老夫人等拦出庙门!

众清军　是!

〔清将甲、乙率领清兵分别拦董氏等下和架着郑克爽退去。

黄廷等　(喊)少主……

董　氏　(惨叫)孙儿,我的孙儿……

〔灯变,琴声骤响。

十一

〔庙内神像前，老施琅和郑成功依然在对话。

老施琅　（仰天大笑）报应，这是报应！（指着庙外）看：你的孙子末日已到，我还备好火种，只要一声令下，这里就有人头落地，火光冲天。

郑成功　我信。但是我知道你现在更加犹豫。因为回忆往昔，你不但不能壮自己复仇初心，反而添更多对郑某敬意。

老施琅　（冷冷一笑）我敬你什么？你收复台湾，在台湾设府置县，辟地耕田，推行教化。但是除此以外，你还有什么？你一生失败——记得吗？因为你不识时务不能容我，所以南征失败，北伐失败。你算什么英雄，什么英雄？

郑成功　我承认我不是完人。但是我不容你主要起因在于南征。当时我岂不知道南征必败？我是明知不可为而为啊。而在当时的情势下，我怎么能明言？一旦明言，岂不丧失全军斗志？至于北伐南京，我虽有轻敌一面，但我可为而不为，其根本却与南征无异，都是为了建立仁义之师，为了伸张大义啊！如果你还认为我的"大义"只是一句无用的空话，请你想一想：如果没有南征、北伐的义举，我军如何取得人心，从而换来征台的成功？以此看来，南征、北伐能算失败吗？加上你扰乱军心，我不容你没有道理吗？

老施琅　（怔住，良久之后喃喃地）这么说，我父弟的血白流了，白流了……（显得十分痛苦和扫兴，双手背剪，想慢慢离去，突然又返身愤然地）不，我父弟的血岂能白流？我数十年的抗争岂能如此收场？（冲郑成功）你没有失败，难道我失败了？你是英雄，难道我不是英雄？你看到没有：你收复台湾，我今天又重新把台湾攻下；你治台有功，我也力排众议——我已经上书皇上主张继续开发台湾，我绝不让朝廷放弃台湾。

郑成功　说得好，这样你将立功于国家，留名于后世，你在不知不觉继承我的大业，你只能继承我的大业，（再加强调地）只能跟着我。

老施琅　（被蜇般跳了起来）胡说！我怎么能跟你？我与你不共戴天！

郑成功　（举重若轻地）否则你只能报仇。一旦报仇，台湾必乱。这样与你意见相左的官员势必见机弹劾，你的康熙皇上势必怪罪下来——请记住，康熙已改去先皇旧习，与我朝一样崇儒学而倡忠义——他一旦怪罪，你攻台、治台的抱负岂不前功尽弃？你与我比高的宏愿岂不化为泡影？可惜啊！这样你即使不沦为历史罪人，也将回到过去的你——一个沿海铁匠的儿子，平平凡凡的铁匠儿子。

老施琅　（痛苦地，恼羞成怒地）住口！你在羞辱我，你一辈子羞辱我，今天你成了幽灵，你的子孙成了我的手下败将，你还想羞辱我？办不到，绝对办不到！我不信不能杀降毁庙，不信，我不信！

〔老施琅又一剑向郑成功刺去，不慎脚下一滑。幕后一个断弦之响，琴声戛然而止。灯骤暗。

〔有顷灯亮。老施琅四顾无人，只见风卷起神龛上的幔帘，龛内一尊郑成功塑像栩栩如生，正含笑对着自己。

老施琅　（诧异地）天啊，难道他真会显圣？

〔这时内哗声骤起，老施琅正感到疑惑，清将甲、乙匆匆奔进庙内。

老施琅　（急着问）何事喧哗？

清将甲　董老夫人自杀身亡，现在投降的郑军开始哗动。

老施琅　（一震）董老夫人……

清将乙　还有，许多百姓也纷纷拥到庙前，要求保住神庙。

〔内哗声一浪高过一浪。

老施琅　（瞪直双眼）果然会引起骚乱。中邪了，连这些百姓、军士都中邪了。这些愚昧无知的军民，他们只知有郑，不知有我施某，（猛然掉过头来，莫名其妙地指着两将恶狠狠地）说，为什么不知道有我施某？

〔两将几乎被吓昏了，战兢兢地退出神庙。同时苏小滢——一个与苏滢模样相同的女子抱着琴已经从庙内来到施琅的身后。她身着一染满血迹的白衣。

苏小滢 （低声唤）施大将军！

老施琅 （一看，奔上前惊喜地）苏滢小姐！

苏小滢 （淡淡地）不，我是她的女儿小滢。

老施琅 （摇着对方肩膀）苏小姐呢？老夫多年来一直在寻找她，等待她，等待与她相见。

苏小滢 （轻轻推开对方，幽幽地）她死了，死在你进攻澎湖的战乱之中，那一天澎湖岛上可是血流成河啊！

老施琅 （一怔之后，喃喃地）血流成河……（仰首伤心地）苏滢小姐，我怎么会害死你呢？你父女有恩于我。（冲向小滢，求助般）不，苏滢没有死，你连琴歌都与苏滢相似，你就是苏滢。

苏小滢 （依然面无表情，从怀里慢慢掏出小包）这是你身上之物，郑成功临死曾把它托于我的母亲，我的母亲死前要我转交给将军。

老施琅 （接过包，慢慢打开，露出那束断发）头发？

苏小滢 你的头发！

老施琅 是我的断发……三十二年前束发、断发情景如在眼前。（无限感慨地）这手中青丝依旧，而我头上已是白发如霜。

苏小滢 我娘说郑成功死前有话吩咐。

老施琅 吩咐什么？

苏小滢 他说头发可以割断，但总有一些什么难以割断，否则，为什么你离开了他，他还把这束断发久久地珍藏呢？

老施琅 把它久久地珍藏……

苏小滢 我娘说你一定会来毁庙，因此吩咐我到这里守候，（笑了一下）也许你快放火烧庙了，我还得保住这把琴呢。（说罢，抱琴又向庙的后殿走去）

老施琅　（目送小滢离去，一动不动地怔怔地看着手中的断发，口里还是喃喃地）头发断了，总有一些什么难以割断……他割不断，我能割断吗？割断了，为什么他的阴魂一直缠着我，教我躲不开、挥不去、斩不绝呢？（渐渐仰起头来，痛苦而愤慨地）苍天啊，数十年来你教我做些什么？你究竟在成全我还是愚弄我？你让我追随他又让我离开他；你让我消灭他又让我继承他；你让我仇恨他又让我认识他。我是成功还是失败，是失败还是成功？你一直折磨我，今夜——这个没有星星没有月亮的今夜，这个只有风声只有涛声的今夜，你变本加厉残酷地折磨我，你究竟想让我干什么？难道你还想让我做出错误的选择，让我永远败在郑氏的手下？不，我不甘愿，（吼叫）我不甘愿！（拔剑高举着，随即旋过身去，以剑拄地，背着身如塑像般呆看着手中的断发）

〔一声炸雷。

〔施世骠押郑克爽上，后面跟着清将甲、乙和手拿火把的军士。

施世骠　（对郑克爽）跪下！

郑克爽　（跪下，膝行而上，抱住施琅之腿）施将军，饶我一命！

〔施琅一动不动。

施世骠　（上前低声地）爹，惊雷响了。

〔施琅身体微微一耸。雷声大作，与庙外百姓的哗声相杂。

施世骠　（喊）爹，动手吧！

众将士　（纷纷喊）动手吧、动手吧……

〔"动手吧"的声音在回响，随即后面传来小滢的歌声：

　　　　只有天在上，
　　　　而无山与齐。

〔众人聆听着。曲终，老施琅突然旋过身来，嚎啕大哭。

众　人　（惊讶地）将军！

老施琅　（猛然摔掉手中剑，低声却有力地）我要祭庙。

施世骠　爹……

老施琅　　我要立功于国家，留名于后世。我要伸大义于天下。

施世骠　　（还是诧异）爹……

众　人　　将军……

老施琅　　（吼叫）我要亲身祭庙！

施世骠　　（对将士喝道）香火伺候！

众　人　　（齐呼）香火伺候！

〔众将士分别灭了火种，放了郑克爽。一军士上，向施琅递上香火。风涛声起。

老施琅　　（拈香在手，百感交集地）自从赐姓爷收复台湾，台湾世代为中国疆土。今琅赖天子威灵和将士身力，收复此地，之所以兵刃相加，是为了忠朝廷报国家之职。（声音越来越大，似乎山海与之呼应）但琅出身卒伍，与赐姓曾有鱼水之欢，中间微隙，酿成大戾。琅虽与赐姓鬻为仇敌，但情犹臣主。伍子胥之倒行逆施，我施某义所不为，（大声宣布般）我施某义所不为！

〔老施琅早已泪流满面，那祷声在天地间回响。祷声中黄廷等郑军将士和百姓相继聚上，拥满神庙内外。渐渐云开雾散，天晴月朗。

〔祭毕，老施琅双手高捧着头发。军民们纷纷跪下，看着老施琅一步步走近郑成功的神像……

〔灯渐暗，那熟悉的歌声又飘起来了，歌声和着风声、涛声，在天地间回响不息……

〔剧终。

精品提名剧目·话剧

"厄尔尼诺"报告

编剧 姚 远 邓海南 蒋晓勤

时间

世纪之末。

人物

郭　海　　当年的战斗英雄，正军职离休干部，七十岁。
郭鲁闽　　郭家大女儿，市检察院检察官，四十六岁。
王嘉良　　郭家大女婿，某军事院校电子专家，副教授，文职干部，四十八岁。
郭鲁泉　　郭家二女儿，某部队医院医生，四十岁。
刘春田　　郭家二女婿，原钢八团团长，后为某国企公司经理，四十三岁。
郭鲁红　　郭家三女儿，某电视台广告部职员，三十二岁。
节志刚　　郭家三女婿，集团军军属AS－6导弹营营长，少校，三十二岁。
郭鲁兵　　郭家儿子，某合资公司总经理，三十七岁。
梁祝英　　退休干部，老年时装队队长，人称"夕阳红"，六十多岁。
梁玉玲　　梁祝英女儿，三十八岁。
小　乔　　干休所公务员，外号"乔大爷"，二十岁。
男推销员
女推销员
一群老模特儿
两个礼仪小姐

——话剧《"厄尔尼诺"报告》 >>>>>

〔这是一座新兴都市的边缘。这里面向着一个迷人的海湾，在海湾的那一边，是密密麻麻高层建筑的森林。白天，玻璃幕墙在阳光下闪耀；夜晚，五光十色的霓虹灯在夜幕中争奇斗艳。日日夜夜，市声不停地在喧嚣着这都市的繁华。但这里，却是繁华中宁静的一隅，是都市中的一个"村落"。这里聚居着一批放下了枪杆子，告别了军旅生涯的离退休老干部。

〔呈现在观众面前的，是离休干部郭海家的客厅，俭朴，但不失气派；庄重，却显得些许破旧。一切陈设都带着鲜明的时代烙印，处处折射着这位主人公过去与现在的地位，尤其是家中悬挂着的他早年与军委首长亲切握手的照片，更说明了郭海曾经有过的荣誉。如果放在三十年前，这会是一个既使人感到神秘又使人向往的家族，但是随着周围高楼茂密的生长，这里原先所拥有过的荣耀，似乎正在被都市的声浪冲刷得日渐黯淡起来。

第一幕　爸爸要娶新媳妇

〔幕启。
〔这是一个燠热的夏日。从清早起，知了就不停地嘶喊"烦死你！烦死你！……"
〔郭海家的客厅。
〔清晨。客厅里并没有人，大概是主人出门忘了把收音机关上了，于是收音机播完了天气预报，便哇啦哇啦地说着"厄尔尼诺"现象而引起人们的种种担忧……
〔电话铃响了，房门打开，屋里走出了睡眼惺忪的二女儿郭鲁泉，

〔她关掉了收音机拿起了电话。

郭鲁泉　喂，春田呀……你怎么到现在才打电话！爸爸明天要做寿，你什么时候回来？……怎么我觉着你的情绪不对头嘛！……不就是查查账嘛。我跟你说，关键在会计。只要会计把账做平了，不就完了嘛。付她那么多钱，得让她拿出真本事来。好，就这样。（挂上电话）

〔大女儿郭鲁闽从楼上下来。她从冰箱里取出一瓶酸奶，然后把昨晚遗漏下的一些物件，一一装进了手提包，准备出门。

郭鲁泉　姐，你又要走？
郭鲁闽　我到单位去一趟，有些事要弄弄清楚。
郭鲁泉　你们检察院没有劳动法啊？今天可是双休日！不行，你无论如何不能走，咱们得好好商量商量了！
郭鲁闽　什么事这么急？
郭鲁泉　你知道老爷子为什么要做寿吗？
郭鲁闽　七十大寿啊！
郭鲁泉　"醉翁之意不在酒"，他是要向我们宣布，他要结婚！
郭鲁闽　那不挺好吗？
郭鲁泉　挺好？
郭鲁闽　不是你说的吗？"爸爸为我们'守寡'那么多年不容易，我们该替爸爸着想了。"再说，这梁阿姨也是你和春田介绍的。
郭鲁泉　怎么是我介绍的？她女儿在春田公司当总会计师，她倒好，贴上咱爸了，整个一个狼外婆！
郭鲁闽　可我看爸爸这几天情绪很好嘛！
郭鲁泉　那当然！吸毒的人在刚上瘾的时候，情绪也特别好！姐，恋爱才谈了两个星期呀，就要结婚了！这哪是"夕阳红"呀，这比"早晨八九点钟的太阳"厉害多了！

〔突然电话铃又响了。

郭鲁泉　喂，找谁？大姐？在。（一回头）姐，你的电话。（对电话）是志

———话剧《"厄尔尼诺"报告》 〉〉〉〉〉

刚吧？我可告诉你，明天是爸爸七十大寿，你心里可得明白，他最希望谁回来！（把电话递给郭鲁闽，进了内屋）

郭鲁闽　（接过电话）喂，志刚啊？我是大姐……你下午能回来？那太好了。那你干吗不告诉二姐？……有什么事你说吧，她回屋去了，春田也不在，什么事那么神秘？（脸上有些变色）能告诉我详细点吗？

〔郭鲁泉身着文职军装，从屋内上。

郭鲁闽　（话锋急转）啊，你二姐正要跟我商量事呢……这样吧，你尽量早点回来，我在家等着你。就这样。（放下电话）

郭鲁泉　他跟你说什么？

郭鲁闽　没说什么。

郭鲁泉　不会吧？

郭鲁闽　还不是他和鲁红之间的事。

郭鲁泉　我知道，在我们家，老爷子最相信的是志刚，志刚最相信的是你。

郭鲁闽　可是爸爸最疼爱的还是你。

郭鲁泉　那没办法，谁让"文革"那会儿爸爸最倒霉的时候，你们都不在他身边。

郭鲁闽　哎，春田呢？他怎么到现在还没回来？

郭鲁泉　刚转业到地方，总得卖卖命吧。

〔忽然幕内响起了梁祝英嘹亮的呼唤声："郭海！郭海！"

郭鲁泉　听，"狼"来了！（刚想出门，伸头向外一看，便旋风般地转了回来）哇！"狼群"！

〔梁祝英领着一群老年时装表演队的女模特上。顿时，整个空间便充溢着她们充满活力的笑声。

梁祝英　到了！就是这儿！这就是战斗英雄郭海的家！

〔郭鲁泉笑容满面地迎了上去。

郭鲁泉　梁阿姨，你们这么早就来了？

梁祝英　来了！你看看，我真还不知道，我们老年时装表演队的姐妹们，有一多半都听过你爸爸的报告呢！一听说呀……（羞）嗨呀，不说了。来来来，快坐吧，都不是外人！

郭鲁泉　（对郭鲁闽）听见了？都不拿自己当外人了。

模特乙　祝英啊，你好福气啊，找到这么好的一个老伴。

模特甲　我记得清清楚楚，当时在大礼堂听报告，我是坐在第二排，祝英坐在第一排！所以嘛！近水楼台先得月！哈哈……

郭鲁泉　（依然笑容满面地）梁阿姨，我来介绍一下……

梁祝英　不用介绍，（热情洋溢地向着郭鲁闽走了过来）鲁闽你好！我叫梁祝英，梁山伯的梁，祝英台的祝英！

郭鲁闽　（被搞得手足无措）啊，欢迎您！梁阿姨！您的名字，挺有含义的！

梁祝英　是吗？是的呀，年轻的时候，我看了《梁山伯与祝英台》。周总理不是说过吗？梁山伯与祝英台是"中国的罗密欧与朱丽叶"，那故事真是动人死了，我差点都哭晕过去了。第二天我坚决就改了名字，叫梁祝英。

郭鲁泉　（对梁祝英）我大姐是检察官，本来今天要去办案，可听说梁阿姨要来，就特地请了假来陪您。

郭鲁闽　鲁泉！你怎么……

郭鲁泉　那我就不陪你了梁阿姨。姐，梁阿姨就交给你了！拜拜！（下）

郭鲁闽　梁阿姨，你们坐，我给你们拿水去。（进了厨房）

梁祝英　（夸耀地）你们看，她们对我多好！她们家有三个女儿，三个女婿，还有一个儿子。个个都有出息，个个都对我好！我真感动！

模特丙　嗨！儿女们好，那毕竟是次要的，关键是你老伴对你好！

梁祝英　那更是没说的了。你瞧，今天一早，我一个电话，他二话没有，就帮我到罗湾去取服装。我跟他说我自己去，可老郭说，没关系，骑自行车去只要半个小时就回来了，正好算个早锻炼。

〔说话间郭鲁闽拎着暖瓶上。

郭鲁闽　（惊讶）我爸爸他骑自行车到罗湾？（一看手表）对不起，梁阿姨，我得接他去！

梁祝英　没关系，他身体好着呢！才六十九嘛！

郭鲁闽　可是明天就是他七十岁的生日。

梁祝英　所以呀！今天不才六十九吗？

郭鲁闽　梁阿姨，我们干休所是可以要车的。

梁祝英　别以为坐车是好事。生命在于运动。一个人的衰老，首先从腿上开始；上个星期五我陪他到医院作了全面的检查和心理测试，他的肌体年龄，远远没有达到他的生理年龄。

郭鲁闽　是吗？

梁祝英　当然了。你想想看，我是很认真的，是准备跟他生活一辈子的。现在他的大脑和四十岁的人没有任何差别。所以，你们做儿女的，不要老是给他这样的心理暗示。比如说，做七十大寿，我就反对！老人每过一次生日，就会感到自己又老了一回。俗话说，没心没肺，活到百岁……

〔幕后传来自行车铃声。

梁祝英　（冲到门口，指着门外）哈哈……我们的战斗英雄回来啦！

〔郭海精神抖擞地背着一个大包袱上。

郭鲁闽　（大惊失色）爸爸！

〔一群老妇此时个个都"见义勇为"地冲了上去，七手八脚地帮他把包袱卸了下来。

郭鲁闽　爸爸，你怎么能扛这么重的东西！

郭　海　（喘着气）这么重的东西？这东西重吗？不重！当年我行军的时候，一个人扛三挺机枪！这算什么！

郭鲁闽　爸爸，你已经七十了！

郭　海　谁七十？六十九！

郭鲁闽　那明天呢？

郭　海　（赌气地）明天六十八！

〔梁祝英带头鼓掌，众为之喝彩。

郭鲁闽　爸，这可是你自己说的。明天你才六十八，那就用不着给您做七十大寿了。再见，爸爸！再见，梁阿姨！再见！各位阿姨！（欲下）

郭　海　（生气地）回来！你上哪去？

郭鲁闽　（止步）到院里去，我……

郭　海　回来，回来！鲁闽，我有话跟你说。（看了看梁祝英和众位老模特）各位老姐妹，我家的儿女都是大忙人。对不起。小梁，活动室已经帮你们联系好了，请诸位先过去，找那个"乔大爷"就可以了，我回头就去。

梁祝英　（体贴地走到郭海身边，无限温柔地）自己的女儿，有话好好说。（回过头）姐妹们，我们先去。（率众姐妹下）

〔郭鲁闽看着自己的父亲，一丝怜悯之心油然而生。她转回了身，慢慢地走回来。

郭　海　鲁闽，来，来，你是老大，有个事我跟你商量一下。

郭鲁闽　爸，我也正想问问你鲁兵最近的情况。

郭　海　我是陆军，他下海以后的事我管不了。倒是你这个当大姐的，要多叮着他点。

〔突然一支由两位礼仪小姐和一位男推销员组成的队伍闯进了郭海的家。

礼仪小姐　爷爷好！阿姨好！

〔礼仪小姐在男青年的指挥下开始作"秀"。

礼仪小姐　你热爱生命吗？你热爱生活吗？你热爱自己的家庭吗？那就请你购买保险吧。一次投入，终身平安；一次购买，阖家幸福。

郭　海　你们这是干什么？这是搞什么名堂嘛！

男推销员　（笑容可掬）老先生，我们是万事如意保险公司的。今天特地登门向贵府介绍本公司新近推出的十大险种：这里有一生平安保险；少儿成长保险；永浴爱河保险；老年婚姻保险；大病医

　　　　　　疗保险；阖家幸福保险……

郭　海　（笑了）小伙子，你看看，这是干休所。我们这些老干部有什么
　　　　　要保险的？党和政府早都给我们保了险了！

男推销员　老先生，话可不能这么说。您看看现在的天气！该热的不热，
　　　　　该凉的不凉！为什么？"厄尔尼诺"呀，把整个地球都搞乱了
　　　　　套了。所以说，天有不测风云，人有旦夕祸福！自己给自己保
　　　　　险，那才是最最保险的！

郭　海　自己给自己保险……？

男推销员　（将一叠广告材料交给了郭海）今天不知明天的事，早上不知
　　　　　晚上的事，谁都不知道哪天会有个三长两短！您琢磨琢磨我这
　　　　　话有没有道理？（掏出名片）想通了，给我电话！

　　〔男推销一招手，率礼仪小姐们下。

郭　海　（摇头）你看看，还能有个安静的时候吗？

郭鲁闽　爸爸，你刚才想跟我说什么？

郭　海　我是说，（吞吞吐吐地）你也看到了，这位梁阿姨……是个挺好
　　　　　的人。

郭鲁闽　是的，我看到了。挺有意思的。

郭　海　（反感地）什么叫"挺有意思"？

郭鲁闽　我是说她对人非常热情。

郭　海　对喽，我看中她的就是这一点。

郭鲁闽　爸爸，你已经看中了？

郭　海　什么叫看中了，我是说……

郭鲁闽　爸爸，这是你自己说的嘛！

郭　海　是我说的。可我说的挺自然的，怎么到你嘴里，就那么刺耳了
　　　　　呢？

郭鲁闽　爸爸，你到底想说什么？不就是明天做寿的事吗？

郭　海　我要做什么寿？从小我就是个孤儿，我连哪天出生的都不知道。
　　　　　参了军，到了部队，要填表，这才把入伍的那天当作我的生

日……

郭鲁闽　爸爸，我知道，你不是想过生日，是想结婚！

郭　海　这叫什么话，我怎么会是想结婚呢？

郭鲁闽　爸爸，你不要这也否认，那也否认。你能不能直截了当一点？

〔郭鲁红拖着大旅行箱上，一看便知这是个精力充沛闲不住的人。

〔王嘉良夹着一大堆图纸资料随上。

郭鲁红　爸爸，大姐，我回来了。（拖着旅行箱要进屋）

王嘉良　（匆匆招呼）爸爸。（示意郭鲁闽上楼）

郭　海　你们俩都回来了，好好，我正好有事要和你们商量。

王嘉良　（歉意地）我先上楼发个电子邮件，很急，一会儿就下来。（几步上了楼）

〔郭鲁闽也欲随他上楼。

郭　海　（见鲁红也要进屋）嗳嗳，鲁红，你别走。

郭鲁红　爸，你有什么事，先跟大姐说。（进屋）

〔郭鲁闽只好退回来。

郭　海　你看看，你看看！我就知道，这家里就没有一个能跟我说话的人。不是这个有工作，就是那个有应酬。我是你们的亲爹，你们就不能花点时间关心关心我？

〔郭鲁红换了双拖鞋又上，手里拿着一件大花T恤衫。

郭鲁红　谁不关心你啦？二姐他们不是都给你找对象了吗？（把T恤衫往父亲头上一套）来，试试。

郭　海　（挣扎）这太花了。

郭鲁红　现在老年人都时髦穿花的。

郭　海　都时髦？（低头看看，欲脱）不行不行。

郭鲁闽　别动，梁阿姨看了准喜欢。

郭　海　（脱衣服的手停住了）真的？

郭鲁红　哎，爸爸，什么时候让这梁阿姨亮亮相啊？不亮相，我怎么表态？

郭　　海　　要你表什么态？我结婚还要你表态？笑话！

郭鲁红　　（诚恳地）爸爸，你别误解，我不反对你结婚，为我们娶个后妈！

郭　　海　　什么叫后妈？难听不难听？

郭鲁闽　　好，我们不说了，爸爸你说吧！

郭　　海　　（沉默）好吧。……可能是我思想跟不上这时代，听起这些话来，总觉得……总觉得那么别扭。你们也应该替我想一想，你们都有自己的家，都有自己的事。十五年了，就算是一个妇女，守了十五年的寡，也应该允许她有点什么想法了。谁也不能……哎哎，你怎么哭了？

郭鲁闽　　没事儿，我只是想起我妈来了。

郭　　海　　（沉默）……早不想，晚不想，这会儿，她想起她妈来了。

郭鲁闽　　（抹着泪）爸爸，我也早就想向你表态了。只要你自己觉得合适，我是支持你的。这么多年，我们做女儿的，在这方面没关心过你，我心里很难过……

郭　　海　　（将信将疑）真的？

郭鲁闽　　真的。

郭　　海　　行，有这颗心，那就是好同志！

郭鲁闽　　不过，我觉得您发展的速度是不是快了点儿。

郭　　海　　什么意思？

郭鲁闽　　你对梁阿姨了解吗？

郭　　海　　不了解，我就决定结婚吗？

郭鲁闽　　可你们才认识两个星期。

郭　　海　　胡扯！我跟她早就认识了。

郭鲁红　　早就认识？什么时候？

郭　　海　　一九五四年。

郭鲁红　　（大感意外）哇！一九五四年？

郭　　海　　这有什么好大惊小怪的！

郭鲁红　　你居然把这段感情隐瞒了我们整整四十多年？

郭　　海　这怎么能叫隐瞒？

郭鲁闽　妈妈知道吗？

郭　　海　妈妈？这事干吗要让妈妈知道？

郭鲁红　爸爸，真看不出来啊，您老人家在年轻的时候，就很潇洒嘛！

郭　　海　（指着郭鲁红的鼻子）我告诉你，你少给我来你那一套！你以为你说的那叫什么潇洒我不懂是不是？我告诉你，你梁阿姨认识我的时候，她才十七岁！

郭鲁红　对嘛！含苞待放的年龄！

郭　　海　是她向我献花的时候，我才认识她的。

郭鲁红　献花，那不更浪漫了？是一朵红玫瑰还是一束野百合？

郭　　海　滚！那是志愿军归国的时候，她代表中学生向我献的花！也不看你爹多大岁数了，拿你爹开心。

〔幕内声："老郭——！"

〔郭海闻声赶紧迎了出去。

〔梁祝英上。

郭　　海　怎么了，怎么了？

梁祝英　昨天给你的那盒磁带呢？

〔王嘉良从楼梯上走下。

郭　　海　（一拍脑门）噢！在我书桌里呢！我去拿！我去拿！噢，嘉良，这就是你梁阿姨。鲁红，这就是你梁阿姨。（上楼）

王嘉良　（主动伸出手去）你好，我是王嘉良……

梁祝英　知道知道，电子专家，鲁闽的爱人。（转身）鲁红，你好。

郭鲁红　啊，你就是梁阿姨？唔，比我想象中的要好那么一点！

梁祝英　谢谢！可是你，要比照片上漂亮多了。像你妈妈，真像你妈妈。

郭鲁红　你见过我妈妈？

梁祝英　不，我看过照片。你的，你们全家的。哎呀，她年轻的时候，真漂亮！

郭鲁红　（似乎特意拒绝着她的好意）她一点都不漂亮，可是她非常端庄。

梁祝英　（愣了一下）你说得对。……端庄是一种更高贵的美丽。

郭鲁闽　梁阿姨。鲁红说话从来都是这样，日子一长，你就会了解的，其实她……

梁祝英　其实她说的话，我完全能够理解。"五十知天命，六十而耳顺"，我还会有什么听不进去的话呢？我相信时间会把我们之间的许多东西逐渐消融，逐渐沟通的……

　　〔郭海在楼上喊着："小梁，你上来看是哪一盘？"

梁祝英　哎，来了来了。（急步上楼，突然意识到什么，止步转身向三人招呼）我先上去一下。（再次登楼时，步态明显地"端庄"起来）

郭鲁红　大姐，就让她这样闯入我们的领土？

王嘉良　（用手戳着郭鲁红的额头）看不出你还是一个小封建！（歉意地）鲁红，我和你大姐商量点事儿。

　　〔郭鲁红下。

王嘉良　（对妻子）刚才节志刚给我打了个很急的电话，我们家出了大事儿了！

郭鲁闽　是哪方面的事儿？

王嘉良　经济上的事儿！

郭鲁闽　（恍悟）怪不得院里让我回避呢！……是鲁兵？

王嘉良　不！刘春田！

郭鲁闽　（瞠目）春田？这怎么可能？！

王嘉良　刚才鲁泉在边上，节志刚不好对你说。

　　〔电话铃响起。郭鲁闽拿起电话。

郭鲁闽　喂，哪位？是谢主任，你好！请等一下。（喊）爸爸，谢主任电话。（捂住话筒）这事千万不能让爸爸知道。

王嘉良　那当然，节志刚也是这个意思。

　　〔郭海和梁祝英从楼上下来。

　　〔郭鲁红走上，悠闲地靠在藤椅上看起画报来。

郭　海　（接过电话）哪一位呀？嗨，我说哪个谢主任，小谢呀！什么事

儿?……我不去。明天我有活动……不去不去。(把电话重重地挂上了)

郭鲁闽　爸爸,你对人太不礼貌了吧?

郭　海　我怎么了?

郭鲁闽　人家好歹是个师首长,人家还没说完,你怎么可以就这样把电话挂上了?

郭　海　这算什么!他不就是小谢嘛!文化大革命的时候,是我把他弄去当的兵。他有什么好骄傲的?

梁祝英　老郭,你们在这里先说着,那儿姐妹们都等着我呢,我先过去了。

郭　海　啊,你去吧。

郭鲁闽　爸爸,你不去陪陪梁阿姨她们啊?

郭　海　想把我支走了,你们好商量是不是?(冲着鲁红)节志刚呢?

郭鲁红　我哪知道。

郭　海　叫他回来!马上打电话!

郭鲁红　部队准备搞演习,不转接任何私人电话。

郭鲁闽　他刚才来过电话,下午就回来。

郭鲁红　(牢骚地)我们已经三个月没照面了。

郭　海　三个月就有意见了?当年我跟你妈,啊,台湾海峡形势紧张的时候,半年不照面那是常事。

郭鲁红　怪不得我们姐妹之间年龄差距那么大,就让你搞得稀稀拉拉的!

郭　海　少跟我胡说八道!

郭鲁红　我知道,节志刚是你的好女婿!只有他是你的未来,为了实现你那未了的心愿,他已经继承了你的遗志……

郭　海　我还没死呢!那叫遗志吗?

郭鲁红　爸爸,这话是你自己说过的!

郭　海　我说当然可以,你们能这么说吗?当然喽,也只有志刚能继承我的遗志了。你大姐夫,文职,带不了兵!你二姐夫,硬说自己在部队上没发展了，转业了。你三哥，啊，成什么了？干部不像个干部，老板不像个老板！

郭鲁红　是老总！

郭　海　屁的老总！过去老百姓叫国民党兵才叫老总！怎么啦？节志刚这个女婿，我还帮你挑错了？

郭鲁红　没错！（掏出了一个信封）他对于您老人家最重视的问题，已经有了明确的立场。这是节志刚少校专门呈送给郭副司令的一个报告件。

郭　海　报告件？（精神为之一振）在哪儿呢？（接过鲁红递上的信件，一伸手）我的眼镜——！

〔郭鲁闽连忙递上眼镜。郭海戴上眼镜，郑重其事地审阅起来。

郭鲁红　你看，节志刚少校是这样写的："第一，老年人和青年人一样，都需要感情生活。爸爸的这一决定，是跟上改革开放形势，迎接新世纪到来的重要举措。意义是重大的，影响是深远的；第二，爸爸冷冷清清地生活了这么多年，我们都因为工作忙没关心过他，这是我们的失职；第三，关于婚事的操办，建议既要热烈庄重，又要俭朴大方，这才符合爸爸作为老干部的身份！"

〔不远处响起了节奏强烈的乐声。那边活动室里，老年时装模特队似乎已经开始了排练。

郭　海　（笑逐颜开）就是嘛！这才是个态度！

郭鲁红　（继续念）"本报告主送爸爸，抄送大姐、大姐夫、二姐、二姐夫并鲁兵、鲁红同志。"

郭　海　（又一伸手）笔——！

〔王嘉良忙递上钢笔。

郭　海　（认真地签字，嘴里念道）拟——同意。

郭鲁闽　（笑了）爸爸，再听听鲁兵的意见吧。

郭　海　他的意见，算个屁！

〔忽然一阵汽车喇叭声，然后是车门的关门声。

郭鲁红　真是，说曹操，曹操到！

〔郭鲁兵穿着一件风衣，夹着一个公文包上。他一边打着大哥大，一边指挥着公务员小乔把一箱箱进口水果搬进家门。

郭鲁兵　……哎呀林总，沿海六省都跑过了，这还是最好的了。用木桶装的！那你可以重新包装嘛！水分损耗由我们两家共同分担！……好，半小时之后我再打给你……

郭鲁红　乔大爷，干休所又发东西了？

小　乔　干休所哪能发这个。

郭鲁兵　这是你哥哥我弄来的。乔大爷，车上还有一箱，你们几个分分！

小　乔　那多不好意思啊。（欢天喜地地下）

郭　海　（不满地）老总，回来了？

郭鲁兵　不好意思，（用脚踢了踢纸箱）澳大利亚奇异果。一家一箱，品尝品尝！

郭鲁红　（上前闻了闻）怎么这么大的海腥味？

郭鲁兵　是跟海蜇皮一块儿运过来的。

郭鲁红　哦，海蜇皮！木桶装的，水分太大，人家不要？

郭鲁兵　真聪明！你要是来当我的副总，我们肯定能发大财！

郭鲁红　（挖苦地）哥哥，你怎么从一个房地产的老总，一下就"堕落"成一个渔贩子了？

郭鲁兵　海纳百川，有容乃大！毛主席教导我们说，"我们要为革命赚取每一个铜板！"

郭　海　放屁！（纠正）"节省每一个铜板"！太不像话！时代变了，毛主席语录也跟着变了吗？就让你们这么改来改去地瞎用哪！

郭鲁兵　是，我错了。爸爸！咱妈呢？

郭　海　（没反应过来）你说什么？

郭鲁兵　不是二姐通知我们回来，跟爸爸新搞的对象见面吗？

郭鲁红　爸爸，听见没有？这儿子多好，人还没见着呢，已经叫上妈了！

郭鲁兵　哎，你们把话说清楚。我可是刚从外地回来，有什么变化别把我

———— 话剧《"厄尔尼诺"报告》 〉〉〉〉〉

蒙在鼓里。(腰间手机又响起,打开机子满屋子找讯号)喂,喂喂,哪位?你在哪儿呢?怎么了?

郭　海　(不由得火冒三丈)你给我滚远点!

郭鲁兵　(赶紧捂着电话窜进了内屋)你说,你说……

郭鲁闽　爸爸,关于梁阿姨的事儿,我和嘉良没有意见。春田和鲁泉也不会有问题。他们两口子加上我们俩,这就已经四票了。再加上鲁红他们,就是六票。看鲁兵的表现更是没问题。那就是说,全了。明天,孩子们也都从夏令营回来了,全家老少一起照个相,合个影……

〔谁也没注意郭鲁泉已经踏进了门。她的脸色似乎很不好看。

郭鲁泉　合什么影!要合你们合!

郭鲁闽　怎么了?

郭鲁泉　谁愿跟她过,谁去跟她合!

郭鲁兵　二姐,二姐,这是怎么了?

郭鲁泉　都是你!

郭鲁兵　我?

郭　海　(不高兴地)你这是冲谁发火呢?

郭鲁泉　冲我自己!冲我自己行不行!

〔郭鲁泉把挎包往沙发上一扔,怒气冲冲地到自己房间去了。

〔"砰",沉重的关门声,把大家都惊呆了。

郭　海　这是怎么了!(看着纸箱子也不顺眼)把这澳大利亚海蜇皮给我拿走!(悻悻地上了楼)

郭鲁兵　(冲着他的背影)爸,这是澳大利亚奇异果!

〔回答他的是楼上重重的摔门声。

〔活动室里的音乐节奏显得格外强烈。

〔幕落。

第二幕　乱了套了

〔当天下午。

〔天气阴郁而闷热，像在酝酿着一场雷雨。

〔还是在郭海家的客厅里。

〔郭海在客厅里烦躁地转着，看着什么都不顺眼。他走到了矮柜的跟前，猛地举起了柜子上的水瓶想往地下扔，可是他看了看，又放下了。

〔一个年轻的女推销员上。

女推销员　大爷，休息哪？

郭　海　（疲惫地）嗯。

女推销员　大爷，可以进来打扰您一会儿吗？

郭　海　你不是已经进来了吗。

女推销员　哎呀，大爷，您的气色可真好。

郭　海　真会说话，就是这会儿我气色不好！要卖什么你就快说吧，别给我来回绕了。

女推销员　我是莱昂纳多实业公司的推销员，这是我的片子。（递上名片）

郭　海　（接过看了一眼）噢，现在干什么都有片子。

女推销员　我们公司最近刚刚推出一种南非的钻石红葡萄酒，是非常适合你们老年人的。

郭　海　对不起，我不喝这个，我只喝白的。

女推销员　大爷，内行啊！你再看，这是南非钻石牌白葡萄酒！

郭　海　好了好了，我不是告诉你吗，我只喝白酒。你不用浪费时间了，你看，天快下雨了，快走吧！

女推销员　大爷，红葡萄酒软化血管，白葡萄酒健脾养胃，白酒喝多了是要得肝硬化的，我父亲就是肝癌，死了……（下）

〔节志刚风尘仆仆地上。

———话剧《"厄尔尼诺"报告》》》》》》

节志刚　爸爸。

郭　海　志刚啊，你怎么到现在才回来？

节志刚　（似乎觉得有什么不对劲）家里有什么事吗？

〔郭海用手指了指屋里……

节志刚　（试探地）春田哥在吗？

郭　海　没有。三天都没见他人。

节志刚　爸，您看——（从挎包里掏出了两瓶酒）

郭　海　（拿起酒看了看，拍拍节志刚的肩膀）这家里，就你志刚了解我呀。

节志刚　这是谢主任带给你的。

郭　海　哪儿来的豆腐干香味儿？

节志刚　（从挎包里拿出了一大包食品）不但有豆腐干，还有天府花生哪。

郭　海　（转身就去拿杯子）好，喝两口，解解闷儿！我这心里头不痛快！

节志刚　是为梁阿姨的事？

郭　海　你这就叫哪壶不开提哪壶！你那个报告件还是不错的。

节志刚　有变化吗？

郭　海　变什么化？这鲁泉的脾气呀，就跟今天这天气一样，一忽儿晴，一忽儿阴。你看，早上起来还好好的，出去一趟，就变了脸了。

〔节志刚站了起来，走到门边。

郭　海　你干什么？

〔节志刚示意要把郭鲁泉叫出来。

〔郭海赶紧摆手。

〔节志刚正要敲门，门打开了，郭鲁泉站在门口。

郭鲁泉　（气呼呼地）干什么？

节志刚　二姐，你要出去啊？

郭鲁泉　你们男人，没一个好东西！

郭　海　你这叫什么话？说谁呢？

郭鲁泉　没说你。

节志刚　（揽过来）说我，说我。

郭鲁泉　说你干吗！（向大门外走去）

郭　海　你又上哪儿去？

郭鲁泉　找人算账去！

节志刚　（阻拦）二姐，你听我说，我有事要跟你谈！

郭鲁泉　我现在没有心思跟任何人谈任何事！

郭　海　你什么道理要这样，你总得说清楚嘛！

郭鲁泉　搞清楚了我自然会说！（下）

〔沉默。

郭　海　"男人没一个好东西"？这话从何说起？

节志刚　爸，这是女人经常挂在嘴边上的气话，你千万别当真。我就让鲁红骂过好多次。

郭　海　为什么？

节志刚　……老婆骂丈夫需要问为什么吗？

郭　海　都这样？什么风气嘛！这是男女平等吗？不平等！阴盛阳衰了。就说你这个二姐，成天对着刘春田骂骂咧咧的，我就看不惯。没错，刘春田是你丈夫，但是，人家在部队是个带兵的，在家里没威风，出了门能威风啊？所以到了团长就提不上去了嘛！为什么？男子汉气概让老婆给骂没啦，大丈夫让妇女搞得威风扫地了嘛！真是的，威风扫地。

节志刚　爸，原因也许不在这里。

郭　海　你不懂！

节志刚　（好脾气地）好，不懂不懂，（看了看表）爸爸，我回来是有任务的。

郭　海　什么任务？

节志刚　谢主任让我务必要把您请到师里去。

郭　海　为什么？

节志刚　导弹营已经成立一周年了。明天，就要进行"在望一号"演习，

　　　　　　大姐夫也要随部队行动。师里想请你这位老首长参加誓师大会。
郭　海　　我已经拒绝了。
节志刚　　为什么要拒绝呢？你到老部队散散心不是挺好吗？
郭　海　　明天，我还要去参加你梁阿姨的时装表演呢。
节志刚　　（惊讶地）爸爸，您不觉得有点本末倒置吗？
郭　海　　用你们年轻人时髦的话来说，我已经找到了我的正确位置。只能发挥点余热了。
节志刚　　爸爸，谢主任这么诚心诚意的，你就去一趟吧。
郭　海　　我说过了我不去。再说，你们把钢八团撤编，建立导弹营的时候，怎么就不请我去呢？
节志刚　　不就是怕您老人家不高兴吗？
郭　海　　现在我就高兴啦？
节志刚　　你去看看，你看了肯定会高兴的。
郭　海　　……一个英雄团，就这么没了？
节志刚　　历史的光辉是磨灭不掉的。
郭　海　　磨灭不掉？连我的老部队都没有了，还有什么磨灭不掉？我以后算哪里的老首长？导弹营的？导弹跟我有什么关系？再过二三十年，你节志刚成了导弹营、导弹团、导弹师、导弹军的老首长了，可我郭海呢，我是一个找不着部队的老首长啊！
节志刚　　我想军委和总部，是从战略上考虑……
郭　海　　那从我的战略上考虑，明天我还是参加你梁阿姨的时装表演。
　　　　　〔王嘉良从餐厅上。
王嘉良　　哟，志刚回来了？
节志刚　　大姐夫，部队明天凌晨四点五十分集合，首长让我通知你，你率领的专家组在四号地区进入。
王嘉良　　我已经接到通知了。刘春田……
　　　　　〔节志刚急暗中制止。
　　　　　〔郭鲁闽上。

郭鲁闽　志刚来啦！（埋怨）哎，爸爸，你怎么喝起酒来了？

王嘉良　（扯了扯郭鲁闽的衣角）爸爸也是难得嘛。

郭　海　（似乎发现了什么）你们怎么了？神神叨叨的？

〔郭鲁闽做手势示意王嘉良。

王嘉良　（赶紧拿出两盘光碟）爸爸，我给你看一样东西。

郭　海　什么东西？（看光碟盒）"导弹：现代战争的主战兵器"，（看看他们）什么意思？

郭鲁闽　嘉良说了，我们过去对你的关心不够。家里有两个女婿都是从事现代战争研究的，一个是副教授，一个是硕士、营长，结果老丈人对现代战争一窍不通。

郭　海　（不悦）这话是谁说的？

王嘉良　（对着节志刚）对，这话是谁说的？

节志刚　你看我干吗？

王嘉良　（对郭鲁闽）这话是谁说的？你可要搞搞清楚！

郭鲁闽　当然是你说的，干吗不承认哪？

王嘉良　爸爸，您听我解释……

郭　海　不用解释。我知道，你们认为我老了，刺刀见红那一套吃不开了。

王嘉良　（顿了一顿，从光碟盒中取出光盘）爸爸，你可能从来没注意过这么一张薄薄的塑料盘子。

郭　海　这不就是VCD嘛。

王嘉良　（苦口婆心地）不，它首先是一种存储数据的产品，是因为有了电脑技术才产生了它。它可以储存650多兆的数字信息。一兆是多少呢？是一百万个字节。也就是说，在这么一张小小的光盘里，可以储存六亿五千万个数据或者字符。因此，电子计算机技术是国防装备技术以及现代战争的一个不可缺少的重要构成。我们国家在电子技术运用于军事装备上，目前还落后于发达国家十五年。而在现代战争中，电子技术的对抗，已经成为战争胜负的

　　　　　　重要因素！同学们！（发现了自己的语误）不，爸爸……

郭鲁闽　嘉良，你到底想说什么？

王嘉良　我的意思是什么意思呢？我就是要说明，我们的高级军事干部，或者说曾经是高级军事干部的爸爸，你的战争观念如果还停留在小米加步枪时代，那么所导致的后果，就不仅仅是一个钢八团的存亡，而是我们中国人民解放军在未来战争中的地位和整个民族的存亡问题。

郭　海　你少吓唬我！在这个家里真正打过仗的军人只有我一个。

　　　　　〔郭鲁兵裹着浴衣，手里捧着一本书，从楼上下来，默默地在一边看起书来。

王嘉良　（从随身的公文包里取出一个小集成块）爸爸，再给你看一样东西。

郭　海　这是什么？

王嘉良　这是一个普通的集成电路模块。我们院 AS－6 专题研究室研究的亚洲六号反导弹快速反应系统的主芯片，从外表上看和这个东西一模一样。这么点大的东西，可以把我们这么多年来所设计的 AS－6 系统程序全部固化。以这种模块为心脏的快速反应指挥系统可以装在一辆越野指挥车里，监视着半径为六百公里的领空和领土。

节志刚　一旦发现敌人的导弹或飞机，就可以在三秒之内计算出敌方导弹的数据，七秒之内计算出我方反导弹发射的射击诸元，十五秒之内就可以完成我方反导弹发射的一切准备工作。

郭　海　（深思地）就这么个小小的东西？（从王嘉良手中接过了那块小小的芯片端详）

节志刚　所以呀，你明天还真该跟我们去看看演习。

　　　　　〔郭鲁闽、王嘉良赶紧附和。

　　　　　〔郭鲁兵突然被这小小的芯片吸引了。他走到他们身边，把那块芯片从郭海的手中拿了过来，琢磨起来。

1083

郭鲁闽　你是从哪儿冒出来的？

〔王嘉良走到了郭鲁兵的面前，伸出了手。

王嘉良　对不起。

郭鲁兵　姐夫，你这可是三个代表啊！

王嘉良　（一怔）啊？

郭鲁兵　我正想找你好好地谈一次。

王嘉良　谈什么？

郭鲁兵　关于如何把你的科研成果转化为生产力的问题。

王嘉良　你先把它还给我，再说你要说的话。

郭鲁兵　姐夫，我说你还不趁着军队精简整编的时候，赶紧要求转业？

王嘉良　我干得好好的，干吗要求转业？

郭鲁兵　我听说了，中央军委下了有关精简整编的文件。听来听去，我感觉中央军委的意思是要你转业！

王嘉良　（将信将疑）中央军委……要我转业？

节志刚　又来了！大姐，我得吃点饭去了。（下）

郭　海　（对郭鲁兵）你想干什么？是谁派你策反来了？

郭鲁兵　我策什么反？我往哪儿策反？香港都回归了，澳门也回来了，我往哪儿策反？离开部队那就叫反哪？

郭　海　去！去年你把刘春田的心给说活了，今年又来攻你大姐夫了。家里有了你，军心就不稳！

郭鲁兵　爸爸，我们家，可以说是人才济济。你看看，大姐夫，软件专家；志刚，武器专家兼电脑硬件专家。大姐，法学专家；二姐，再背背外语，混上个副主任医师，也可以上专家门诊了，不过她可是个公关专家，交际广，关系多，这在当今是一种无形资产！鲁红嘛，差点，好像什么都懂，可什么都不专……

〔正在这个时候，郭鲁红睡眼惺忪地从里屋走了出来。

郭鲁红　说谁呢？

郭鲁兵　说你呢！（话锋一转）可我们的鲁红聪明啊，既具备商业头脑，又有艺术细胞，思想活跃，这种人，应该是一种管理型人才。而且她近来在广告界的发展，势头很不错嘛！

郭鲁红　那你算是哪方面的人才？

郭鲁兵　我？我是领导人才的人才啊。

郭鲁红　哦！那你也就是好像什么都懂，其实什么都不会的那种人？

郭鲁兵　不要老是用这种口气来评价你的哥哥。我知道，在我们这个家庭里，我是最没地位的。第一，我不是军人；第二，没拿到学位；第三，跟老婆离了婚。你们看不起我不要紧，可我得把事实告诉你们。爸爸，如果在国外，像我们这样的家庭，那就是一个雄厚的家族集团，早就赚了大钱了！可是你们自己看看，再到外面看看，去看看别人的家。

郭　海　怎么了？这家怎么了？是穷了、破了？丢你人了？

郭鲁兵　你能满足我当然没意见。可我替你打抱不平，我就是替你冤得慌！您是谁啊？您是战斗英雄！您为共和国立下过汗马功劳！可您看您这地面，再看看这柜子，再看看……

郭　海　你离我远点，看你身上一股什么味儿！

郭鲁红　海蜇皮味儿。

郭鲁兵　你少趁火打劫！我刚洗过澡，而且我还洒了瓦沙奇香水。

郭　海　我就是受不了你那股怪里怪气的臭香水味儿！

郭鲁兵　爸爸，你们有没有意识到，市场经济已经给中国带来了什么样的深刻变化？在新世纪里，决定一个人的人生价值和社会地位的主要因素是什么？（停顿）不错，爸爸，我们从小生活在你给我们带来的荣耀和幸福之中，是这一切使我习惯地按你所指出的发展路数去发展，及早地当了兵，入了党，提了干，然后——

郭鲁红　（紧接）开后门推荐你上了大学。后来因为违反校规，加上两门功课不及格，被学校劝退……

郭鲁兵　我不否认！我不否认！可那是哪一年？现在是哪一年？现在我已经是商学院的在读MBA了！我的耻辱已经让时间处理过了。太阳东升，月亮西落，风吹日晒，它已经随风而去了。同样的，岁月也能让荣誉黯淡。爸爸的光辉，也快随风而去了。

郭鲁闽　（严厉制止）鲁兵！

郭　海　放屁！

郭鲁兵　对不起，爸爸，就算是放屁吧，可我说的都是实话。

〔郭鲁兵腰间的手机又刺耳地响了起来。

郭鲁兵　喂，我是。哦，裘总。还没来得及谈呢……好，好，好。（收起手机，指着墙上的日历）你们看看，这个世纪就要结束了。随着新世纪的到来，我们必须重新设计自我，必须为自己和下一代创造令他们自豪骄傲的东西。这东西是什么？你们考虑过了吗？

郭鲁闽　（顿了一顿）你不是在说钱吧？

郭鲁兵　现在人家都不说钱，叫财富。

〔静场。

郭鲁兵　姐夫，你来一下，我跟你说点事儿。

〔王嘉良站了起来。

郭鲁闽　（不满地）你干吗？

王嘉良　去和他谈一谈。

郭鲁闽　不去，你干吗要去和他谈？

郭鲁兵　小舅子还不能和姐夫谈谈啦？（拉王嘉良上楼）

〔梁祝英上。

梁祝英　老郭，你能出来一下吗？

郭鲁闽　梁阿姨，你进来呀。

〔节志刚上。

梁祝英　我有事想和你爸爸谈一谈。

节志刚　是梁阿姨吧？我是节志刚，您请进来坐。

梁祝英　不，我想和老郭在外面谈谈。

郭　海　也好。我也正想到海边走走。

〔两人下。

——话剧《"厄尔尼诺"报告》 〉〉〉〉〉

郭鲁闽　（目送父亲和梁祝英走远，走向节志刚，刚要开口，转脸又对鲁红）鲁红，我和志刚有几句话要说……

郭鲁红　干吗呀，我这儿等他已经三个月了！

郭鲁闽　那好，志刚，一会儿我们再说。（下）

〔节志刚站在那儿一动不动，和郭鲁红对视着。

〔停顿。

郭鲁红　我说节少校，你是不是也太从容点了？回来这么半天，连瞄都不来瞄我一眼，是我的魅力荡然无存了，还是你们男人只要女人到了手都这样？

节志刚　鲁红，我今天可是因公回家。

郭鲁红　噢，不因公你还不回这个家了。

节志刚　（盯了她半晌，慢慢掏出一封信）……有人三天前寄给我这个，里面是某位男士写给你的求爱信。

郭鲁红　（接过信看了几眼，面无表情）……你不想盘问点什么？

节志刚　（隐忍）AS-6已经到了关键时刻，现在我没时间和你作这样无聊的纠缠。等演习结束，我们可以面对面坐下来，到那时候，我会给你一个满意的答复。

郭鲁红　满意的答复？是离婚，还是允许我在外面找情人？

节志刚　（指着那封信）你现在不是已经有情人了吗？

郭鲁红　那么就是说，你已经默认了？

节志刚　（发火）我可以明确地告诉你，离婚可以，但是在感情上决不允许走私！

郭鲁红　你好大的口气。你是我什么人哪？

节志刚　目前我还是你丈夫，我还没免职呢！

郭鲁红　丈夫！你真好意思说！

节志刚　（气短）鲁红，你好歹也是军人家庭出来的！你看看现在台湾海峡的形势，再看看当今的世界军事战略态势！我们搞AS-6是为了什么？没有强大的国防，在这个世界上就没有我们的发言权！

郭鲁红　……这就是说，AS-6完了，还有AS-7、AS-8……这样的日子什么时候是个头？

〔郭鲁闽闻声不安地上。

郭鲁闽　鲁红，你们这是怎么了！是不是嫌家里的事儿还不够多，还不够烦人哪？

〔公务员小乔上。

小　乔　（高喊）梁台！梁台！电话！（见没人应声，有些恼火）谁叫梁台？啊？谁叫梁台？

郭鲁闽　（伸出头去）乔大爷，叫谁呢？

小　乔　大姐，你们家有叫梁台的吗？

郭鲁红　没有，噢，姓梁的倒是有一个，可是叫梁台的没有。

小　乔　不可能。那个人在电话里说的嘛，说这个人好找，梁山伯的梁，祝英台的台！

郭鲁闽　你没记错吧？是不是叫梁祝英？

小　乔　梁祝英？

郭鲁闽　对！祝英台的祝英！

小　乔　哦，好像是！这种怪名字！（走向节志刚）梁祝英，电话！（扭身就走）

节志刚　你回来！

小　乔　干吗？

节志刚　你看你这个样子，还像个兵吗？学过条令没有？站在你面前的是个少校，知道不知道？

小　乔　喔唷！一个少校！我说梁少校……

节志刚　谁是梁少校？

小　乔　你别冲我嚷嚷，这儿是干休所，我们这儿的老家伙都是少将！起码也是个大校！一个少校，喔唷！

节志刚　你——！

郭鲁红　（不由得哈哈大笑起来）乔大爷！（忍住笑）你不像话！这是你三

姐夫！

小　乔　（傻了）啊？我怎么没见过？

郭鲁红　没见过吧，我都没见过几回。

小　乔　大姐，三姐，你们怎么不早说呀！（一个敬礼）对不起！三姐夫！

郭鲁红　乔大爷，你要找的人在海边，和我爸爸在一起，你就叫她一声梁阿姨就行了。

小　乔　哦，就是那个"夕阳红"啊？你不早讲！知道了！三姐夫，拜拜！（下）

节志刚　这叫什么兵！

郭鲁红　行了行了！这是干休所，要摆威风回你的集团军去。

郭鲁闽　好了，趁着爸爸不在，咱们把该商量的事，赶紧商量商量吧。鲁红，你也知道知道。（转对节志刚）春田到底是怎么一回事？

节志刚　地方上正在查处一起重大经济案件，发现其中有一批油料，是在钢八团撤编的时候倒卖出来的。

郭鲁闽　是刘春田干的？

节志刚　刘春田是主要责任人。

郭鲁闽　……怪不得让我回避呢！真是做梦也没想到，他会牵进这个案子里去。

郭鲁红　我说他去年要求转业那么积极……

节志刚　你们检察院已经向部队通报了这个情况。

郭鲁闽　那你回来是……？

节志刚　谢主任要我把老爷子接走，怕他知道了这事受刺激。

郭鲁红　你这话是什么意思？要抓人？

节志刚　第一步先要查清楚。

郭鲁红　你回来就为这件事？

节志刚　是的，鲁红。明天"在望一号"演习就要进行，天亮之前，我必须归队。

〔小乔跑上。

小　乔　快，大姐，出事了，老爷子在海边晕过去了！

郭鲁闽　（大惊，向楼上喊着）嘉良！嘉良！出事了！

〔王嘉良从楼上下来。

王嘉良　怎么了？

〔郭鲁兵也从楼上下来了。

郭鲁兵　谁出事？（看着大家）……是春田？

郭鲁闽　什么春田，爸爸在海边晕过去了。快去！（急上楼）

小　乔　快！快！快！

节志刚　咱们走！（冲出门外）

〔众纷纷下。

〔刘春田神情颓丧地上。他看了看远处，又看了看屋里，便匆匆走进了自己的房间。

〔郭鲁闽从楼上拿着药瓶下来，匆匆向着门外走去。

〔小乔又跑上。

小　乔　大姐，问题不大，老爷子已经醒过来了。

郭鲁闽　（松了一口气）走，把药给他送去。

小　乔　都已经醒过来了，还送去吗？（拿着药跑下）

〔郭鲁闽正要随下，郭鲁泉上。

郭鲁泉　姐。

郭鲁闽　鲁泉？你回来啦。

郭鲁泉　看见刘春田没有？

郭鲁闽　没有啊。

〔郭鲁泉径自向屋内走去。

郭鲁闽　鲁泉，爸爸刚才在海边晕倒了，（见鲁泉吃惊的样子，马上补了一句）又醒过来了。

郭鲁泉　那个梁祝英来过吗？

郭鲁闽　来了。

郭鲁泉　我就知道会是这个结果。这个老狐狸精！

———话剧《"厄尔尼诺"报告》 >>>>>

郭鲁闽　鲁泉，你今天到底是怎么了？

郭鲁泉　姐！（一下倒在郭鲁闽怀中，呜呜地哭了起来）……姐！我不想活了！

郭鲁闽　好好的怎么说起这话来了？到底是怎么回事儿？

郭鲁泉　刘春田他不是个东西！

郭鲁闽　他怎么了？

郭鲁泉　他居然和别的女人……

〔刘春田从屋里冲了出来。

刘春田　（又急又怒）鲁泉，你瞎说什么？

郭鲁泉　刘春田，我算是看透了你，原来你还是这么个东西！

刘春田　你根本就不知道任何情况，一大早就跟我胡搅蛮缠！

郭鲁闽　春田，到底是怎么回事儿？

刘春田　（似乎意识到什么，恢复了原状）大姐，你不知道。这话我一时半会儿跟你说不清。

郭鲁泉　有什么好说不清的？有什么可以说不清的？你说嘛，你说！

刘春田　鲁泉，你不要逼人太甚！

郭鲁泉　我哪点逼你了？

〔郭鲁闽在一旁静静地看着。

刘春田　那你为什么要跑到梁阿姨那儿去闹？你闹什么？啊？

郭鲁泉　梁阿姨？你也不怕肉麻！只有我这个大傻瓜才会做这种傻事！人家女儿已经把我的丈夫勾走了，我居然还把她介绍给自己的父亲！（羞辱地掉下了眼泪）

刘春田　大姐，她今天准是疯了。大姐，她说的事根本不存在，我绝对没有做任何对不起她的事儿。

郭鲁泉　我是亲眼看见的，你还敢抵赖！

刘春田　你……那也叫事儿？那……那……那算个什么嘛！

郭鲁泉　那还不叫事？你还想怎么样？（嚎啕起来）我真不好意思说……姐，他跪在她的面前，拉着她的小手。要不是你们俩有了那种说

1091

不清的关系，你干吗要跪在她的面前？我不是傻瓜！刘春田！你想想我们是什么样的家庭？这儿是什么地方？这是干休所，满院子都是革命老干部，我们丢得起这个人吗？

刘春田　（忿恨地）既然丢不起这个人，可你又嚷嚷得满世界都是！你到底想怎么样吗？

郭鲁泉　（继续宣泄）刘春田！你不想想你是什么样的人，你是怎么一步步走到今天的？

刘春田　好，怪我！都怪我！这一切都是我的错！行了吧？

郭鲁闽　春田，你们之间到底发生了什么？

刘春田　大姐，你能信她的话吗？

郭鲁泉　姐，真的。我说的都是真的。

郭鲁闽　这事是在哪儿发生的？

郭鲁泉　（脱口而出）湖滨花园。

郭鲁闽　湖滨花园，别墅？

刘春田　（用手击桌，痛苦万状）郭鲁泉！（忽然狠狠地打了自己一个嘴巴）好，好！你嚷吧！把事情都搅成一锅粥，我看对你有什么好处。

〔郭鲁泉愣住了……

刘春田　大姐……我已经两天两夜没合过眼了。我先去睡一会儿。（走进内屋）

郭鲁闽　鲁泉，这到底是怎么一回事儿？你们什么时候在湖滨花园买了别墅？

郭鲁泉　（似乎觉察到了什么，拭干了眼泪）姐，也许是我搞错了。……让我来跟他谈。

郭鲁闽　你们谈吧……我先去看看爸爸去。（下）

〔静场。

郭鲁泉　刘春田，你出来！

〔屋里没有回答。

———— 话剧《"厄尔尼诺"报告》 >>>>>

郭鲁泉　（提高了嗓音）刘春田！你出不出来？我倒计数了！五……四……三……

〔梁玉玲上。

梁玉玲　二姐，我可以进来吗？

郭鲁泉　你？

梁玉玲　是我。

郭鲁泉　来向我道歉？

梁玉玲　应该是你向我道歉。

〔刘春田从屋门里闪了出来。

刘春田　（热情地）小梁，快进来！请坐！

梁玉玲　……（看着郭鲁泉）可以吗？

郭鲁泉　当然可以。

梁玉玲　我是来找我妈妈的。我听邻居说，你到我妈妈那里去大闹了一场。

郭鲁泉　我不是闹。是找你，想把事情搞清楚。

梁玉玲　可是你并没有把事情搞清楚，反而把我妈妈搞糊涂了。

郭鲁泉　那是因为我糊涂。我把你当作我的好朋友，把你介绍到光福公司任总会计师；我还把自己的父亲介绍给你妈妈，这些为了什么？还不是为了我们两家能成为永远的好朋友。可是我没想到你会和刘春田做出这样丧尽天良的缺德事！

梁玉玲　二姐，正因为我把你和春田哥当作好朋友，我才会在今天早上去找他，才会发生那件让任何人看见都会尴尬的事情。当时我不说话，是以为我走之后，春田哥会把事情向你讲清楚。可是到现在了，你居然还陷在那种庸俗的误会当中。

郭鲁泉　（不可理喻）我庸俗？如果你看到你的丈夫在和另一个女人拉拉扯扯，你会作何感想？你又能有什么高雅的表现？

梁玉玲　至少在事情没弄清楚以前，我不会到别人家里去大吵大闹。

刘春田　（插了进来）鲁泉，你这是干什么？

郭鲁泉　现在反倒是你有理了？

梁玉玲　春田哥……

郭鲁泉　（恼怒）能不能别再叫他春田哥了？我听着别扭！

梁玉玲　刘先生，这事情是你来讲，还是我来讲？

刘春田　（嗫嚅着）我……

郭鲁泉　你刚才那点狠巴巴的劲都上哪儿去了？你说呀！

刘春田　（丧气已极）玉玲，你说吧！

梁玉玲　昨天，一个老同学来看望我，问起了我的近况，我很高兴地告诉她我接受了光福公司总会计师的职务。可她对我说，今后不要再和刘春田接触了，更不能接受这个职务。

郭鲁泉　为什么？

梁玉玲　因为刘春田已经牵连到一个案件里面去了。

郭鲁泉　什么案件？

梁玉玲　我想是经济案件，而不是"桃色案件"。

郭鲁泉　（急切地）你同学是哪个单位的？

梁玉玲　对不起，这个我不能说。

郭鲁泉　为什么？

梁玉玲　她有他们的工作纪律。你现在所提的问题和刘春田早上所提的问题是一样的。

郭鲁泉　早上是为这件事儿？

刘春田　还有，她送来了辞职书。

梁玉玲　（从手提袋里拿出了一大包沉甸甸的东西）这儿是你们公司的账册。还有，你们上次给我的五万元聘金。

〔沉默。

梁玉玲　我想，到这一步，应该不用我再解释了。

〔沉默。

梁玉玲　再见！（欲下）

郭鲁泉　等等！我们是哪天给你的账册？

梁玉玲　上星期天。

郭鲁泉　那你为什么到今天才送来？

梁玉玲　……因为我在犹豫。

郭鲁泉　犹豫到今天？

梁玉玲　是的。我有个儿子要上大学，需要很多花费。所以，我想找一份好收入。

郭鲁泉　那就因为你同学的这句话，提醒了你？

梁玉玲　是的。她说，这几年，她见过的太多了。因为社会上的诱惑太多，人们常常为了那点诱惑而失去自己生命中最宝贵的东西。等到一旦失去了，那后悔就来不及了。

郭鲁泉　她是这么说的？

梁玉玲　是的。她是内行，她知道哪些该干，哪些不该干。

郭鲁泉　她是搞法律的？是检察官还是法官？

梁玉玲　二姐，我真的不能告诉你。

郭鲁泉　（一把抓起桌上的钱，向梁玉玲的怀中塞去）玉玲妹妹，你把这些钱给你同学送去，请她无论如何帮帮忙，想办法为我们通通路。我们一定吸取教训，下回再也不做这些违法的事了！

梁玉玲　那你不是让我去犯罪吗？

郭鲁泉　（一下子跪了下来）玉玲妹妹，看在我们相处多年的份上，你就帮帮这个忙！这事不能败露。一败露了，我们就完了。我们辛辛苦苦建设的一份家当就全完了……还有，还有我爸爸和你妈妈……

刘春田　别跪了，没用。早上我不就是这么跪着的？

梁玉玲　二姐，我很惭愧，因为在金钱面前，我也动过心，我很感谢我那位同学……我不知道春田哥在这件案子里陷进去有多深，我也不想问。至于我妈妈……那是她个人感情生活的事，她会自己决定的……再见。（低头欲下）

郭鲁泉　等等。

梁玉玲　（止步）你……？

郭鲁泉　你把这钱拿走。

梁玉玲　为什么？

郭鲁泉　为了这些账册。

梁玉玲　你这话什么意思？

郭鲁泉　就当你从来没看见过。

梁玉玲　二姐，我……

郭鲁泉　好好好，我只求你一件事！万一有什么情况发生，你千万不要出庭作证。

梁玉玲　（更害怕了）有这种可能吗？

郭鲁泉　我只是说万一。

梁玉玲　（痛苦不堪）二姐，我没有这个能力。（下）

郭鲁泉　（失魂落魄）……这个无情无义的东西！

刘春田　别骂人家了，人家没这个义务。你这不是把别人也往死路上送吗？

郭鲁泉　我还不是为了你！你这个笨蛋！我总不能看着你往死路上走吧！

刘春田　你聪明！就是因为你太聪明了。你说在部队反正上不去了，不如捞点实惠。卖油料的事儿，我就鬼使神差地点了头。你成天说谁谁谁买了别墅，谁谁谁买了汽车，谁谁谁发了大财，谁谁谁的孩子送到了国外去读书。你要我转业，你要我炒期货，你要我自己再办个公司，说我下半辈子的任务就是挣钱了！这下好了，把绞索套到了自己脖子上了。

郭鲁泉　你还算个什么男人？到了出事的时候，你就这个尿包样儿？

刘春田　我是不像个男人！因为我真心诚意地相信你，认为你说得对："男子汉应该有个男子汉样，应该做出一番事业来！别再做个穷当兵的让人瞧不起！"我一直在按着你的指南针在走啊，鲁泉！

郭鲁泉　你把这一切的一切都推到我头上来了？你这个浑蛋！（把手中的钱向着刘春田砸了过去）

〔钱在空中飞舞着，飘得屋子里遍地都是。

〔郭海等上。

〔他们默默地站立在门口，看着屋内的一切。

郭　　海　这么多的钱？我一辈子都没见过这么多钱！这是哪来的？是你们俩用劳动挣来的吗？

〔郭鲁闽弯下腰去，准备把钱一张张拾起来。

郭　　海　别碰。去拿扫把来！

〔刘春田低着头走到郭海面前。

刘春田　爸爸……

〔郭海狠狠抽了他一耳光。

〔刘春田低着头走出了这个家的大门。

〔郭海颤巍巍地上楼。

郭鲁泉　（在哭泣中突然想起了什么）春田！春田！（冲下）

〔家里的男人们也都追下。

〔郭鲁闽刚把钱拾起，楼上传来郭海悲愤的呼喊："我这个家是怎么了！"

〔紧接着响起暖壶的碎裂声。

〔切光。

第三幕　明天路正长

〔当天深夜。

〔远处打着亮闪，好像没有一丝儿风。

〔依然是在郭海家的客厅。郭鲁闽、郭鲁红、郭鲁泉在焦急地等待着。

〔郭鲁兵与王嘉良从外面匆匆回来。

郭鲁泉　春田他回来了吗？

郭鲁闽　没有……

　　　　〔郭鲁兵上，手里提着一个装满汉堡包的食品袋。

郭鲁泉　怎么，没找到？

郭鲁兵　办公室去过了；你们的别墅，去过了；海边也去过了，都不在。

郭鲁闽　那志刚呢？

郭鲁兵　我们是分两路走的。他说有一个地方，春田哥有可能去，他就直接奔那儿了。可他没说是哪儿啊。

郭鲁泉　姐！（哭）怎么办？

郭鲁闽　先别着急，先别着急……

郭鲁兵　（猛地想起什么）会不会是自首去了？

郭鲁泉　什么时候了，你还开这种玩笑！

郭鲁兵　这怎么是开玩笑呢？再严肃不过了。对于他来说，首先要考虑的问题就是自首还是自杀的问题。

　　　　〔郭鲁兵拿出汉堡包挨个递过去，却无人答理。

郭鲁闽　他最应该做的事情，确实就是去自首。

郭鲁泉　（怔了一下，嚎啕了起来）呜……

郭鲁兵　爸爸呢？

郭鲁闽　还在楼上。

郭鲁兵　（拿出一个汉堡包）要不要给他送上去？

郭鲁红　我去吧。（接过汉堡包准备上楼）

郭鲁兵　你可告诉他，这是我买的。

郭鲁红　我是怕你去挨骂，连这一点都没搞清楚。

郭鲁兵　我挨骂？我凭什么挨骂？

郭鲁红　我和大姐都觉得你有重大嫌疑。（上楼）

郭鲁兵　大姐夫，你不觉得在我们家，男人有受歧视的倾向吗？

王嘉良　习惯了。

郭鲁闽　鲁兵，你别打岔，这件事跟你就一点关系也没有？

郭鲁兵　这事跟我有什么关系？

——话剧《"厄尔尼诺"报告》 〉〉〉〉〉

郭鲁闽　下午爸爸在海边晕倒的时候,你一下楼就问春田是不是出了事,你那时候怎么知道的?

郭鲁兵　回家路上我就接到他电话,他急着要我帮他打一笔款子过去,我就估计他有什么窟窿要填。

郭鲁闽　那你把钱打过去了?

郭鲁兵　我没钱。

郭鲁泉　见死不救的东西!

　　　　〔郭鲁兵的手机响。

郭鲁兵　(接电话)喂,是我。你在哪儿呢?……(突然一跺脚)咳!你们着什么急嘛!也不商量商量……那,现在还说什么,晚了!……都在呢,一个都没睡。(挂上手机)

郭鲁泉　(忐忑地)他在哪儿?

郭鲁兵　节少校光荣地完成了任务,陪他到上级部门谈问题去了。

王嘉良　他真去谈了……?

郭鲁闽　他应该去谈。还是早点把问题谈清楚了好。

　　　　〔众沉默不语。

郭鲁兵　人是铁,饭是钢。你们不吃,我可得吃了。(拿起汉堡包就啃)

郭鲁泉　就你没心没肺!

郭鲁兵　没心没肺,可我还有胃。

郭鲁泉　要不是你,就不会出这种事。

郭鲁兵　二姐,你挺聪明的一个人,怎么一出事就开始埋怨这个,埋怨那个呢?要让我说,你不用埋怨任何人,首先你就得埋怨你自己。你就不该撺掇着二姐夫下海,这不,呛着了吧!

郭鲁泉　你倒像个没事儿人似的在这儿幸灾乐祸!要不是你一天到晚在我们耳边叨叨,我怎么会动心去让他下海!

郭鲁兵　二姐,在你添房置屋、穿金戴银的时候,你怎么没说过一个"谢"字呢?

郭鲁闽　你早就知道他们买别墅了?

郭鲁兵　那是让我撞上了。

郭鲁闽　那你为什么不早告诉家里？

郭鲁兵　我这人最大的优点就是从不告密。

郭鲁闽　可你这样是害了他们，知道不？

郭鲁兵　这又是我害了他们？我成了什么了？

〔郭鲁红从楼上下来。

郭鲁红　你是害群之马。

郭鲁兵　少废话！我到底害过谁了？

郭鲁红　这是爸爸说的。

郭鲁闽　你要是早一点告诉我们，也许春田就不会发展成今天这样。

郭鲁兵　"也许，也许"，也许就没有也许！事情都这样了，还有什么"也许"呀！

王嘉良　我可以说两句吗？

郭鲁闽　有谁不让你说了吗？

王嘉良　不管你们对鲁兵有什么样的成见，至少到目前，鲁兵在他的商业往来中，还没产生过任何的麻烦。按过去的说法，这叫基本守法户。

郭鲁兵　这话说得公平。在我们家里，毕竟还有这么个明白人。

王嘉良　你别打断我的话。

郭鲁兵　你说，你说，现在，我们是一条战壕的。

王嘉良　……我们家是一个非常正统的社会主义大家庭，我们都是唱着"我们是共产主义接班人"的歌长大的。可是，进入了九十年代，我们开始失落了，这个家庭也开始不安和躁动起来。第一个下海的就是你。所以老爷子说你是"害群之马"，也不算错。

郭鲁兵　什么叫……

王嘉良　"害群之马"也许并不完全是贬义嘛！我是说，在我们家里，是你第一个改变了我们传统的生活方式。比如说，是谁第一个穿起了西装？是谁第一个用起了"大哥大"？是谁在香港与内地之间像个蟑螂似的窜出窜进？你要知道当我们第一次走进希尔顿大酒店，接受你的宴请，吃着大龙虾、象拔蚌的时候，你能体会我们是什么心情吗？

郭鲁兵　什么心情？

王嘉良　……一种，一种难以表达的心情。

郭鲁兵　这就对了！我要的就是这种效果。你知道我让你们压迫了多少年了？就那顿饭，算是让我出了一口气。我从来认为，我是郭家最没有出息的儿子。我也知道，老爷子恨不得我们一个个都穿上军装，都继承他的事业，不戴上个少将，起码也得挂个上校、大校的。可我不争气，我让老爷子丢了脸。那怎么办？是改革开放让我大展拳脚。没有改革开放，就没有我的今天！我是唱着"春天的故事"，改革开放富起来的！在这个家里，你们虽然可以一如既往地鄙视我，可只要走出这个大门，你们谁也没有我有那么多的自豪感。

王嘉良　对，就是你把市场经济的诱惑，切切实实地带进了咱们家。你用你自己的境况，向我们宣告，你生活得比我们优越。

郭鲁兵　错了，姐夫！我的自豪并不是因为我生活得比你们优越！可能你们谁也不会意识到，在若干年之后，我将是这个国家新兴的政治力量的代表！

郭鲁红　你？

郭鲁兵　不跟你们谈这个。你们对政治经济学的研究跟我绝对不在一个层次上！

郭鲁闽　也许我们是应该对你刮目相看，那你就更应该提醒一下刚刚下海的二姐夫，让他知道哪些事能做，哪些事不该做嘛。

郭鲁兵　你以为我没提醒他吗？当初我陪他领营业执照的时候，我就跟他打过招呼：市场经济是有秩序的，不管你怎么做，你首先得基本合法！商海行船，风云莫测，全靠自己把稳舵！前一阵他就向我借钱，要去炒期货。我没借给他，因为我们是合资公司，公司的

　　　　　　钱不能我一人说了算。
郭鲁红　（抢白他）你那算什么合资公司？把港币打过来，注了一下册就抽走了，当我不知道！
郭鲁兵　没错，多少合资公司不都是这样。我们打着合资的招牌，就是为了合法地避一点税！
郭鲁闽　不要打岔，你为什么不能借钱给他？
郭鲁兵　公司的资产，是我们几个合伙人的私人财产哪。我要把钱借给了二姐夫，的确他就可能不去挪用公款了，那我们呢？倒霉的那不就是我们了吗？他就不想想，挪用公款有多危险！谁能保证个个运气都那么好？哦，钱不是自己的，悄悄地炒那么几下，神不知鬼不觉地就把公家的钱变成了自己的钱了，一夜之间就成了款爷了。可万一要是炒赔了呢？任何游戏都有规则，市场经济尤其如此，谁违反了谁就要淘汰出局。你们真以为我没心没肺？错了！我要是利令智昏，忘乎所以，我早就栽了！
郭鲁闽　那你为什么不制止他？
郭鲁兵　我制止？你这句话应该对二姐说。
郭鲁泉　你不用转移目标！我怎么知道他干了那么些犯法的事儿？
王嘉良　他包里装着期货单，手里抓着股票，外面买了别墅，这些都没经过你的手？
郭鲁泉　我今天算是体会到了，什么叫做墙倒众人推。
郭鲁闽　如果说推，那也是你在推。
郭鲁泉　刘春田天生是个倒霉蛋，干什么，砸什么。如果他干成了，上了"福布斯"排行榜，只怕你们就不会这样慷慨激昂，像个真的共产党员一样！
王嘉良　你这话是什么意思？难道我们不该像个共产党员吗？我们本来就是共产党员嘛。啊？鲁闽，她这话是什么意思？你难道不是个共产党员？这不合逻辑嘛……
郭鲁闽　当初，刘春田是个多么纯朴的人。自从他成了我们家的女婿，爸爸一直对他很器重。要不是你一次次地催他转业，他可能现在还在部队上……

郭鲁泉　（辩解）可能吗？不是我不想他在部队干下去，也不是他自己不想干。就因为他们团里的一个班长出了车祸，这就算重大事故，就得让他担责任。明知道已经升不上去了，还呆在部队干什么？

郭鲁闽　转业并不错！错的是自从转业以后，你们夫妻俩就一门心思地想发财。特别是你！如果不是你太看重钱，老是拿一些有钱人和他比，我想他也不至于铤而走险去挪用公款。

〔郭鲁泉欲辩又止……

〔静场。

〔梁祝英上。她悄悄地站在门边，轻轻地敲了敲门。

郭鲁闽　梁阿姨？

梁祝英　你们都还没睡？老郭呢？

郭鲁红　我帮你去看看。（上楼）

郭鲁闽　梁阿姨，您坐。有急事吗？

梁祝英　今天晚上，我翻来覆去怎么也睡不着。我想你们家也不会平静。

郭鲁泉　我们家平不平静与你有什么关系？

〔郭海与郭鲁红从楼上下来。

郭　海　怎么说话呢？怎么就和我们家没关系？！

梁祝英　老郭，打扰你们了。

〔郭鲁泉悻悻地走进了自己的房间。

郭　海　对不起，我没教育好我的子女。

梁祝英　要不是玉玲和这件事有牵连，我也不会在这种时候来打扰你们。

郭鲁闽　梁阿姨，请坐。

〔儿女们都站了起来，各自走进了自己的房间。场上只留下了梁祝英和郭海。

梁祝英　老郭……

郭　海　有什么事儿，你就说吧。

梁祝英　这几天，和你在一起相处，我一直是非常愉快的。

郭　海　我也是。

梁祝英　可是没想到……老郭，我非常珍惜我们之间的这一段情感，如果不是今天这事，也许，我们真的能够携手走完今后人生的路程。可是……

郭　海　你是说，出了今天这件事，我们之间的事，也应该结束了？

梁祝英　要是玉玲跟这件事没有一点瓜葛，那该多好！也许我心里就不会这样难受了。

郭　海　小梁啊，你太善良了。这事和玉玲没有关系。

梁祝英　可玉玲下午回家以后，心里非常难过，一直哭到现在。春田两口子是一片好心，她的同学关照她，也是一片好心啊！玉玲不是不想帮春田和鲁泉，她是做不到。

〔突然，郭鲁泉从屋里冲了出来。

郭鲁泉　梁阿姨，她能做到！她能做到！梁阿姨，今天是我对不起玉玲。你就让玉玲去和她同学说说，什么样的条件我都能答应。

梁祝英　鲁泉，我是真想答应你。可是，难哪，我替玉玲想想她也难哪！我还不知道她是什么样的人吗？小时候男同学在桌上画条线，她都不敢越过，她能去做这样的事吗？

郭鲁泉　梁阿姨，能的！能的！为了我们，为了爸爸和你，为了我们一家人今后幸福的生活，帮帮我们吧。只要春田能平平安安地过了这一关，今后我们就是穷死了，也不会再做这样的事情了……（痛哭失声）梁阿姨，救救我们吧！……

郭　海　（震惊）鲁泉，你这是干什么，干什么嘛！

〔王嘉良、郭鲁闽、郭鲁红和郭鲁兵都从屋里走了出来，看着这眼前的一幕。

郭鲁泉　爸爸，你是看着春田成长起来的。他十六岁就当兵，从战士、班长干起，没日没夜，流了多少汗，吃了多少苦，才一步一步走到今天。爸爸，你不能真的就让他这么完了呀。爸爸，你过去是那么器重他，他要真的就这么一个跟斗栽到底，你能忍心吗？爸爸，想想办法吧，只要能让这案子拖一拖，我们想尽办法也会把这窟窿给堵上。

郭　海　（闻言一怔）你们能堵得上？

郭鲁泉　能，砸锅卖铁，我也要堵上！

王嘉良　要真能有救，我们买集资房的那笔钱先拿出来。

郭鲁兵　钱是下一步的事儿！现在关键不在这儿……

郭鲁红　（悟到）爸爸，你给林德山伯伯打个电话吧。

郭鲁泉　（如同捞到了一根救命稻草）对，找他肯定管用，他儿子林胜利刚刚被任命为市委政法书记。

郭鲁红　爸，哪怕减轻点罪责也好，你就帮帮二姐夫吧。

郭　海　（走向电话，犹豫着）我这样做，好吗？

郭鲁泉　爸爸，没什么好不好，爸爸，春田也是你的亲人，他沦落到了这个地步，您总不能袖手不管吧。你做了也就为他尽到责任了。否则，我们都会为这后悔一辈子。

〔众人紧张地注视着郭海。

〔静场。

〔郭海下定决心拿起了话筒。

郭鲁闽　爸爸……

郭　海　什么？

王嘉良　（看了郭鲁闽一眼）这样做好吗？

〔郭海一下挂上了电话。

郭鲁泉　（冲着郭鲁闽）姐——！你们这是干什么！（急转身扑在郭海膝前）爸爸，春田他今年才四十三岁，他要是……我可怎么办呀。

〔郭海坐在电话机前半天都不动弹。

郭鲁泉　爸爸，他们都说，在这个家里，你是最疼我的。我到现在都忘不了，和你在一起度过的那段相依为命的日子。爸爸，难道你真忍心看着刘春田进监狱，看着你最疼爱的泉泉家破人亡吗？（嚎

嚎声痛断心脾)

郭　海　我怎么会生了你这么一个女儿!

〔郭海看看大家,又看看鲁泉,仰面长叹了一声,终于又缓缓地拿起话筒,滞涩地揿动号盘。

〔电话里刚传来了第一声号音,郭海就赶紧丢下了话筒。

郭　海　不通!

〔郭鲁泉从郭海的手里拿过了电话,自己开始拨了起来。

〔电话通了。

郭鲁泉　(对着话筒)胜利哥吗?我是鲁泉。胜利哥,我们家春田犯错误了,很严重的错误……你帮帮我们吧……

〔电话声:"鲁泉,这件事你最好不要直接跟我说。郭叔叔在吗?请把电话交给他。"

郭鲁泉　爸,他要跟你说……(把话筒递向郭海)

〔郭海不接,郭鲁泉硬把话筒塞到郭海手中。

〔电话声:"郭叔叔,郭叔叔……"

郭　海　(一口痰愣是卡在了喉咙口,吭哧吭哧出不了声)咳咳,咳咳咳……

郭鲁兵　(敏捷地蹿了上去,按下免提键)胜利哥,我是鲁兵。这么多年,我们家一直没有求过你什么,这一次务必请你帮一下忙,看看我二姐夫刘春田,这回能不能让他趟过去?

〔电话声:"鲁兵,这是不是郭叔叔的意思?"

郭鲁兵　不,这是我的主意。当然,如果你能看在我们两家的关系上,在可能的范围内帮我们一把,我们今后一定吸取教训。

〔电话声:"鲁兵,这是我走马上任以来接手的头一宗大案子。我的心里也很不好受。我是又想你们打电话来,又怕你们打电话来。今天这个电话,什么也不用说,我也能理解你们一家的心情和要求。这几天刚刚开过市人民代表大会,政府郑重地向人民代表做出了承诺,大家的眼睛都盯着我们。法律是无情的,也是公

———话剧《"厄尔尼诺"报告》 》》》》》

正的。我希望你们一家能支持我的工作。谢谢你们了。再见。"

〔"咯嗒"一声,对方电话挂断。

〔沉默。唯有电话的忙音刺耳地响起。

郭　海　（仍然握着电话,喃喃地）……支持,当然支持,当然支持……

〔郭海陷落在极度的难堪和羞辱中,胸膛剧烈地起伏着,一口气憋住。

众　　（扑了上去）爸——!

〔众人把郭海扶向沙发。

〔郭海半天才长长地吁过气来。

郭鲁闽　（悲愤地）这是干什么?我们自己干的错事,干吗要让爸爸承担?!

郭鲁泉　（绝望地）还没当几天书记,就打起官腔来了。拿了共产党的官饷,根本就不为人民办事!算个什么东西!

郭　海　（突然暴怒）你算个什么东西?!他不为人民办事?你要他办的是什么事嘛!他是书记,共产党管政法的书记!他管的就是党风,管的就是制止犯罪!你自己犯了罪,还要去找他帮你开脱!自己丢了脸不算,还要我也去为你丢脸!可耻!真可耻,真是太他妈的可耻了!

众　　爸爸!

〔一声炸雷,让这一家人再一次地陷入了久久的沉默。

〔一场瓢泼大雨下起来了。那"哗哗"的雨声反而给人带来了一种心灵上的平静。窗帘在风中飘拂着,飘拂着,仿佛那是对失落心灵的期待与呼唤:"回来吧,别再四处漂泊……"

〔雨渐渐地小了,被雨浇得几乎已湿透了的刘春田、节志刚上。

刘春田　爸爸。

郭　海　……哦,回来了?

〔半天不见,似乎大家与刘春田都变得陌生起来。

刘春田　（默默地注视了大家一眼）耽误大家休息了。（欲走进自己的房

间)

郭鲁泉　人家都为你担心死了,你倒像个没事人似的!

刘春田　鲁泉,这是我在这家里待的最后一个小时了,如果我再踏出这个家门,就不知道什么时候能回来了。(默默地走进屋内)

郭鲁闽　志刚,怎么样?

节志刚　我们去过了。

郭　海　去哪儿?

节志刚　从他上级领导那儿出来,我就陪他到检察院自首去了。

郭　海　情况怎么样?

节志刚　二姐夫把油料问题和转业到地方后的其他事都谈了。

郭鲁闽　院里怎么说?

节志刚　他们对二姐夫的表现挺满意。

郭　海　那他刚才说,"不知道什么时候回来"是什么意思?

节志刚　爸爸,估计他前前后后牵扯的数目不小……

〔刘春田手提着一个旅行箱上。

刘春田　爸,我……

郭　海　别走,我有话要说。

刘春田　爸,说什么都晚了。

郭　海　晚了也要说。(痛心疾首)春田哪,你呀!我怎么也没想到你会落到这个地步呀,春田。我整天就怕鲁兵不争气,会给我惹出事来,我怎么会想到你呀!你当年是多老实的一个孩子呀。我记得你头一天走进我这家门的时候,那天也是下着大雨,你光着脚,胳肢窝里夹着一双解放鞋。你说你从小家里穷,宁愿伤脚,也不伤鞋。那是什么年月呀!我还记得,你当指导员的时候,为了解决一个班长的困难,每个月都以他的名义给他往家里寄钱,你不是一个爱钱的人哪……!(老泪迷离了双眼)

〔泪水止不住从刘春田的面颊上流淌了下来。

刘春田　……今天,我到检察院谈完话出来,就好像喝醉酒都吐光了一

———话剧《"厄尔尼诺"报告》 >>>>>

样，心里反而爽快了。我这一晚上想的，可能比我一辈子想的还要多。我也不知道我怎么会走到这一步。我怨谁？我又能怨谁？是我自己一步步走到今天的……

郭　海　刚才，我在楼上的时候，我也想了很多。怎么会呢？我郭海家怎么会出这种事儿呢？我们家男子汉，除了这个鲁兵没经过我挑选，你们一个个都是我亲自把关亲自挑选的。

郭鲁兵　（举起双手）是，我承认。比方说，在这个家里，你们都是计划经济，我就算是个市场经济。我来了，就像爸爸说的，没经过你的挑选，可是我还是得来呀，这是不可抗拒的。问题是我并不代表灾害呀。我本来就有很多毛病，你们从来就没有停止过对我的批判，可是在今天，你们还是得承认我是你们的兄弟。如果刘春田今天不是牵涉到经济犯罪的话，你能说他转业经商是错了吗？你能说一进入社会，一进入市场经济就注定要犯罪吗？

郭鲁闽　可是在社会转型期，党员干部涉及经济犯罪的案例是触目惊心的。光一九九六年，根据中纪委公布的资料，县处级以上的干部受到查处的就有四千零九十二人！

郭鲁兵　对，在美国，在旧金山，有多少中国子弟在那里用大量的现金购买着别墅；在拉斯维加斯，在澳门的赌场里，又有多少人在那里大把大把地输赢。哪儿来的钱？有几个是真正用自己的汗水和劳动换来的？他们的本钱是哪儿来的？跟他们相比，也许二姐夫的这点事那就是小巫见大巫了。也许，就是有了这样的一些人，才使我们国家的贪污腐败之风蔓延得像厄尔尼诺一样，无形地侵蚀着每一个角角落落。

节志刚　那也不能因为有这些人，我们就可以原谅犯罪！

郭鲁兵　我并不是说犯罪可以原谅，我只是说，这种现象是事出有因！

节志刚　鲁兵，可能你和我生活的环境不一样，我们的所见所想也不太一样。前一段我们导弹营到西部去打靶，住在一所偏僻的小学边上。每当我们开饭的时候，学校的学生就会好奇地围上来。开始我还以为他们喜欢听我们唱歌,直到有一个孩子提出了他们的疑问:"叔叔,你们为什么一天要吃三顿饭?"我们这才知道,那里的孩子们从小每天就只吃一顿饭,只有过年过节的时候才吃两顿饭……面对这些孩子,有什么样的贪污犯罪是可以原谅的?不管他是大巫还是小巫……对不起,二姐夫,也许我不该在这种时候来刺激你……

郭　海　不。就是因为这种话在我们家讲得太少了。我刚才在想,林胜利电话里说的对呀,老百姓的眼睛在盯着我们。在拿电话之前,我就想,我打这个电话,好吗?当我拿起电话的时候,嘉良又说,这样做,好吗?可我还是拨了电话。为什么?是我的私心,是我为了这个小家庭的利益,我犹豫了,动摇了,我碰壁了。幸亏我碰了壁!什么事情都是这样,明知道不对,还要去做,久而久之,就铸成了大错。陈老总早就对我们说过:"手莫伸,伸手必被捉,党与人民在监督,万目睽睽难逃脱……"可我们都忽视了,麻痹了,淡忘了。我们的党性,我们的信念,我们的光荣,就这样一点一滴地丧失了!

刘春田　(扑通跪下)爸爸,我对不起你。我给这个家带来了耻辱。……自从我来到这个家,你从没说过我半句重话。今天你打了我一巴掌,你把我打明白了。……我想过自杀,可是即使我自杀了,我给你们留下的也只是耻辱。我现在渴望得到惩罚,也许只有惩罚才能让我好好地悔恨,才能让我的心灵重新回到以往的日子里去。一旦失去,我才知道什么是最珍贵的……爸爸,刚才一路回来,我一直在想……

郭　海　想什么?

刘春田　想我的过去。我想过过穷日子,过过那种没有精神负担的日子。我想听军号,我想看战士出操!我想部队!(哭了,痛苦地呜咽着)

〔在这悔愧痛楚的哭声中,全家人的心灵都为之震动。

郭　海　鲁泉，春田走到今天这一步，你该承担什么责任?! 咱们老说防微杜渐、防微杜渐，这个"微"和这个"渐"就从你那儿开始的！我没把你教育好，我也有责任！欲望是不能放纵的。放纵欲望就是犯罪！

王嘉良　即使是电脑，它也得每时每刻对病毒做出防范。我们每个人都得装好自己的杀毒软件。

〔王嘉良和节志刚上前扶起刘春田。

刘春田　爸爸，我该走了。

郭　海　（走到刘春田身边）春田，我一直把你当儿子待，别趴下。早点回来，还回这个家……

刘春田　（泪水涌出眼眶）……我记住了……（走向妻子）鲁泉，我不怪你。

郭鲁泉　（一把抱住丈夫）春田……都怪我，是我对不起你！（泪水如泉）

〔刘春田慢慢推开妻子的肩膀，转身下。

郭　海　（望着他的背影）鲁泉，去送送春田。

〔郭鲁泉匆匆地追下。

〔客厅里的大座钟"当当当"地敲了起来。与此同时，海关的自鸣钟也遥遥传来。

〔小乔军容整齐、步伐规整地上。

小　乔　报告！

郭　海　进来！

小　乔　少校同志，接你的指挥车已经到达干休所门口，请指示。

节志刚　请稍等！

小　乔　是！

节志刚　（与王嘉良对看一眼）爸爸，我们的出发时间到了。

郭　海　鲁闽，我得为他们喝一杯送行酒！

郭鲁闽　（拿过酒瓶，顿了一顿，递给梁祝英）梁阿姨。

梁祝英　谢谢。（走到郭海身边）老郭，也算是有缘分，让我认识了你们

　　　　一家人。看见你们，我想起了我年轻的时候。我在当学生的时候就崇拜军人，一直崇拜到现在。不管我们今后能不能成为一家，我能在今天为你们送行，感到非常的荣幸。（为他们一一斟酒）
郭　海　（对郭鲁兵）儿子，你也满上。（用一种不同于先前的眼光看着他）等他们走了，咱爷儿俩好好坐下来谈一谈。（举起酒杯）孩子们，明天，不，今天，是我的生日。让我……为你们祝福吧。
　　　　〔众人互看一眼，举起酒杯。
众　　　爸爸，生日快乐！（端起杯子一饮而尽）
郭　海　祝"在望一号"演习成功。（使劲一挥手）出发！
　　　　〔王嘉良、节志刚向郭海立正敬礼。
　　　　〔郭海庄重地举手，还礼。
郭鲁红　（走向节志刚）志刚。
　　　　〔节志刚静静地注视着郭鲁红。
郭鲁红　不要在意那封信，那是我寄出的。
　　　　〔节志刚猛地搂住了妻子，转身疾下。
　　　　〔郭鲁红和其他人送下，台上只剩下了郭海与梁祝英。
郭　海　（触景生情，轻轻地哼唱起来）"一送里格红军……"
梁祝英　（也动情地加入进来）"介之格下了山……"
　　　　〔远处响起了嘹亮的军号声。马达隆隆，千军万马行进在大地上的步伐声。仿佛一场演习就在他们身边展开。
　　　　〔光渐收。
　　　　〔剧终。

精品提名剧目·话剧

十三行商人

编剧　陈京松　吴惟庆

时间

1825年（道光五年）至1841年（道光二十年）。

地点

广州。

人物

潘亦仁　广州十三行公行总商，同宜行老板。第一幕五十多岁。

潘维观　潘亦仁之子，后接任同宜行老板。第一幕二十三岁。

潘维明　潘亦仁与三姨太之子，潘维观同父异母的弟弟。后为德欣行老板。第一幕二十岁。

叶文秀　潘维观之妻，第一幕二十一岁。

三姨太　潘亦仁三姨太，潘维明的母亲。

小玉香　花艇名伶，潘维观的情人。第一幕二十岁。

郑木森　海关监督。

潘夫人　潘亦仁大太太，潘维观的母亲。

阿　福　潘家管家。

大　卫　英吉利商人。

彼　得　美利坚商人。

朱宝发　十三行商人。

刘炳昌　行外商人。

宁　儿　小玉香之子。

同宜行伙计阿昌、阿林、潘家仆人、洋商、茶商、官员、市民、清兵头领和清兵等从1757年起，清政府只准广州口岸通商，并将与外国商人进行贸易的特权交给广州十三行商人。

十三行的商家并非固定十三家。十三行商家共同成立一个公行，享有对外贸易的特权，同时也是官府和洋商交涉事务的中介。十三行要向广州海关交税，同时要为与他们通商的外国商人担保。外国商人若触犯大清律令，保人要受到处罚。

1840年鸦片战争后，清政府被迫将一口通商改为五口通商。广州十三行的一些商家虽然仍然存在，但已没有外贸特权，与一般的商家没有区别了。

———话剧《十三行商人》 >>>>>

序　幕

〔台前大屏幕播放广州十三行的历史图片，重现当年的辉煌景象。

〔画外音：清朝乾隆二十二年，大清乾隆皇帝一道圣旨，在开放与封闭的抉择中，轰然关上了中国的大门。可是，在其闭关锁国的国策之下，却也留下了一道缝隙，那就是只允许广州一口对外通商。从此，在1757年到1842年这85年的岁月里，既造就了辉煌鼎盛的帝国商行广州十三行，打造了"金山珠海"、"天子南库"，也让这些独揽外贸特权的商行与大清国共同经历了铭心刻骨的时代风雨。

第一幕　第一场

〔1825年（道光五年）。

〔广州潘家府邸。迎面高悬一块硕大木匾，上书"同宜行"三个镏金大字。鞭炮声此起彼伏。

〔厅堂张灯结彩，正中是一幅巨大的"喜"字。众多穿戴讲究的客人前来祝贺。潘家老少准备拜匾仪式。

阿　福　新娘新郎拜匾喽！

潘亦仁　念祖训！

潘维观
叶文秀　（二人跪拜）同德同心，其利断金，宜家宜国，务实则兴，志存四海，节垂丹青！

〔阿福、阿昌上。

阿　福　潘家大喜，请各位亲朋好友入席！

阿　福　怡和行伍老板送来南海珍珠五盒。

阿　昌　惠如钱庄陈老板送玉如意一对。

阿　福　广利行卢老板送来缅甸象牙雕两件。

阿　昌　万福堂张老板送茶具三百套。

阿　福　北京同仁堂送来高丽参八支……

〔潘亦仁走上。

潘亦仁　好好好……

仆　人　恭喜老爷！

潘亦仁　起来，起来！哈哈哈！

众客人　恭喜潘老爷，恭喜潘大公子新婚之喜啊。

潘亦仁　阿福，招呼客人入席！

阿　福　各位请！

〔众人下。

朱宝发　潘老爷！

潘亦仁　朱大老板！

朱宝发　恭喜恭喜啊！

潘亦仁　里面请！

〔大卫、彼得上。

彼　德　Hello！

潘亦仁　两位洋大人！

彼　得　（献上一束鲜花）潘老爷，今天是你们潘家大喜，我祝新娘子像鲜花一样美丽。

大　卫　你们美利坚商人就是太小气。潘大人，我代表大英帝国东印度公司特来祝贺潘大公子新婚之喜。（大卫一拍手，三个外国兵捧钟上）潘大人，这是我特意在大英帝国定制的礼物。

潘亦仁　这是……

大　卫　　Clock。

阿　福　　他这是给您送？

彼　得　　钟！

潘亦仁　（很不高兴）抬下去！

彼　得　　大卫先生，你才不懂大清礼仪，喜庆的时候怎么能送钟？

〔众人下。潘亦仁欲下，大卫回头。

大　卫　　潘大人，前两天我跟您谈的收购你们同宜行的几十万担茶叶……

潘亦仁　看来大卫先生是把现银准备好了？

大　卫　　NO！NO！NO！不能让我们大英帝国的白银哗哗地流向你们东方，我们以货易货。

潘亦仁　你说的还是那批……

大　卫　　福寿膏。那可是上等的药材呀。

潘亦仁　什么上等的药材？不就是大烟鸦片嘛！同宜行能不能做这种生意，你得问问这块挂了六十三年的匾。

大　卫　　匾？（左看右看，不知所以）

潘亦仁　你要是看不懂块匾，你就看不懂我们这些十三行的商人，大卫先生，请！阿福，招呼客人！

阿　福　　大卫先生请！

〔潘亦仁请大卫下后，叫住阿福。

潘亦仁　阿福，这维明去京城办事有半年多了吧？

阿　福　　是啊老爷。二少爷来信说今天一定赶回来参加大少爷的婚礼。

潘亦仁　该回来了，阿福，我看你还是去迎一迎。

阿　福　　是，老爷！我安排一下就去。

〔三姨太上。

三姨太　老爷，客人们已经到齐了，都在等您呢！

潘亦仁　好，这就去！

〔潘亦仁下。

三姨太　阿福，这十三行的行内行外商人真是给足了面子。贺礼堆积如

　　　　　山，快放不下了。
阿　福　是啊！三夫人！
三姨太　阿福，维明他从小和文秀好。现在，文秀嫁给了他大哥，他还不知道呢，你要见到他，你先给他透个话，劝劝他。
阿　福　三夫人，我明白了。
　　　　〔三姨太心神不宁。潘维明急匆匆跑上。
潘维明　大哥！大哥！
阿　福　二少爷，回来了！
三姨太　维明！
潘维明　（跪下）母亲！孩儿给母亲请安。
三姨太　快起来。看把你累的，饿了吧？妈做了你最喜欢喝的老火靓汤，来来来，喝汤去……
潘维明　母亲，孩儿有急事要跟你讲啊……
三姨太　（对潘维明）看看你这个脏样子，回屋去换身衣服。
　　　　〔潘维观内喊："三妈，父亲让你到厅堂去。"
三姨太　来啦！来啦！
　　　　〔潘维观上。
潘维观　三妈，父亲让你去一下！
潘维明　大哥！
潘维观　维明？回来啦！
三姨太　今天是你大哥大喜的日子，你可不许胡闹……
潘维明　我一定要闹个天翻地覆不可。
潘维观　三妈，父亲等着您呢。
潘维明　您快去吧，母亲！
　　　　〔三姨太下。
潘维观　维明。
潘维明　大哥！
潘维观　走了半年多了吧？哥哥想你啊！

潘维明　我也是！

潘维观　来。（维观指指头，两人做小时候的游戏）

潘维明　来，你今天肯定喝酒了，我要赢你！（掏出洋枪）小弟给新郎倌道喜了！

潘维观　（大喜）枪？这可是好东西，在美利坚这东西我用得可多了。

潘维明　这可是救了我命的枪啊！

潘维观　（转头看到维明的伤口）维明，你这怎么回事？

潘维明　大哥，出大事了，我押回来的银子在半路给人劫了！

潘维观　什么？被劫了？维明，这事可大了！今天是我大喜的日子，父亲特别高兴，这事可千万别提啊，回头我替你跟父亲说，你先避一避。

〔传来宾客们的喧哗声，"新郎倌呢？别着急啊……""新郎倌！维观……""新郎倌快入席吧，客人们都等着呢！"

潘维观　来啦，阿福，带二少爷赶紧去疗伤！（对里）来了……

〔维观下。

阿　福　二少爷，三夫人有些话让我跟你说一下。

潘维明　福叔，有什么事你就直接跟我说吧，别老拿我母亲说事。

阿　福　真是三夫人交代的，今天是你大哥新婚之喜啊。

潘维明　这我知道。

阿　福　可这嫂子是谁？您就不知道了。维明啊，有的时候这人的一辈子得认命！再有，听阿福一句话，天大的事儿，过了今天再说。

〔内喊："送新娘入洞房！"戴着盖头的文秀及四个丫环上，文秀和维明擦肩而过。阿福下。

潘维明　等等！

〔丫鬟们停下请安："二少爷！"

潘维明　你……你是……你是？

〔叶文秀不语，维明一把揭开盖头。

叶文秀　维明。

潘维明　是你。文秀，你怎么会嫁给我大哥了呢？难道你忘了我们在珠江边的海誓山盟了吗？文秀你看，你曾经送给我的定情信物。你当时对我说……（递上信物，被文秀碰掉下地）文秀，这到底是为什么呀？

叶文秀　是受父母之命！

潘维明　文秀！

叶文秀　你现在应该叫我大嫂。（急下）

〔潘维明欲追，他回过来捡起定情信物，三姨太上，拦住潘维明。

三姨太　这都是命，认了吧！

潘维明　我为什么要认命？我去找父亲评理，文秀是我的，文秀是我的！

（三姨太一巴掌朝潘维明打过去）

三姨太　那叶文秀已经嫁给了潘维观，你再这么闹还有什么用呢？

潘维明　母亲，你明明知道我和文秀从小青梅竹马，你为什么不告诉父亲？

三姨太　我告诉你父亲，可……

潘维明　他不答应？可潘维观是他儿子，我也是他儿子，为什么父亲总把苦事累事给我，好事美事总是他潘维观的？母亲！难道我们做小的都要受这样的罪？

三姨太　维明，你已经长大了，有些事情妈不能再瞒你了……妈嫁到潘家才7个月就生下了你，你父亲……

潘维明　他不承认我是他的亲生儿子？

三姨太　你是亲生的，是亲生的……

〔潘亦仁和阿福上。

潘亦仁　维明，你总算是回来了，事情办好了吗？

潘维明　（跪下）父亲，孩儿该死。

潘亦仁　出什么事了？

潘维明　我们押回来的银车，刚进湖北，就遭遇到劫匪，我们寡不敌众，那银车被……

潘亦仁　银车怎么样?

潘维明　被洗劫一空了。

潘亦仁　什么?

阿　福　由京城大名鼎鼎的威风镖局押运,黑道上谁敢拿鸡蛋碰石头?

潘亦仁　对啊。

潘维明　不,我请的是鸿运镖局。

潘亦仁　临行之前我再三嘱咐你,一定要请京城的威风镖局,你为什么……

潘维明　父亲!鸿运镖局的押镖费用只是威风镖局的四成啊……

潘亦仁　为了区区几个碎银子,你就敢这么做!我问你,那批镖银何人所劫?

潘维明　孩儿不知。

潘亦仁　在什么地方?

潘维明　不知道。

潘亦仁　有多少人?

潘维明　我什么都不知道。父亲,孩儿因小失大,求父亲责罚。

潘亦仁　我不责罚你,我可以不在乎那四十万两银子,可我在乎你的人品。维明,你要缺银子花可以问我要,可你得跟我说实话,我问你,那批银子到底到哪去了?

潘维明　父亲!你怀疑我?父亲,我对天起誓,我……

潘亦仁　你给我滚!（潘亦仁下）

〔三姨太拉潘维明下。

〔外面官兵高喊："海关监督大人到!"

〔海关监督郑木森带兵上。两个官兵欲冲进厅堂,阿福上前拦住。

阿　福　你们干什么?干什么?……哟,郑大人!小的给您请安了,今天是潘家大喜,没想到郑大人亲自光临,容小的先去禀告一声。

郑木森　站住!朱宝发在吗?

阿　福　在。

郑木森　给我拿下！

〔官兵进大堂把朱宝发押出来。

潘亦仁　住手！干什么？干什么？这是干什么？

郑木森　潘老板，恭贺潘大公子大婚之喜啊……

潘亦仁　郑大人，有这么贺喜的吗？从我的喜宴上把我的贵客抓走。

郑木森　本官公务在身，对不起了，把朱宝发带走！

潘亦仁　慢！我是十三行公行的总商，我总得知道他朱大老板到底犯了什么事。

郑木森　为了不失天朝体统，朝廷三令五申不许向洋人借钱。可贵和行朱宝发竟欠下洋人八十万两银子，英商告上了朝廷，圣上龙颜大怒，下旨将朱宝发全家发配伊犁，即刻上路，不得延误。带走！

〔官兵把朱宝发押下，众丫环下。

郑木森　潘老板，朱宝发所欠英商的八十万两银子，应由各行商共同偿还。

潘亦仁　十三行历来联带互保，这个规矩我懂。

郑木森　若不能按时偿还，我只能拿你这公行总商是问！还有，黄河再次决堤，朝廷要十三行每户行商捐银二十万两。太后寿辰，每户行商所献贡品也应尽快发运京城。

潘亦仁　郑大人，十三行这几年的生意实在不好做，要大家马上拿出这么多的现银，恐怕他们有难处呀。

郑木森　原来你们都有难处，可我也有难处啊。海关去年上缴朝廷的税银是二百三十万两，可今年海关的税银还不及去年的三成。

潘亦仁　那就是因为十三行的生意……

郑木森　好了，本官尚有公务要办，告辞了。（下）

商人甲　潘老爷，加上朱老板欠的，我们每个商行要摊三十多万两！（众商人议论）这可怎么办啊？

潘亦仁　诸位，诸位，诸位，这朝廷意旨不可违，还是赶快回去想办法吧，改日我们再合计。

众　　告辞了！（众下）

潘维观　父亲，要不然给郑大人一万两银票，堵住他们的嘴。

潘亦仁　你现在就是给他十万两银子，他也不会收呀！

〔三姨太、阿福匆匆上。

三姨太　老爷！（哭……）

潘亦仁　又怎么了？

阿　福　老爷，二少爷收拾了行李出门了，还说……

潘亦仁　说什么？

阿　福　要离家出走，自立门户。

潘亦仁　自立门户？好，他潘维明从此不准进我潘家的大门！

〔切光。

第一幕　第二场

〔上一场半个月后。潘家花园。

〔小玉香手执折扇上，东张西望。潘维观上。

小玉香　小玉香恭喜新郎倌。

潘维观　什么新郎不新郎的？"身在曹营心在汉"说的就是我呀。

小玉香　（想了想）噢，这意思就是：你吃着碗里的，看着锅里的！

潘维观　（左右环顾）我现在吃的是生意人的饭，看的是洋人的钱口袋。

小玉香　这跟我有什么关系？

潘维观　当然有关系了。我们家前段时间出了点事，我父亲一气之下，把家里积压的几十万担茶叶让我来做，说让我历练历练。

小玉香　真的？

潘维观　等生意做成了，好日子有你过的。

小玉香　你又在哄我了吧？

潘维观　唉，玉香，今天少奶奶叫你办的事……

小玉香　少奶奶？少奶奶是不是知道我怀了你的孩子？

潘维观　我早晚会告诉她的,今天是她让你唱粤曲的。

小玉香　哦?我明白了!要不是少奶奶叫我来,恐怕你一辈子也记不得我小玉香了吧。(维观见小玉香不高兴,拿出一只怀表给小玉香)我一个花艇女子,要这怀表有何用啊?

潘维观　有用,当然有用了。譬如说,我约你晚上十点钟和我相会,有了它,你就能把握好钟点了呀。(小玉香接表,潘维观顺势握住她的手)

〔叶文秀内喊:"把茶具拿过来。"丫环:"来了。"潘维观赶快把手松开。文秀、丫环上。

丫　环　少奶奶你看!

叶文秀　我当太太的不急,你当下人的急什么,下去!

丫　环　是。(下)

潘维观　文秀,我替你把她请来了。

叶文秀　你慌什么?我今天请她来,一是唱粤曲,二是有话要问。小玉香来了?

小玉香　小玉香给少奶奶请安了。

潘维观　文秀有什么话跟我说,她是不会说的。

叶文秀　(对潘维观)等你把她娶过来,再心疼也不晚啊。

小玉香　不,少奶奶,小玉香从来没有想过要高攀。

叶文秀　这么说,大少爷真的要娶你,你也不嫁?

潘维观　文秀,你就别为难她。

叶文秀　为难她是为了不为难你。(对小玉香)起来吧。

小玉香　谢少奶奶。

叶文秀　你要是真的喜欢她,就跟父亲讲,把她娶过来。

潘维观　文秀,你可真是善解人意。

叶文秀　可不知道父亲会不会答应。

潘维观　父亲,父亲他有五房姨太太,我娶个二房不过分吧?

叶文秀　可父亲的姨太太里面没一个是花艇上的。维观,那些洋商们都来了，今天能不能把那些茶叶卖出去，就看你的了。

潘维观　这你就放心，我在美利坚逛了一年多，这洋人的脾气我可是摸透了。再说有你这位西关小姐帮忙，咱们夫唱妻和，这跟洋人的生意还怕做不成吗？

叶文秀　那当然了！小玉香，跟我来。

小玉香　是。

〔叶文秀、小玉香下。仆人抬桌子上。

阿　昌　大少爷！

潘维观　摆好了！这是老爷、太太坐的地方！

〔潘亦仁上。

潘亦仁　维观，准备得怎么样了？

潘维观　父亲，差不多了，您看。

潘亦仁　你这穿的是什么？

潘维观　这是美利坚的晚礼服。

潘亦仁　辫子呢？

潘维观　辫子，（脱帽转身露出辫子）在这儿。

潘亦仁　去去去，把这人不人、鬼不鬼的衣服给换了。

潘维观　父亲，这衣服要是换了，和洋人的生意可就做不成了。

潘亦仁　做生意不是看你穿什么样的衣服，而是看你有没有本事。

潘维观　您的意思是说，只要有本事，不穿衣服也能做生意？

潘亦仁　算你明白。（自觉失言）告诉我今天到底打的什么算盘？

潘维观　父亲，您说为什么英吉利东印度公司会垄断茶叶市场这么多年？

潘亦仁　为什么？

潘维观　一、他们的市场大。自从大英女皇喜欢上喝茶以后，这英吉利人拿出年收入的十分之一用来喝茶；二、是他们有庞大的运输船队。

潘亦仁　那你准备怎么办？

潘维观　父亲，今天我的好朋友美利坚的彼得可是帮了我忙了。

潘亦仁　你说的就是那个……

潘维观　对，就是救我命的那个彼得，他帮忙联络的美利坚新组建的船队已经调转航向，很快就到广州了。这美利坚可是决意要与英吉利唱对台戏呀！

潘亦仁　有这样的事？好好好！这美利坚可比英吉利的市场要大多了！

潘维观　那是啊……

〔阿福引彼得焦急地上。

阿　福　老爷，大少爷，美利坚的彼得先生说有急事求见。

潘维观　快请快请！

彼　得　不好啦！不好了！维观，这下不好了！本来我去接船队，可现在我连广州城都出不了。

潘维观　为什么？

彼　得　那个该死的大卫到海关去告我欠债没还，按照大清的律例，不准我出城，那我可怎么办哪？

潘维观　彼得，你欠大卫的银子？

彼　得　NO，NO，NO，我是欠你们同宜行的7万货银已经到期了，没钱交付，所以海关才不准我出城，奇怪，这事情怎么会让大卫知道呢？

潘维观　（急）你出不了城哪来的船队啊？你这一招搞砸了，我可是满盘皆输啊！

叶文秀　父亲、维观，那些洋商们都来了。

潘亦仁　请。维观，按你原来的安排办！

〔洋商喧哗，文秀引各国商人上。

潘维观　各位，请坐！（洋商纷纷入座）

潘亦仁　诸位，欢迎到寒舍来赏茶品茗，叙叙友情，多谢诸位赏光！

潘维观　诸位，今日请你们来就是想让你们开开眼界。这品茗第一道——听茶。（一拍巴掌）

〔小玉香上，边歌边舞。众洋商如痴如醉，击节叫好。

小玉香　（唱粤语小调）午后昏然人欲眠，

　　　　　　清茶一口正香甜。

　　　　　　茶余或可添诗兴，

　　　　　　好向君前唱一篇。

众　人　（鼓掌）好！

洋商乙　人漂亮，曲子美，即使听不懂，也已经让我很陶醉啊！

潘维观　Gentleman！你们听到的是风流才子唐伯虎的一首茶诗。这品茗第二道——吟茶。

洋商甲　潘大少爷，这茶是用来喝的，怎么能吟呢？该不是戏弄我们吧？

潘维观　诸位，你们都喝过我大清茶，却不知我大清有诸多富有文采的茶诗与茶联。现在，请你们把桌子上的扇子都拿起来。

洋商乙　（打开折扇念）汲来江水……

潘亦仁　烹新茗。

洋商乙　烹新茗，买尽青山当画纸。

潘亦仁　这是扬州怪才郑板桥的一副对联。板桥此人不仅能诗、会画，而且精于茶道。

〔洋商们一个个兴趣盎然念折扇上的诗联。

洋商丙　这还有：欲把西湖比西子，从来佳茗似佳人。

潘维观　Gentleman！这后一句的意思就是，好茶就像美女。古斯塔夫先生，你不是最喜欢美女吗？（众笑）诸位，这品茗的第三道是赏茶。

叶文秀　姑娘们，上茶啦！

〔茶女上。

叶文秀　这茶分上、中、下三品。这上品茶，只得十二三岁的黄花女子采摘，方可使茶香不被世俗之气所亵。

潘维观　除了上中下品之外，还分上上品。

潘亦仁　这茶若经发酵以后，就是红茶或乌龙茶，如果经过焙制，那就成了绿茶。这焙制的工艺十分的讲究，包括它的器皿，尤其是焙制的火候都得十分考究才成啊！

众洋商　喔，有那么多讲究。

潘亦仁　我们国人以茶修身，以茶养生。

叶文秀　诸位，这品茶呀，要分一看二闻三饮。这冲茶，有如高山流水，飞流直下；这倒茶，就似关公巡城，韩信点兵。然后呢，要一看茶色，二闻茶香，三饮茶味。（做示范）

众洋商　好香！真的香！

洋商甲　好马要配好鞍，好茶要配好茶具。夫人，这茶杯真漂亮。

叶文秀　如果诸位喜欢的话，这些茶具可以奉送给你们。

众洋商　太好了！谢谢！

洋商甲　同宜行能够给我们提供那么多的茶叶吗？

潘维观　同宜行有的是茶叶，你们要多少，供应多少。

洋商乙　那你们有那么多的船吗？

阿　昌　大少爷，大少爷，大卫先生来了。

〔大卫上。

大　卫　诸位，不好意思！我来迟了！

潘维观　大卫先生，我好像没有请您来呀。

大　卫　我是不请自来。潘大公子，同宜行的茶叶要是卖不出去，我可以帮忙。

〔阿福上，悄悄与潘亦仁耳语。

潘维观　你能帮什么忙？

大　卫　众所周知，同宜行三个字就是上等茶叶品质的保证。可你不卖给我东印度公司，你能卖给谁？他们？他们有我大英帝国庞大的船队吗？他们有我英伦三岛广阔的市场吗？我要不买，他们谁敢买？

潘维观　他们敢买！他们都敢买！

大　卫　谁？（大笑）哦？彼得先生！

彼　得　大卫先生，你太过分了！

大　卫　你吃得下这么多茶叶吗？（向着彼得说）你就不怕撑破了肚皮和你的美利坚说拜拜吗！再说了，他有钱吗？他有船吗？他现在是个连城门都出不去的穷光蛋，况且，他还欠下你们同宜行几万两的货银，按大清的律例，你敢吗？

潘亦仁　彼得先生，你是我儿子潘维观最要好的朋友。阿福，（阿福拿欠条，潘亦仁接过欠条）这是你欠下我们同宜行七万两千两白银的借条！

彼　得　是的。

潘亦仁　你是一个诚实的商人，只不过现在不走运罢了，你看这样处理好不好？从今天起这笔账一笔勾销。（撕欠条）

潘维观　父亲？！

彼　得　潘老爷？

大　卫　潘大人！这可是大半船货银哪！

潘亦仁　慢说是大半船货银了，就算几船的货银，我同宜行也担得起。阿福，立刻陪彼得先生到海关去办关防条，快马送至黄埔。

阿　福　是，老爷！

彼　得　这太不可思议了！太不可思议了！潘老爷！维观！你们才是真正的商人！我一定帮你们把货运出去，打开美利坚的大市场！谢谢！

〔阿福带彼得下。

大　卫　（气急败坏地）同宜行，我们走着瞧！（下）

潘亦仁　大卫先生，不送了！各位，大家都看到了吧，彼得先生的船队就停在伶仃洋，上好的茶叶就在我们同宜行的货仓里，该怎么办？诸位请便吧。

〔众洋商七嘴八舌。

洋商甲　诸位，你们都听到了吧，同宜行什么都为我们想好了，这生意我们做定了！

众洋商　我也做！

潘维观　Gentleman！愿购买茶叶的，请跟我到大厅签约吧。

众洋商　走，请……

〔维观领着众洋商下。

潘夫人　老爷那些洋商们都争着掏银子，可真是……柳暗花明啊！

潘亦仁　你别看维观这个家伙，人不大鬼还不小！

潘夫人　老爷，维观已经不小了。你瞧，这么大的生意都让他做成了。我看以后这生意上的事你就让他多接接手吧。

潘亦仁　是啊，这些日子我也常常在想，我想把生意交给维观……

叶文秀　父亲，维观现在还嫩着呢！今天，要不是您把那七万两千两银票一撕，扭转了乾坤，那这单生意可就做不成了。

〔潘维观兴冲冲上。阿福上。

潘维观　父亲！文秀！六十万担茶叶被一抢而空了。

叶文秀　太好了！

潘亦仁　好是好呀，可是行里其他的那些茶商该怎么办呢？

潘维观　父亲，还管其他人干什么？这叫竞争，我在美利坚的时候……

潘亦仁　你少跟我提你那什么美利坚了。算一算这笔生意我们能赚多少？

潘维观　六十万担，一担净赚八两六钱，……

叶文秀　就是五十万零两千五百两。

潘维观　分毫不差！

潘夫人　瞧瞧，难怪别人都说文秀是西关铁算盘，是维观的好帮手。

叶文秀　（偷偷对维观）维观，趁父亲现在高兴，不是有事吗，赶快说啊。

潘维观　父亲，有一件事情不知道能不能……

潘亦仁　说。

潘维观　我想讨……

潘亦仁　二房？我看那就让他……不对，是你跟我说的吧？那美利坚的男人只能讨一个老婆。

潘维观　父亲，这做生意学美利坚，这讨老婆还得按大清规矩不是。

潘亦仁　那就讨吧。可不能亏待了文秀。

潘维观　不会的。不会的。（拉着小玉香上）父亲你看，她就是……

小玉香　小玉香给老爷、太太请安。

潘亦仁　我们潘家祖上传下规矩，花艇上的歌女、青楼里的女子是断断不能进潘家的大门。（拂袖而去）

〔小玉香瘫倒在地上。

〔切光。

第一幕　第三场

〔上一场两个月后的一个晚上。珠江码头。

〔潘维明在珠江码头边东张西望。

〔江中小船上的花艇妹高喊："公子，公子，先生，到我们这儿来……"

大　卫　Mr pan!

潘维明　大卫先生！

大　卫　Mr pan! 我可算找到你了。

潘维明　大卫先生！你怎么到这儿来了？你不知道朝廷有条例，洋人深夜不许外出。

大　卫　不到万不得已，我是不会亲自来找你的。

潘维明　有什么急事你快说？（心不在焉地东张西望）

大　卫　我帮你成立了德欣行，原以为我们的生意会畅通无阻，没想到你也是一个缩手缩脚的人。我的货在你的码头已经堆压了一个多月，万一要是出了什么纰漏，你承担的将是杀头之罪。

〔俩清兵过。

潘维明　大卫先生，你不是不知道，嘉庆皇帝登基第一年就下诏禁鸦片，当今皇上又一再重申，我怎么敢在这个时候出手呀？再有现在的公行总商可是我的父亲啊！

大　卫　那你说我们该怎么办？

潘维明　打通海关监督郑木森的关节。

大　卫　你们大清朝的官就只认三个"子"：位子、女子、银子。大清的官都是让银子牵着的狗。

潘维明　大卫先生，你可不要忘了，我还是大清的子民！

大　卫　我说的就是郑木森这样的官。

潘维明　那大卫先生，您既没有位子，也没有女子……

大　卫　我有银子，我去准备银票，剩下的就看你的了。

潘维明　（向内观望）一言为定。

〔潘维明和大卫分头下。"公子，这有花艇王后为您唱曲呢！你们快点儿过来呀！"传来小玉香哀怨的粤曲。潘维观和彼得上。

彼　得　小姐，把船划过来，我们要听粤曲！

〔"来啦！"一条花艇慢慢划过来。小玉香走下花艇。

小玉香　（背对着潘维观）二位爷，想听什么曲子请说吧！小玉香唱给你们听就是了。

潘维观　玉香！

小玉香　维观？

潘维观　玉香！我来给你介绍一下，这位就是我的救命恩人彼得先生。（对彼得）她就是我跟你说的小玉香。

彼　得　Hello！

小玉香　小玉香见过彼得大人！

彼　得　我们见过面，小玉香，我对你们广东音乐非常感兴趣，那天你唱的粤曲 Very Good！Very Good！

花艇妹　这位大爷我们上船听粤曲吧！

〔拉彼得上船。

小玉香　（掏出怀表看了一下）你怎么来了？难道你还想听小玉香唱曲吗？

潘维观　惜春情短，柳丝长；隔花人远，天涯近。玉香，你看，刚好十点。

小玉香　你父亲不是说不让你娶我吗？你怎么还不死心呢？

潘维观　这心要是死了，这人还能活吗？

小玉香　难道你不怕……

潘维观　怕？当年我去美利坚的时候，在马来附近遇到海盗，身中两刀，要不是彼得枪法好的话，我早喂鲨鱼了，这死过一回的人，还有什么可怕的？

小玉香　可我怕啊。

潘维观　玉香！不怕！不怕！等我父亲知道我这生米煮成了熟饭，还怕他不让我娶你？

小玉香　维观！

〔小玉香依偎在潘维观怀里，忽然看到彼得。

彼　得　维观，快上花艇听粤曲啊。

花艇妹　快来啊！

潘维观　玉香，彼得先生对广东粤曲非常感兴趣，今天是特地来听你唱粤曲的。

小玉香　可是今天乐师们都不在……

潘维观　我拉琴。

小玉香　你拉琴？好，你拉琴，我唱曲！

彼　得　那我听曲。

〔维观拉琴，彼得、小玉香上船。小玉香唱了起来。

〔潘维明、潘亦仁、郑木森上。

潘维明　郑大人，你看！

潘亦仁　郑大人，就为了这事半夜三更的让我到这来！朝廷可没有说不准十三行的商人逛花艇吧？

潘维明　郑大人，朝廷可有条例，洋人深夜不得外出，更不能出入此种是非之地！

潘亦仁　洋人？

潘维明　是。郑大人，你看坐在船头的那个男子……

郑木森　他是谁啊？

潘维明　他就是美利坚的彼得啊。

郑木森　潘维观！

〔潘维观上。

潘维观　谁啊？父亲，郑大人……

潘维明　潘大少爷，难怪你这总是往外跑，小玉香果然是别有风韵呀。

潘维观　维明，郑大人是你带来的？

潘维明　如果没做错事的话，就算是皇上来了，也用不着怕呀？

潘维观　你……

郑木森　把那位公子请过来（指彼得）！

清　兵　这位公子请！

〔彼得低着头上。

彼　得　维观！

郑木森　这位公子是谁呀？

潘维观　郑大人，他是佛山的一位朋友。

潘维明　郑大人，并非如此，你看他头上戴的那顶帽子……

郑木森　您的帽子很别致嘛，能不能摘下来给我观赏观赏啊？

潘维观　郑大人，你对这帽子感兴趣？我家里有的是。（把一张银票塞到郑木森手里）

郑木森　（将银票举起来）潘老板，令郎这银票是什么意思？

潘亦仁　还不快把它收起来。

郑木森　没收！把他帽子摘下来！

〔潘维明摘下彼得的帽子，拿下假辫子，递给郑木森。

郑木森　（对小玉香）好不知羞耻的东西，竟敢在夷人面前抛头露面，搔首弄姿，还不快快给我离开此地。

〔小玉香下。

郑木森　潘大公子，这洋人是你带来的？

彼　得　是我……我自己来的。和潘公子没关系。

郑木森　我问的是他。

潘维观　是我带来的。

郑木森　这可是触犯朝廷律令的事。

潘维明　我说潘大少爷，看来你只住过美利坚的洋房。我们大清的大牢，您还没住过吧！

潘维观　维明，我做了什么对不起你的事，你要这样害我，我可是你大哥啊！

潘维明　呸，你是谁的大哥？

潘维观　你连我这个大哥都不认了，我从小怎么关照你的？

潘维明　从小到大，在潘家你什么时候……

潘维观　你怎么这么浑啊！

郑木森　够了。这是你们吵架的地方吗？潘老板，您是这彼得的保人？

潘亦仁　是的。

郑木森　洋人触犯朝廷律令，保人要送官府判罪的，您不会不知道吧？

潘亦仁　我知道。

潘维明　郑大人，为什么要判保人的罪啊？该判罪的是他潘维观！

潘维观　郑大人，这洋人是我带来的，就是判罪的话，也该判我的罪。

郑木森　同宜行现在还没传到你的手里，你更不是彼得的保人。要我抓你？你还不够格！

彼　得　我抗议，我违反了大清的规矩，应该抓我，而不应该抓潘老爷，这太不公平了！

郑木森　Shit out！这不是你们的美利坚，现在本官命你速速离开此地，回到你们的夷馆。

彼　得　我抗议，这太不公平了！岂有此理，我要告你们……

〔官兵将彼得推下。

郑木森　潘老板！您看这事应该……

潘亦仁　郑大人，我想和犬子交代一下家事，您看方便不？

郑木森　好，我在那边等着，快点。

〔郑木森下。

潘维明　父亲，孩儿没想害您啊……
潘亦仁　（指潘维明）我想和我的儿子谈点家务事，您在这儿不大方便吧？
　　　　〔潘维明下。
潘维观　父亲，不孝的孩儿做了错事，连累了父亲！
潘亦仁　事情没那么简单，谁让我们没有收大卫的鸦片呢？
潘维观　你是说……这事跟大卫有关？
潘亦仁　要没有大卫，他潘维明能成立德欣行吗？要没有德欣行，他潘维明会把事情做的这么绝吗？
潘维观　大卫想做黑道生意，又怕被上奏朝廷，二人便串通一气欲借彼得的手，扳倒同宜行，扳倒您这个公行总商。父亲，孩儿做的事，由孩儿来承担吧。
潘亦仁　你承担得了吗？（叹了口气）我们潘家本是书香门第，自从乾隆皇帝改四口通商为一口通商，你的曾祖父才在朝廷众臣的怂恿下创建了同宜行。可万万没有想到，这商场和官场一样的险恶，这六七十年间，我们十三行在朝廷、洋人、官府、行外商人的重重包围之中，就像坐在铁桶里一样，想透口气都难哪！朝廷每年要从十三行拿走的银子那是几百万两，和珅当道的时候，每年还要搜刮走上百万两银子。这十三行简直就成了朝廷的银库。这些日子，我常常在想，要是守着那几千亩的田地，几十间的大宅院，喝喝茶，读读书，下下棋，钓钓鱼，该有多好啊！黄金本为贵，可这安乐胜千金啊！
潘维观　父亲，现在无论是英吉利，还是美利坚，他们的货船来往穿梭于大洋之上，取天下物为己用，如果国人都像父亲这样所想，那大清岂不要与世隔绝了？
潘亦仁　（大怒）一派胡言，一派胡言。到了这个时候，你还说这种浑话？
潘维观　父亲！
潘亦仁　（略缓和）好了，维观，我这次进去少说也要一年半载。这潘家、这同宜行我就交给你啦！

———话剧《十三行商人》>>>>>

潘维观　父亲！
潘亦仁　你给我记好了，回去以后好好读书，另谋出路。
潘维观　那同宜行的生意……
潘亦仁　不做了，不做了。
潘维观　不做了？
潘亦仁　等我出来以后，我们举家还乡，归隐田园。
潘维观　可我咽不下这口气。
潘亦仁　你非要等我们潘家倾家荡产你才算完吗？
　　　　〔郑木森干咳了两声，叫道："潘老板。"
潘亦仁　我得上路了。
潘维观　父亲……
潘亦仁　好自为之吧。
　　　　〔潘维明上，拦住潘亦仁跪下。
潘维明　父亲，孩儿只是跟潘维观赌气，并无意要害你老人家。父亲！
潘亦仁　德欣行老板，我多谢你，我多谢你啊。（拂袖下）
潘维明　父亲你听孩儿解释啊……父亲……
潘维观　你……你这个天良丧尽的败类，滚！父亲……
　　　　〔潘维观下。小玉香上，欲追潘家父子。
潘维明　（看着小玉香）好！好！我是天良丧尽，潘维观，那就没有什么事不能做了。
小玉香　维观，……都怪我，都是我害了你们啊。
潘维明　你说的没错，如果不是因为你，老爷和大少爷又何至如此。
小玉香　二少爷……你好歹也是潘家的人，您求求郑大人放了老爷吧！小玉香求您了！
潘维明　我可以求郑大人把老爷给放出来，不过你可要先答应我一件事情！
小玉香　我？我能做什么？
潘维明　你先说你答应还是不答应？

小玉香　难道你是想……想要我……

潘维明　你把我潘维明当成了什么人？我是想要你，不过，我可是要明媒正娶，让你做我的正印妻房。

小玉香　不，不……二少爷！什么事我都能答应你，唯独这件事万万不能！

潘维明　有什么不能的，别以为我不知道你和潘维观的那些勾当！

小玉香　什么？你知道我怀了维观的孩子？

潘维明　什么？孩子？

小玉香　是的，我怀了大少爷的孩子。

潘维明　孩子？哈哈哈哈！潘维观的孩子？哈哈哈哈！小玉香，你可不要忘了，现在把老爷害成这样的人是你，能救老爷的人可是我，你要是不答应，我可就走了，告辞！（欲下）

小玉香　等等……我……我……我答应。

〔切光。

第一幕　第四场

〔上一场半年后，潘家大堂。

〔阿福、阿昌在阻挡上门讨债的众商人，众人在闹。

阿　昌　你们干什么？你们不能进来！

阿　福　这里是同宜行！干什么呢？

商　人　我那七万两货银什么时候给我？

阿　福　货款不是没到期吗？区区几万两银子，又不是不给你们……

商　人　可你们老爷都关进去半年多了……

〔阿昌领着潘维观、叶文秀上。

阿　昌　大少爷，你看，就是他们！

潘维观　阿福，怎么回事？

阿　福　大少爷！老爷出事半年了，他们担心同宜行有些什么意外，货款没到期，就就来催银子。

潘维观　诸位！我们潘家是出了点事，可这同宜行还在呀！货款不是没有到期吗？这样吧，你们再给我三天时间，同宜行如数奉还诸位的货银！

商人甲　此话当真？

潘维观　君子一言！

商人甲　驷马难追！

众商人　不行，三天？三天你给得出吗？

商人甲　听我说，就冲同宜行这块牌子的信誉，就宽限他三天。不过这三天一过，潘大公子您可别再难为我们这些小本买卖的生意人。

潘维观　诸位放心。

众商人　告辞！

〔众商人下。

潘维观　请吧……闹到我家里来了！

叶文秀　维观！

潘维观　文秀，你放心，不出三天，有四批货银就回来，你赶紧到账房查一下一共欠他们多少银两？

叶文秀　我就去！

〔阿福上。

阿　福　大少爷，少奶奶……

潘维观　怎么，又来要账的了？

阿　福　老爷……老爷回来了！

〔"老爷回府喽！"潘亦仁疲惫地上。众人冲到门口，拥着潘亦仁进厅堂。

潘维观　父亲回来了？父亲，父亲！

潘夫人　阿昌，准备火盆，点灯。

叶文秀　快端洗脸水，拿些柚子叶除除晦气。父亲回来啦！

〔潘亦仁按习俗跨过火盆，众人用柚子叶给他去身上晦气。"大吉大利去晦气！"

〔潘维观、叶文秀、三姨太跪在老爷面前请安。众仆人给老爷请安。

潘维观
叶文秀　父亲！孩儿给父亲请安！

潘亦仁　起来，起来！

众仆人　给老爷请安！

潘亦仁　起来吧！

三姨太　老爷！孽障不孝，害得老爷饱受牢狱之苦，对不住了。

〔三姨太在潘夫人示意下捂着脸下。

潘亦仁　大家都做事去吧。

众仆人　是老爷！

〔众人下。

叶文秀　父亲，您累了吧，要不回房歇息吧？

潘亦仁　不用，不用。我不在家的这些日子家里都好吗？

阿　福　老爷……

潘维观　父亲，家里好着呢。

潘亦仁　（凝视着"同宜行"的匾）同宜行啊，同宜行，同德同心，其利断金，宜家宜国，务实则兴，志存四海，节垂丹青。维观，回头找几个人来把这块匾摘下来。

潘维观　摘下来？

潘亦仁　明天我们举家返乡，归隐田园。喝茶、读书、下棋、钓鱼去喽！

阿　福　老爷，恐怕这老家回不去了。

潘亦仁　你说什么？

潘维观　父亲，为了早些救您出狱，我们……

潘亦仁　花了不少钱？

潘维观　花了八十万两银子。

潘亦仁　多少？

潘维观　八十万。

阿　福　老爷，还不止这些，大少爷还捐了二十万两给朝廷，说是给四川剿匪用的。

潘维观　那是被朝廷逼的。（文秀示意阿福下）

潘亦仁　真没想到我这把老骨头还值这么些银子……这钱从哪儿来啊？

叶文秀　父亲，我在钱庄借了三十万两银子。

潘亦仁　还有七十万两呢？

阿　福　大少爷把老家的房产和地全卖了。

潘亦仁　什么？你……（几乎气昏。众人一起叫："老爷！老爷！"）

潘夫人　老爷，孩子们是怕你在大牢里受苦，万不得已才这么做的啊。

潘维观　父亲，留得五湖明月在，不怕无处下金钩。

潘亦仁　可你卖的正是我们潘家的"五湖明月"呀。过来，你给我过来。我被投案的那天，在江边都跟你说了些什么？

潘维观　您让我回来以后好好读书，另谋出路。

潘亦仁　还有呢？

潘维观　还有就是把同宜行关了。

潘亦仁　可你是怎么做的？

潘维观　父亲，当年韩信率兵攻打赵国，命将士们背水列阵，将士们因前有强敌，后无退路，皆奋力杀敌，结果大败赵军。

潘亦仁　你懂个屁，不知进退何谈用兵之道。归隐田园，那是我们潘家最后的一步棋。

潘维观　您总想着最后的一步棋，隐居田园，那就是在商场中临阵脱逃。

潘亦仁　放肆！拿家法来！阿福，拿家法来啊！

叶文秀　父亲，您不在家的这些日子，维观也为同宜行做了不少事情啊。

阿　福　大少爷！您快把水银的事跟老爷说呀！

潘维观　什么水银的事，都是你！

叶文秀　父亲，最近广州水银的价格特别低，一些洋商把进口到广州的水银都转口卖到印度、马来和日本，维观就把滞留在了广州几个月都卖不出去的水银，用最低的价格全部收了进来。
潘亦仁　人家卖不出去的货，你一下全都兜进来？
潘维观　父亲，我是用您十三行公行总商的名义放出话说，我说咱们同宜行囤积了大量的水银，一年之内不会再有水银进入广州了。可内地的制镜厂不出三个月水银必然用光，到时候只有我们同宜行存有水银，那时候卖出的价会比彼得进的价格高出好几倍啊。
叶文秀　父亲，您还记得我们送给洋商的那几十万套茶具吗，如果这每套茶具每年按十斤茶叶计算，那么明年春天，这茶叶的销量必然大增。
潘维观　父亲，我还派人到福建去物色茶山了，等把水银卖了，咱们再买两座茶山，到了明年春天，这茶叶的产、运、销都是咱们同宜行的了！
　　　　〔潘亦仁凝视着潘维观。
叶文秀　是啊，父亲。维观还说，等到明年世道好了，就入驻佛山的丝织厂，把最好的生意控制在同宜行的手里。父亲，是不是维观没跟您商量，您生气了？
　　　　〔潘亦仁重新打量维观。
潘亦仁　维观呀维观，你要早几年这样该有多好啊，我们同宜行何至如此啊。
潘夫人　我早说过了嘛，维观是会做生意的。
潘亦仁　都是被你给惯的。他是不是还跟那个什么……小……小……
潘夫人　小玉香。
叶文秀　父亲，维观跟我说了小玉香怀了他的孩子！
潘亦仁　先斩后奏嘛！让他娶回来吧，唉，可不能亏待了文秀哦。
潘维观　不会的，绝对不会的。
　　　　〔阿福上。
阿　福　老爷，二少爷……不，德欣行的老板潘维明来了。
　　　　〔潘维明得意地上。

潘维明　哈哈哈！（突然发现父亲也在）父亲，您回来了？

潘亦仁　还好啊，我没有死在大牢里。

潘维明　孩儿给父亲给大妈请安！给母亲请安！

三姨太　维明……

潘维观　潘老板，你今天到我们家来不是为了看我父亲是不是活着回来吧？

潘维明　我是听说你把老家的地和房产都给卖了？

潘维观　是，又怎么样？

潘维明　那这同宜行的匾……

潘维观　你已经不是同宜行的人了，这匾跟你有什么关系？

潘维明　我知道你们不会给我，我花银子买，你看怎么样？

潘维观　你能出多少银子？

潘维明　我出十万两。

潘亦仁　真没想到，这块匾还这么值钱？说说为什么？

潘维明　因为无论是内商还是洋商，都知道咱们同宜行的货色好，守信义。

潘亦仁　货色好，守信义，可为什么办不下去了呢？

潘维明　这……天有不测风云嘛。

潘维观　听你那么一说，我倒不想卖了。

潘维明　你要嫌银子少的话，我再加五万两。

叶文秀　你不说，我还真不知道这块匾值这么多钱。

潘维明　那你们想要多少银子？

叶文秀　一百万两……

潘维明　什么？

叶文秀　也不卖！

潘维明　为什么？

叶文秀　你不是说同宜行货色好、守信义吗？如果这块匾到了一个连父亲都敢出卖的人的手里，那"同宜行"这三个字还有脸见人吗？

潘维明　叶文秀你……
潘维观　你想怎么样？
潘维明　哼！我不想怎么样，我是来帮你们的。哦，对了，父亲您还记得我当年丢了四十万两银子吗？这是银票，今日如数奉还。您可收好了。
潘亦仁　维观！送客！
潘维观　请吧！快滚！

〔三姨太走上来拉维明。

潘维明　（欲下又回来）我还有一件喜事忘了告诉潘大少爷。（拿出一张请帖）
潘维观　（看请帖）潘老板要大婚，恭喜呀。
潘维明　难道你不想知道我娶的是谁吗？
潘维观　我不感兴趣。
潘维明　你一定会感兴趣的，因为我娶的可是小玉香。
潘维观　不可能！
潘维明　有什么不可能的？
潘维观　她怀了我的孩子。
潘维明　你的孩子？
潘维观　我的孩子呢？我的孩子呢？
潘维明　你的孩子？早就被我扔到珠江里去了！

〔潘亦仁等人吃了一惊。

潘维观　什么？你……你把我的孩子扔进了珠江？你这个混账！（两兄弟扭打起来，潘维观拔出潘维明送给他的手枪）我打死你。

〔潘夫人拉着潘维观，三姨太用身体护着潘维明。

潘亦仁　住手！（夺过枪，指向潘维明）
三姨太　（跪下）老爷，维明他可是你的亲儿子啊！老爷……

〔潘亦仁向天开了一枪。

潘维观　我的孩子啊！

潘亦仁　起来！你给我起来，同宜行这匾，不摘了。从今天起，我把它交给你了——潘维观！

〔切光。

第二幕　第一场

〔十五年后，广州一条繁华的商业街，茶楼。

〔潘亦仁、潘维观、潘夫人、叶文秀在茶楼喝茶、下棋。卖小吃和鲜花的商贩向茶客兜售生意。几个孩子一边在街道上玩耍，一边唱着。

孩子们　（唱）洋船争出是官商，

　　　　　　　十字门开向二洋，

　　　　　　　五丝八丝广缎好，

　　　　　　　银钱堆满十三行。

潘亦仁　（吟诵）洋船争出是官商，十字门开向二洋。

阿　福　（吟诵）五丝八丝广缎好，银钱堆满十三行。

潘亦仁　这屈大钧的诗让孩子们这么一唱，都成了儿歌啦！

阿　福　是啊！老爷！

叶文秀　父亲，这首诗就是为十三行写的。

潘夫人　这些年，维观一心扑在生意上，好辛苦呀。这同宜行到了维观手里不过十几年，便一跃成了咱大清商家首富了。

叶文秀　母亲！是世界首富。

潘亦仁　此言不妥，大大不妥，以后千万不敢这么说。维观，你的那位美国朋友彼得先生替我们在美国投资的铁路……

潘维观　父亲，我们在美利坚投资兴建铁路的股份也算大股了，彼得说啊，用不了多久就可以通车了。

叶文秀　父亲，等到美利坚通了铁路，我们一家大小也去走一走、看一看？

潘夫人　我也去，我也去开开眼界。

〔潘家众人高兴地谈论着去美利坚的事，阿福向文秀报告。

阿　福　少奶奶，您安排的那批货，我已经如数点过入了仓。

叶文秀　知道了。

潘维观　文秀，那批是怎么回事啊？

叶文秀　维观，是这样，维明他来找我，说他手上有批丝绸卖不出去，我看价也不高，量也不大，我就接了下来……

潘维观　你进了维明的货？

叶文秀　维明现在生意是一天不如一天，他现在连喝粥的钱都没有了。不管怎么说，他终归是你的亲弟弟，我想帮帮他。

潘维观　维明这些年老是跟大卫混在一起，他们早晚会出事的。

叶文秀　可是，我已经收下了。

潘维观　文秀，只此一次。

叶文秀　知道了。

〔刘炳昌带着一行人上。

刘炳昌　久违了，潘老板。

潘维观　刘炳昌？

刘炳昌　潘老板，我们有点小事想请您帮忙的。

潘维观　怎么帮啊？

刘炳昌　把绿茶的收购价格提高两成。

潘维观　诸位，如果你们不愿意把茶叶卖给同宜行，尽可以卖给别人，但没有逼同宜行提价的道理吧？

刘炳昌　潘老板，如果我们把所有的绿茶都卖给那些洋人，您不会高兴吧？

潘维观　那要问朝廷。如果你们不怕官府治罪的话，尽可以与洋人去打交道。

刘炳昌　如果潘老板答应我们的要求，一切好商量。否则……

潘维观　否则怎么样？

刘炳昌　我们永不向贵行提供绿茶!

潘维观　我本来就没有打算收购你们的绿茶,我是看你们大老远的把绿茶从杭州运到广州,而广州人又不钟意喝绿茶,为了不使各位失望,我不得已而为之。既然这样,我们在绿茶的价钱上谈不拢,那好,那从即日起我同宜行永远停止收购绿茶。

〔绿茶商人哗然。

茶商甲　潘老板,同宜行真的不收绿茶了?

潘维观　不是不想收,是收不起。

茶商乙　潘老板,同宜行富甲天下,你们收不起,别的商行可就更收不起了!

叶秀文　诸位,如果这些绿茶要是我们自己喝,贵些也就贵些了。可我们同宜行是商行,收了你们的茶叶就要卖给洋商。如果二两银子买,一两银子卖,我们还不如搭个粥棚,给逃荒的人施粥呢。

茶商丙　是呀,这些年,多亏了同宜行收购我们的绿茶,我们才有今天的光景,对不对?潘大老板,小的在这给您鞠躬了,您按同宜行原来的价格把我们的绿茶收购了吧。小的求求您……

〔一些绿茶商人附和。

潘维观　我也想帮你们的忙,可你们这么多的绿茶,难办啊。

叶文秀　维观哪,我看大家大老远把绿茶运到这也不容易,收就收了吧。

潘维观　这……好,那你们大伙也替我想想,如果你们把绿茶的价格按原价再压低两成,那我豁出去了,把你们绿茶全部包下来。就即使我赚不了银子,也算我帮各位一个忙。

茶商乙　潘老板,我全靠卖这批茶叶来偿还我欠下的债,您不但不提价,反而降了两成,我……我……血本无归呀。

〔潘亦仁几次要起来,都被潘夫人拉住。他终于耐不住了。

潘亦仁　维观,做生意,欺人是祸,饶人是福。这位老板的茶,你就多给几十两银子吧。

茶商乙　(连连给潘亦仁作揖)谢谢潘老爷!

潘维观　父亲,现在我是同宜行的行主。这生意的事,您老就别操心了。

潘夫人　维观,就听你父亲的话,多给他几十两吧。

潘维观　多给了他那别人怎么办?

〔众茶商议论。

潘亦仁　从今天起,我……我收回同宜行!

〔众茶商拥到潘亦仁面前。

刘炳昌　潘老爷,您真是活菩萨呀,要是这样的话,我们只要求提价一成。

潘亦仁　要是大家同意的话,就去码头交货吧。

〔众商人要走。

潘维观　慢,等等。父亲,十三行各行的行主,要报官府备案,岂能说变就变呢?现在,我是同宜行行主,这绿茶价格,我说了算!绿茶的价格按原价再压低两成。

潘亦仁　你……

潘维观　父亲,在商言商。

潘亦仁　你就这么不讲人情?

潘维观　商场讲的是行情!

茶商乙　潘老板,算你心狠,你不管我们,那我就跳珠江了!

众茶商　不好,他跳江了。

〔茶商乙跑到珠江边,欲跳,被人拉住。

潘亦仁　维观,你……非得闹出人命来才算吗?

潘维观　生意场就是战场,弱肉强食,你死我活。

潘亦仁　你越来越会做生意,可你越来越不会做人。阿福!备轿!回府去!

〔叶文秀扶潘亦仁和潘夫人下。阿福跟下。

刘炳昌　潘老板,潘大公子!难道你真要逼出人命来不可吗?

潘维观　如果因为一笔买卖就寻死觅活,那我们潘家的人不知道要死多少回了!还是那句话,按原价再压低两成。

〔茶商们不知如何是好。潘维明与大卫上。

潘维明　各位，大伙不必再为绿茶的事发愁了，你看，我给大伙领来一个财神爷。

大　卫　Hi！

潘维明　这位就是东印度公司的大卫先生！

潘维观　（对潘维明）潘老板，怎么，你也有空到茶楼来喝茶？

潘维明　我可没有潘大少爷这么有兴致，我只不过是路见不平，拔刀相助。

潘维观　不管平与不平，这做生意是我们大清商人之间的事，你为什么要带一个洋人插手？

大　卫　我们大英的东印度公司既然在广州，我们就要跟在广州的商人谈生意，我问一下绿茶的价格，也在情理之中吧？

潘维观　东印度公司做的是什么生意，你该有所耳闻吧？

潘维明　我当然知道。大卫先生已经带我看过洋行了，他们收的是茶叶、丝绸和瓷器。（烟瘾发作）

潘维观　没错，他们收的是茶叶、丝绸和瓷器，可他们销的是什么？

大　卫　我们销的不过是一些药材。

潘维观　药材？如果鸦片是药材的话，那为什么吸食鸦片的人个个都骨瘦如柴？潘维明，你因贩鸦片受到官府处置，你应该不会忘记吧？

大　卫　那次是船主的失误，为此，我已经向 Mr pan 道过歉，并且我已经赔偿了他因罚款受到的损失。

潘维明　我说大卫先生，我可是把你请来了，这剩下的事你自己看着办吧。（耐不住烟瘾。两个马仔给潘维明吸大烟）

潘维观　（指大卫）是你？是你让他染上烟瘾？

大　卫　按你们的话讲是"周瑜打黄盖——一个愿打一个愿挨"。

潘维观　你……

大　卫　（对茶商）我决定收购在场每位茶商的绿茶。

刘炳昌　大卫先生，那我们就把茶叶给您送到东印度公司。

大　卫　　不！按你们大清的规矩，你们把茶叶先送到德欣行，我再从德欣行收购。

刘炳昌　　走，咱们把茶送到德欣行。

〔众商人欲下。潘维明和俩马仔下。

潘维观　　慢。我同宜行愿意按同等价格收购绿茶。

大　卫　　我愿意提价一成。

潘维观　　我也提价一成。

大　卫　　我再提价一成。

潘维观　　我也再提价一成，而且我是付现银。大卫先生，你是付现银吗？

大　卫　　潘维观，你的好日子今天结束。（大卫下）

刘炳昌　　潘老板。您真慷慨啊！

茶商乙　　潘老板，您真是救了我啊。（众茶商多谢声不断）

潘维观　　救你？我救你？我逼人跳江你们都看见了，可有人要逼大清亡国你们看见了吗？

〔众茶商羞愧。

潘维观　　去交茶叶吧。

〔众茶商下。一队官兵上。

头　领　　站住！你就是同宜行的行主潘维观吧？

潘维观　　是，我就是潘维观。

头　领　　你倒是很自在。

潘维观　　自在？（欲走）

头　领　　站住！想逃？

潘维观　　逃？我没犯法也没有前科，我为什么要逃？

头　领　　还嘴硬？来人，给我拿下！

〔几个官兵抓住潘维观。

潘维观　　你们凭什么抓我？

头　领　　凭什么？钦差大臣林则徐林大人来广州禁查鸦片。你竟敢勾结洋人……

潘维观　勾结洋人？跟洋人做生意那是朝廷允许的。乾隆二十二年……

头　　领　乾隆爷也没让你跟洋人做鸦片生意吧？

潘维观　鸦片生意？真是无稽之谈。就是刚才，为了阻止大卫用鸦片换绿茶帮的茶叶，我将绿茶的价格提高了四成，为此我同宜行要损失几十万两的银子呀！

头　　领　还狡辩？来人，抬上来！

〔兵勇抬上一只箱子。叶文秀、阿福跟上。

头　　领　潘维观，这是你们同宜行的货吧？

叶文秀　是的，我刚进的丝绸……

头　　领　丝绸？打开！

〔兵勇开箱，搜出鸦片。

叶文秀　啊？鸦片……

潘维观　文秀，这是怎么回事？

叶文秀　我进的明明是丝绸啊……里面……

潘维观　怎么会有鸦片呢？

〔阿福惊呆，跪倒。

头　　领　人赃俱在，还有什么好说的，带走！

〔切光。

第二幕　第二场

〔上一场两天后，死囚大牢。潘维观披枷戴锁，坐在地上。

〔狱卒画外音："夫人，有话快说吧，一会儿来人了，小的可担待不起啊。"叶文秀："多谢军爷。"

〔叶文秀提着包袱上。

叶文秀　维观！

潘维观　文秀！

叶文秀　维观！都是我的错，是我害了你，我……

潘维观　家里还好吗?

叶文秀　我进的明明是丝绸……

潘维观　父亲还在生我的气吗?

叶文秀　可怎么会有鸦片啊?

潘维观　母亲的身体好些了吗?

叶文秀　我以为潘维明是你的亲弟弟,他不会这么心狠,可我没想到……

潘维观　本是同根生,相煎何太急!他潘维明是要置我于死地啊!

叶文秀　都是我的错,是我轻信了潘维明,我好糊涂啊!

潘维观　不怪你。不怪你。要怪就怪我那天没有阻止你进潘维明的那批货啊。

叶文秀　维观!你现在就是打我骂我,我心里还好受些,可是你连句怨言都没有。

潘维观　文秀,我们俩夫妻这么多年,你是什么样的人,我还不清楚吗?再说了,这些年来我潘维观也做了很多对不起你的事,你什么时候埋怨过我……

叶文秀　维观,刚刚嫁进潘家的时候我也曾怨过,悔过……可时间久了,我越来越觉得,父亲给我找了一个值得信赖可以依靠的好男人,跟你在一起过日子我心里踏实。

潘维观　文秀!我多谢你了,可我不甘心哪,我们同宜行风风雨雨几十年,做到了商家首富,把铁路修到了美利坚,我潘维观还有那么多事情没有做啊,怎么说走就……如果阴曹地府还有生意场的话,到了那儿我还要做个商人。

叶文秀　维观,也许你还有救,父亲去找林大人了!

潘维观　没用的,除非有人证明,那批货是大卫和潘维明所为啊。

叶文秀　维观,有件事情放在我心里很久了,今天我一定要跟你说,我跟潘维明……

〔狱卒画外音:"潘维观,时辰已到。"狱卒提着绳子上。

潘维观　文秀,我对不住你了,我先走一步了,咱们来世再见吧!文秀,

——话剧《十三行商人》 >>>>>

还有最后一件事我就拜托你了，我和彼得签了一批货，还有七天就到期了，你一定要按时把那批货运到码头交给彼得。

叶文秀　都这个时候了……

潘维观　你听着，就是我的丧事不办，这最后一笔生意也要善始善终，就是我死了也不能丢了我们十三行商人的信誉啊！

叶文秀　维观！

〔狱卒画外音："打开牢门。"潘亦仁与武官、清兵上。

潘维观　文秀！父亲、母亲我就拜托你了……

叶文秀　记住了，记住了。

潘亦仁　维观！维观！

潘维观

叶文秀　父亲！

潘维观　父亲！不孝的孩儿不能再侍奉您老人家了。

武　官　（宣读）两广总督手谕：经查实，同宜行鸦片一案，纯属是栽赃陷害所为，现立即释放同宜行行主潘维观。开锁，解镣！

潘亦仁　维观！我的孩子，你受苦了。

潘维观　父亲，这是怎么回事？

潘亦仁　林则徐林大人明察秋毫，查清此案纯属栽赃诬陷，还有，你三妈作证！

潘维观　三妈？

潘亦仁　林则徐林大人下令释放你，捉拿潘维明和大卫归案。

潘维观　不是说与洋人经商与贩鸦片同罪吗？

潘亦仁　谣言，谣言，那全是谣言！林大人亲口对我说，他这次来广东是禁烟不禁商。对同宜行，十三行这样的老字号还要加以保护啊。

潘维观
叶文秀　（愣了片刻）苍天有眼啊！

〔切光。

1155

第二幕　第三场

〔上一场几天后。珠江边。

〔文秀领着三姨太拿着包裹从船上下来。阿福带着潘维明上。

三姨太　维明……你这是怎么了？

潘维明　我这还不是托您的福，林则徐在广州禁烟，他现在到处在抓我，你为什么要告发我？

三姨太　我不这么做，你大哥他就要人头落地呀。

潘维明　可那丝绸中的鸦片不是我放的！

三姨太　可那天我去找你，见大卫往那丝绸箱子里放鸦片……你也在场。

潘维明　所以你就去给潘维观作了证？你想过我吗？难道你要看着自己的亲生儿子人头落地吗？

三姨太　维明，你是妈唯一的亲骨肉，妈对不住你，你知道，妈有多难哪！这些天来，妈吃不下，睡不着，想哭都不敢大声的哭啊，好几回妈都不想活了，可妈想再看你一眼哪！

潘维明　母亲，孩儿知错了。

三姨太　维明……

〔另一表演区。江边，三个男子在抢小玉香手中的怀表。潘维观正好路过。

小玉香　还给我，把怀表还给我！

一男子　臭婊子，给我打。

潘维观　住手！光天化日之下你们竟敢欺负弱女子！

一男子　她抽了我们烟馆的大烟，没给钱。

潘维观　你们真是助纣为虐，帮助洋人残害自己的同胞，说！欠你们多少银子，我给！

一男子　三百两银子！你给得起吗？

小玉香　大爷，大爷，没有那么多。
潘维观　（掏出银票）拿去！站住！把表拿来。
一男子　破表，给你！走！
小玉香　把表还给我！
潘维观　（看怀表认出小玉香）玉香？你是小玉香！
小玉香　不，不，我不是玉香，我不是……

〔另一表演区。
潘维明　都是我不是，母亲，孩儿现在该怎么办啊？
三姨太　走。维明，这是妈攒下的银子，都在这儿了，你带上。听妈的话，走的越远越好，哪怕是天涯海角。

〔另一表演区。
潘维观　就算是走到天涯海角我也认得你，玉香，你是玉香。
小玉香　不，我不是玉香，老爷，你认错人了……
潘维观　惜春情短，柳丝长；隔花人远，天涯近。玉香！
小玉香　我是一个过了时的花艇女子，这位老爷，你想听曲吗，我这儿便宜。老爷，您想听什么曲，我给您唱……
潘维观　玉香，我是维观，我是你的维观！你给我看清楚了。

〔另一表演区。
潘维明　我看清楚了，天网恢恢，我走不了。
三姨太　走得了，现在官府到处抓你，听妈的话，走的越远越好，赶快走。
潘维明　不，母亲，孩儿放不下您老人家啊！
三姨太　维明，妈问你一句话，你相信妈是清白的吗？
潘维明　孩儿相信……
三姨太　妈多希望我的儿子做一个好人，做一个堂堂正正的好商人啊。

潘维明　现在说这些还有什么用，你就当我已经死了吧。

〔另一表演区。

小玉香　死了！当年的小玉香已经死了！
潘维观　可我就是不明白，我父亲已经答应让我娶你了，可你为什么还要嫁给潘维明？
小玉香　为什么？我还不是为了你们潘家？我这十几年来的委屈又有谁知道？你还记得那天晚上，郑大人把你父亲带走，潘维明说只有我嫁给他，他才肯出面求情，救你的父亲，我还有什么路可走啊……
潘维观　又是他，潘维明！

〔另一表演区。

三姨太　维明，你要答应妈一件事。
潘维明　母亲，你说吧！
三姨太　等风声过去，你一定要回潘家。
潘维明　不……我死都不回潘家。
三姨太　你让妈给你跪下吗？（潘维明此时毒瘾发作，正要吸食鸦片，三姨太一把抢过）鸦片？维明，你不知道这鸦片害了你哥，害了我们全家吗？
潘维明　母亲，我求你了，你可怜可怜我吧……
三姨太　维明，你太让我失望了，你不是要鸦片吗？给你！（三姨太自己吞下，潘维明大惊！）
潘维明　母亲……母亲……
三姨太　维明，回——潘——家！（倒下气绝）
潘维明　母亲……孩儿答应！母亲！

〔另一表演区。

小玉香　母亲！我是母亲了，维观，你还没看过我们的孩子吧？他和你一模一样，左手臂上有一红色胎记，他也会是个好商人的……

潘维观　别说了，别说了，你别说了！潘维明他已经把我们的孩子给扔进了珠江。

小玉香　我的孩子啊！他只说把我们的孩子送人了，然后，把我赶出家门，难道他……不会的，不会的……（咳嗽）

潘维观　玉香，玉香你怎么啦？！（见手帕上有血）血？你这是……

小玉香　我离开潘维明以后，得了痨病，才沦落到这个地步。

潘维观　玉香，我不会再让你离开我了。

小玉香　维观！（拿着怀表，深情地看着，唱粤语小调）午后昏然人欲眠……（把表放在维观手里）

潘维观　玉香……不会的……怎么会是这样啊？

〔切光。

第二幕　第四场

〔1841年（道光二十一年）。潘家厅堂。

〔潘亦仁在坐禅。维观、文秀、阿福急上。

潘维观　父亲，洋人的军舰已经逼近广州城了，我们赶紧走吧！

叶文秀　父亲，母亲在等着您呢，赶紧走吧！

阿　福　老爷！林则徐大人给您送了一封信。

潘维观　林大人不是已经发配了吗？

阿　福　送信的人说，这是林大人在发配途中写给老爷的。

潘亦仁　哦？！（接过信看，读信道）十三行公行总商潘亦仁阁下大鉴：近闻，大不列颠国议会已通过议案，派遣四千英军、四十艘舰船进犯我大清。则徐因虎门销烟，革职发配，苟利国家生死矣，岂因祸福亦趋之，深恐广州陷于水火，现急需防务，购置军备，朝廷拨款有限，甚望得到各界所援。十三行乃商之首，潘公素来以急公好义著称。望国难当头之际，亦仁兄慷慨解囊，以救广州于水火之中。此盼切切。林则徐顿首遥拜！

叶文秀　父亲，林大人这封信的意思是……

潘亦仁　文秀，我们还有多少银子？

叶文秀
潘维观　（异口同声地）父亲您要干什么？

潘亦仁　给朝廷。

潘维观　父亲，那是朝廷的事，不是我们潘家的事。

潘亦仁　朝廷的事就是我们潘家的事。

潘维观　父亲，当初让我们和洋人做生意的是朝廷，现在洋人把鸦片带进大清国门，可朝廷却把罪名强加于我们十三行……

潘亦仁　可是，林大人不是放你出来了吗？

潘维观　林大人不是已经被发配了吗？

叶文秀　父亲，可朝廷又有几个像林大人那样的清官？

潘亦仁　可我们怎么能置广州于水火之中而不顾啊！

潘维观　父亲！我们走吧！

潘亦仁　回乡下？

潘维观　不，坐彼得的船，去南洋。

潘亦仁　你是说去南洋？

潘维观　对，林大人告诫我们，要开眼看世界。这朝廷，这广州已容不下我们了。把银子带到国外去，"同宜行"开到南洋去。咱们要给大清商人争口气，我就不信我们大清商人斗不过那些洋鬼子！

〔阿昌急上。

阿　昌　老爷，不好了，英吉利军舰开进珠江了！

〔阿林急上。

阿　林　老爷，洋人已向广州开炮！

〔阿福急上。

阿　福　老爷，不好了，虎门炮台失守，关天培已经殉国。

潘亦仁　阿福，你告诉我那些强盗已经打到什么地方了？

阿　福　有十艘在珠江口，十艘在黄埔，还有二十艘在伶仃洋待命。

潘亦仁　这广州给封锁了吗？

〔炮声隆隆。众人慌忙跑上。叶文秀、潘夫人上。

阿　昌　老爷！英吉利正在向广州开炮！

潘维观　大家不要慌……看来这广州城守不住了。文秀，赶紧带着父母亲回到乡下去避一避。

潘亦仁　我不走，维观、文秀，你们赶紧带你母亲到乡下去避一避。

叶文秀　母亲，船我已经准备好了，走吧。

潘夫人　不，我也留下，我自从进了潘家的门，风风雨雨几十年，从没离开你们父亲半步，今天在这个危急的时刻，我怎么能够让他一个人留下，是死是活，我要陪伴着他，和他在一起。维观、文秀你们快走！

潘维观　不，我不走，父亲，几十年了，你为了同宜行，您累、您委屈、您苦，您太苦了呀！您和母亲没过过几天好日子，我都知道！您不走是舍不得同宜行，同宜行是你的命。可如今，孩儿已经长大成人了，这副担子该由我来担吧，父亲，孩儿我不走了！

叶文秀　父亲，我也不走了！

众仆人　老爷，我也不走了！

潘亦仁　多谢诸位！好……我们潘家，我们同宜行的人都不走了，我们与广州同存亡。阿福，咱们家还有多少现银？

阿　福　回老爷，手上的加上收回来的估计有三百二十万两。

潘亦仁　好！拿出两百万两，我同宜行自己招募水勇、造火炮、造水雷守着这广州城。

〔阿福答应着下。

潘亦仁　大家赶快去忙吧！

〔众仆人答应着下。

〔潘亦仁与夫人、文秀下。潘维明争吵着冲进门来。

阿　　昌　大少爷，潘维明来了。

潘维观　不见！

潘维明　大哥！我是维明啊，我时日不多了，求你听我说两句话……

潘维观　你为什么还要回来？

潘维明　我想回来看看父亲。

潘维观　你还有脸来看父亲？！是你把父亲送进大牢，还差点害我人头落地，你还夺走了我的小玉香！

潘维明　大哥！我当年夺走了玉香，是因为你夺走了我的文秀！

潘维观　文秀？你的？

潘维明　（拿出定情物）你看，这是文秀当年送给我的定情信物……

潘维观　（接过定情物）维明，我俩情同手足……好好好，就算这件事情我对不起你，可是你也不能把我的孩子扔进了珠江。（把定情物扔在地上）

潘维明　你等等……

　　　　〔下，拉宁儿上。

潘维明　（对宁儿）跪下。

宁　　儿　爹！爹！

潘维明　宁儿，跪下，我不是你爹，他才是你的亲生父亲。大哥，我潘维明虽然做了很多对不起潘家的事，但还不至于连起码的良心都没有啊！你看，这就是你和小玉香的儿子，你看他和你一样左手有个红色胎记呀！宁儿，叫爹呀，快叫呀！

宁　　儿　爹……

潘维观　（搂着宁儿，看他的手臂）孩子！

宁　　儿　爹！

潘维明　大哥，今天你们已经父子团聚了，小弟也有一事相求。

潘维观　维明，你说吧。

潘维明　求你让我见父亲一面吧！

潘维观　维明，你等着……（带宁儿下）

〔叶文秀上,潘维明和叶文秀一起去捡定情物。

潘维明　文秀,不,大嫂。

叶文秀　回来了,回来就好!

潘维明　我这次回来一是带大哥的儿子回来,二是想见父亲一面,三就是把这件东西物归原主。

〔潘夫人拉着孩子与潘亦仁、潘维观上。

潘维明　父亲,孩儿知道对不起潘家,对不起您。

潘亦仁　维明,起来……

潘维明　父亲,孩儿有一事相求啊!

潘亦仁　说!

潘维明　从小到大你就只抱过大哥,从来都没有抱过我,孩儿求父亲抱我一次。

潘亦仁　孩子,我对不起你啊!

〔潘亦仁感慨地拥抱潘维明,众人流下热泪。潘维明正起身,毒瘾发作。

潘亦仁　维明,你怎么了?快送惠爱医局……

潘维明　不。父亲,孩儿死而无憾哪!大哥,还记得我送你那把枪吗,给我。

潘维观　在这。(把枪拿了出来,维明夺过去)维明,你要干吗?

潘维明　父亲,大妈,孩儿走了……

叶文秀　维明,你要去哪?

潘维明　母亲临死的时候告诉我,让我一定要回潘家,如今心愿已了,我也该走了!(拿枪下)

众　人　维明,维明!

〔众人跑下。一声枪响。

〔潘亦仁一人倒在台上,涕泪交流。五个身着官服的朝廷人员上,包围着潘亦仁。

官员甲　潘老爷,朝廷已和英吉利国议和了,四方城已挂上了白旗。

官员乙　洋人要我清兵退出广州六十里。

官员丙　给英军六百万两白银作赔偿。

官员丁　十三行尽快准备银两，明天必须送到官府。

官员戊　否则，就把十三行的房产、货物全部抵押给英吉利人。

官员甲　还有，各行行主必须严惩！

众官员　明白了吗？（隐去）

〔潘亦仁默默地看着同宜行的匾额。

潘亦仁　投降了！四方城挂上了白旗了，大清完了。十三行辛辛苦苦赚来的银子，成了给那些英国强盗的赎城费了。志存四海，节垂丹青。我决不能把十三行白白给那些英国强盗啊！十三行在我在，十三行亡我亡。同宜行啊！同宜行！八十三年了。这八十三年可是人的一辈子啊。有多少茶叶、丝绸、瓷器从这里漂洋过海，让世界知道我大清物华天宝，人杰地灵。这十三行不仅仅是我们商人的生意场，它还是大清的窗，是我广州的门。本来，这门，这窗应该吹进些清新的海风，传进些新鲜的域外之气，可谁知道，谁知道，却冲进一股股强盗，传进来一群群恶魔。这大清朝廷啊……真不知道后人会怎么评说我们这些十三行的商人！

〔阿福提着灯笼上。

阿　福　老爷！天黑了，该掌灯了。

潘亦仁　是啊！这天黑得让人心碎啊！

〔潘亦仁接过阿福递上的灯笼。

潘亦仁　阿福，掌灯去吧！……你给我走！

阿　福　是，老爷！

〔阿福下。

潘亦仁　这漆黑的天，什么时候才会亮啊？让这潘府的灯，十三行这把大火给这漆黑的天地照点亮吧！

〔潘亦仁凝视着同宜行的匾额，慢慢举起灯笼，点燃同宜行的匾额，火光熊熊，同宜行在烈火中轰然倒塌。

———话剧《十三行商人》 〉〉〉〉〉

〔家人及仆人们拥上,"父亲!""爷爷!""老爷!老爷你好糊涂啊……"

〔伴随着火光,传来深沉的画外音:"英国发动的鸦片战争,用炮舰逼迫清政府签下了屈辱的《南京条约》,结束了广州一口通商的历史。繁荣的广州十三行也没能摆脱历史的厄运,最终以悲剧而告终,也结束了世界首富的辉煌。"

〔剧终。

精品提名剧目·话剧

移民金大花

编剧 伟 巴 夏祖生

时间

2002 年初春至盛夏。

地点

三峡库区双河镇。

人物

金大花　女，四十岁，寡妇。小茶铺店主。

刘万民　男，三十多岁，主管移民工作的副镇长。

二　狗　男，三十九岁，镇上的"文化人"。

叶主任　男，四十多岁，镇政府办公室主任。

刘万田　男，四十五岁，双河酒楼老板，刘万民的大哥。

秀　秀　女，四十多岁，刘万田之妻。

石　头　男，二十岁，金大花之子。

兰　兰　女，十九岁，刘万田之女。

小　周　女，二十多岁，镇政府干部。

张幺婶　女，五十多岁，镇上居民。

三娃子　男，三十多岁，镇上居民。

李富贵　男，三十多岁，外迁广州的移民。

茶客、食客、醉鬼、小贩、群众若干

────话剧《移民金大花》 〉〉〉〉〉

第一幕

〔这是全剧最重要的一场景。双河镇的十字路口：台左是刘万田家开的大酒楼。台右是金大花家开的小茶铺；"双河酒楼"的高大招牌很显眼，"压"得金大花门前那块小小的"茶"字招牌几乎抬不起头来。远处，峡里山峰逶迤，长江甩出一个漂亮的河湾，这是江边的一座美丽古镇。

〔观众一进剧场就看到这个场景。

〔开幕铃响，剧场暗转。

〔纱幕上映出长江三峡的秀丽景色。有飞船疾驶而过，有航轮鸣笛远去。

〔响起山民吼出的地道山歌：

　　长江水哟弯又长，
　　三峡人哦穷又忙。
　　扯起喉咙就想唱，
　　唱了月亮唱太阳。

〔山歌声中，纱幕的映画渐逝，舞台灯光渐亮。

〔初春。晨曦初露，美丽的古镇浸染在晨曦的微光中。雄鸡报晓，家狗轻吠。

〔小茶铺前一束灯亮，金大花坐在灶前生火。稍顷，她起身在灶前灶后忙了一阵，然后摆放桌子板凳等东西。一招一式，都透出精明能干。

〔天色放亮，赶场的各色人等匆匆来往。金大花转身拿起茶字招牌，擦了擦，小心地挂在房檐一角。

〔远处，渐次传来各种嘈杂声。川剧玩友的大锣大鼓大喊大叫以及港台流行歌曲和猪叫鹅叫牛叫狗叫，把一个集市搅得沸沸扬扬，显示着这山区里也有现代文明的浸染。

〔二狗上。

二　狗　（下意识又略带显示地）二狗二狗，四处走走。一人吃饱，全家不愁。（望见小店开张，金大花正忙）先去帮忙，再说后头。

〔背着背兜的张幺婶路过，见状和他打招呼。

张幺婶　二狗，你在望啥子？

二　狗　没、没望啥子。

张幺婶　没望啥子？（循他视线看去，见金大花正招呼客人，顿时心明，一笑）

二　狗　（也一笑）我、我要去吃碗面。

张幺婶　只怕你不是去吃面的哟！

〔张幺婶诡谲地一笑，离去。

二　狗　（走入小店，进而甩出一腔）金嫂，来碗清汤面！

金大花
二　狗　（同声）少放酱油，多放猪油。

金大花　毛病，一碗清汤面还吼啥子嘛，清晨大早的。

二　狗　清汤面啷个？清汤面不错嘛！一是艰苦朴素，二是减肥强身，三是……

金大花　废话多！你呀，八十岁的老头，九十斤的烟杆，嘴硬。

二　狗　（献殷勤地）金嫂，吃啥子面嘛，我是来帮忙的。今天赶场，我怕你一个人忙不过来。（大花笑着帮二狗系上围腰，二人支桌搬凳忙碌着……）

〔这时有三个老茶客进屋。

金大花　三位屋里坐。还是三峡花茶？

三茶客　对头。

茶客二　再来两个馒头。

金大花　要得，三碗花茶，两个馒头。（她边说边忙乎着）

〔一少女前来买早点。

少　女　买两个包子。

〔二狗忙热情地帮金大花收钱递物。

少　女　新不新鲜？

二　狗　新鲜，新鲜！才出笼的。

〔二狗久久地盯着少女离去。

金大花　看啥子看？二狗，少给我胡思乱想呵。

〔众笑。

二　狗　（转过神来）嘿，笑话，我二狗的为人你金嫂还不清楚？一不偷，二不抢，三不调戏花姑娘。

〔卖麻糖的三娃子和卖小物品的小贩上。

金大花　（一笑）这还差不多，人要懂得规矩。来，赏你一个馒头。

〔二狗捧着馒头傻笑。

三娃子　耶，金嫂，也赏我们一个馒头嘛，不要偏心啰！

〔众人大笑。

二　狗　笑啥子笑，我这是劳动所得。再说，我跟金嫂是啥子，是……

金大花　得意了嗦？（说着将馒头递到二狗手上）

〔金大花招呼三娃子。

金大花　吃啥子？

三娃子　吃……吃……（顺势盯着大花丰满的胸脯）

金大花　啷个，想吃奶呀？

三娃子　（半真半假地）嗯。

金大花　行，我马上让你吃。

〔大花说着，就当真解掉围裙欲掀上衣。

三娃子　（慌了神）哎呀，我投降，我投降还不行！

金大花　哼，量你也不敢！

二　狗　嘿——过分了，过分了！

〔众笑。

三娃子　开玩笑的，金嫂，来碗稀饭，一个馒头。

小　贩　我也来碗稀饭，一个馒头。

〔大花与三娃子、小贩端过稀饭、馒头。三娃子和小贩入座。

〔这时，有两位食客朝小店走来。

〔酒楼迎宾小姐上，欲迎。二狗眼快，忙上前热情招呼两食客走入小店。

二　狗　哎，来客两位！这边请，这边请！白面馒头鲜肉包，红油抄手盖碗茶，安逸得很啰！（见桌子不够）我马上搬张桌子来。

〔二狗刚转身，刘万田也走出酒楼，见状，瞪了迎宾小姐一眼。

刘万田　（眼望小姐，话冲食客）有客人来，哪个不好生招呼喃？

小　姐　（普通话）二位先生，请——这边请——

〔二食客闻言回头，忙换了面孔。

食客一　哎呀，是刘老板嗦！我、我们正要去酒楼。

刘万田　欢迎欢迎。——带他们进去。

小　姐　二位先生，请——

〔二食客随迎宾小姐进去。二狗搬桌子上前。

二　狗　……人，人呢？

金大花　人家吃好的去了。

二　狗　这才怪得，这客人明明是我喊到的——

刘万田　（打断对方的话）啥子是你喊到的？二狗，把桌子搬过去，莫把地盘占得太宽！

〔二狗一时木了，所有的茶客本能地望着金大花——等有好戏看。谁知……

金大花　（冷冷地，言轻语重地）二狗，把桌子搬过来。哼，地盘，现在是有钱就有地盘！

刘万田　（欲怒）你！……

———话剧《移民金大花》 >>>>

〔此刻酒楼里一片欢闹声,食客一内喊:"刘老板,来喝两杯!"刘万田闻声转进屋去。

〔三娃子和小贩到一旁下起象棋来。

金大花　（对二狗）啃你的馒头。（她忽想起什么,朝楼上喊）石头,还不起来帮妈做点事,今天赶场哦!

石　头　（在楼上窗口探出身来）妈,我早起来了,菜我都洗好了,我正在看书。

金大花　那你看书、看书。（坐下包抄手）

〔石头应声缩回身子。

二　狗　石头?石头不是在上海打工吗?

金大花　打啥子工,读书要紧,我把他喊回来了,复习功课,准备参加高考。

二　狗　石头都考过两年了,我看哪……榜上无名,脚下有路。现在三峡工程紧赶慢赶,他们年轻人哪,有的是机遇和出路,何必非要在一棵树上吊死。

金大花　你少跟我提三峡工程的事。说点儿别的要不要得?

二　狗　嘿,怪了,三峡工程是明摆起的,是我们面临的大事。

金大花　大事小事,眼前还不关我的事。

二　狗　肯定关你的事,你我都是移民,眼看就要外迁了,——你考虑好了没得?

金大花　啥子考虑好没得?

二　狗　搬迁啦!

金大花　（心有所虑）搬迁?哼,没那么容易!

〔二狗还想说什么,一眼看见兰兰唱着"外面的世界真精彩"从"双河酒楼"出来,径直走向小店,立刻调转话头。

二　狗　金嫂,有客人。

兰　兰　（柔声地）金娘娘,买个馒头。

金大花　（笑了笑,回头高喊）石头!馒头!

1173

〔这一声不伦不类的叫法让众人一诧,但很快释然。

〔石头快步走出,大花在蒸笼里选了个馒头,笑着捧送给石头。

石　头　（逗玩地）兰兰,我回来三天,你就来买了三次馒头,我家馒头就这么好吃呀?

兰　兰　（脸红地）哎呀,石头哥……

〔兰兰欲说又止,她望了眼众人,转身离去。石头也跟了过去,二人在栏杆后面亲密地聊着什么。

〔三位老茶客打起川牌。

二　狗　金嫂,这兰兰——她老爸刘万田开了那么大家酒楼,啷个还要来你这小店买馒头吃?怪事!

金大花　看不懂啊,石头跟兰兰是同学,同学照顾同学的生意,正常得很嘛。

二　狗　不完全吧?哼,这里头有戏,好看。

金大花　好看?多管闲事!

〔此刻秀秀提一篮子菜上。

秀　秀　（打着手机）好好好……拜拜。（一眼看见兰兰跟石头在一起,不悦地）兰兰!

兰　兰　妈!

秀　秀　一大早跑到这儿来做啥子?

兰　兰　买馒头。

秀　秀　买馒头?家里哪样莫得?今天的早饭就是馒头包子、牛奶鸡蛋,你还来买啥子馒头?

兰　兰　妈,这是全镇最好吃的馒头,不信你尝。

秀　秀　我才不尝,回去。

〔兰兰无奈地望望石头,跟妈妈走向"双河酒楼"。刚走几步,秀秀又停下。

秀　秀　（对石头）你们都还小,不要把心思花在别处。

石　头　我,我们……

〔三位老茶客停住打牌，注视场上情况

二　狗　（眼望天空，话冲秀秀）都不小了！（唱）"十八岁的哥哥坐在那河边……"

秀　秀　二狗，我在说话，你打啥子岔？

二　狗　秀秀，我在跟龙王爷说话哩，你把我的话接过去做啥子？

秀　秀　笑话，我接你的话，你算哪块料？不要以为有点文化就了不起，你那点文化，当不了饭吃！哼，在这双河镇，我横起竖起都没把你看起！

兰　兰　（制止地）妈！

二　狗　（一笑）谢天谢地，幸亏你没把我看起，要是你看起了我呀，那我就……（故意不说）

秀　秀　你就啷个？说。

二　狗　（作悲惨状）水深火热，牛马不如，唉，那我就惨啰！
〔看着热闹的茶客们一阵哄笑。大花不动声色旁观。

秀　秀　好哇！二狗，你敢糟蹋人，敢挖苦老娘，我今天跟你没完！
〔听见吵声，刘万田忙从酒楼赶出来，开腔打断二人的争吵。

刘万田　吵啥子吵，起来早了哇！

秀　秀　万田，他二狗挖苦人，说我牛马不如。

兰　兰　妈，人家不是这个意思。

秀　秀　你少说些，给我回去。

兰　兰　我就不。

秀　秀　你？

刘万田　（轻声地）听话，回去！
〔兰兰望望石头，默默地走回酒楼。

金大花　石头，你也回来。
〔石头望望兰兰，回了小店。

刘万田　二狗，你骂啥子？

二　狗　我骂啥子？

刘万田　（对二狗）我都听见了，你凭啥子挖苦人？
二　狗　嘿，怪事，我为什么要挖苦人？刘老板，你应该先问问你婆娘。
刘万田　我不问，你二狗的为人我清楚。两句话：游手好闲，不务正业。
秀　秀　就是。
二　狗　对，千真万确。但那是过去。人往高处走，我二狗现在已经大大的改观了！
秀　秀　改，狗改不了吃屎。
二　狗　错，大错特错，如今的日子好过多了，狗早不吃屎了，专吃牛肝马肺。注意，那些长有牛肝马肺的人，迟早要被狗吃掉喔！
秀　秀　万田，他又在挖苦人。
刘万田　二狗，你……
二　狗　我哪个？刘万田，我也送你两句话：嫌贫爱富，仗势欺人！
刘万田　二狗，把话说清楚，我哪点仗势欺人？
二　狗　你弟弟刘万民是个副镇长，是当官的，你就是仗着他……
　　　　〔刘万田一把揪住二狗衣襟，顿生怒色。
　　　　〔小店里的人一下站起来，气氛紧张。
二　狗　你、你想打人哪？
刘万田　我不想打人，但我警告你。我弟弟刘万民，他是他，我是我，你我之间的事，不要把他扯上。他没惹你。不然，老子今天就对你不客气了！
　　　　〔大花见状，忙站出来制止。
金大花　算了算了，吵啥子吵嘛，我们还做不做生意？！
　　　　〔二狗趁机挣脱对方，站立一旁。
金大花　你二狗也是，人家刘镇长好好的，你把他扯出来做啥子嘛。
刘万田　简直莫名其妙。
　　　　〔张幺婶上。
张幺婶　金嫂，来碗稀饭。
金大花　（面对二狗，话冲双方）看嘛，我们还要做生意，进去喝你的茶，今天赶场人多。

〔万田夫妇只得作罢，但似乎又不甘心，在回酒楼的同时还要留下詈言。

刘万田　二狗，你算哪棵葱哪头蒜？哼，一个唱红白喜事的，我刘万田看不起你！

秀　秀　哼！（随后进楼）

〔二狗不知如何作答，木了一般。好一会儿才反应过来：受到伤害。他跑出小店，对着人家已进屋的背影大叫——

二　狗　姓刘的，我、我唱红白喜事又啷个？是矮人一截还是低人一等？告诉你，我，我有文化。我会唐诗，我会宋词，我会吹拉弹唱，还会……

金大花　算了，人家都回屋去了，你说给哪个听。

二　狗　说，说给自己听。

金大花　二狗，来喝茶。你那嘴巴也该闭一闭了。

〔小店一时无语。

〔一阵欢快的乡村吹打乐忽然响起，引得所有的人都循声望去。

〔兰兰从"双河酒楼"出来，追寻着鼓乐声跑下。

石　头　妈，是迎亲的。

茶客一　对，是讨媳妇的。

茶客二　场面好大。

张幺婶　看……陪奁还不少呢！

〔吹打声愈来愈近，那感觉犹如迎亲队伍从眼前经过。待鼓乐声最强时，一妇女喜色而上。

妇　女　金嫂、金嫂！来，吃喜糖，吃喜糖。

金大花　哎呀，是大妹子呀，今天好喜气哟。男方是哪里的，好像没见过？

妇　女　男方是平坝村的，他们那里全都要移民外迁。女方是我的侄女，两个人赶紧结了婚，好一起去上海。

石　　头　去上海，上海好，我刚从那里回来。妈，我们什么时候也——
金大花　（制止地）读你的书，少说些！
　　　　〔石头见妈不悦，只得作罢。
　　　　〔吹打乐离远。后台传来"大妹子快走"的呼叫。
妇　　女　金嫂，我得走了。来，多拿些糖。
　　　　〔妇女临走又抓了几把糖塞进金嫂衣兜里，然后跑下。
　　　　〔大花目送对方下了后便把喜糖分给店里的人。
　　　　〔叶主任衣着光鲜，腋下挟着些标语，匆匆地上。
茶客三　（打着牌）注意，地牌出来了！
叶主任　（方言中夹杂些许普通话）耶，什么好事情？沿山打猎，见者一份啰！
金大花　叶主任，结婚的喜糖。
叶主任　哦，喜糖！那我要吃一颗。
金大花　多抓点，多抓点。
叶主任　那就不客气了。（伸手抓了一把塞进兜里，然后剥了一颗扔进口中）嗯，好吃，好吃。金嫂，你给我煮碗抄手。快一点，我还有些重要的标语没贴完。（炫耀地）我忙得很哟！
　　　　〔大花应声去忙活。叶正经坐下。
叶主任　金嫂，生意还不错嘛。
金大花　还过得去。
叶主任　什么过得去？明明是过得好嘛，对不对。金嫂，要感谢党的政策好，对不对。要想到这是三峡工程带来的好处，对不对。
金大花　（装没听见）石头，进屋看书去！
　　　　〔石头应声下。
叶主任　（对二狗）我们虽然身在这小地方，但应该看得远些，要想到今后，对不对？
　　　　〔二狗似理非理地转过身看手中的唱本。
叶主任　（转而朝其他茶客）再说，我们现在做的每一样工作，都是为大家着想的，对不对。再进一步说，时代在前进，社会在进步，世界在……

〔二狗实在听不下去了，兀地唱出一句老歌。

二　狗　"好一朵茉莉花！"

叶主任　（一脸严肃地）二狗，打啥子岔，我在说正经的。说明白点，眼前咱们双河镇外迁移民的工作就要全面展开了，大家都要积极行动起来，要听从国家号召，你说对不对，金嫂？

金大花　（故意不懂不理）叶主任，抄手煮好了，差啥子味，说一声。

二　狗　酸味……

叶主任　酸味？（吃了两口）不酸嘛？

二　狗　不酸？（抓起醋瓶子就往碗里倒）

叶主任　（猛吃一口）酸了，酸了！

〔二狗和旁桌的茶客窃笑。

〔叶主任尚未觉察，自顾吃着。

金大花　叶主任，我问你个实话。

叶主任　啥子实话？

金大花　前几天，我给你反映的事，都忘了嗦？

叶主任　噢——你是说，关于你的房子补偿的事？

金大花　对，啷个说？

叶主任　哎，难说。

金大花　啷个难说？

〔众关注地望着叶主任。

叶主任　你的房子，按理来说呢，是在九二年四月四号前盖的，完全合乎房屋补偿的政策，可是，你自己把建房批文给弄丢了，这就不好办了。

金大花　可……我这房子确实是先前盖的。

二　狗　对，那年我还帮他们抬过地脚石的。

茶客一　对头，我可以做个证明。

茶客二　我也可以证明。

茶客三　（打着牌）啊——明摆起的嘛！

叶主任　行了行了，你们证明有什么用？空口无凭嘛，再说，关于房屋补偿问题，国家是有政策规定的，对不对？

金大花　（不悦地）这么说，我的房子就得不到补偿了？

叶主任　（一脸难色）金嫂，这可不是我不给你办哪。

金大花　（失望，不服气地）那——我又问你，对门刘老板那座酒楼呢，你们给不给补偿？

叶主任　（语塞）他……你说他那座酒楼？

金大花　他那座酒楼是好久盖的，我们大家都晓得的哟。

　　　　〔众示意称是。

叶主任　金嫂，这个……他的情况和你的情况不一样。

金大花　啥子不一样？叶主任，你是公家人，办事要公道！弄不好，我是不搬的哟。

叶主任　你……

三娃子　（下着棋）别起了，别起了！你的马儿别脚了哈！

金大花　哼……（扭头折进屋去）

　　　　〔叶主任一愣。酒楼传出笑声。

　　　　〔刘万田和秀秀送着几位食客从酒楼里出来。

刘万田　慢走慢走，感谢大家捧场。

食客一　刘老板见外了，你弟弟刘镇长是我们多年的朋友。

秀　秀　那就更应该多多照顾生意才是哦。

食客二　好说，明天再订两桌。

刘万田　谢谢谢谢，大家走好。（见食客们下，喜从心起。唱）一路走来好风光哟！

秀　秀　看把你高兴的！（走回酒楼里去）

　　　　〔万田这一唱，把刚刚吃完抄手的叶主任唱"醒"了。他想起什么，赶忙起身凑过去。

———话剧《移民金大花》〉〉〉〉〉

叶主任　刘老板。

刘万田　叶主任！

叶主任　我有话给你说。

〔二人相互靠拢，低声交谈。叶主任不时还斜视小店那边，以防有人听见。

刘万田　我拜托你的事，有消息了？

叶主任　嗯，关于你们家的房屋补偿，你后面那几间老屋完全没得问题。

刘万田　好。

叶主任　只是你新盖的这座酒楼，按规定期限，超过了几天时间。

刘万田　（急）只、只超过了几天，就没希望了？

叶主任　你莫急。这个问题嘛，我……（更小声低语）

〔二狗见势，忙进屋把金大花叫出来，一同窥听。

〔刘万田听了一阵，还想说什么。叶主任瞥见金大花，忙止住谈话。刘万田会意，连声拜谢，转身走回酒楼。

二　狗　（不满地咳嗽）咳……

叶主任　（故意大声地）你们两家的生意都不错哇……要知恩知足，要清楚这是三峡工程……（说着，走回小店）哎呀，没时间了。（顺手拿起桌上的卫生纸扯了一大截擦嘴）我得忙去了。

〔叶主任迈出小店，正欲离去，被大花叫住。

金大花　叶主任。

叶主任　（慢慢转身）有事？

金大花　钱。

叶主任　钱？啥子钱？

金大花　抄手钱！

叶主任　嗨，我还以为是什么大事。记在我头上，改天给。

金大花　不赊账。

叶主任　（愀然冷脸）我是一百元的。

金大花　（始终一个表情）找得开。

1181

三娃子　（下着棋）将军！

〔叶主任只好摸出一张百元票子递给大花。大花很快找了余钱给叶主任。

叶主任　（不悦地走回桌前，改了口气）金大花，我发觉你这抄手里面的肉有问题，相当有问题呀！

〔大花乜了一眼叶，不再搭理。

〔叶主任怏怏欲下，才走几步，又转身。

叶主任　（大声地）金大花，我现在正式通知你，明天下午三点钟，准时到镇政府来开会。如果不来，后果自负！

〔叶主任说完，夹着标语往下走。

〔这时三娃子和小贩下完棋也分手离去。

三娃子　（冲叶主任叫了声）卖麻糖哦！

〔叶主任瞪了三娃子一眼，快步走去。三娃子做了个怪相，跟下。

金大花　（对着叶主任去的方向）大雪天穿汗衫——抖啥子抖？

茶客一　金嫂，你认真了，他是镇政府办公室主任啰！

茶客二　哎，得罪不起。

金大花　主任又啷个，主任也得给钱，天王老子也得给钱。

茶客三　就是，我就是看不来他那副酸味！

二　狗　不过，金嫂，你要小心啊！叫你明天到政府开会，肯定是有关移民搬迁的事，他姓叶的要是……

金大花　要是啥子？我又不怕他。到时候再说。

二　狗　怕到时候就不好说了哦。

金大花　你就不会说点好听的。给我记到，在这小店，不准提移民搬迁的事！

二　狗　你说不提就不提呀？移民外迁已势在必行！

〔大花不再跟腔，两眼做出"凶"相。二狗见势不对，忙起身退出小店，但嘴里还在叨咕。

二　狗　金嫂，我觉得迟搬不如早搬。山外青山楼外楼，一辈子呆在这山

话剧《移民金大花》

　　　　　旮旯有什么搞头，我二狗都活得清汤寡水的了！
金大花　要搬你搬，关我啥子事。
二　狗　怎么不关你的事，金嫂，你是我……是我心中的骄傲；是我生活中不可缺少的……
　　　　〔此话未完，大花就将一个馒头狠狠拽向二狗。二狗头一低，馒头正好"砸"到刚刚上场的刘万民怀里。刘万民双手接住。
　　　　〔众愕然。一时愣住。
茶客三　（打着牌）天牌出来了！
二　狗　（反应最快）哎呀，是刘镇长啊！看看，伤着哪儿没有？
刘万民　（笑了笑）一个馒头，能伤到啥子嘛。（闻了一下）嗯，好香。不会是免费赠送的吧？
二　狗　我请客，我请客。
刘万民　请啥子客哟，我吃得饱饱的。
二　狗　（一笑，回头）金嫂，刘镇长来了。
　　　　〔金大花看了看刘万民，无语，径自收拾碗筷。
刘万民　金嫂！
金大花　（冷冷地）喔……坐嘛。
二　狗　（高声对众人）哎——刘镇长来了——（陪着刘万民进店）
　　　　〔见刘万民进小店，众茶客忙起身相迎，"刘镇长"、"刘镇长"地招呼着。刘一一点头回礼。大花不言不语，冷眼以待。
二　狗　（十分热情地）刘镇长，坐我那儿，那是最佳位子。
刘万民　好位子你留到自己坐。
二　狗　刘镇长，我二狗最大的优点，就是把好处让给别人。
刘万民　是不是哦，我好像没有看出来哈。
二　狗　说得正确，我二狗最好的品德就是做了好事别人看不出来。
金大花　又来了——油嘴。
刘万民　噫，我们的金大花同志终于开腔了。
金大花　我又不是哑巴。

刘万民　我还以为你今天不理我嗲。

金大花　我敢哪，我们老百姓一个，想巴结都还来不及哟。

刘万民　看，金嫂你是在讽刺我。

金大花　不是讽刺，是大实话。喂，我想问一下，今天是啥子风把镇长大人吹到我们这种小店来了？

刘万民　啥子风？……东风。

金大花　我不懂那些东风西风的。是不是找我有事？

刘万民　对，确实有事。

金大花　重不重要？

刘万民　十分重要。

金大花　（关注地）啥子事？

　　　　〔全场人员凝神静听，唯恐漏掉什么。

刘万民　（一字一句地）移、民、搬、迁——！

　　　　〔众不言，齐齐地望着金大花。

　　　　〔全体静场。只有大花脸色不静。

金大花　（软中有硬地）刘镇长，今天赶场，我忙得很，恐怕没得时间陪你谈这个事。

　　　　〔更是一阵沉寂。

刘万民　（一转念，轻笑一下）金嫂，那你给我下碗清汤面，总可以嘛？

金大花　要吃面可以，那我就给你煮了哦？

刘万民　嗯——记住：少放酱油，多放猪油！

二　狗　（反应过来）好啊，金嫂，我就这么点难得的发明，你还到处给我宣扬！

金大花　宣扬了又啷个，你吃都吃得，还怕别人说呀！

　　　　〔众人一笑。

刘万民　这不怪金嫂，你那点发明哪，全镇人都晓得。再说，有利可图又不是啥子坏事，这说明二狗聪明。

二　狗　（一下得了意）就是嘛，镇长就是镇长，水平就是不同。国家有国家的利益，个人有个人的利益。我这点个人利益应该得到尊重。

刘万民　（话中有话地）这话说得不错。只是国家、集体和个人的关系我们都要关照到。你说是不是嘛，金嫂？

金大花　那当然，那当然。

刘万民　你们看，金嫂就是个明道理的人。

二　狗　对头，对头！

金大花　（勉强一笑）刘镇长，你到底吃啥子哟？

刘万民　给我煮碗红油抄手。记住，多放麻辣。

金大花　哎呀，抄手没得了，我还得现包。

刘万民　莫得关系，我们先喝茶聊天。

〔金大花忙转过一边去包抄手。二狗端茶与万民，刘万民与二狗相视一笑。二狗不好意思，拿起唱本似看非看掩饰着……

刘万民　二狗，看的啥子书？

二　狗　唱本。

〔二狗把书递给刘万民。

刘万民　对了，你金钱板打得好，来一段！

二　狗　不行，不行……

刘万民　大家欢迎——

〔众鼓掌。

二　狗　好嘛，承蒙大家抬举，我就来几句嘛。（说着，从桌上抓起一把筷子当竹板打）

　　　　高高山上两间房，
　　　　一家姓李一家姓张。
　　　　张家有一位大公子，
　　　　李家有一位大姑娘。
　　　　两家门当户又对，
　　　　高高兴兴就拜了花堂。
　　　　……

〔兰兰兴冲冲上，朝小店望了望，向自家门走去。

二　　狗　（看见兰兰，忙止住唱扭头高叫）石头！馒头！

〔这一喊，众人把目光集中到了兰兰身上。

刘万民　兰兰！

兰　兰　幺爸！

刘万民　我正要找你。

〔刘万民正欲起身和她说话，石头从里间出来迎向兰兰。刘万民止住话头，复坐下。

刘万民　你们先谈。悄悄话，莫让别人听见。

〔石头走近兰兰。二人甜蜜之意不在言说。

〔二狗伸长脖子作偷听状，被刘万民将其脑壳扳了个"向后转"。

石　头　你找我？

兰　兰　哎。（欲说又止，暗示幺爸在场，示意地）晚上八点，老地方。

石　头　晚上八点，老地方。

兰　兰　不见不散。

石　头　不见不散。

〔二人伸出幺姆指拉钩，甜蜜中，一时不愿放弃。二狗猛打了一个喷嚏，把二人"震"开。

金大花　有病啊！

二　狗　我不是故意的！

刘万民　你呀，就是毛病多。（上前）兰兰，悄悄话说完了没有？

兰　兰　幺爸，你也开我的玩笑。

刘万民　好，不说笑了，我找你有正经事。

兰　兰　啥子事？

刘万民　移民外迁的事。你有啥子想法？

兰　兰　我倒没什么，只是爹妈他们……幺爸，酒楼现在的生意好得很哦。

刘万民　这个我晓得。（顿了顿）兰兰，如果我去动员你爹妈，你站在哪一边？

兰　兰　（想了想）我……我原则上站在幺爸一边，感情上站在爹妈一边。

刘万民　真会说话。对了，说起感情，你跟石头的关系怎么样了？

兰　兰　（羞涩）哎呀！这事你也晓得？

刘万民　好，不说了，不说了。哎，你爹妈在家不？

兰　兰　在家。

刘万民　好，我去看看他们。

兰　兰　（呼喊）爸爸——（刘万田闻声走出酒楼）幺爸来看您来了！

刘万田　哼，看啥子看啰！每次来看我们，不是讲政策就是说移民，烦不烦嘛？

兰　兰　爸——！

刘万民　大哥，我还没开腔嘛，我只是说来看看你。

刘万田　谢了，谢了，眼下我最怕你来看我。今天丑话说在前头，如果你还是移民搬迁那一套，就此打住，一切免谈！（说完拂袖而去）

刘万民　（感情复杂地）大哥！

兰　兰　爸，你太过分了！（跟下）

〔刘万民也欲跟去，金大花端着抄手走过来。

金大花　哎——刘镇长，抄手煮好了！

刘万民　噢——对对对，抄手，抄手——

〔刘万民转回小店，从金大花手上接过抄手，坐下准备吃。

金大花　（犹豫地）刘镇长，我……我问你个实话。

刘万民　有啥子话，你说。

金大花　我的房子硬是得不到补偿嗦？

刘万民　（一怔）那为啥子？

金大花　叶主任说，我的建房批文搞掉了，不好办。

刘万民　哦，你把建房的批文弄丢了？

金大花　嗯。

刘万民　（思索）嗯……没有建房手续，是不好办呢。

金大花　（急）那，我……我母子俩靠它生活，我们今后啷个过哟！

刘万民　你莫急。（十分关切地想了想）哎，对了，你那个建房批文，我们镇土地管理所有存根啦，可以去查一下嘛。

金大花　（一脸难色）我去找过他们。那年发大水，这些存根都被洪水冲跑了呀！

刘万民　哦！（又想）那——哎，对了，你当年修房子的其他票据也可以作证明嘛。

金大花　其他的票据？

刘万民　嗯，比如你当年买建材的发票。

金大花　真的？

刘万民　真的，未必我还跟你开玩笑呵？

　　　　〔刘万民还欲细说下去，小周匆匆地赶上。

小　周　刘镇长，我到处找你，你的手机又打不通。

刘万民　（看手机）又没电了。什么事，小周？

小　周　广东对口支援的同志提前到了，他们要求下午就去看双河小学。你看，是不是先给学校打声招呼？

刘万民　……算了，让他们看看现状也好，不然人家还支援我们啥子。他们人呢？

小　周　在办公室等你。

刘万民　（搁下碗）走。

　　　　〔二人欲下。

金大花　哎——刘镇长。

刘万民　（一下想起）哦，钱。

金大花　哪个跟你说钱，你这碗抄手还没吃。

刘万民　（愣了愣）哦，对，二狗，帮个忙，我请客。

　　　　〔刘万民掏出钱来交给金大花。

二　狗　那、那啷个好呢？（故作姿态）

刘万民　帮帮忙嘛。（扭头对大花）金嫂，按我说的，好好把发票找一下。

〔刘万民和小周匆匆下。

二　狗　（一喜）嘿，这一下，你吃了定心汤圆了嘛！

金大花　嗯，可还要拿到钱才着数。

二　狗　莫得问题，刘镇长都表态了嘛。

金大花　（一笑）二狗，来，把面吃了。

二　狗　（涎脸）我二狗岂能吃他人之食！

金大花　你不吃，倒了可惜。

二　狗　好嘛，我来克服一下嘛。（端起碗，提高了嗓门）金嫂，再加点猪油！（挪凳欲坐）

金大花　（一脚踢开凳子）呸哟！

〔二狗一下落空，众人大笑。

第二幕

〔大幕前。当天晚上，小镇一角。

〔石头来回走动着，不时张望远处。稍顷，兰兰匆匆急上。

石　头　（不太高兴地）怎么才来？

兰　兰　我妈，我妈不准我出来。

石　头　又是你妈。我晓得，你妈反对我们的事。

兰　兰　可我愿意。

石　头　你愿意有啥子用，我妈好像也不赞成，看来……我们还是趁早分手的好。

兰　兰　你？

〔石头低头不语。

兰　兰　石头哥哥？

〔石头仍不语。

兰　兰　（有些生气地）那好，分手就分手，这是你说的。……我走了。（转身，却未走）

〔石头仍然不语。

兰　兰　（见对方没动静，加重语气）我走了。

〔石头还是不语。

兰　兰　（高声地）我真的走了哦！

石　头　（缓缓转过身，逗笑地）兰兰，你的脚没动。

兰　兰　（爆发地）哎呀，人家舍不得走嘛！

石　头　（捂嘴而笑）好了，好了，我逗你的。

兰　兰　（破涕一笑）你坏，你坏！（对石头一阵假打，逼得石头跌坐到石条上，自己也顺势坐到他身边）

石　头　兰兰，其实我是担心，这次移民外迁，我们两家大人都不想走，这会影响我们的前途呀……

〔兰兰点点头。

石　头　说实话，我在外打工一年多，虽然辛苦，也很想家，但外面的世界真的很精彩，确实比我们这里强。要是我们不抓住这个机会……

兰　兰　那啷个办呢？

石　头　（有了主意）你我得努力，你动员你的父母，我动员我妈，争取早点外迁，早点致富，早点……

兰　兰　早点啥子？

石　头　早点——（向兰兰靠拢，欲吻）

兰　兰　（羞涩）哎呀！

〔暗转。

〔暗色中，人声和电话铃声交响着。镇政府杂事繁多。

〔灯亮，次日，镇政府院子里。

〔刘万民正在用手机打电话。一工作人员扛着桌子走向主席台，刘万民看见，挥手示意把桌子就放在院坝中间。

刘万民　我说过好多遍了，三峡工程清库的时间越来越近，这工作就火烧眉了……我晓得有钉子户，但钉子户也是人，还是要说服，要动

——话剧《移民金大花》

员。我说，你哥子少在群众面前摆架子，打官腔，人家不买你这一套。

〔叶主任夹着公文包进来，见刘万民正忙着，静立一旁。

刘万民　胡扯，你是做啥子的，你干的就是这个工作，吃的就是这碗饭。什么？小事！我慎重告诉你，移民的问题没有小事。好了，我还有事。

〔刘万民搁了电话，有些动气，下意识地摸出香烟。

刘万民　（自言自语地）哼，困难，哪样不困难？真是！
叶主任　刘镇长。
刘万民　喔，你来了。这几天又有些什么新情况？
叶主任　总的来看，大家对移民集体外迁，还是有认识的。
刘万民　这很好。
叶主任　只是，大家对房屋补偿问题比较关心。
刘万民　那是自然的。
叶主任　一般的问题还好说，咱们按规定办就是了。就是有些特殊情况，恐怕不好处理。
刘万民　啥子特殊情况？
叶主任　比方说金大花，她把建房批文弄丢了，她房屋补偿就不好办。
刘万民　你说金大花，她那情况我晓得了。
叶主任　她是个风头人物，她要是带头不搬，影响可就大了。
刘万民　嗯……她的情况有点特殊，我们还是要为她想想办法。
叶主任　想办法？
刘万民　我给她说了，让她找一找在供销社买建材的发票。
叶主任　那个也得行啦？
刘万民　像这类问题，只要符合政策原则，我们是可以变通处理嘛。
叶主任　可以变通处理？我哪个没想到……
刘万民　老叶呀，该拿给移民的，我们一定要努力为他们争取。
叶主任　（一悟）对，你说的对。刘镇长，另外有件事，我也正想跟你汇报一下。

刘万民　啥子事？

叶主任　关于你大哥的事。

刘万民　我大哥？

叶主任　你大哥盖的那座酒楼，按规定期限，超过了几天……

刘万民　对，他那酒楼是那后来修的。

叶主任　你看，是不是我们也为他争取一下？

刘万民　这个……（想了想）恐怕不行吧。

叶主任　你……你刚才不是说，可以变通变通吗？

刘万民　（想定）我大哥的事和金嫂的不一样，这个口子开不得。

叶主任　（顿了顿）可你大哥……过去帮助过你不少。

刘万民　这倒是的。父母死得早，是大哥把我从小带大的。

叶主任　所以……

刘万民　莫说了，按政策办，该怎样就怎样。（陡生感叹）唉，都说三峡工程是震惊世界的事，其实首先震惊的是我们自己。

〔小周提着个水瓶上。

小　周　刘镇长，开会的时间到了。

刘万民　喔，记住，今天这个会很重要，来开会的人都是我们双河镇的移民代表，一定要把会开好。只要他们的思想通了，其他人的工作就要好做得多。

〔小周点头，叶主任还想说什么，这时后台有人喊："刘镇长，电话！"

刘万民　来了。小周，开会时，你做个记录，详细点。

〔刘万民刚下，室外就有了响动。

小　周　叶主任，他们来了。

〔果然，金大花挽着一位老人和十多个代表散漫而上。

小　周　（热情招呼）大家随便坐，我给你们泡茶。

金大花　（随和地）周同志，我来帮你。

———话剧《移民金大花》 〉〉〉〉〉

〔金大花将茶端给大家。

代表甲　（玩笑地）咦，金嫂，啥子时候调到镇政府工作的？

金大花　才调来。今后找我开后门，莫得问题。

代表乙　行哪，金嫂，我想再生几个娃儿，也好多领几份移民款。

金大花　不行，违背政策的事，我金大花从来不干。

三娃子　金嫂，我想再讨个老婆，我那婆娘太丑了。

金大花　你家伙想得出来，你媳妇是双河镇最乖的一个，还不满足，你想要天仙哪？

三娃子　我不要天仙，我就想要……金嫂你这样的。只要你同意，我保证你过得舒服安逸！

〔全场大笑。

金大花　好哇，想要我这样的女人，可以，不过你脏兮兮的，得先让你洗个澡。

〔大花从小周手上抓过热水瓶，将盖子打开，直端端地朝三娃子走去。三娃子赶紧逃走。二人围着会议桌转圈。

三娃子　哎呀金嫂，我的姑奶奶！我投降，我投降！

金大花　啷个，阳痿了嗦？以后少给我嘴贱！

叶主任　（不满，大声作态地）严肃点，搞什么名堂！

〔会场阒然无声。众人把目光投向金大花。

金大花　啷个，会还没开始，说点笑话都不行呀？

叶主任　这是什么地方？

金大花　镇政府啊，人民政府啊。人民政府爱人民嘛。

叶主任　你？！

〔刘万民恰好走上。

刘万民　说得不错，说得好，人民政府爱人民。

金大花　就是。

刘万民　说实话，今天我们把大家请来，就是为了我们双河镇全体人民的大事。所以，希望这个会开好，开成功，希望大家合作。金嫂，你坐下。叶主任，人到齐了没有？

叶主任　到齐了。

〔茶客三由孙女扶着上。

茶客三　（气喘吁吁）来晚了，来晚了。

叶主任　咳，你啷个才来嘛？

茶客三　哎，人老啰，心快腿不快。

叶主任　好了，好了，快坐到起。

刘万民　请这边坐。（扶茶客三挨着他坐下，抬头扫视会场）……嗯，我大哥呢？

叶主任　（假意的）哎呀，刘万田，我忘了通知他。

刘万民　你，快去叫他马上来！

叶主任　我，我去打个电话。

刘万民　叫他马上来。

〔叶主任应声下。刘万民想了想，转对众人。

刘万民　各位移民代表，今天这个会，我不说大家也知道很重要。我晓得，大家最关心的就是补偿问题。这点请放心，国家有政策，我们会完全按政策办事的。

金大花　刘镇长，政策肯定重要，但我们的实际情况也很重要，希望领导从实际出发，多为我们老百姓着想。

代表乙　还有，你们说的政策，我们想看一下文件，光听你们嘴巴说的，我们还是不放心。

刘万民　行。文件都给你们准备好了的，人到齐了，就发给你们。

〔叶主任上。

刘万民　我大哥呢？

叶主任　我问过了，他有点急事，到县城……进货去了。

〔刘万民明显生气了。他不知如何发作，摸出烟狠抽。

刘万民　你先在干什么，乱弹琴，简直乱弹琴！

〔他话才落地，手机声骤响。他忙接听。

刘万民　（不容他言地）我在开会。

〔刘万民关手机。

刘万民　开会都开不清静。

〔手机又响。

代表乙　刘镇长，又来了！

刘万民　（接电话，大声地）我说过我在开会……啥子？出了事！嗯，嗯，我马上来。

〔接完电话，刘万民把叶主任拉到一边。

刘万民　（轻声地）发生了一处滑坡，房屋倒塌，还砸伤了人，我得赶紧去一下。记住，这个会一定要开好。我很快就回来。

叶主任　你放心，我能对付他们。

刘万民　你——

叶主任　我、我是说我能把握住这个会。

刘万民　（转身对大家）实在对不起，我有点急事要去处理一下。

代表戊　刘镇长，你走了，这个会还开不开哟？

刘万民　开，照样开。有关政策方面的事，大家有啥弄不懂的，可以多问问叶主任和小周。有事大家商量着办。小周，把文件发给大家。

〔刘万民匆匆下。金大花欲追出，被叶主任喊住。小周发文件。

三娃子　耶，刘镇长走了，我看今天这个会哪个来拍板哟？

代表甲　对头，哪个来拍板？

茶客三　真是，刘镇长都走了，今天这个会呀……（扬头望见叶主任正盯着他，忙改口）还有叶主任，还有叶主任嘛。

〔众人一笑，张幺婶怀里的孩子撒尿了，引起会场一阵混乱。

叶主任　（不满意地）小周，你看，这乱糟糟的，哪像个开会的样子？开会嘛，就要像个开会的样子。把会场重新布置一下，大家都面朝主席台就坐。

〔叶主任亲自动手把桌子搬上主席台，重新布置会场，着重突出了他讲话的位置。众人重新坐定。

叶主任　大家听好，刘镇长都交待了，你们要认真学习文件，有什么问题尽管问我！（见众人一时无反应）哎，哎，等一下看文件，现在先开会！

〔二狗悄然而上，站在一旁。

叶主任　（一本正经坐在主席台上）各位代表，大家好！

〔众人没有反应。

二　狗　（见状，带头鼓掌）鼓掌，大家鼓掌！

〔响起几下掌声。

叶主任　咦，二狗，你怎么来了？你又不是移民代表！

二　狗　叶主任，我虽不是代表，但我也是移民嘛，旁听总可以吧？

叶主任　那就找个位子坐下，好好听。

〔二狗应声，一屁股坐在主席台的台沿上。

叶主任　哎，你啷个坐在这里喃？

三娃子　他哪是来开会的嘛，他是来找金嫂的。

〔众哄笑，二狗找了个离金大花不远的位子落座。

叶主任　好了好了，莫开玩笑了。（咳嗽几声）各位代表，这次国家给大家安排去的地方，是沿海经济发达地区。那里的生活条件，比我们双河镇强嘛。（站起身，来回巡视着会场）所以我要提醒诸位一句，你们都是双河镇的移民代表，代表就要有个代表的样子，对不对？任何事情都要顾全大局，不要老是以个人利益为重，老只想个人那些东西，对不对？

金大花　（冷不丁地）不对。

叶主任　你、你说什么？

金大花　我说你这最后一句话不对。你这是指着冬瓜骂葫芦。

叶主任　什么冬瓜？什么葫芦？

二　狗　含沙射影。

叶主任　啥子含沙射影？哪个在乱说！

金大花　请问叶主任，这文件里头的政策是上面定的还是下面定的？

叶主任　政策都是上面统一制定的嘛，你这是什么意思？

金大花　什么意思，说白了，我相信上面的政策，不相信你叶主任。

代表甲　说得好。

代表乙　说到点子上。

叶主任　金大花，你说话要注意影响，这是政府所在地！

金大花　我哪点没注意影响？我说的都是正儿八经的话。我问你，关于我的房屋补偿问题，哪个你说的和刘镇长说的不一样？

　　　　〔众关注地倾听。

叶主任　啥子不一样？

金大花　我那房子，你说拿不到补偿。刘镇长说，可以拿当年买建材的发票作证明。

叶主任　这个……这个……

金大花　啥子这个那个，你这不是想坑我吗？

叶主任　哪个想坑你，当时……当时我还没来得及向刘镇长汇报研究嘛。

金大花　那，现在你们研究了没得耶？

叶主任　研究了。你找到发票没得嘛？

金大花　找到了。（摸出一张很旧的发票）你看。

叶主任　找到了就好，找到了就好嘛——来，拿给我看看。

　　　　〔金大花走上主席台，递过发票。

　　　　〔叶主任接过细看。

　　　　〔众小声议论。

叶主任　咦，你这张发票有问题。

金大花　有啥子问题？未必还是假的？

叶主任　假倒不假，可你看，你这张发票上面缺个角。上面只有购买日期九二年，月和日都没有了嘛！

金大花　（拿回发票看了看）这……这是遭耗子咬了一口。

　　　　〔叶主任走下主席台，悻悻地瞥了大花一眼。

叶主任　遭耗子咬了一口，哈……你们大家听到没有，（边说边走下主席台）哼，怕是你自己咬了一口哦！

〔众一阵骚动。

金大花　（气）叶主任，你不要诬蔑人。

叶主任　金大花，这是镇政府，说话办事，要老老实实。

金大花　我哪点不老实？我说的是老实话。刘镇长不是说了，有问题可以提出来，可以商量。我才开个头，你就用这种态度对我？

叶主任　我就用这种态度对你。（发觉大花站到主席台上去了）哎，你啷个爬到上头去了喃？（众笑）下来，下来！

〔众笑声中，小周上前劝大花走回座位，叶主任重回主席台。

叶主任　金大花，今天会议一开始，你就带有情绪，这很不正常，很不对头。你的一言一行都要注意，不要影响别人。

金大花　笑话，船是开的，水是流的。无论他们啷个想，反正我不愿意！

小　周　金嫂，冷静点。

金大花　我冷静点，你啷个不劝你们的叶主任冷静点。

叶主任　我冷静得很，关于房屋补偿，国家是有明文规定的，规定的东西你只能执行！

金大花　我没跟你说执行不执行的事，我只是有意见。

叶主任　有意见，对政府？对国家？咄，你姓金的还不能随便乱说！

金大花　我没乱说啊？你姓叶的不要挑拨我们老百姓跟政府的关系。

叶主任　你……

金大花　你啥子你？再说，这不光是我一个人的事，双河镇这么多移民，特别是做小生意的人，输不起。

代表甲　叶主任，金嫂的话说得有道理哟。

代表乙　你们政府是应该多为我们考虑一下。

叶主任　多考虑一下？我请你们也多考虑一下，对不对。关于这个问题，文件上面写得很清楚，是补偿，不是赔偿，对不对。补偿就是补偿，补偿就不是赔偿。不要斤斤计较嘛！

金大花　斤斤计较？哼，你说得好听。你又不是移民，火石没落在你脚背上，你又不晓得痛。

〔众人齐声附和。

叶主任　（一下站起）金大花，你……你这才是在煽动群众对政府不满，你要考虑后果！

小　周　（感到叶主任的话不对味，忙低声提醒）叶主任……

叶主任　（根本不听）哼，你对政策有意见？笑话，有意见，有本事你去改一下。

金大花　你这是啥子意思？

叶主任　啥子意思，重要意思。哼，你懂不懂，重要意思你就只能照办。不是你金大花能随便评价的。

金大花　那我们就该死！

代表丙　那我们生活啷个办呢？

三娃子　那我们的锅儿吊起来甩呀！

叶主任　莫得那么严重，只是叫你们作点奉献，作点牺牲而已，对不对。这点觉悟都没有，你姓金的还有什么资格在这里无理取闹！

小　周　（忍不住提高嗓音提醒他）叶主任！

叶主任　小周，你帮谁说话？你站在什么政治立场上？！

〔小周哑然。"立场"二字是很可怕的。

〔金大花也站了起来。

金大花　叶主任，请把话说清楚，我啷个没有资格？我哪点无理取闹？哼，我明白得很，你有私心，你这是报复！

叶主任　报复？我报复你什么？

金大花　那天，你吃了我的抄手，我收了你一碗抄手钱。

〔实在没想到大花会甩出这么一句，叶主任倏地脸红脖子粗，猛击一下桌面。

叶主任　（大声地）简、简直不像话，不像话，你胡说八道也不分个场合。哼，莫说你一碗抄手钱，就是一头牛的钱，我姓叶的也给得起。金大花，金寡妇，你真该找个男人好好管一管了，不然放屁都莫得个规矩！

〔这是令大家更没料到的一席话，一时哑然静场，所有目光"齐射"大花。

〔金大花怒火中烧。她忍无可忍，"叭"地摔了茶杯，使在场的人全都为之一震，并同时目瞪口呆。

金大花　好，你放屁有规矩，你姓叶的霸道，你当众伤害我。可我不怕，我金大花上天入地都是老百姓一个。（她忽又想起什么，面向众人）还有，今天这里莫得公平。刘镇长的大哥刘万田，他也是移民代表，他哪点特殊？他凭啥子不来？！

〔一言中的，全场"炸锅"，不少人为之附议。

代表甲　当真，刘万田哪个没来？

代表丁　政策对每个人都一样，刘万田他不应该特殊。

代表乙　他是干部家属，他应该带头才对。

代表戊　你们不能官官相护！

叶主任　（着急地）我、我已经说过，刘万田进城有事去了。

金大花　啥子进城去啰，（冲上主席台）这里头有名堂！

叶主任　（被逼在主席台一角）啥子名堂？

金大花　啥子名堂，你自己心头明白。对不起，今天这个会我不开了。我也有事，我金大花现在提前散会！

〔大花扬长而去。众人纷纷应声欲走。

〔叶主任气得不行，忙起身追了几步，伸手拦住后边的人。

叶主任　回去回去，哪个宣布散会的，都回去坐到起！她这种态度是要倒霉的！是要后悔的！

〔会场上，人人木了似的立着。

〔叶主任回坐原位怄气。

三娃子　我声明一下，村看村，户看户，老百姓看干部。我现在要看一步才走一步，叶主任，对不起，我先走了。

叶主任　你……

三娃子　不送，不送。

叶主任　（气恼地）嗨，那个送你嘛。

代表乙　叶主任，我也表个态，只要金大花和刘老板都搬了，我也莫得话说。我也先走一步，拜拜。

〔众纷纷跟随而下。

孙　女　爷爷，走了。

茶客三　（迷糊中醒来）会……会开完了嗦？可以走了吗？

叶主任　（哭笑不得）唉，走走走……

〔茶客三和孙女下。

〔静场。

〔小周慢慢靠拢叶主任。

小　周　（小心翼翼地）叶主任……

叶主任　哼，看不出来，你小周还很有个性嘛，你竟敢助长那寡妇的歪风邪气。

小　周　叶主任，你不能这样说，金嫂的为人我清楚。

叶主任　你清楚我更清楚。在移民这个问题上，从动员开始，她的意见就最多。也不打盆水照照自己，她算个啥子！

小　周　她不算个啥子，她只是我们双河镇的一个老百姓。可就凭这一点，我们就该好好对待她，这是个最最简单的道理。

叶主任　咦，你什么时候也学会说漂亮话了？

小　周　不是漂亮话，这都关系到老百姓的……

叶主任　（打断她的话）哼，老百姓，老百姓，你咋个成了老百姓的尾巴。

小　周　好，我不跟你说，我找刘镇长去。

叶主任　行行行，你去找刘镇长，我就坐在这儿等着他来批评。

〔小周下。

叶主任　哎——你，当真去找——哼，找就找，找刘镇长能怎样？我也是为了完成任务，对不对？说实话，哪个摊上这伤脑筋的移民工作，他只有累死！

〔叶起身收拾桌上的文件。

〔刘万民和小周上，叶主任未察觉。刘万民衣衫脏乱，额头上还贴有一块药用纱布。

叶主任　（仍余气未消，自言自语地）哼，老百姓、老百姓也应该自觉嘛，对不对。那不自觉的老百姓就是落后、愚昧、无知！对不对？

刘万民　（明显生气地）我说不对。

叶主任　（一怔）刘镇长？你回来了。

〔刘万民不语。

叶主任　你受伤了？我去找点药来。

〔刘万民仍不语，坐下拍打身上的尘土。叶主任上前帮着拍打，刘万民生气地站起，叶主任僵在那里。

叶主任　刘镇长，今天的会……

刘万民　（极力控制自己情绪）情况我都知道了。你叶主任今天很得意很神气！你耍态度发脾气，还当众挖苦一个寡妇，你像不像话！我都说过千百遍了，作为移民干部，该忍的还得忍，该让的还得让，该下矮桩的还得下矮桩！要哭回家去哭，要喊冤背后去喊冤，要吵你就对着我吵！叶主任——叶同志，移民就是移我们的爹，移我们的娘啊。你想过没有，今天的事，弄不好，会把我们前面做的工作全都毁了！你、你、你……

〔叶主任被"逼"至椅前坐下。他想申辩什么，起身欲说——

叶主任　刘、刘镇长……

〔刘万民一声断喝他又坐下。

刘万民　你听我说，你以为"三个代表"是说起耍的，是挂在口头上好听的？那是要脚踏实地去做的。还有——

叶主任　（突兀地，忍无可忍似地高叫一声）行了！我也要说几句！

〔刘万民和小周同时一怔。

叶主任　今天这件事，不能全怪我。她金大花从开始就带有情绪，说话不像说话，发言不像发言，脾气还不小。我大小也是个主任，她姓

———— 话剧《移民金大花》 >>>>>

金的根本就没有把我放在眼里。

刘万民　叶主任……

叶主任　我还要说！自从摊上这个移民工作，我人都瘦了一圈，头发都熬白了，难道我还有错？！过去几十年都是这么做的，未必现在就行不通了？我到底错在哪里？错在哪里？！

〔小周冲了杯茶水端给刘万民，刘万民示意递给叶主任。叶主任接过茶水猛喝一口。

刘万民　老叶——

叶主任　你莫打岔，你倒好，你跑去处理山体滑坡，把我留在这里受罪。我现在成了耗子钻风箱——两头受气。（坐下）

小　周　（气愤地）叶主任，你冤枉刘镇长了！

〔刘万民想制止她说，但小周无察。

小　周　你不晓得，这次山体滑坡，刘镇长的房子都垮了，他没顾得多看一眼就赶紧跑回来，生怕这里出事！叶主任，你、你啷个还要说话气他？！

叶主任　（有点吃惊地）啊……我不晓得。

〔稍静。

刘万民　小周，你忙你的去。

〔小周知趣地走下。

叶主任　对不起……

刘万民　现在不是对得起对不起的问题，老叶呀，这些年，干移民工作，你确实费了很多心，人也瘦了，头发也白了，我何尝不晓得你辛苦。

叶主任　刘镇长……

刘万民　好了，其他不再多说，关于金嫂那张发票，你去供销社帮着查一下。

叶主任　去供销社查？这事都过去十多年了，这岂不是大海捞针？

刘万民　那……这个事情先放一放。可有两件事你得去做，一是找个机会向金嫂赔个礼，道个歉；二是她的思想工作还得你自己去做，自己挖的坑坑自己去填。

叶主任　刘镇长，给、给金大花赔礼道歉可以，但她的思想工作，我绝对做不好。她这个人太凶了！

刘万民　我就不信，她硬是铁板一块?!

叶主任　你不信？那你去试一下嘛。

刘万民　老叶呀，金嫂她有情绪是可以理解的。我大哥没到场，其他人也会有情绪，只是金嫂她敢于说出来而已。还有，不要动辄就对群众说要奉献要牺牲。移民离乡背井本身就是一种巨大的奉献和牺牲，你还要他们牺牲什么？奉献什么？这些，你都想过没有？老叶呀，都二十一世纪了，很多东西你我都还得从头学起。

〔叶主任若有所动，拿起一支烟，烦乱中一时没摸到打火机。

〔刘万民摸出打火机递到他眼前，打燃火头。

〔叶主任抬头望着刘万民，若有所思……

〔切光。

第三幕

〔几天后，小街上。

〔金大花和张幺婶上。

金大花　（一路嘀咕地）哼，张幺婶，你说嘛，他办公室主任又啷个，就该欺负人哪，就该发脾气耍态度哇！

〔此时秀秀从另一边上，双方照面时不觉一愣。待大花走过，秀秀忽然停下，故意大声地和张幺婶说话。

秀　秀　（指桑骂槐地）我说张幺婶，你来评评理，我们家是惹了哪个还是撩了哪个？有人就是盯到不放。我男人去不去开会，老娘搬不搬迁，关她狗屁相干！我看哪，莫得男人的堂客日子那硬是不好过。哼，不好过，就去找一个，偷一个嘛，免得到处惹事生非！

〔大花站住听。她脸上不冷不热，好像一副事不关己的样子。但只一会儿，她就回头反击了。

金大花　张幺婶。

张幺婶　哎。

金大花　你们家才买了条狗哇？

张幺婶　（一脸不懂）狗？啥子狗？没有哇。

金大花　不对哟，刚才还叫了的，声音又高又尖，好像是条母狗！

〔张幺婶眨眨眼睛就懂了，她欲笑不能。

〔大花见目的达到，昂首而去。

秀　秀　（不知如何发作）好，好哇，姓金的，你这个没人要的寡妇，你把老娘比作……

张幺婶　（故意反问）比作啥子？

秀　秀　（怒目而视）我，我……我不晓得！

〔切光。

〔灯亮。景同第一幕。

〔茶客们在听二狗唱金钱板：

　　月亮弯弯往下梭，
　　太阳出来红砣砣。
　　爸爸妈妈上了坡，
　　留我在家陪婆婆。
　　婆婆今年八十几，
　　说起干活笑呵呵。

〔引得茶客们一阵掌声。

二　狗　我的唱完了，哪个来接到？哪个，哪个来？

三娃子　好，我来说个最近听来的段子。说老婆是正品，情人是补品，二奶是上品，少女是精品，寡妇是……

〔他忽想起了什么，忙打住。

二　狗　（嘴快）寡妇是展览品。

〔大家一诧，眼光一齐盯住大花。

金大花　莫得啥子，莫得啥子，寡妇就是个展览品。我们这种人，生就是被别人盯到起的。所以只能规规矩矩，老老实实，不准乱说乱动。

二　狗　金嫂，我……我不是故意的。

金大花　我又没怪你。

茶客二　其实，人都是平等的。

二　狗　就是，寡妇也是人嘛。金嫂，雄起，该哪样还哪样。话又说回来，寡妇的力量有时是战无不胜的。

金大花　二狗，你能不能不说（顿了顿）那两个字？烦。

二　狗　对，不说了，寡妇这两个字也确实……

金大花　你又说……你有病哪？

茶客三　二狗，你也是喝过墨水的，就不晓得说点别的？

二　狗　说点别的？好嘛，又来说点别的。我打个谜语你们猜。
　　　　〔说完他卖关子似地又去喝茶。

众茶客　快点说嘛，名堂多。
　　　　〔茶客四上，买了个馒头拿在手上，站在一旁听。

二　狗　听好啊，白胖白胖，中间一杠。这是啥子？
　　　　〔大家先是一愣，倏然隐笑不能。

金大花　这个人人都有——屁股。

茶客一　对头，是屁股。

茶客二　就是，就是。
　　　　〔二狗歪头看着他们，然后睥睨而立。

二　狗　（非常正经地）你们把我看成啥子人？我二狗就那么俗气？那么低下？那么莫得文化莫得修养？告诉你们，我说的是馒头！
　　　　〔茶客四举起手上的馒头看，果然是的。

茶客二　哎，龟儿笑人，硬是馒头哒嘛！

三娃子　干望到啥子？又不是屁股，快啃噻！

茶客四　去哟。

　　　　〔众人一阵哄笑。

金大花　好耍好耍。再来,哪个又说?

　　　　〔打扮一新的李富贵手上提着一些土特产上。

李富贵　(带着广东口音)大家好啦!

　　　　〔众随声望去。

金大花　哦,富贵来了。(忙递上一杯茶)喝杯茶,喝杯茶。

李富贵　(一口饮尽)嗨,还是家乡的水甜!

金大花　(语中有话地)你还知道家乡的水甜?

李富贵　那肯定的啦。不过,金嫂,走出这山里,也的确开了眼界。

茶客一　李富贵,你从广东回来,跟我们说说那边的事。

茶客二　听说,外迁过去的移民,生活比我们这儿好过些?

李富贵　不假的啦。

三娃子　哎,富贵,你才去广东一年多,就满口的啦的啦,听起来急人。你还是说我们乡坝头的话要得不?

李富贵　要得的啦——嘿!(改重庆口音)说顺嘴了,说顺嘴了。真的,广东虽说不上是人间天堂,但确是繁华之地。我住那个地方,安逸得很——嗨,对了,看照片。(摸出一叠照片分发给众人看)

三娃子　哇,这移民新村还不错嘛!

茶客三　房子修得这么好。

茶客一　这周围团转的环境也不错。

茶客二　耶,富贵,你这屋头的摆设,比过去的地主还强。

二　狗　我早说过,山外有山,天外有天。可见我二狗是有先见之明(学广东口音)的啦!

　　　　〔众笑。

茶客四　富贵,把照片借我一张,拿去给我婆娘看一下。

李富贵　要得,要得——(又冒出广东口音)送给你的啦。

　　　　〔众又一笑。茶客四拿着照片下。

金大花　富贵，广东那么好，你跑回来干啥？

李富贵　金嫂，我这趟回来，是接老丈母娘去那边耍，顺便带点家乡的土特产。你看，诗仙太白酒、渔泉榨菜，拿去送给帮我安家的那些广东老乡。

〔众一阵感叹，议论。

茶客一　（发现了什么）哎——莫说了，兰兰来了……

〔众循声看去。

〔兰兰从"双河酒楼"出来。

二　狗　（喊）石头——馒头——

〔兰兰望着大花，希望她能照旧喊"石头，馒头"。可这次大花却没搭理她。

兰　兰　（只得开口）金娘娘，买个馒头。

金大花　（冷冷地）莫得，卖完了。

二　狗　这还有馒头嘛！

金大花　别人全包了。

〔兰兰一怔，顿时明白了什么，鼻子一酸，扭头回走。

石　头　（出屋来）兰兰，你找我？

兰　兰　我……我有话跟你说。

石　头　晚上八点，老地方，不见不散。

兰　兰　嗯。（拭泪跑进酒楼）

〔大花忽觉过分了点，跟出几步想招呼兰兰，但只是张嘴做了个那类动作而没出音。

二　狗　唉，（唱出一句川戏）"鸳鸯鸟儿各自飞"……

金大花　又有你的。

石　头　妈，兰兰啷个了？

金大花　没得啥子，回屋去看你的书。（推石头进屋）

二　狗　金嫂，兰兰是个好姑娘，你把她弄得都快哭了。

金大花　你少说，我还难受哩。

二　狗　金嫂，这是好事。

茶客二　好事是好事，可兰兰她父母……

金大花　这事我想过，也劝过石头，但他不听。唉，现在的年轻人，不好说也不好管。

二　狗　都什么年代了，还想包办哪？

金大花　我家的事，你少管。

二　狗　（语塞）哎……（溜到一边，不再吱声）

茶客一　行了，时间不早啰。说一半天别人，还是回家吃自己的饭。走。

茶客二　是该回去了。

茶客三　我屋里那几头猪儿也该喂食了。

茶客二　对头，龙门阵大家摆，茶钱各给各。（摸钱）金嫂……

　　　　〔众人应声摸钱。

李富贵　嗨，不用的啦，我请客。我埋单，我埋单的啦。

　　　　〔李富贵掏钱给大花。

金大花　我还该找你……

李富贵　不用，不用。小费，小费。

金大花　那——大家走好，明天再见。

三娃子　二狗，你还不走呀，还想在这里宵夜嗦？

二　狗　去去去，我也该走了，还有场喜事等我去唱哩。（对大花）金嫂，拜拜！

　　　　〔众人窃笑而下。

　　　　〔李富贵和茶客二路过"双河酒楼"时，碰见刘万田送客人出门。

李富贵　刘老板好啦！

刘万田　哦，是富贵呀，你这身打头，看来是发财了嘛？

李富贵　小发财，小发财。哎，刘老板，我要是有你那手艺，保险发大财的啦！嘿，川菜在那边是大大的吃香哦。

刘万田　真的？

李富贵　真的！怎么样？过去嘛！

刘万田　我……我在这里还过得去。
李富贵　哎呀，刘老板，我还是劝你早迁早发财的啦！
茶客二　走哇，富贵，天都快黑了。
李富贵　刘老板，拜拜。
　　　　〔刘万田若有所思地看着李富贵离去，返回酒楼。
　　　　〔这边，金大花麻利地收拾着桌面。石头上。
石　头　妈，兰兰今天啷个不高兴？
金大花　没得啥子。石头，时间不早了，我们就随便吃点东西。
石　头　吃两个馒头就行了。（拿起馒头就走）
金大花　石头，上哪儿去？
石　头　妈，我有事。（跑下）
金大花　（望着跑去的儿子）哎！（进屋）
　　　　〔转眼到了夜晚。
　　　　〔三两声狗吠后，天更暗，夜更静。
　　　　〔兰兰匆匆走出酒楼，她朝小店望了望，看了看表，急切而去。她刚走几步，却又一步步退回。原来，她迎而碰着两个醉鬼。那两人正步步紧逼着她。
兰　兰　（受惊吓地）你、你们要做啥子？！
醉鬼甲　不……不做啥子，陪……陪……陪我们耍一下。
兰　兰　我……我要喊人啰！
　　　　〔那两人扑上前抓扯她，逼得兰兰急忙躲闪。
醉鬼乙　（抓住兰兰）莫跑，莫跑。
　　　　〔兰兰害怕起来，紧张挣扎。
醉鬼甲　莫怕，莫怕。……跟我们走，跟我们走……
　　　　〔此刻金大花手提一个大茶瓶正好掀帘而出，见状，霎时明白"有事"，忙冲过去护着兰兰。
金大花　你们要干啥子？哪儿来的两个醉鬼！
醉鬼乙　你……你少管闲事！给我滚开！

——话剧《移民金大花》

金大花　这个闲事该我管！
醉鬼乙　该你管？
金大花　她是我……是我女儿！
〔俩醉鬼醉眼惺忪地望着她，愣了一下。
〔兰兰心一热，趁机退到大花身后。
醉鬼甲　少废话，她是你女儿？
醉鬼乙　你女儿我们也——也……（扑向兰兰）
金大花　（大怒）狗东西，给脸不要，老娘今天就陪你们玩玩！
〔说时迟看时快，大花高高举起手中的大茶瓶，猛地砸在他俩面前。"砰"地一声重响，那茶瓶瞬时毁于一旦。
〔两醉鬼被震得顿时酒醒，害怕地跑下。
〔响声惊动了"双河酒楼"。很快，刘万田夫妇跑了出来。
刘万田　啥子事，啥子事？
兰　兰　爸，两个醉鬼，两个醉鬼……
刘万田　（大惊）啊！
秀　秀　（心疼地）伤到哪里没有？
兰　兰　没有，没有。全靠石头他妈妈，要不然，要不然就……（说不下去，差点哭出声来）
〔刘万田夫妇看着地上摔碎的大茶瓶，顿时明白了是怎么回事。
〔秀秀暗示刘万田去向金大花道个谢。
〔刘万田踌躇地想向金大花表示点什么，喃喃地说了声"谢谢——"可金大花没搭理，竟自回店拿了扫帚出来，清扫地上的残渣。
〔兰兰跟着爸妈进屋。
〔金大花朝酒楼望了一眼，转身继续扫地。见有人来，退入屋内，在门帘缝中窥望。
〔刘万民提着瓶酒上，他若有所思地站在街口朝酒楼眺望，稍犹豫了一阵，走进门去。

〔金大花见状，一思，放下门帘。

〔切光，暗转。

〔暗转中，传来刘万田的声音——"兰兰，把阳台的灯打开，我要跟你幺爸在阳台上喝酒。"

〔灯亮。场景变换：台左变为酒楼后屋阳台。台右变为小店屋后一角。

〔稍顷，刘万田、刘万民走上酒楼阳台，兰兰随后上。

刘万民　大哥，就在屋里头喝，一样嘛。

刘万田　今天天气闷得很，这儿空气好些。哎，三弟，平常你好像不喝白酒吗？

刘万民　我两兄弟好久没在一起喝酒了，今天开个戒，就喝白酒。

刘万田　好，喝就喝。倒起，倒起。兰兰，上酒。

〔兰兰倒酒，秀秀端两碟小菜上。

刘万民　大嫂，你也坐。

秀　秀　三弟，你好久没来过家了，今天和你大哥好好喝几杯。

刘万民　嗯，大哥，我平时工作忙，很少来家看你，这杯酒我先敬你们。

（举杯一饮而尽）

秀　秀　你们先喝到，我还去炒两个菜，是你最喜欢的。（下）

刘万民　来，咱们划几拳。

刘万田　要得，划几拳。

〔兰兰坐下陪着。

〔兄弟俩搭拳，同时喊出声："兄弟好哇！好得不得了哇！"

刘万民　七七四十九哇，

刘万田　八八要发财呀。

刘万民　五年大发展哪，

刘万田　十全又十美呀。

刘万民　三峡工程好哇，

刘万田　四方要来客呀。

———话剧《移民金大花》 〉〉〉〉〉

刘万民　移民工作难哪——喝，大哥，你输了，该你喝！

兰　兰　爸爸输了，喝，喝——

刘万田　不对，不对。你这个"移"字不对。

刘万民　哪点不对，我这移民的移和一二三的一是同音字。

兰　兰　对，是同音字！

刘万田　同音字？把我搞昏了，搞昏了，算你投了个机。嗨，这种拳令也太差水平了。

兰　兰　（趁机地）爸，幺爸搞的就是移民工作，他这叫一心不忘移民事，时时处处想移民。对不对，幺爸？

刘万田　就你懂得多。

刘万民　（弦外有音地）兰兰，你说得完全正确。我这几年的工作，全在移民身上，好多事习惯了，不是说理解万岁吗。希望大哥理解。不说了，接着来。先把这杯罚酒喝了再说。大哥，（弦外有音地）该斗硬的还得斗硬啰。

刘万田　（不情愿地）哎，哎……

刘万民　那，兄弟陪你喝这一杯！

〔刘万田只得干了杯中酒。

〔秀秀端菜上。

秀　秀　菜来了，三弟，你看这是你最喜欢吃的——

刘万民　嘿，羊肉格格。

秀　秀　你再看——

刘万民　咸烧白。哈！（尝了一块）嗯，不摆了。

秀　秀　好吃就多吃点。

刘万民　大嫂，坐——

秀　秀　我还烧得有一钵汤，兰兰，你去把汤端来。

〔兰兰应声去。秀秀坐下。

刘万田　三弟，来，再划。

〔两人的划拳声由大到小，最后一拳还是刘万民的"移民工作难啦"胜了他哥。

刘万田　又是这种话，太莫得劲了。

刘万民　你输的这杯酒还是要喝讪！

〔刘万田不愿喝。

刘万民　那，兄弟帮你喝了！

刘万田　（夺过酒杯）哎，酒个嘛，水个嘛！（一饮而尽）

刘万民　来，又划。

刘万田　不划了，不划了！

秀　秀　不划了？要得，那我们摆点家常。

刘万田　要得，摆点家常。三弟，你以往既不划拳又不喝酒，你心里肯定有事。

刘万民　大哥你说对了，我心里的确有事。

刘万田　有事你就说。

刘万民　关于移民工作的事。

刘万田　你的移民工作搞得好，有啥子事嘛？

刘万民　搞得好？大哥，实话实说吧，你这儿我就没搞好……

刘万田　……三弟，你今天啷个扭到说移民的事嘛？

刘万民　我今天就是专门来说这件事的。

刘万田　（提高嗓门）那……要说以后说，今天就不要扫兴。

〔万田说完站起。万民也冲言而起。

刘万民　我非说不可，而且，今天如果说不好，我就不出这个大门！

刘万田　你今天啷个……

〔兰兰端汤上，见状愣住。

秀　秀　莫争了。（接过汤钵）兰兰，去，放点好听的音乐。三弟，你坐，你坐。

〔兰兰走至一侧，放出一段《家和万事兴》的音乐。

〔音乐声大了点，金大花闻声从小店后门而出，她手上还拿着正在扎的鞋垫。稍顷，二狗和张幺婶等人也闻声而上，凑到她身

话剧《移民金大花》

　　　　　边，坐在石梯上一同朝上窥听。

张幺婶　这么晚了，他们家还在放音乐？

金大花　刘镇长在陪他哥喝酒。

二　狗　（观察）耶，硬是喃。

　　　　〔金大花示意大家小声些。

刘万田　（心烦，大声地）兰兰把音乐关掉！哼，家和万事兴，家和万事兴，兴啥子，兄弟都撵哥哥来了！

刘万民　大哥……

秀　秀　你们俩兄弟莫吵了，喝酒。

　　　　〔两兄弟没动，稍静。

二　狗　你们听，刘镇长和他大哥在吵架。

张幺婶　硬是喃。

金大花　莫说话，听。

　　　　〔二狗和张幺婶噤口。金大花默默地扎着鞋垫，细听。

刘万田　关了，关了！

　　　　〔兰兰进内关机，音乐止。

秀　秀　三弟，你这不是在逼我们吗？！

　　　　〔窥听的人们心中一紧。

刘万民　大嫂，不是我逼你们，是形势逼人，我也同样被逼！

刘万田　我今天头痛，不想听这方面的事。

刘万民　我今天心痛，我要一吐为快。你今天不想听，明天再接着说。今晚我就在这里过夜了。兰兰，给幺爸抱床铺盖来！

刘万田　你？！

刘万民　我，我莫得办法，我走投无路，我只能如此！

兰　兰　爸，你们要理解幺爸的工作。

刘万田　少插嘴。工作？三弟，你是分管移民工作的副镇长，你就不能为我们想点办法？

秀　秀　三弟，我们这座酒楼？

刘万民　　大嫂,你说的这个事,叶主任跟我商量过。按政策,你们酒楼是晚盖了几天。

刘万田　　(爆发地)对,就晚盖了几天,人家叶主任都说可以想办法解决,就是你从中作梗。你、你哪像我的兄弟?

〔阳台上气氛骤然紧张。

秀　秀　　三弟,你真的不答应给我们解决呀?

刘万民　　(极力平静地)大嫂,这不是我答不答应的问题。政府规定的期限,是个原则问题。我这个小小的镇长不敢越雷池一步。

秀　秀　　这么说,我们的酒楼是一分钱也拿不到哦?

刘万民　　大嫂,你们的损失我来弥补。

秀　秀　　你、你拿啥子来补?

刘万民　　这次山体滑坡,我的房子垮了,县里要发些救济金,我全都拿给你们。

刘万田　　三弟,你叫我哪个说哩。钱是个问题,但也不是全部问题,我还——我——我……唉!

秀　秀　　三弟,你没摸到你大哥的心,我们世代生活在这双河镇,一下子要走,哪个丢得开哟!

兰　兰　　幺爸,爸爸最舍不得的——是你!

刘万民　　(深深地被触动)大哥!这我理解……你们要走,我……我也舍不得呀!我们父母死得早,那些日子是怎样过出来的,我很清楚。为了保我读书,你提前休学;怕我孤单,你三十出头才结婚;当年生兰兰,我大嫂没奶,为了积钱给我交学费,你们是熬米羹羹喂兰兰的呀!你们看着我长大,又看着我参加工作,几十年哪!你们对我的恩情,我不会忘记,永远都不会……

刘万田　　你记得就好。这几十年,都过得不容易呀!我和你大嫂起五更熬半夜,风里来雨里去,从一个小摊摊摇起,担惊受怕,坎坎坷坷,好不容易才挣下这座双河酒楼。现在日子好过了,生意也越来越红火……这一说走就要走,就差几天哪!兄弟,你一句话,

———话剧《移民金大花》 〉〉〉〉〉

我这六七万块钱丢在水里头泡都不冒一个呀！我……唉……

刘万民　（一时无语，稍顿）大哥，你说的，我都清楚，我都明白。

刘万田　你明白，你明白个屁！

兰　兰　爸，你就听幺爸说两句嘛。幺爸，坐下说。

刘万田　好，你说，你说嘛。

〔二狗和张幺婶小声议论……金大花示意往下听。

刘万民　（语重心长）大哥，我胃不好，从不喝白酒，这你是最清楚的。今天我故意喝了这么多酒，就是为了跟你好好谈一谈，不然我怕我没有勇气，没有胆量。刚才你说的这些，都是事实。可移民是国家大计，这些道理我给你说过多次，好话坏话都有，你总是不听，总是敷衍。事到如今，我什么都不说了。如果再不听，再要吵，我这个当兄弟的，就只有去交辞职报告！

刘万田　（愣住）辞职？

秀　秀　三弟，你不当官了哇！

刘万民　我自己亲人的工作都做不好，我还有啥子资格当这个移民副镇长？

〔阳台上一阵寂静。石梯上金大花等人一阵愣神……

二　狗　耶，刘镇长要辞职啊！

张幺婶　哎，他不能辞职啊！

金大花　哎呀，听。

兰　兰　幺爸，你莫急嘛，喝点水。（递过一杯水）

刘万民　（长长喝了一口）我分管移民工作，这个担子说好重有好重。上面有压力，下面有阻力。我吃不好睡不好，我把全部精力都花在移民身上了，到头来，还要受气还要受冤枉！大哥，我也是人哩，刀砍脑壳照样喊痛哩。你们都是我的亲人，是我最亲近的人，你们都不理解，还要给我施加压力，那我还活不活？！眼光要看得远些嘛，要看到将来，要想到今后……大哥，感情归感情，政策是政策。

刘万田　政策……政策我懂——可你这样大声武气地对待我，我受不了。你怎么不用这种态度去对那个寡妇呢？

刘万民　大哥，你莫这么说，金嫂的工作我会去做的，你放心。

秀　秀　耶，你敢动员她，她好凶哦！

刘万民　大嫂，哪个人都有个脾气嘛。她是爱耍凶，可她再凶也是我们双河镇的老乡嘛。她的为人我清楚。她常常是人前一张笑脸，背后一把泪水呀。人家孤儿寡母的，日子过得够艰难了，我们要体谅人家⋯⋯

刘万田　我⋯⋯我想不到那么多，也没有你的心好。

刘万民　这不是心好不好的问题。说白了，在你和她之间，我只有先动员你，只有先动员你！谁叫我是个移民副镇长！

〔死一般沉寂。窥听的人们心里好像塞了样东西，金大花手中扎鞋垫的针把自己的手扎了一下，抬头朝上凝望⋯⋯

刘万田　⋯⋯三弟，照你这么说，我们的酒楼就只有⋯⋯

兰　兰　爸，不要再给幺爸增加压力了，幺爸的话有道理。妈——

秀　秀　道理，道理也要我们通嘛，也得慢慢来嘛。

刘万民　（难以克制地）我的大嫂哎，⋯⋯没有时间了，你看那个水都要涨上来了！大哥，千锤万锤，一锤定音。

秀　秀　一锤定音？三弟，你知道我们的酒楼是为啥子晚盖了几天吗？

刘万田　（一愣）大嫂？

秀　秀　当年，我们早就准备了盖楼的材料，可那时候，你的胃大出血住院抢救，我们为你交了一大笔钱，要不然，我们早就动工了。

刘万民　（震惊）大嫂⋯⋯！（秀秀难言地扭过头去）我⋯⋯我⋯⋯我为什么要生那场病啦？大哥！（说着"咚"地一声跪倒在刘万田面前）

刘万田　（心疼地）兄弟⋯⋯！

兰　兰　（大惊）幺爸！

秀　秀　（急呼）三弟，三弟！

〔窥听的人们怦然心动，金大花猛地站起来，她心里已是波涌浪翻⋯⋯

〔灯灭。

第四幕

〔七八天后的清晨,镇头路上。

〔二狗肩扛锄头,手提一棵小黄桷树,喜气洋洋地唱着山歌从一侧上。

二　狗　　太阳出来罗儿,

　　　　　喜洋洋呵二狗哦。

　　　　　挖了一棵黄桷树哐扯,

　　　　　转回家哟儿郎罗。

〔叶主任提着个刷标语的小石灰桶从另一侧上,迎头碰上二狗。

叶主任　二狗,二狗——

〔二狗见是叶主任,刹住歌声,扭头便走。

叶主任　(亲切地)二狗!二狗!啷个看到我就跑喃?

二　狗　叶主任,我们小老百姓,那个敢跟你打交道哦。

叶主任　啷个恁个说喃?

二　狗　我怕耶。

叶主任　怕啥子怕?

二　狗　怕……怕……怕我的政治立场出问题。

叶主任　你还在说那天会上的事?还在记恨我?

二　狗　那天你好凶啊……

叶主任　(歉意一笑)那天是我的错,我已经接受了刘镇长的批评。我还要去找金寡……不不不,金嫂,金嫂,去向她赔礼道歉。

二　狗　哦,那就好,那就好……(看见他手中的石灰桶)耶,你提个石灰桶桶儿做啥子?

叶主任　从今天开始,该拆的房屋都要刷上一个"拆"字。我都刷了好多家了,手都写酸啰。

二　狗　哦,这么说来,我今天就把黄桷树挖回来是搞对了。

叶主任　（不解）你……？

二　狗　（得意）我找个钵钵来栽起，将来好带到外省的新家去。

叶主任　（悟明）哦，二狗你还有点（冒出普通话）恋土情结耶！

　　　　〔两人一笑。

叶主任　好好好，再见，我还要去忙。（欲下）

二　狗　（一转念）哎，叶主任，我跟你一起去干要不要得？

叶主任　嗯……

二　狗　我还是想挣点儿表现嘛！

叶主任　要得，要得。

　　　　〔两人一同走去。
　　　　〔暗转。景同一幕。
　　　　〔兰兰从酒楼出来，走近小店，轻轻地拍了拍手掌。
　　　　〔石头睡眼惺忪地披件衣服从屋里走出。兰兰躲在一角。

兰　兰　嘘——

石　头　兰兰——

兰　兰　嘘，你妈呢？

石　头　妈买菜去了，还没回来。这么早，有啥子事？

兰　兰　好事！

石　头　啥子好事？

兰　兰　（脸一沉）哼，几天都不出来见我，不跟你说。

石　头　咳，这些天，我妈总是心烦意乱的，我怕惹她生气，所以……

兰　兰　那就算了。（欲走）

石　头　（忙拉住她）唉，有啥子事？快说嘛。

兰　兰　石头，昨天晚上，幺爸又到我们家来了。

石　头　还是谈移民的事？

兰　兰　嗯。

石　头　谈成功了？

兰　兰　还没有。

——话剧《移民金大花》

石　头　那有啥说的？

兰　兰　移民的事虽然还没谈成，但我家那座酒楼的事，爸妈的口气软了许多。

石　头　噢。

兰　兰　另外，另外……他还同我爸妈谈了别的事。

石　头　啥子别的事？

兰　兰　我们两个人的事。

石　头　真的呀？啷个说？

兰　兰　他们说……（发觉有人朝小店走来）哎呀，有人来了，走，到老地方去说。

石　头　哎。（拉起兰兰跑下）

　　　　〔群众甲乙、三娃子和二狗同上。

群众甲　二狗，你都参加工作队了嗦？

二　狗　哎——刚参加的。

三娃子　你娃变先进了耶！

二　狗　哪里哪里，为三峡工程作点贡献。

群众丙　耶，是不是叶主任要培养你入党哦？

二　狗　差得远，差得远。

　　　　〔众人一笑。

　　　　〔叶主任匆匆赶上。

叶主任　二狗，抓紧点儿。你去刷金嫂家，我去刷刘老板家。

二　狗　要得。

　　　　〔他们各自朝前走了几步，忽又犹豫地同时站住。

叶主任　二狗……

二　狗　叶主任……

叶主任　我看，我们两个是不是调一下？

二　狗　我也觉得，我们还是换一下好。

叶主任　我去刷金嫂家。

叶主任
二　狗　（几乎同时说出）哦——这样子合适些。

〔两人笑着调换方向，可是，两人走拢各自的目标前，又都犹豫起来。

群众甲　二狗，虚啥子？

三娃子　雄起，雄起讪。

〔二狗做雄起状，正欲拿起刷子写拆字，刘万田突然从门里走出来，朝天伸了个懒腰。

〔二狗忙住手，藏到墙角，引得群众甲乙讪笑。刘万田见他俩神色怪异……转身看见二狗。

刘万田　二狗，你在做啥子？

二　狗　（忙把石灰桶藏到身后）我……我在看你这墙……

刘万田　我这墙有啥好看的？莫名其妙！

〔刘万田说完径自而去。

二　狗　叶主任，这……

叶主任　你呀，啷个变成个老鼠胆了，快写讪！

二　狗　我、我去撒泡尿。

〔二狗溜下，群众甲乙跟下。

叶主任　哎——我就不相信得，怕啥子怕。

〔说着走到大花房前，正想动手刷，金大花背着背篓上，一头撞见叶主任。

叶主任　哎，哎，（忙将桶藏在身后）金嫂——

金大花　哟，叶主任，早哇！

叶主任　早，早。

金大花　这么早，就想来吃抄手嗦？

叶主任　不不，我……我是来……我是来给你道歉的。

金大花　道歉？

叶主任　那天在会上，是我的错，伤害了你，以后我改，我一定改。

——话剧《移民金大花》 》》》》》

金大花　（受了些感动）哎，算了，都过去的事了，就当风吹过。再说，那天我也有不对的地方嘛。

叶主任　哪里哪里，是我不对，是我的错。

金大花　好了好了，莫说那些了。你坐，我先给你泡碗茶。

叶主任　谢谢。

　　　　〔大花说着转身放下菜背兜，泡茶。叶主任愣在那里。二狗和群众甲乙复上。

二　狗　叶主任，（提起石灰桶晃了晃）这啷个办哟？

叶主任　（急于脱身）我先去别处，这两家的任务就交给你了。金嫂，我还有点事，先走了！（快步走下）

二　狗　哎……（欲跟着下，被群众甲乙拉住，没走脱）

金大花　（端过茶）哎，二狗，你也来了！

二　狗　嗯，嗯，我……我帮叶主任提桶桶儿的，提桶桶儿的……

　　　　〔二狗和群众甲乙追着叶主任跑下。

金大花　（拉住落在后边的群众甲问）哎，他们在搞啥子？

群众甲　金嫂，要拆房子啰！（追下）

　　　　〔金大花一时无语，思忖着。脑海里响起刘万民的幕外音："我的大嫂哎……没有时间了，你看那个水都要涨上来了。大哥，千锤万锤，一锤定音。"

　　　　〔金大花心绪不定，脑海里又响起丈夫临终前的话："大花，我走了，你要好好开店，你要把娃儿拉扯大，要把他培养成才。"

金大花　（心情矛盾地）我该怎么办，我该怎么办哟？咳……（坐下，伏案）

　　　　〔石头上，见状一怔。

石　头　妈，您不舒服？

金大花　没啥子。你跑到哪里去了？

石　头　兰兰找我有事。

金大花　来，帮妈妈理菜。

〔石头坐下。

金大花　你都回来好些天了，妈有好多话要和你说。

石　头　妈，我也想好生跟你说。

金大花　你有啥子说？

石　头　我有个想法，一直怕跟你说。

金大花　你也怕妈?!

石　头　不是。我跟兰兰都还年轻，不想老呆在一个地方，想趁这次外迁移民……

金大花　又给我说移民的事？

石　头　妈，三峡工程是个机遇，几十年几百年都难得遇到。错过这个机遇，我们会后悔的。我这次回来，就是想动员你尽早参加外迁移民。

〔大花看看儿子，不语。

石　头　再说，修建三峡工程，可以为下游防洪，为国家发电，还有……

金大花　（打断话头）石头，你以为妈就是个死脑筋？你说这些我都明白，可事情还没说清楚，这说拆就拆，妈想不通！

石　头　事情各了各嘛。

金大花　对，各了各，那就说说你的事。

石　头　我晓得，你就是不想我和兰兰好个嘛。

金大花　晓得就行，妈就一直担心这个。

石　头　你担心啥子吗？

金大花　石头，你也不小了，说话做事都该有个脑筋。兰兰是不错，但她那个家……

石　头　她家又啷个？

金大花　啷个？和我家门不当、户不对。

石　头　妈，我是跟兰兰，又不是跟她那个家。

金大花　可兰兰是那个家的人，别人会怎么看？会认为我们去巴结他们。

石　头　妈，你哪来这么多想法？

金大花　想法多点不好呀？想法少了要被人欺负！

——话剧《移民金大花》

石　头　欺负？哪个敢欺负你哟！妈，你是个好人，人家都这么说。可你说话做事能不能平和点，动不动就发火，还做出一副凶相……

金大花　傻儿子，你不懂。马瘦被人骑，人弱被人欺。你我孤儿寡母的，不凶点狠点，咱们在双河镇还能立得住？

石　头　那又何必呢？了解你的人还不说，不了解的人还以为你是个——

金大花　是个泼妇？是个横人？

石　头　妈……妈……

金大花　（触动伤心处）唉，儿子呵，你以为我愿意怎个？我还想大哭一场哩！我们这个家本来好好的，可你爸为了盖这间房子，拼命在外打工，落了一身的病。等把这房子盖好了，你爸还没住上几天，你爸他就……那年，你才八岁呀！

石　头　妈！

〔金大花转身取下那块茶字招牌捧到石头面前。

金大花　你爸临走之前，他忍着病痛做了这块小招牌，嘱咐我要好好开店，要把你拉扯大，要把你培养成才。

〔石头凝望着妈，一阵沉默。

金大花　这个地方埋着你爸。守着这房子，就是守着你爸。说起要走，我舍不得呀！咱们走了，你爸到哪里去找我们啰！有哪个晓得我这心里的伤、心里的痛、心里的泪哟？儿啦，妈都是为了你，全都是为了你呀！！

石　头　（情深意切地）妈！！——

〔母子相拥而泣……

〔一声山歌破夜而起——

　　　唉……
　　　高山高喂水长流，
　　　寡母子痛儿哩痛在心里头啊。

金大花　好了，不说了，去读书。

〔石头进屋。大花挂好茶牌，随即跟进屋去。

1225

〔少顷，刘万民提着石灰桶上。他站在街口望了望，发觉这两家的墙上都没刷拆字，忙上前打量。

〔刘万民有所悟地摇了摇头，几步走到酒楼前，举起刷子就准备下手。

〔金大花从屋里走出，见状，急招呼——

金大花　刘镇长！

刘万民　金嫂！

金大花　哟，你们要搞强拆嗦？怕要不得哟！

〔这话说得刘万民顿时住了手脚。他转身走向大花。

刘万民　金嫂，你莫误会。我们只是按移民局的要求，明确个二期移民拆迁的范围，并不要求马上拆房。这房，将来是要由移民自己拆的。

金大花　哦，是这么回事，那你大哥的酒楼也要他自己拆呀？

刘万民　当然，不但要他自己拆，还要最先拆。

金大花　那也莫忙，来，先坐下喝口茶。

〔刘万民将石灰桶放在桌旁地上，坐到桌前。金大花递过茶。

〔此时刘万田手拎一个新茶瓶上。他原想上前赔这茶瓶，见万民正与大花谈论自己，转身朝酒楼走去。

金大花　我们对门邻居的，都几十年了，哪个不晓得，你大哥是个性子刚的人。人家还没报名外迁，你就硬性地——（转身看见万田，忙轻声对万民）喂，你大哥！

刘万民　哎呀，说曹操曹操到。大哥，你过来，我们正在说你哩！

刘万田　说我，我有啥子好说的嘛，我是准备来赔茶瓶的。

金大花　刘、刘老板，你这就是见外了，茶瓶是我自己摔烂的，啷个要你来赔呢！

刘万田　（对金嫂）拿到，你是为了我们兰兰。再说，你店里也需要。

〔万田不再多言，将茶瓶端端地放到桌上。

金大花　实在不好意思，实在不好意思。

刘万田　该赔的还是要赔。

话剧《移民金大花》

金大花　刘老板，坐会儿，难得来，坐一下。

刘万民　坐嘛。

刘万田　好，好嘛。（坐下）

金大花　（递茶）喝茶。

刘万民　大哥说得对，该赔的一定要赔。金嫂，那我今天也向你赔个——

金大花　（不解地）你要赔个啥子？

刘万民　赔个礼道个歉！那天开会，是我们工作没做好。对不起！

金大花　哎呀，叶主任都道过歉了，你还说啥子。那天，我也冲动，我……还等你来训我呢。

刘万民　（一笑）我啷个会来训你呢，我该来向你检讨的。

金大花　（感动地）刘镇长，不不不——该我检讨。不管啷个说，我不该把会闹散了讪——是不是，刘老板？

刘万田　（尴尬地）哎……哎……

刘万民　不，不，要说检讨，还是该我检讨！

金大花　不，不，该我检讨！

刘万田　（忍不住了）唉，莫说了，都莫说了，你们检讨过去，检讨过来，其实那天就怪我没到会个嘛，要说检讨——该，该……（始终不说出那几个字）该是哈？哎！

〔刘万民、金大花见状，忍俊不止，刘万田也止不住，三人同时大笑起来。

刘万民　咳，啷个成了检讨会了喔！大哥，金嫂，对我们的工作还有什么意见，还有哪些要求，你们尽管提出来，我们都是一家人嘛！

金大花　（深有感触地）刘镇长，你不要说了。这些日子，是我给你添麻烦了。谢谢你对我母子的体谅，谢谢你看得起我们……（想定地）刘镇长，我的房子补偿问题不好办，我就不难为你们了。

刘万民　不，金嫂，你该要的，还是一定要要。

金大花　可我那张发票……

刘万民　哦，对了，金嫂，你那张发票，我已经为你找到证明了。

1227

金大花　（大出意外）真的！

刘万民　真的，我还费了些劲呢。幸亏当年供销社的李会计还留着你那张发票的存根。我已叫小周到县城找他拿去了。

金大花　刘镇长，这……这叫我哪个谢你们啰！

刘万民　谢啥子嘛，这是你该得的。

金大花　那你大哥的事……

刘万田　金嫂，我的事你莫管。该你得的，自己拿到。

金大花　刘老板，那你就吃亏啰！

刘万田　咳……哪个叫移民镇长是我的兄弟嘛！

刘万民　（激动）哥……

〔金大花激动地一把提起地上的石灰桶，几步跨到自己屋前，往墙上刷出一个大大的拆字。

〔这突兀奇来的举动，让刘万田为之一怔。

刘万民　（更被感动地）金嫂！

〔眼前的情形，使刘万田再也难以平静，他大步走上前去。

刘万田　金嫂……

金大花　刘老板……

〔刘万田从金大花手中夺过石灰桶，感情复杂地望了刘万民一眼，转身奔到自己酒楼前，往墙上刷出一个更大的拆字。

〔刘万民一阵激动，奔过去一把抱住大哥的双肩。

刘万民　大哥！！

刘万田　兄弟！！

〔两兄弟紧紧抱在一起……

〔切光。

尾　声

〔半年后的盛夏。外迁移民动身了。

——话剧《移民金大花》

〔景同第一幕。

〔灯渐亮。夜色中金大花和石头走出房子，难分难舍地凝视着自己风雨相伴的老屋。良久，金大花和石头深情地伏地跪拜。

金大花　石头他爹，我们走了，我和你儿子给你告别了——！

〔金大花走上高处，眷恋地取下那块茶字招牌紧紧地搂在怀里，热泪夺眶而出。

〔刘万民上，见此感人情景，不禁上前恭敬地向金大花深深一躬。

〔切光。暗转。

〔暗转中，四面八方传来各种各样告别的人声。

〔一阵爆竹炸响，灯亮。古镇江边。

〔外迁的移民和送行的人们难分难舍地从各个方向走上，逐渐汇成一组动人的雕像。

〔一幅三峡移民启程的巨幅照片从天而降，贯满整个舞台，与台上的人们融合一体。掀起一阵扑人的热浪。

〔纱幕上映出已建成的宏伟的三峡电站大坝。

〔山民吼起的地道山歌冲天而起：

　　长江水哟弯又长，

　　三峡人哦心亮堂。

　　百年圆梦风和雨，

　　落了月亮有太阳。

〔歌声中，三峡电站喷水发电的雄姿动人心魄。

〔歌至高潮，舞台上的人们迭显在高大的坝基里。

〔纱幕上的映画逝去。

〔满台金辉，满台肃敬，满台希望。

〔剧终。

精品提名剧目·话剧

南越王

编剧 陈京松 金敬迈

———— 话剧《南越王》 〉〉〉〉〉

序 幕

〔起乐。

〔启大幕。

〔启黑幕。

〔画外音：公元前221年，秦王嬴政结束了战国以来封建诸侯长期割据的局面，建立了一个以咸阳为首都的幅员辽阔的国家——秦！七年之后，秦始皇派任嚣、赵佗率五十万大军进驻南越！

〔起光。

〔启黑幕。

〔秦始皇画外音：而今中原已定，唯百越诸地孤悬南疆。朕命你等即刻南进！自岭南至海疆设南海郡，施秦法，令南越永为大秦之地！

赵　佗　赵佗定不辱使命，令南越永为大秦之地！！

〔起乐。

〔下黑幕。

第一幕

〔起乐。

〔起光。

〔启幕。

〔公元前210年。

〔幕启。热带树林中的祭坛（大树墩）。

〔俞勉手拿权杖带越人祭天队伍缓缓出场。

〔俞广驷把驮着的荔女放下。荔女全身缠着布带。

荔　女　嗯，嗯……（挣扎）

水　妹　阿爸，不要啦……

俞广驷　水妹！

水　妹　哥！（对俞勉）南海尉正在周围巡视，要是被他见到我们还在用活人祭天……

俞　勉　请刀！

〔荔女晕。俞广驷放荔女上祭坛。一人托着虎头刀递给俞广驷。

俞　勉　苍天在上！（众越人跪，击骨）恳请开恩降福，赐我南越俞氏部族平安吉祥（粤语）……

〔起乐。

〔起光。

〔赵佗率众秦兵举秦大旗上。

〔停乐。

赵　佗　南海尉赵佗赵大将军到此，还不跪见！

俞　勉　我俞勉跪天跪神不跪人！苍天在上！

〔起乐。俞勉、众越人跪，击骨。

俞　勉　恳请开恩降福，赐我南越俞氏部族平安吉祥，风调雨顺，除灾祛病，子孙绵延，百畜兴旺。

〔停乐。

赵　佗　（看见祭坛上的荔女）俞勉，你好大的胆子……

俞　勉　广驷！

〔起乐。

〔俞广驷举起刀欲砍荔女，赵佗跃上祭坛，用剑架住虎头刀。

〔停乐。

赵　佗　好漂亮的虎头刀。

俞广驷　这是俞氏部族的神圣之物。

赵　佗　而如今，这神圣之物却要诛杀与你同祖同宗的柔弱女子！（诧异地）

俞　勉　这是俞氏部族之事。

赵　佗　错！（起乐）此乃大秦之事，社稷之事，万民之事！

俞　勉　南越自古不问中原之事，南海尉也休管越人之事！

赵　佗　此地为大秦的南海郡！（起人声）秦国一统天下，书同文，车同辙，尺同长，越人乃大秦之子民！北至南岭，西至夜郎，南至海疆，东至闽越，整个南越都要遵从秦律！依秦律，活人祭天，如何处置？

众　兵　活人祭天杀人论处！

众越人　啊！

俞　勉　活人祭天，在南越自古如此！

赵　佗　可如今你得问问始皇帝钦定的大秦律是否答应了。

俞　勉　不！你得问问天是否答应！广驷！祭天！

〔俞广驷举起刀欲砍荔女，赵佗拦。

赵　佗　我这手中之剑！率五十万大军，攻克南越，完成始皇帝统一天下之伟业。谁想试试！

俞广驷　赵佗！我俞氏虎头刀！可抵猛虎烈豹！

赵　佗　好！给你三个回合，我若输了，从此不再过问你部族之事。……慢！我若赢了呢？

俞广驷　我任凭你处置！

赵　佗　处置你何用之有？我若赢了，南越从此要遵秦令，守秦法，效忠始皇帝，听命本将军，永世甘为大秦之子民！

俞广驷　你个该死的！全家都死光！（粤语）（举刀）

〔赵佗与俞广驷刀剑相斗，仅一个回合，赵佗便用手中之剑将俞广驷的虎头刀打落在地。乐停。众人震惊。

众　人　虎头刀！

赵　佗　放人！

〔起乐。秦兵为荔女松绑。

荔　女　（跪地）荔女愿终身服侍大将军！

〔赵佗扶起荔女。

赵　佗　好靓的一个靓女啊！俞广驷，你就忍心活活杀了她？

〔俞广驷不语。

赵　佗　俞勉，你说呢？

〔俞勉不语。

赵　佗　荔女，还不快快拜谢俞老爹。

〔荔女忐忑地走近俞勉拜。

〔赵佗示意秦兵带走荔女。

赵　佗　俞勉，顺应天意，老老实实做大秦的子民吧！等中原的工匠来了，我给你换把好刀。（挥手要走）

俞　勉　赵佗！

〔俞勉猛地甩出一柄飞刀，刺中赵佗左臂。

众　人　将军！

〔秦兵制服俞勉父子。

俞　勉　过不了两个时辰，蛇毒（乐起继停）就会要了你的命……（已用尽力气地）

〔赵佗拔出飞刀。

众　人　啊！

吴任轲　将军！

〔乐起。

〔吴任轲从兵士队列中扑向赵佗，用嘴吮毒。

赵　佗　你是……

吴任轲　兵士吴任轲。

〔乐停。

赵　佗　以后你便是我的贴身侍卫！

吴任轲　多谢将军！

〔赵佗拔剑逼向俞勉，水妹上前拦住，跪地。

水　妹　将军！家中有蛇毒解药，求大将军放过父兄。

吴任轲　还不快去拿！

〔水妹下。

吴任轲　将军，俞勉顽冥不化，不杀他，秦令难行！

〔赵佗举剑，一步步逼向俞勉。越人惊恐地看着赵佗。

赵　佗　俞勉，看来你是要和大秦对抗到底了?!（带杀气）

俞　勉　杀吧，我们南越是穷地方，拼命劳作尚不能温饱，而你们一来就是五十万秦兵！乞丐碗里抢饭吃，不打死都饿死！（粤语）你杀吧！

众越人　（越人跪地，击骨）不打死都饿死啊！（粤语）

俞　勉　大将军，吃不饱饭的人不好管呐……

〔众越人击骨。

〔一秦吏上。

秦　吏　报将军，下官抓住一个捕蛇而食的越人！

〔一秦吏押上一越人，众越人见此情景更趋激愤！击骨声渐强。

俞　勉　越人祖祖辈辈以蛇为佳肴，你们的始皇帝连越人吃什么都要管！

〔众越人击骨声更强。

秦　吏　南海尉赵大人曾经颁布旨令，废除南越一切之陋习。

赵　佗　何为陋习？

〔击骨声弱。

秦　吏　活人祭天，部族械斗，文身断发。

赵　佗　可有不许吃蛇之令？

秦　吏　秦人从不吃蛇……

赵　佗　秦人可曾住过南越的吊脚楼？

秦　吏　没有。

赵　佗　可曾穿过越人的麻织衣衫？

秦　　吏　没有。

赵　　佗　可曾捕杀过虎豹豺狼？

秦　　吏　也……没有。

赵　　佗　那是否要将住吊脚楼、穿麻布衣、捕猎为生者一律处死？

〔击骨声骤停。

秦　　吏　下官是……是按您的意思……

赵　　佗　除活人祭天、部族械斗、文身断发之外，尊重越人的一切习俗，才是本将军的意思！

秦　　吏　（对另一秦吏）还不把人放了。

〔秦吏给捕蛇人松绑，捕蛇人走向众越人。

赵　　佗　依秦律，违抗将令者如何？编造将令者如何？说！

众将士　斩！（声音低沉地）

〔越人惊怵。

秦　　吏　（跪）将军！我跟了您五年，饶我一死吧。

赵　　佗　我可饶你，但秦律不饶你。拉下去！

〔秦吏被拖下。水妹上。秦兵冲上。

水　　妹　将军。

赵　　佗　退下！

〔秦兵退。

水　　妹　请用解药……

〔解药先给赵佗，后给吴任轲。

赵　　佗　救命恩人，你叫什么？

水　　妹　水妹……

赵　　佗　水妹……水妹……像珠江水一般温柔，俞勉，你真是有福之人哪，这一儿一女生得好靓啊！我们秦人也不简单啊，你看这个差点被你毒死的吴任轲怎么样啊？你的女儿又救了他的命，（大笑）我就把他赏给你做女婿，好不好啊？

〔秦兵骚动，水妹不懂，走向俞勉。

——话剧《南越王》 >>>>>

俞　勉　（对女儿）做你的老公啊！（粤语）

〔越人骚动。

赵　佗　（大笑）俞勉，你刚才说了句土语，唔打死都饿死（学说粤语）是什么意思？

俞　勉　就是不打死也得饿死。

赵　佗　不打死都饿死。（学说粤语）我等虽为秦人，入了越，也就是越人。俞勉，什么时候你高兴了请本将军吃顿蛇肉，如何？

俞　勉　哼！你们五十万秦兵都是越人？你们一人吃一条蛇，一天就是五十万条蛇！我们用什么喂你们啊？！

赵　佗　（大笑）言之有理，言之有理，我们给越人添麻烦了。但是你放心，我带来的五十万人马大多数是要回中原的，天下一统，马放南山，这是我向他们许的愿，留下的开渠修路，让我们南海郡与中原通商！便可取天下之物为我越人所用，俞勉，此地缺少金银钿器马牛羊，是不是啊？

众越人　是，是，是。

赵　佗　以后就不光是吃蛇了，还可以吃牛肉、羊肉嘛！

〔越人、秦兵议论，俞勉不语。

赵　佗　俞勉，我听说你读过中原典籍，你可曾听过"法者，所以爱民也"？

俞　勉　此言出自商鞅的《更法篇》。部族祭天，正是乞求上天保佑越民。

赵　佗　上天乃万物之造化，而非残害民生之恶鬼。祭天者，贵在心诚，顺应天意。

俞　勉　大将军不禁止越人祭天？

赵　佗　始皇帝乃受命于天，岂会禁止祭天？我既信奉以法爱民，今日就亲自祭天，以求上天降福南越百姓，保佑大秦永世昌盛！

俞　勉　（嘲笑地）不用生灵，就凭赵大将军的几句空话，也叫祭天？

赵　佗　来人，牵我的战马！

〔马嘶。起乐。

俞　勉　马？

〔停乐。

〔起乐。

赵　佗　马高八尺即为龙。华夏先人禹就曾杀马祭天。今日我便用此活龙为所有南越百姓祭天！

众秦兵　马，为始皇帝亲赐！

〔乐起。

赵　佗　始皇帝（举马）赐我战马，不但让我统领大秦南疆，还让我造福此地！为南越百姓祭天，我的战马！死得其所！杀马祭天！

〔二马夫举马上。

〔闪电，马嘶。停乐。

〔起乐。

俞　勉　将军杀马为越人祭天，俞勉无言以对，即日起，俞氏部族甘为大秦之南海郡子民……

〔俞勉、众越人跪。

赵　佗　好，本将军要向始皇帝请命，任你为大秦南海郡郡丞。（扶俞勉起）

俞　勉　（意外）谢大将军！

赵　佗　祭拜上天！

〔乐起。赵佗手拉俞勉走向台前，众人跪下。

赵　佗　苍天在上！（乐停）南海尉赵佗率南海郡百姓恳请开恩降福，赐我南海郡平安吉祥，风调雨顺，除灾祛病，子孙绵延，百畜兴旺。赐我大秦永世昌盛！（祈福词俞勉用粤语重复）

〔乐起。

众　人　赐我大秦永世昌盛！（用粤语重复一遍）

〔马蹄声碎，马嘶声咽，电闪雷鸣，狂风大作。

〔众惊。

俞　勉　马……

众　人　马……马……马……

俞　勉　马……你把始皇帝赐你的马杀了……天降罪你呀！

赵　佗　不！这不是我的马。吴任轲！这马从何方而来？！

吴任轲　西北方向！

赵　佗　可是马已咽，骑者还在扬鞭……快骑接应！

吴任轲　是！（速下）

〔马蹄、马嘶交响。

〔赵佗及众人远眺。

〔马蹄、马嘶渐近，赵佗迎上，吴任轲背三示公公上，公公一身不整而破碎的孝服。

公　公　（气喘吁吁）赵大将军在哪里……赵大将军在哪里……

赵　佗　赵佗在此，你是……

公　公　（跌倒在地）我是三示公公啊！

赵　佗　三示公公！（预感不测）你这是为谁……

公　公　（哽咽半晌，托起头上的孝带）始皇帝……始皇帝驾崩了……

〔马嘶。赵佗跪下。

公　公　秦二世无道啊！我始皇帝拼足一生，建立的大一统的秦王朝就败在了这帮争权夺势的小人手里……赵大将军，秦国完了，中原完了，天下完了……

赵　佗　（站起）你胡说八道！

公　公　老奴没有胡说，始皇帝为求长生不老之方，第五次东游天下，途中得病，行至沙丘驾崩，赵高勾结始皇少子杀死长子扶苏，立胡亥为秦二世，赵高为中丞相。老奴奉命报丧，途中又听说赵高杀死了二世皇帝胡亥，立子婴为秦王。不足百日，子婴又设计杀死了赵高。又一眨眼的功夫，刘邦乘虚而入，打进咸阳。阿房宫被一个叫项羽的一把大火足足烧了三个月，灰飞烟不灭啊！……赵大将军……

赵　佗　……吴任轲！本将军任你为佐将！快马中原，探明虚实，速去速回！

吴任轲　得令！（兴奋地）

〔收光。乐起。

〔一幕终。

〔幕间。

俞　勉　我刚刚想尝尝大秦南海郡郡丞的滋味，大秦就亡了。

水　妹　秦人会不会走啊……

俞广驷　你是不是不想他们走啊？想嫁给那个吴任轲吧？

水　妹　哥……没有……

俞　勉　谁都可以走，赵佗不能走。水妹，告诉荔女，好好侍候赵大将军……

水　妹　知了。

俞　勉　广驷，你去捕一笼蛇给他送过去。

俞广驷　阿爸，你这是……

俞　勉　<u>人有三衰六旺</u>，（粤语）他现在没国也没家，<u>好惨啊</u>！（粤语）

〔收光。

第二幕

〔起乐。

〔起光。

〔启幕。

〔公元前207年（秦亡）。赵佗三十三岁。

〔闷热。回南天。赵佗伫立台后，望天长叹。荔女端一竹根碗跪于一侧。静场半晌。

赵　佗　呵呵……

荔　女　大将军，把这碗汤喝了吧……

赵　佗　（转身，手托秦大旗）秦亡了，我是谁的大将军啊……

荔　女　大将军是荔女的大将军……大英雄。

赵　佗　好一个荔女，赵佗多谢了……

荔　女　将军对荔女恩重如山，要不是将军不许活人祭天，荔女早就……是大将军救了荔女的命！

赵　佗　（愠怒）不，不是赵佗救了你，是始皇帝的八尺龙马救了你，是始皇帝的秦律救了你，是秦国大法救了你。

荔　女　（放下汤碗，磕头）荔女该死……荔女该死……

赵　佗　你不该死，始皇帝钦定的大秦律不许活人祭天！（踢飞汤碗）

荔　女　（忙去捡，哭）俞老爹刚送来的蛇，煲的汤……还有，还有一点，我去盛……（跑下）

赵　佗　（举旗嚎啕）秦先乱，天下方乱啊！始皇帝呀！赵佗不辱使命打下这南越，原是为了天下一统，而今你叫赵佗如何是好啊……（猛地把旗抛开）

　　　　〔三示公公幕后：打回中原，重建大秦。打回中原，重建大秦。

赵　佗　谁在那儿喊？

　　　　〔一卫士上。

卫　士　报将军！是三示公公。他……

赵　佗　他怎么了？

卫　士　三示公公死活不脱那身孝服，都馊了……

　　　　〔三示公公汗流满面跑上，后跟一卫士。

赵　佗　三示公公，你不要命啦？你看这回南天，闷死人哪。快脱，快脱！

公　公　赵大将军，打回中原吧！从始皇帝驾崩到如今，我这孝服就没下过身哪！先是穿给始皇帝，再穿给秦二世，如今我是给大秦披麻戴孝啊……你不打回中原，重建大秦，我就不脱！

赵　佗　你先把衣服脱了，我们再谈，你闻闻，你都馊了！哎呀，虱子都嫌热，蹦出来找凉快，你……（命令）快！把他衣服脱了！

　　　　〔两卫士给三示公公脱掉衣服，正值荔女上，惊叫，欲下。

赵　佗　荔女，去把我的衣服拿来。

荔　女　是！（下）

公　公　（内衣内裤，喘着粗气）这个鬼地方，哪里是人待的……

赵　佗　来，把三示公公带到珠江好好洗个澡……

公　公　啊！珠江洗……不行，不行，我这不方便。（看看自己下身）

赵　佗　跳进去就什么也看不见了……洗完澡回来，咱们好好商讨大计。

公　公　（兴奋地）好，好。走，走，洗澡去。（跟卫士下）

赵　佗　（对另一卫士）去，去把这身孝服烧了。

卫　士　是。（捂着鼻子，用剑挑起，跑出一堆虱子，用脚踩）

〔荔女拿衣服上，赵佗示意卫士接过去，下。

荔　女　大将军，把这碗……

赵　佗　你不要再一口一个大将军的好不好？！

荔　女　那……那我该叫大将军什么呢？

赵　佗　是啊！你该叫我什么呢……大秦的大将军是不能叫喽。人，总该有个名分……

〔俞勉上。

俞　勉　大将军，吴任轲回来了。

赵　佗　人呢？

俞　勉　被一群秦兵围着问长问短，看见我好像不认识了。将军，蛇汤喝了吗？

赵　佗　多谢俞老伯，赵佗对不住你呀，你这南海郡郡丞是做不成了……

俞　勉　做不做郡丞我俞勉不在乎，可我在乎你的牛和羊，（试探地）你可是当众夸下海口的。如今秦亡了，赵大将军说的话还算数吗？

赵　佗　（想知其意）算数如何？不算数又如何？

俞　勉　（望对方明了自己的大气、宽厚之意）算数，你就留下来！我们越人愿意收留你，我给你个俞氏部族的"郡丞"做做！

赵　佗　（突然意识到自己的处境，无奈地）嘿嘿，哈哈！看来赵佗得在你这儿混口饭吃了！

〔俞勉笑。

赵　佗　不算数呢？

俞　勉　（没想到）不算数？将军真的要打？！

赵　佗　（意外）谁说的？

俞　勉　吴任轲！

赵　佗　吴任轲？

俞　勉　吴任轲！一群秦兵围着听他说，"打回中原去！"哎呀，那口气很像你呀！哼，吸了几口蛇毒变成贴身侍卫，眨一下眼就升为佐将，回来便不是他了……<u>对眼生到上额头，行路牙牙咋咋！</u>（粤语）

赵　佗　什么意思？

俞　勉　就是走路都比别人占的地方大！

赵　佗　那我得感谢你呀，一把沾有蛇毒的暗器，造就了一位栋梁！

〔俞勉以为其赞同吴任轲，觉不妙。

〔内击骨声。稍后俞广驷带众越人上。

俞广驷　越人不打仗！

众越人　（附和）越人不打仗！越人不打仗！越人不打仗！

赵　佗　（不明所以）俞广驷！

俞广驷　（制止众人）你们走吧！只要离开这里，是去打天下还是回老家，我们不管。但是休想拉着我们越人去打仗！

〔击骨，越人附和。

俞　勉　广驷！怎么回事？

俞广驷　吴任轲要征召越人去打仗！赵大将军！带着你的兵马走吧！我们越人至死不从！

俞　勉　（对众越人）<u>住口！</u>（粤语）

〔击骨声停。

俞　勉　（逼问地）不知大将军的意思？……

赵　佗　（突然，冷静但威慑地）越人这是要下逐客令了！

荔　女　（跪地）大将军不能走！

〔三示公公内："爽！"干干净净上。

公　公　爽爽爽！珠江水又滑又爽，比渭河水清凉多了……就是大将军的衣服，我穿上……（发现不对劲）

赵　佗　（无事一般）太小。

公　公　小无妨，就是不自在，我这辈子，哪穿过这种……

赵　佗　此一时彼一时啊！这里不是咸阳宫……（拿过荔女手中的汤）来来来，喝碗汤！

公　公　（端起就喝，喝了就吐）这是什么东西呀，这么难喝……

〔赵佗拉三示公公走向一边，指。

公　公　啊！蛇，蛇，一笼蛇。这东西，人能吃？

赵　佗　（话里有话）能！这是俞勉送来的，不然你就没得吃。

〔公公莫名其妙……

〔吴任轲内：吴任轲拜见大将军！

赵　佗　三示公公，替我……

公　公　啊？老奴明白。

〔吴任轲内：吴任轲拜见大将军！

赵　佗　不过你要小心，他走路占的地方比较大。（急下）

〔三示公公又莫名其妙。吴任轲带众兵士上。

〔俞广驷等冲过去，被俞勉挡住，越人仍跃跃欲试。

公　公　（连忙作起老本行，叫住吴任轲）吴佐将！将军……抱病在身，谁都不见。

吴任轲　你是谁呀？……噢！三示公公，哎！没有秦国，就没有您这秦国的公公了，如今朝代换了……

公　公　朝代换了，公公不换。过去我侍奉始皇帝，如今我侍奉无朝无代无人可管的赵大将军。

吴任轲　三示公公！秦国亡了……

公　公　嘿嘿！小心说话！

〔吴任轲欲进内室，公公挡。

吴任轲　我有要事向将军禀报！

俞　勉　我也有要事，不也在这儿站着吗?！

吴任轲　那是你尿！你们这些越人就是<u>缩头乌龟！</u>（粤语）

俞　勉　<u>乌龟好长命的！</u>（粤语）乌龟命长啊！

〔赵佗内：吴任轲，怎么跟老人家讲话？

〔赵佗伴病上。

赵　佗　你不认识他是谁了吗?！

众兵士　大将军！打回去吧！秦人想家……

赵　佗　家？家在何方啊……

众秦兵　岐山……凤翔……永乐。

吴任轲　将军！将士们群情激昂，纷纷要求打回中原！

俞　勉　吴佐将，将士们只是想回中原，而不是想打回中原！

吴任轲　不打怎么回去?！将军！吴任轲快马奔至长沙，便得知中原变故，吴芮已占领长沙，吴芮将军说刘邦与项羽在中原打得不可开交，我与吴芮商定，拉上我几十万人马再加上大批越人，与吴芮一支会合，组成百万大军，趁乱杀回中原，夺取天下，成就一番英雄伟业。（憧憬着）

〔公公赞同地奔向赵佗，俞勉观察赵佗。

赵　佗　（不露声色）你就不担心还没到中原，你吴任轲就战死在疆场吗？

吴任轲　（以为在试探自己）哈，哈，哈……将军！为成就霸业，我吴任轲愿战死疆场！

俞　勉　哼！

吴任轲　哼什么？

俞　勉　越人！不懂战事！

吴任轲　点派中原兵士，演习操练越人。

俞广驷　越人不打仗！

〔越人愤怒，击胄。

吴任轲　干什么？干什么?！（拔剑）

俞　勉　将军当年能从祭坛上救下荔女，如今也断不忍心数十万越人去白白送死！将军信奉的是"法者所以爱民"也！

吴任轲　什么"法者所以爱民"也？这天下都乱了！

赵　佗　天下乱！此地不能乱！

〔静场片刻，赵佗突然晕眩——骗过所有人。

众　人　将军！……你怎么了？……

公　公　（怪罪地）吴佐将，你，你太莽撞了！

俞　勉　水妹，快，快去给将军煲些凉茶。

〔水妹下。

吴任轲　吴任轲请将军即刻下令！由我带领秦兵、越人与吴芮会合！誓死杀回中原！

公　公　你?！这天下各路豪杰皆不是刘邦、项羽的对手，我看你手中的青铜剑未必打败二人麾下的百万之师呀。这人有时候连自己是谁都不知道了！

吴任轲　你大概是怕刘邦、项羽斩了你这秦皇宫里逃出来的太监吧！奴才！将军！文死谏，武死战！我吴任轲绝不在这蛮荒之地讨人一口饭吃！

赵　佗　这该死的回南天哪，真能要人的命啊！

〔吴任轲愤然下。

俞　勉　看来将军入越多年，仍不曾适应这回南天哪！

公　公　今日将军身体不适，我看还是都请回吧……

〔俞勉还想再说什么。

公　公　（挡住俞勉）改天再议，改天再议。

〔俞勉等众下，荔女担心、着急地侍候赵佗。

公　公　真不知道自己是谁了……

〔赵佗翻身站起，荔女吓了一跳。

公　公　（意外，马上明白）将军！厉害，厉害！我就看你行！赵大将军，秦朝就指望你了，指望你的五十万兵马……在这乱世之中重建大秦！

赵　佗　（想起三示公公还在这儿等着他呢）哈哈哈……

公　公　我冒死逃出咸阳，为的就是……

赵　佗　找一个新的主子。

公　公　只要你夺得天下，老奴就辅佐你。

赵　佗　哈……你也想当赵高，有一天，你再把我杀了……

公　公　赵大将军，老奴上无父母下无子女……咳……老奴要那权干什么？我不是赵高……我们做太监的，从小自称奴才，老了自称老奴，他赵高跟我一样，已经让人骗了还折腾什么呀！他不就是想把老奴变成老臣吗，倒是做了丞相了，自称老臣了，不到三月又让子婴杀了。其实老臣也是奴才……

赵　佗　哦？你比赵高明白，可是有一点你不明白呀！

公　公　你说！

赵　佗　你不明白你最想要什么。

公　公　我……我最想侍奉一位我最想侍奉的主子，像始皇帝那样的……（老泪纵横）

赵　佗　（并未动情）不！你现在有两点不明白。

公　公　两点？

赵　佗　第一，你不明白你首先要吃饭；第二，你不明白，赵佗不是始皇帝，我，无力回天。

公　公　可你……

赵　佗　天下一统，代价何其惨烈。将士死伤无数，百姓妻离子散，惶惶度日。难道还要再重来一次吗？！这还没开始呢就已经乱成这样了！

公　公　那倒也是……

赵　佗　我原以为天下一统便可以马放南山，解甲归田了，百姓们可以好好地种他们的地，纺他们的麻了，家人团聚，儿孙绕膝……

公　公　哎！

赵　佗　第三，你不明白……

公　公　还有哇！

赵　佗　天下太大了，打下又如何？一样会有赵高、李高，那口安生饭是很难吃到嘴里的。

公　公　你这又归到我这儿了？！

赵　佗　不，三示公公，我看出来了，你是明白人哪……

公　公　有你这句话我知足了……

赵　佗　（微妙地盯着对方）民，以食为天哪！

公　公　大将军，你不光能打天下，还能坐天下。

赵　佗　天下是坐不了的，坐坐南越的天下还行！

　　　　〔荔女一直在旁边想听懂他们说的话，结果就只有这句似乎听懂了

公　公　老奴明白了，那老奴就在你这儿混口安生饭吃？

　　　　〔二人笑。

公　公　那您看您今天这病儿……

赵　佗　你说呢？

公　公　装下去。

赵　佗　行啊！三示公公。

公　公　伺候了一辈子皇上，这点儿事还不明白吗？（与赵佗耳语）老奴等着看好戏！（下）

荔　女　（迫不及待地）大将军不走了？

赵　佗　（欣慰地笑笑）荔女，刚才怕吗？

荔　女　不怕，（跪地）荔女就怕大将军走……

赵　佗　（坐下）荔女，你知道我的家乡在哪吗？（荔女摇头）在燕赵之地的滹沱河旁，这个时候那里应该还在下雪……

荔　女　雪是什么呀？

赵　佗　你这南越的小女子没见过雪，（乐起，换光）雪就是白色的雨。

小时候，我最高兴的就是在雪地里打雪仗，天黑了都不知道回家，常常挨我娘的打……

荔　女　将军，你也有娘？我是说将军的娘和别人的娘不一样吧？

赵　佗　天下的娘都一样，想儿、盼儿！可我，十六岁就离开我娘了。那天，就是下着漫天大雪……我娘站在我老家的滹沱河旁一声一声叫着佗儿，佗儿……看着我远赴秦国……娘啊，佗儿回不去啦！

〔荔女哭了，不知应该是喜还是悲。

赵　佗　荔女？怎么了？

荔　女　将军……不走了……

赵　佗　好了好了，这么美的一双大眼睛不要再流泪了！来，把这面秦国的大旗保存好，你去找水妹吧，看看她给我煲的凉茶煲好了没有。

〔荔女接旗下，赵佗发现吴任轲，躺倒装病。吴任轲匆匆上。

吴任轲　将军！将军！将军……

〔见赵佗不醒，入内室。赵佗起身，吴任轲继而慌乱地拿着丝帛出来，吴任轲慌。

〔乐起。

赵　佗　你——因何在此？

吴任轲　（拔剑逼近赵佗）将军……臣请求将军联合吴芮，杀回中原。

赵　佗　哦，该死！（假装痛苦）

吴任轲　将军你……怎么了？（害怕、紧张、试探）

赵　佗　头痛如裂，目眩心促，腹中剧痛，身上几处旧伤如刀剜骨。莫非我东征西讨，杀人如麻，要遭上天报应？

吴任轲　将军，南越不能没有您。您若有不测，我定随您而去！（哭泣）

赵　佗　此病来势迅猛，也许我时日不多了。（假装晕倒）

吴任轲　将军！将军！将军……

〔以为赵佗死去，从其身上找出印章，盖印，欲下。被公公、俞勉、广驷等人堵住。

〔赵佗翻身坐起。

吴任轲　将军?!……

赵　佗　将吴任轲拿下。搜他的身!

〔吴任轲跪下，兵士从吴任轲身上搜出丝帛。

赵　佗　念!

兵　士　（读）即刻征召五十万越人，发兵中原，夺取天下，建立霸业。赵佗。

赵　佗　三示公公你看，我还没死呢，这小子就替我立遗诏了。以秦律，假传军令该当何罪?

公　公　凌迟处死!

吴任轲　将军饶命，将军饶命。臣也是为秦国的统一大业呀!

赵　佗　统一大业?你?!吴任轲?我都不敢说我能统一天下，你还能统一天下?哼，嘿，哈!是我赵佗瞎了眼，竟让一个小人得了志!哼哼，你统一天下?你看看你那尿样子!那八尺高的大马你爬得上去吗?!你不就是想做皇帝嘛，来人!让他尝尝做皇帝的滋味!（众人不解）拿着我的剑!

〔众人仍不解，吴任轲拿起剑。

赵　佗　俞广驷!

俞广驷　在!（努力想明白什么意思）

赵　佗　把他给我塞进蛇笼子里，你要有本事对付那些蛇，你就能做皇帝了!

吴任轲　大将军，你杀了我吧，杀了我吧，我怕蛇!

赵　佗　那么大的抱负，还怕蛇?!

〔俞广驷拉吴任轲下，随即传来吴任轲的叫声。

赵　佗　是我赵佗让你觉得你能一步登天!你知道秦是怎么亡的吗?你问问三示公公，就是个个都想做皇帝，都想尝尝做皇帝的滋味，乱了朝廷，乱了王室，乱了天下!

俞　勉　念他救过你。

〔吴任轲内叫声。

赵　佗　就是因为他救了我,我才昏了头!

俞　勉　秦国的律法太残酷了!

赵　佗　秦国都亡了,哪里还有秦国的律法!

〔水妹不顾一切跑上,手里拎着一煲汤,荔女跟上,欲拉,又退下。

赵　佗　(喝住)水妹!给我送凉茶来了?

〔水妹颤抖地站立台中。

赵　佗　广驷!念吴任轲还未酿成大祸,放了他吧!不过小心,不要把蛇放出来了!

〔广驷内应:"是。"

〔水妹望着吴的方向,心疼的,欲进又退。

〔吴任轲直愣愣坐在地上,一身的汗,一只手死死地攥住一条蛇,俞广驷提宝剑跟上。

赵　佗　吴任轲!知道做皇上的滋味了吧?

吴任轲　哦。

赵　佗　水妹,把凉茶给他喝了吧!

〔吴任轲大口喝,打了几个嗝,醒过来。发现蛇,扔出去,俞广驷接住。

俞广驷　已经死了。

〔俞广驷将蛇扔出去,赵佗一把接住,突然挥剑斩掉蛇头!

赵　佗　打蛇先打头,不打头它是会死而复生的!(转对俞广驷)俞广驷!你以后胆敢领头闹事就是这个下场!吴任轲,你懂吗?

吴任轲　小人罪该万死!

赵　佗　今天,我不杀你。若再有心怀叵测、图谋不轨者,我手中之剑断不答应!你们听着,从今日起,此地为南越国!本将军是南越国武王!俞勉,本王任你为南越国丞相。

俞　勉　(没回过神)南越国丞相?

赵　　佗　南越国丞相！俞勉为南越国丞相，修订秦律，建立新的南越国律法！并设立关市，让越人与中原商人在关市进行交易。

俞　　勉　感谢武王！

赵　　佗　俞广驷！任你为佐将，在秦所开辟进越通道派重兵把守，以防长沙之患！

俞广驷　是。

赵　　佗　吴任轲！本王任你为南越国筑路大将军，为南越国修筑通商大道。什么时候南越国的百姓吃上牛羊肉就算你将功折罪了。

吴任轲　谢武王！

赵　　佗　起来吧。水妹，你可还愿意吴任轲做你的老公啊？

水　　妹　水妹愿意！

赵　　佗　俞勉，你意下如何？

俞　　勉　武王做主！

水　　妹　水妹叩谢武王！

赵　　佗　今日，本王也请三示公公做媒，娶荔女为妻。

荔　　女　武王？！我……我出身卑贱，不过是……是您的侍女！

赵　　佗　此刻起，你不再是侍女，是南越国荔妃娘娘！

〔荔女及众人惊呆。

公　　公　荔女，你不愿意嫁给武王吗？

荔　　女　我……我愿意！（羞涩，转身下）

赵　　佗　（对秦兵）我曾答应过你们……马放南山……现在是回不去了！你们看，北面那座山今日起定名为岐山，山下两村定名为凤翔、永乐。俞丞相，我们的秦兵不解甲而归田，由你做主，为他们迎娶越女为妻，即日成婚！你意下如何？

俞　　勉　好啊好啊！凤鸣岐山，永远安乐。吉祥！吉祥！

〔收光。

〔幕间：荔女、水妹大着肚子幸福地走过……

———话剧《南越王》 >>>>>

第三幕

〔字幕：十年后，刘邦称帝，西汉初期。

〔起光。猪、牛、羊过场。

〔开幕。

〔南越国王宫。赵佗四十六岁。

〔王宫内歌舞升平，有一排侍者端着托盘，托盘上盛着煮熟的羊肉，过场。侍女上酒。

赵　佗　丞相。（递酒给俞勉）
俞　勉　谢武王。武王，今天有一个人想见你。
赵　佗　我知道，该见他了！

〔四个侍女托银盘上，吴任轲随上，跪于一侧。

俞　勉　（大声地）这是什么东西？
吴任轲　烤全羊！（赵佗走到吴任轲身边，吴抬头）小人想武王……
赵　佗　……我也想你呀……吴任轲！
吴任轲　谢武王。
赵　佗　这些烤全羊是你做的？
吴任轲　我教水妹做的。
赵　佗　有仔了吗？
吴任轲　两个，全是仔。
赵　佗　好！哈哈哈！来！尝尝水妹做的羊肉。吴任轲，把这两只给三示公公那边送过去，老人家病了，去陪他说说话，听他聊聊古今。
吴任轲　是！武王……我……
赵　佗　你已经将功折罪了。
吴任轲　谢武王！

〔赵佗指挥侍女下，正要随下，碰到匆忙进来的俞广驷。

俞广驷　武王，有一个中原来的商人，想见武王。

赵　佗　让他进来……

俞广驷　哦，（迟疑地）他想和我们做玉的生意，说他的玉玲珑剔透，精美绝伦。我要看成色，他不肯，执意要见武王，说只有武王能识得真玉，还说不见真人不献真玉。

赵　佗　刘邦的人！

〔众人惊，停乐。

赵　佗　慌什么，奏乐！（乐起）有多少人？

俞广驷　一个人，好像还有几个随从。

俞　勉　我先去看看？

赵　佗　不用！（粤语）你告诉他，他要不怕死就进来。（示意荔女下）

〔俞广驷挥手，一排兵士上。随后，陆贾上，静场。

〔以下对话用粤语，陆贾听不懂，判断。

俞　勉　他是不是长沙王吴芮的人？（粤语）

吴任轲　看上去不像啊。（粤语）

赵　佗　长沙王哪儿有那么大的胆。（粤语）

陆　贾　（打断）汉国朝廷太中大夫陆贾对众位大人有礼了！

俞　勉　（对赵佗）怎么样？（粤语）

赵　佗　哼！

俞　勉　刚刚过了几年好日子，刘邦又来搅和，南越是块肥猪肉？人人都想吃一口。（粤语）（对赵佗）我先和他说。（粤语）

〔陆贾递上官文，俞勉接看。

俞　勉　太中大夫？不知太中大夫到我南越国所为何事啊？

陆　贾　本人到此走亲访友。

俞　勉　哦？何人为亲，何人为友？

陆　贾　南越与大汉本是一家，自然生于此长于此的越人是亲，在此定居的中原人是友。

俞　勉　（没话找话）太中大夫不远万里，来到番禺，路上一定很劳顿。

陆　贾　非也！从大汉皇宫出发到了咸阳就改水路，经汉水，到大江之畔的盘龙城；顺湘水而上到当年秦始皇令赵将军修的灵渠；再从南渠到漓江，从西江到珠江，直达番禺。除了湘江一段，一路均顺流而下。

赵　佗　太中大夫可知当年秦兵攻越，走的也是这条水路？

陆　贾　此一时彼一时也，同是一条路，就看人如何走了……

赵　佗　不知陆大人是如何走的呀？

陆　贾　既是走亲访友，自然心情舒畅，轻快得很哪！

赵　佗　哦？你就不担心走亲访友不成，断了你的后路？

陆　贾　哈……大汉朝廷太中大夫陆贾拜见赵将军。

赵　佗　你称我什么？

陆　贾　陆贾拜见赵将军。

吴任轲　放肆！是南越国武王！

俞　勉　还不拜见南越国武王！

陆　贾　若将军接受大汉皇帝册封，我自会称将军为大王。

赵　佗　我已当了十年南越国武王，还要别人来封？

陆　贾　大汉之诸侯王皆为大汉皇帝所封。

赵　佗　这就是你的真玉？哈哈哈……他是汉国的使者，至此说服我南越归汉的。

陆　贾　陆贾并非汉国使者。下官是大汉朝廷使者。

俞　勉　哈哈，这大汉朝廷与汉国有何不同？

陆　贾　下官若出使异国，当称汉国使者。南越乃大汉之地，焉有汉国使者出使汉国之说？

赵　佗　巧言令色的陆贾。

陆　贾　将军过奖！

赵　佗　刘邦扬言攻越！这难道也是走亲访友之举吗？

陆　贾　将军何出此言？

赵　佗　寡人想听听你作何解释？……要打就下战书！……鬼鬼祟祟……这是大丈夫所为吗？！我南越建国十年，与世无争，百姓安居乐业，刘邦扬言要出兵攻越……你告诉他，当年我赵佗若在中原，这天下未必姓刘！

陆　贾　真是……气度不凡哪！

赵　佗　你还没回答我的问题呢。（坐下）

陆　贾　南越乃大汉之南越，皇上岂能兵戈相向。至于攻越之传言——或是长沙王所为也未可知……

俞　勉　武王，长沙王对我南越一直耿耿于怀，他想借汉朝大军吞了我们南越也不是没可能的。（粤语）

赵　佗　长沙王……（粤语）

吴任轲　武王不必多虑。汉国大军胆敢犯我南越，我吴任轲叫他有来无回。

陆　贾　这位将军，当年赵将军率几十万秦兵，不就轻而易举地进来了吗？

赵　佗　太中大夫，你好厉害呀。

陆　贾　不是我厉害，是大汉皇帝厉害。非但不派兵南下，反将南部之兵调往北部边关。

赵　佗　（站起）那是因外有匈奴扰边！刘邦无暇顾及南越。大汉皇帝是厉害，先将南越封给长沙王，以长沙王牵制南越，待解除匈奴之患，他刘邦再灭了我！

陆　贾　匈奴之乱乃外患，南越之事为内政，不可相提并论。天下初定之时，吾皇将都城定在长安而非咸阳，是要借长安之名，寓意我大汉疆土长治久安！

〔起乐。赵佗走向陆贾。停乐。

赵　佗　你说什么？……长安？……

陆　贾　正是。

赵　佗　长安在什么地方？

陆　贾　在咸阳附近，是一座小城。

赵　佗　长安！长治久安！刘邦有如此见识？

陆　贾　下官有一事不明，请教将军。

赵　佗　请讲。

陆　贾　若一位爱民如子、能够造福一方之人统领大汉的南疆，哈哈，吾皇因何而灭之呀？

俞　勉　若要我南越归附大汉朝廷，嘿嘿，要讲下数吧？（粤语）是要讲条件的。

陆　贾　长安为南越备有几十车此地所需之物，只待南越归汉便以礼物相赠！

俞　勉　长安可知此地所缺何物啊？

陆　贾　金银钿器马牛羊。

〔所有人大笑。

俞　勉　那是十年前的南越喽！当年秦国的赵大将军许诺我们吃牛羊肉，我们才向他下跪臣服的。（对赵佗）你说是不是？（粤语）我们越人很实惠，只要有吃有喝有穿有带，乜都得！（粤语）

赵　佗　就是什么都行。

陆　贾　哦！那俞丞……俞大人想要什么？

俞　勉　三百套汉服！中原的农具和丝绸！

陆　贾　好办！

俞　勉　良种马牛各一百，要母的！

陆　贾　好！

俞　勉　还有……

赵　佗　俞勉！你等退下……

〔俞勉、吴任轲等众人下。换光。陆贾不明所以……

赵　佗　长治久安！（起乐）陆大人可知，这正是我赵佗梦寐以求之景象啊！

陆　贾　（意外，感动）将军如此坦诚相对，令下官……钦佩！若非揣摸到将军此番心意，陆贾怎敢只身前来呀！

赵　佗　哦，陆大人因何揣摸得到赵佗之肺腑呀？

陆　贾　赵将军武功、谋略，下官早有耳闻，却因何在天下未定之时，按兵不动，深居一隅而自立为王哪？

赵　佗　寡人未料到早在十年以前，就和你陆贾相识相知了……陆大人请看，当年我就是要马放南山，才有了这凤鸣岐山，永远安乐的岐山关……（停乐）刘邦乃一介武夫，居马上而得天下，谁能保证那汉室江山能长治久安啊。

陆　贾　居马上得之，岂可以马上治之?! 若秦始皇统一天下后，行仁义、法先圣，哪里还会有这汉室江山哪！吾皇深明逆取顺守，文武并用之理，为给大汉天下做长久之计，特命下官著《新语》，详论古今成败之理呀。

赵　佗　哦?! 佗等着拜读！

陆　贾　试问将军，汉室江山有继五帝三王之业，治邦理国之皇帝何愁基业不能稳固，天下不能长治久安哪?!

〔起乐。

赵　佗　刘邦有你这样的贤臣，万幸啊！

陆　贾　吾皇也深知赵大将军的文韬武略呀！

赵　佗　陆贾！

陆　贾　赵将军！

赵　佗　陆贾！

陆　贾　赵将军！（被赵佗打断话）

赵　佗　来人！太中大夫旅途劳顿，好好款待他。

〔卫士上。

卫　士　是，武王。

陆　贾　将军，陆贾……不单只是提着自己的脑袋来与将军相会呀！下官家眷俱被押在长安哪……陆贾还带来了一位您非常想见之人，我已差人去请，请将军在此稍候。陆贾先行告退。

〔陆贾和卫士下。

〔荔女上。

荔　女　武王……

赵　佗　荔女，让人准备几车礼物赠予太中大夫。

荔　女　武王这是……

赵　佗　没什么，难得一陆贾呀！

荔　女　武王……

赵　佗　荔女，我的王妃！什么都没变，只是，我头上多了一个皇帝……

〔荔女无语。

赵　佗　如果不然就可能要打仗啦，你说如何是好？

荔　女　打仗不好……只是……

赵　佗　只是怕你老公受委屈？

〔荔女痴情地看着赵佗。

赵　佗　只要总有这双大眼睛这么看着我……

〔赵母内喊：佗儿！

赵　佗　娘？

〔起乐：

〔赵母内：佗儿！（换光）

赵　佗　娘？娘！

〔赵母上。

赵　母　佗儿！

赵　佗　娘——

赵　母　来，让娘好好看看……儿呀！你都长胡子了！

赵　佗　儿如今四十有六了……

赵　母　三十年了，滹沱河那一场大雪，娘总是忘不了啊！

赵　佗　孩儿不孝！

荔　女　娘……

赵　佗　哦，娘，这是儿的王妃，荔女，快来见过娘。

荔　女　娘！（跪）

赵　母　哎！起来起来。多俊哪！跟画儿里的人似的。（爽朗地笑）

赵　佗　快看看你的孙儿。

〔侍女抱小王子上。荔女接过，赵佗接过，送到娘手上，娘抱着贴在脸上，孩子笑声回响。

荔　女　娘，来坐。

〔乐弱去。

赵　母　哎！是孙子还是孙女啊？

荔　女　是仔。

赵　佗　对。是仔。

赵　母　仔？仔是什么？

赵　佗　是小子！

赵　母　哦！（三人笑）哎呀……真有出息，你爹都称了王了！奶奶以为这辈子都见不着他了！谁想到，一下子就见到了三口。（上下打量赵佗）你这身也挺好……你还记得滹沱河旁的那座山吧？娘原想把这把老骨头埋在向南的山坡上……看不到我的儿，让南来的风吹吹也好呀！

〔停乐。

赵　佗　娘！别那么想，您能活百岁呢……

赵　母　嗯！……佗儿，胃还老疼吗？

赵　佗　（点头，坐）胃一疼，儿就想娘……

赵　母　看娘给你带什么来了！

〔换光。

赵　佗　芍药子儿！

〔停乐。

赵　母　咱家门前那几株芍药已经长成一片芍药园了。荔女，芍药花煮的汤能治他的胃疼，你把它种下，如果能成活、开花，就给他煮汤喝。

荔　女　荔女记下了。

赵　母　（摘下镯子）来，佗儿，给她戴上！这是只玉镯子……

荔　女　玉？

赵　母　玉！戴上它平安吉祥！

荔　女　娘！

赵　母　你得好好感谢人家太中大夫！不是他咱一家子还见不着呢。

赵　佗　他是个忠厚之人。娘，可你知太中大夫因何带你来越呀？

赵　母　劝你归汉！娘还没老糊涂呢！

赵　佗　娘，儿当南越武王十年，在此地一言九鼎，一呼百应，心里……心里舒坦得很哪！

赵　母　（笑）你呀……跟小时候一个样儿！娘还给你带来一样东西。你看，这是小时候你父亲给你做的拨浪鼓。

〔鼓声。

赵　佗　娘，您还留着哪！

赵　母　当然留着，小时候你当宝贝似的，攥住了就不撒手，生怕别人抢了去！

〔鼓声。

赵　佗　娘，如今这南越的一切都在我的手里，而一旦归汉，这命运就攥在刘邦的手心里了。

赵　母　（起乐）儿啊，归不归都在人家手里攥着哪！

赵　佗　娘，长安好吗？

赵　母　好！安逸！安逸就好啊！天下安逸，你心里就踏实，你踏实了娘心里才踏实啊。

赵　佗　儿信娘！娘，就在这南越王宫好好住下，颐养天年，让儿好好尽尽孝心！

荔　女　还有我呢！

赵　母　（欣慰）……哎啊……娘在你这儿可住不惯，多热呀！娘老了，还是回中原去，（开朗地）不回去也不行啊！大汉朝廷给咱赵家在长安修房建舍不比在这儿好哇？

赵　佗　他刘邦是要把赵家老小当人质，来人！叫陆贾！

荔　女　啊！

赵　母　那又怎么了?! 你还真能造反吗! 你若不反,娘在哪儿不一样啊?!

赵　佗　娘!

赵　母　你不得让人家放心吗?

赵　佗　娘?

赵　母　儿啊,你知道娘这么大岁数为什么还敢穿山过海,不怕死,不知乏地来这儿呀!

赵　佗　娘想儿……

赵　母　娘知道儿也想娘啊!

荔　女　娘!（哭）

赵　母　你道人家陆大人为何攥着一家人的性命来见你呀? 什么都没有天下的安逸重! 别人家的娘还摊不上这重任呢!

〔起乐。

赵　佗　深明大义的娘啊!

〔跪地。决定归汉。

赵　母　这么大个男人哭什么呀……来来,好了,来! 听娘给你唱一段!

〔停乐。

赵　佗　好!

〔赵母唱秦音:
黄河之水水泱泱,
黄河之水水流淌。
撒下渔网呼呼响,
黄鱼鳝鱼都入网……

〔赵佗恸哭,唱得赵佗破涕为笑,陆贾上。

陆　贾　夫人唱得好啊!

赵　母　陆大人见笑了。荔女,带娘到处走走。

〔赵母、荔女慢慢下。

陆　贾　见到将军与母亲的深情,下官也为之动容。

赵　佗　陆大人是想让我因情而忘理吧？

陆　贾　情中有理，理中有情，不合人情之理，岂能服人？南越归汉乃同胞手足之情，治国安邦之理。稳定南疆，是大汉长治久安之策。

赵　佗　我不信刘邦，只信你陆贾！我将母亲……托付于你，你可知这里的轻重！

〔起乐。

陆　贾　（行礼，摘玉佩）此乃下官随身之玉佩，赠予将军作为承诺之信物！

〔停乐。

〔赵佗接过玉佩，举起端详。起乐。

赵　佗　此玉果然玲珑剔透，精美绝伦哪！

陆　贾　不见真人不献真玉！武王！

〔赵佗、陆贾相对大笑。

〔落幕。收光。

〔幕间，起光。起乐。

〔八位穿戴汉服饰的妇女随着音乐下——长安之物运来南越，一片和谐之景象。

〔停乐。

〔三幕终。

第四幕

〔字幕：又一个十年，吕后专权后期。

〔开幕。起光。俞勉站立珠江边。俞勉七十多岁。

〔公元前185年，赵佗五十三岁。

〔几位大臣及女眷上。

两大臣　丞相。（粤语）

〔俞勉沉默。

一女眷　丞相，去长安的人还没回来？

〔俞勉摇头。

〔俞广驷上。

俞广驷　阿爸。

俞　勉　广驷！去长安的人没有和你一起回来？

俞广驷　没有。

俞　勉　牲口买到了吗？

俞广驷　马二十，牛八十。不过……都是公的。

俞　勉　不是让你多买母的吗？

俞广驷　我们到那里才知道，吕后早已下令禁止与南越通商。若不是用重金贿赂边卡官吏，这些货物也运不进来。

俞　勉　（叹了口气）一个女人怎么会这么歹毒！诛杀异姓王！连替刘邦打下江山的韩信都被杀了。乱世之下，只有祈求上天保佑了。你把货押回去，马上回来，武王召集群臣家眷祭天。

〔俞广驷下。水妹上，见到父亲想躲避。

俞　勉　水妹，过来，你老公呢？

水　妹　阿爸，他……

俞　勉　（轻声）他是不是去长沙国了？

〔起乐。

水　妹　我……

俞　勉　你还想瞒着我？你是不是想着吴任轲飞黄腾达了，你也跟着荣华富贵。你懂事点啊！（粤语）

水　妹　我劝过他……阿爸，万一武王知道了……

俞　勉　现在知道怕了？我本该向武王禀告，可又不忍心看着你和我的外孙受株连。

水　妹　多谢阿爸。

俞　勉　谢我有什么用？把你老公看好才是正事。长沙王是吕后的心腹！这个时候吴任轲去找他，想干什么，他会给我们全家带来灾祸

的。你放明白点啊！（粤语）

〔吴任轲上。

吴任轲　水妹。

水　妹　你可来了。

吴任轲　岳父大人。

俞　勉　（对众人）我的好女婿啊。（走近吴）吴任轲，我女儿和孙子的命可都在你的手里！

吴任轲　岳父大人，你这是什么意思？

俞　勉　你干什么去了？

吴任轲　冤枉啊。我吴任轲一片忠心啊！吕后不是要诛杀异姓王吗？我想那长沙王也是异姓王，我和他有一面之交，我是想去说服长沙王与我们联合，灭了吕后！岳父大人，你知道他是吕后的亲信啊？他说只要杀了赵佗就能保住南越！他让我杀了武王……

俞　勉　你，你答应了？

吴任轲　我是一朝被蛇咬十年怕井绳啊……我若不假装答应他，我就回不来了。

俞　勉　该死的长沙王！（粤语）我们越人无论如何不做背信弃义之事！

吴任轲　明白。

〔内喊："武王驾到！"起乐。赵佗、荔女上。

赵　佗　去长安的人还没有回来？

〔俞勉摇摇头。

赵　佗　凶多吉少啊！丞相，吕后并非诛杀异姓王，乃是诛杀异己！难道我们要坐以待毙吗？

俞　勉　吕后已断了我们的商道……

〔起乐。

赵　佗　（咬牙切齿地）南越乃大汉之南越，吕后却釜底抽薪！

俞　勉　长沙王早已投靠了吕后。

赵　佗　奴才！

〔侍女上。

侍　女　武王。

荔　女　你怎么来了？

侍　女　三示公公他……

〔年迈的三示公公气喘吁吁地上。

赵　佗　三示公公，你已年近九旬，本王不是让你在宫中歇息吗？

公　公　武王祭……祭天，我不来，有违天……天意。

赵　佗　三示公公，此话从何说起呀……

公　公　老奴，这秦朝的太监为你汉南越王祭天，足见心诚，上天或可知我心意而眷顾赵氏家族！

〔起乐。

赵　佗　三示公公，请！

公　公　苍天在上！（换光）恳请上天开恩降福，保佑南越逢凶化吉，安康祥和！跪拜上天。（赵佗与众人跪拜）一拜，再拜……

〔起乐。

〔赵佗等起身。三示公公一直跪着。

侍　女　三示公公。

赵　佗　快把三示公公扶起来。

〔俞广驷、侍女刚要去扶三示公公，三示公公倒在地上。

俞　勉　凶兆……凶兆……

〔送信人踉跄上。

送信人　武王，武王……

赵　佗　见到陆贾了？

送信人　只见到陆贾的几个家臣，说是陆大人不知去向……

赵　佗　……见到我家人了？

送信人　晚了。满门抄斩，武王在燕赵之地的祖坟被掘了！

〔停乐。

赵　佗　我娘呢？

————话剧《南越王》〉〉〉〉〉

送信人　老夫人……被乱刀砍死！

〔起乐。换光。

〔赵佗目瞪口呆，一动不动。

荔　女　武王，武王！

赵　佗　（猛地跪下，大哭）娘！（站起，刺死送信人）

俞　勉　武王节哀呀！

〔兵士上。停乐。

兵　士　武王，中原急报！吕后称大王蓄意谋反，派出大军讨伐南越！

俞　勉　武王。

荔　女　武王。

赵　佗　（起乐）什么武王？是日起本王为南越国皇帝！（把剑抽出、举起）吴任轲！

吴任轲　臣在。

赵　佗　即刻将东西两侧越军调到北部边关！

吴任轲　皇上，你这是要打长沙国？不可，吕后有百万大军啊！

〔赵佗拿剑逼向吴任轲。

吴任轲　臣——遵旨！

俞　勉　皇上，长沙国也是大汉属国，打长沙国就是与大汉开战呀！

赵　佗　朕！就是要向汉国开战！俞勉！

俞　勉　臣在。

赵　佗　即刻征召十万越人加入大军，另征十万运送粮草！

俞　勉　皇上，若激怒吕后，汉国百万大军将血洗南越。

赵　佗　俞勉！你难道让我赵佗做她吕后的奴才不成？！

俞　勉　皇上，给南越一条生路吧！

赵　佗　是吕后不给我生路。

俞　勉　皇上，一直以爱民为己任……

赵　佗　我爱民，谁爱我？

荔　女　（挡住赵佗）皇上！

赵　佗　你有几个脑袋？！

荔　女　皇上！你不能，不能啊！荔女求你了！

赵　佗　（举剑指向荔女）退下！退下！（用剑指向众人）

俞　勉　臣——遵旨……

〔起乐。

赵　佗　吴任轲。

吴任轲　臣在。

赵　佗　即刻出征，讨伐吕贼！朕要让汉人的血染红这珠江之水！

〔乐强起。起红光。

〔收光。

〔幕间。

〔起光。陆贾跪于台侧。

〔字幕：五年之后……

〔文帝画外音：陆贾，大汉经历动荡，人心不稳，朕命你再往南越，劝其以社稷安定为大计，归附朝廷。并转告赵佗，南越之变，过在朝廷。

〔起乐。

陆　贾　臣遵旨！

〔启黑幕。露出所有字幕。逆光射出。

〔陆贾横过舞台下。

第五幕

〔起乐。

〔起光。

〔公元前179年，赵佗六十岁。

〔丞相府。一只鼎热气腾腾。俞勉（八十岁）焚香"鸡卜"。

〔陆贾站立一旁多时。

陆　贾　俞大人……
　　　　〔俞勉不理。
陆　贾　我可是走了一万多里路来见你的。
　　　　〔俞勉不理。
俞　勉　别一口一个俞大人，老夫是南越国丞相！
陆　贾　俞大人……恕下官无礼。下官这次来南越，路经岐山关，被兵士扣住盘问，官文给抄去了……所以下官只好先来见俞大人。俞大人……
俞　勉　哼，官文不被抄，你也得先来见我。就算我准了……你！怎么有脸去见我们皇上啊！上次你带了我们皇上的母亲，这次为何没将她老人家带来与皇上一见？
陆　贾　（触到痛处）唉，俞大人真是咬住下官不放啊。
俞　勉　你就不该来。
陆　贾　在下今日来……只是为了一个了断。
俞　勉　了断？了断什么？为你们大汉皇帝刘恒，了断南越国？！你就不怕我们皇上先了断了你？
陆　贾　俞大人，请速速禀告武王，陆贾今日一定要见他一面。
俞　勉　今日一定要见？
陆　贾　（执著地）今日！一定要见！
　　　　〔俞勉放下手中鸡卜，走近陆贾，发现其泪流满面。
俞　勉　啊，陆大人，你这是……
陆　贾　（以袖掩面）我今天一定要见赵……不然，你就把我杀了……
俞　勉　今天？
陆　贾　今天！
俞　勉　今天是我八十大寿！一桌的酒菜呀。儿孙们马上就到，你让我过完八十大寿，明天再议国事不行吗？
陆　贾　不行！（扑通跪地）我先给你拜寿，恭祝你长命百岁！今日我至死都要见武王一面！

俞　勉　非今日不可？

陆　贾　非今日不可！过了今日我就不见赵佗了，我陆贾永生永世不见他了。

俞　勉　好，好，好，我禀告就是，（转对侍女）你都听清了吗？

侍　女　听到。（粤语）

俞　勉　快去禀告娘娘，千万别让皇上知道。（粤语）

侍　女　知了！（粤语）（下）

俞　勉　（对陆贾）好了，你起来吧。（陆贾起身）你是不怕死啊，可我怕你死啊。

　　　　〔水妹、吴任轲、俞广驷内喊"阿爸"上。吴任轲打量陆贾。

俞　勉　（对侍女）赶快送客人到后室品茶。

　　　　〔陆贾下。

水　妹　阿爸，我们来给您老人家拜寿。

俞广驷　阿爸，他是谁呀？

俞　勉　既然是给我祝寿，那孩子们呢？

水　妹　都在后花园玩呢，说一会儿来给爷爷、外公拜寿。

吴任轲　孩子们是知道有客人在此，便没有来打扰。

俞　勉　孩子们怎么会打扰我呢？

俞广驷　阿爸，今年真是喜事成双啊！您八十大寿，这是我们做儿女的福气呀！皇上又要封王了。您的孙子、外孙将来可以世袭王位。哎呀，我和任轲都是五十多的人了。忙忙碌碌半辈子，都是为了孩子们。

吴任轲　岳父大人，陆贾来干什么?！

俞广驷　陆贾？阿爸，那个人是陆贾？

　　　　〔俞勉支吾。

吴任轲　他是不是又来劝南越归汉啊？

水　妹　你……你怎么啦？

俞　勉　归汉也未必是坏事。

水　妹　就是，就是。

——话剧《南越王》

吴任轲　你还想不想让你儿子世袭王位？归了汉，封王就是汉国皇帝说了算了。什么时候才能封到我们头上啊？

俞　勉　若真为了孩子，就该安安稳稳。

俞广驷　皇上有没有见陆贾？

吴任轲　哼，杀了他！

〔起乐。

水　妹　吴任轲！

俞　勉　好，（停乐）杀了好，杀了好啊。

水　妹　阿爸！

俞广驷　阿爸，杀了他，汉国定会发兵来打南越呀。

俞　勉　不会。你们杀了陆贾，皇上封你们为王，封了王，皇上再杀了你们，把两位王爷的脑袋送给刘恒。多好啊，陆贾也杀了，你们的王也封了，汉国皇帝的怒气也烟消云散了。怎么还会来打。南越啊。多好啊！（大笑）

吴任轲　我看你是老糊涂了！我吴任轲今天杀了陆贾，皇上还不定怎么赏赐我呢。我这就去面见皇上。（下）

水　妹　吴任轲……

俞广驷　吴任轲……

俞　勉　广驷！快去把他追回来，千万不能让皇上这个时候见陆贾！

俞广驷　为什么？

俞　勉　皇上盛怒之下杀了陆贾，南越就完了。

俞广驷　哦。

水　妹　阿爸，真有那么严重吗？那吴任轲……

俞　勉　女儿啊！一辈子都跟着他担惊受怕啊！

〔起乐。

〔水妹欲下。内："皇后娘娘到！"

水　妹　皇后娘娘。（跪下）

俞　勉　俞勉拜见娘娘！（跪下）

〔广驷也跪下。

水　妹　求皇后娘娘跟皇上说说，再饶他一次吧。

荔　女　（不解地）水妹？……怎么吴任轲又不安分啊？

水　妹　我怎么办呢？

荔　女　你放心，皇上是个重情义的人，要杀，早就把他杀了。快起来吧！今天是丞相寿辰，哭哭啼啼像什么样子，都起来吧！

俞　勉　谢娘娘！（起身）水妹去陪孩子们玩吧。

〔水妹哭下。

荔　女　今日是丞相八十岁寿辰，皇上赐你御酒一坛。

俞　勉　谢皇上恩典。皇上见不见陆贾？

荔　女　（回头看俞勉）俞丞相不是不让说吗？

俞　勉　唉，风云变化无常。老眼昏花，路是看不清了，老夫只好按咱们越人的习俗，以鸡卜卦断吉凶啊！娘娘请看，这是一只煮熟的雄鸡，这根鸡骨的裂纹恰如虫形。

荔　女　是何征兆？（看俞勉）

俞　勉　凶兆。

荔　女　唉！（大声旁敲）真是一刻也不得安宁！

俞　勉　娘娘，您再看，这根鸡骨上的裂纹恰似人形，应为吉兆。（递圣谕给荔女）娘娘，这是岐山关缴获陆贾带来的圣谕，请娘娘视情形呈给皇上。还望娘娘……

荔　女　唉，俞丞相，咱们这辈子不都是凶中有吉、吉中有凶嘛！

〔陆贾上。

陆　贾　荔妃娘娘！

荔　女　这位是……

陆　贾　在下陆贾。

荔　女　哦，这些年不见，我都认不出你了。

陆　贾　武王可好？

荔　女　皇上好！只是，今日一早醒来便心绪不宁……

陆　贾　请娘娘向武王禀报，陆贾今日一定要拜见武王……

荔　女　（打断）陆大人！皇上说他今日就不见陆大人了。

　　　　〔静场。赵佗佩剑上，后跟吴任轲。

荔　女　皇上……

俞　勉　（跪）参见皇上！

　　　　〔所有人都跪下。静场。

赵　佗　（走近俞勉，看他半晌，才想起，连忙扶起）对不住啊！俞丞相，在你大喜的日子……

俞　勉　（站起）皇上……看在老夫八十大寿的份上，止怒啊！

赵　佗　我不是怒……我是恨哪……恨我自己太过相信人。相信始皇帝统一天下！从此能使我大秦永世昌盛！相信刘室江山能长治久安！相信你！陆贾！

　　　　〔赵佗将玉扔过去，玉碎声。

　　　　〔陆贾跪地。

陆　贾　陆贾这次入越，就是来向武王负荆请罪的。

赵　佗　呵！呵！堂堂大汉朝廷的太中大夫竟向我南越国皇帝下跪，有失国体呀！

陆　贾　不！陆贾是陆贾，不是大汉。

赵　佗　好！我来问你，陆贾！吕后乱政你做什么了？吕后诛杀异姓王，我派人去找你，你为什么避而不见！我赵家遭此横祸你可脱得了干系？说！你今日说不明白我就杀了你！（拔剑）

俞　勉　（小声粤语）皇上，两国交战不斩来使。

　　　　〔陆贾反而冷静了，起身弹膝上的灰，透出清高。

陆　贾　陆贾这次来，没有想活着回去。

　　　　〔吴任轲对陆贾蠢蠢欲动。

陆　贾　（黯然泪下）今日，就是为了了断压在我心头五年之重负！我有罪，对赵老夫人有罪，对你赵佗有罪，当初我若不把赵老夫人带回长安，何至于她老人家落得如此惨烈的下场，何至于我永远有负于你呀！……（一动不动）吕雉乱政，我对刘家皇室大失所望，典当了你送我的一车礼物，离开长安，游历天下，准备续写《新语》——再论古今成败之缘由，走前，我特意去拜别了赵老夫人……诛杀异姓王的消息传来，我想到赵家老小便日夜兼程赶回长安，眼见赵老夫人她……（努力克制）我用你的钱，掩埋了老人家，我带着他老人家坟上的一捧土（赵佗转身，陆贾一动不动）一路向南来找赵佗，行至荆州，看到从长沙逃出来的老百姓，他们家破人亡，叫苦连天……诅咒一个叫赵佗的大皇帝……

吴任轲　你大胆！（举剑欲砍，被赵佗制止）

陆　贾　那个自诩"法者所以爱民"的大皇帝，不顾将士死亡，生灵涂炭，这是我陆贾第二次失望，对一个我视如知己的人失望……

〔吴任轲一剑刺向陆贾，赵佗踢飞吴手中剑。

陆　贾　（一动不动）你为了你的娘而如此，我无话可说。可是我带着老夫人这捧土就不知该往哪走……我用你的钱布施那些长沙百姓，我跟他们说这是赵佗的钱，他们当我是疯子，唾我、踢我，把你的钱全抢光了……乱世爱卜卦，我一路卜卦测字又回到了长安。吕后死，当今皇上登基……我应下新帝这份差事，就是想赶在今天见到你。

赵　佗　今天。

陆　贾　今天。对不起了俞大人，今天是老夫人的祭日……五年前的今天老人家惨死在乱刀之下……赵老夫人啊！这捧土我带了整整五年，今日该交给你的儿子了。（拿出一个绣袋）

〔赵佗走近陆贾，捧起绣袋。

赵　佗　（极力克制）娘啊！娘！儿不孝啊……若是当年儿不想做大英雄，做个老百姓守在娘身边，娘何至于……

陆　贾　做老百姓好，谁会去做大英雄，称帝称王，一朝一代争来杀去，谁会想到老百姓的死活！

赵　佗　不要讲得太漂亮了！你们这些朝堂言官，只知道议论，著书立说！二十年前你说服我归汉，是为了老百姓吗？你是为了刘邦坐稳江山！我娘就是一个老百姓！她是甘心情愿地做了你们大汉的人质！不是吗？！

吴任轲　（拿剑冲上）你讲！你说！讲不明白杀了你！

赵　佗　行啦，吴任轲，把他带下去吧。请太中大夫去好好休息吧。

吴任轲　是！

〔陆贾疲惫地但努力使自己潇洒地走下。吴任轲、俞广驷随下。

荔　女　皇上，这是岐山关缴获陆贾带来的圣谕，您看看吧。

赵　佗　（接过看完，断章思考）"南越之变过在朝廷"……

俞　勉　难得啊！

赵　佗　不是难得，是明智！

俞　勉　是，是，难得明智。

赵　佗　"愿以社稷安定为重！"社稷安定？需知民安，社稷方安！……刘恒多大岁数？

俞　勉　二十有三。

赵　佗　二十三岁的毛孩子都知道休养生息！……刘恒是吕后生的吗？

俞　勉　不是呀，是薄姬之子。

赵　佗　难怪，吕雉这样一个娘怎么会生出这样明智的儿子！俞丞相，荔妃，你们小看我赵佗了。朕赐给你的御酒呢？

俞　勉　来人啊，上酒。

〔指挥人抬上一张几，上置御酒。

赵　佗　荔妃，你还记得娘来的那天都说了些什么吗？

荔　女　记得，娘让皇上把这只玉镯给我戴上，娘说，戴上它平安吉祥！

〔赵佗将绣袋内的土倒入酒中，以剑刺腕。

众　人　皇上！（跪地）

赵　佗　娘啊！儿的血是娘给的！（一口气倒进肚中）佗儿记得娘的话！天下安逸是娘的心愿！

〔赵佗摘掉皇冠、俞勉摘掉丞相冠、荔女摘掉娘娘冠。

荔　女　（扶起赵佗）皇上！

〔赵佗想起他摔碎的玉，找，俞勉、荔女也捡起一块。

赵　佗　陆贾呀陆贾，吕雉乱政是你我左右不了的。你这块玉虽被赵佗摔碎，依然玲珑剔透。

赵　佗　皇后，哦，叫惯了！在后宫摆宴，庆贺丞相八十寿辰！

荔　女　（轻松地）知了。（下）

俞　勉　皇上又叫错了！

赵　佗　是啊！以后你是什么，刘恒说了算。

俞　勉　刘恒说了也不算，我都八十了，做老百姓喽……

赵　佗　那就给俞老百姓做寿诞！

俞　勉　和老夫人红白喜事一起过！

赵　佗　（小声）给陆贾接风。

〔吴任轲完全没有规定情境感地上。

吴任轲　皇上，我审问陆贾，皇太后是不是老百姓，他两眼发直死活不说话，怎么处置他？！

赵　佗　你说呢？

吴任轲　杀！……哦，臣明白，两国交战不斩来使……（聪明地）皇上，把他关进蛇笼子里！

〔赵佗喷笑！俞勉摇头！众人偷笑。

〔收光。

〔幕间。

〔俞勉送陆贾回长安……

陆　贾　南越的菜真好吃，蛇蝎也可以煲汤入口？

俞　勉　蛇蝎是凉汤，去火啊！这些天大家心里都有火……

陆　贾　唉！我真不想走了呀，这条路走了三十年！

俞　勉　今日总算走到头了。

陆　贾　难说……难说。你我是走到头了，我回到长安交了差，复了命，把这顶冠还给皇上，也和你一样……

俞　勉　做个老百姓？

二　人　哈……

陆　贾　好了，送君千里终有一别，请留步。

〔二人拱手，各自走。

二　人　请留步。你还有话？有！你先说。

陆　贾　请转告武王，陆贾此生结识了赵佗，真乃三生有幸啊！

俞　勉　好，好。你为何不当面奉告呢？

陆　贾　有些话当着面……难以启齿啊！

俞　勉　我和武王也是不打不相识啊，想当初我一眼就断定赵大将军是我南越的福星！

陆　贾　没想到南越会变成现在这样……转告武王，我还要来，我要在这里长住。只需一铺草席、一张书案……

俞　勉　还要著书立说？

陆　贾　然，不如此不得瞑目啊！

〔二人拱手，各自走。

二　人　哎等等，俞大人，陆大人。

陆　贾　你刚才想说什么？

俞　勉　忘了，忘了，老喽……我想说，这条路我也想走一遭——我想去长安看看……

尾　声

〔赵佗百岁寿诞。

〔童颜皓首的赵佗，白发红袍的荔女。

赵　佗　七十年了……

荔　女　不，七十三年了！你三十三岁到我们南越，你今年一百零六岁，你算算！

赵　佗　什么你们南越？我那五十万秦兵和你们越女生的仔，那些仔又生的仔，你说是秦人、汉人，还是越人？！

荔　女　没有武王哪有南越。

赵　佗　你呀！你不懂！

荔　女　我懂！我们的仔、水妹和吴任轲的仔，还有……

赵　佗　吴任轲，唉！要不是这两口子，这世上就没有赵佗了……他们也都走啦……俞勉到底都没去过长安。和我一起打过来的秦人就只剩下我一个了……荔女，你几岁了？

荔　女　八十八！

赵　佗　嚯！你这个小荔女……你这双大眼睛……儿子都让我们给耗走了！

荔　女　还有孙子，沫儿。

赵　佗　沫儿，赵沫！哎，咱们南越的第二代王，今天咱们就把那些玉传给他们，你懂吗？

荔　女　荔女懂！我的大英雄！那是无价之宝。

赵　佗　嗯！玲珑剔透，精美绝伦……哎，我那面秦国的大旗呢？

荔　女　早就给你准备好了！

〔从袖中拿出，赵佗接过。

赵　佗　始皇帝，我的大英雄，你炼取仙丹寻求长生不老的秘方……才活了四十九，赵佗不恭了，已经活过一百了……荔女啊！平安是福啊！哎！给我贺寿的人呢？

荔　女　早来了。孙子们、大臣们，还有番禺城中的百姓们都在华音宫外等着给你贺寿呢！

赵　佗　这华音宫是陆贾第一次来越，我以久违的华夏之音而命名的。他怎么也没想到今日的华音宫如此富丽堂皇啊！打开宫门！

〔天幕出现百官、百姓的汉俑画面。

〔赵佗、荔女向人群走去。前区一层层的玉器降下。

〔落幕。

〔剧终。